U0567488

克苏鲁的呼唤

THE CALL OF CTHULHU AND OTHER WEIRD STORIES

〔美〕H.P. 洛夫克拉夫特 著　　李和庆 吴连春 译

人民文学出版社
PEOPLE'S LITERATURE PUBLISHING HOUSE

Howard Phillips Lovecraft
The Call of Cthulhu and Other Weird Stories

图书在版编目(CIP)数据

克苏鲁的呼唤/(美)H.P.洛夫克拉夫特著;李和庆,吴连春译.—北京:人民文学出版社,2016
(域外聊斋)
ISBN 978-7-02-011969-1

Ⅰ.①克… Ⅱ.①H… ②李… ③吴… Ⅲ.①短篇小说-小说集-美国-现代 Ⅳ.①I712.45

中国版本图书馆CIP数据核字(2016)第197148号

责任编辑:**卜艳冰**
特约策划:**邱小群 骆玉龙**
封面插画:**杨 猛**
封面设计:**高静芳**

出版发行 **人民文学出版社**
社 址 **北京市朝内大街166号**
邮政编码 **100705**
网 址 **http://www.rw-cn.com**

印 刷 **山东德州新华印务有限责任公司**
经 销 **全国新华书店等**

开 本 **890毫米×1240毫米 1/32**
印 张 **9.875**
字 数 **302千字**
版 次 **2016年11月北京第1版**
印 次 **2016年11月第1次印刷**

书 号 **978-7-02-011969-1**
定 价 **39.00元**

如有印装质量问题,请与本社图书销售中心调换。电话:010-65233595

目　录

大衮[1]

我是承受着巨大的精神压力写这篇文字的，因为今晚我就完蛋了。我身无分文，唯一能延续我生命的药物也快用完了，这种折磨我再也无法忍受，我准备从这扇老虎窗跳到下面肮脏的街道上去。不要因为我离不开吗啡就以为我是个胆小鬼或败类什么的。当你读完这几页仓促而就的文字后，虽然不可能完全搞懂，你没准儿会想，我为什么非要健忘，非要去死呢？

故事发生在茫茫太平洋最浩瀚无边、最人迹罕至的地方。当时，我在一艘定期邮轮上做押运员，我们的邮轮被德国海军突击队俘获。当时，大战刚刚开始，德国佬的海军还没有像后来那样下作[2]，所以我们的船只是法律意义上的战利品而已，我们的船员也享有海军战俘应有的待遇。鉴于德国佬对我们的管束很松，我们被抓五天后，我便一个人偷了一条小船，带足了水和给养，成功逃跑了。

最后我发现，自己已经漂泊在汪洋大海上获得了自由，但根本不知道自己身在何处。我从来就不是一个称职的海员，所以我只能根据太阳和星辰的方位来判断，自己大概处于赤道以南的什么地方。我压根儿就不知道所处位置的经度是多少，一眼望去，既看不到岛屿，也看不到海岸。天气一直很晴朗，我顶着炎炎烈日，漫无目的地不知漂了多少天，

---

1 《大衮》写于 1917 年夏，小说《坟墓》写完之后不久。这两篇小说都是作者 1908 年放弃小说创作之后写的第一批作品。《大衮》首次发表于 W. 保罗·库克的业余杂志《漂泊者》1919 年 11 月的一期上，1923 年 10 月刊登在《诡丽幻谭》上，这是作者的作品首次登上这家具有传奇色彩的低俗杂志。

2 此处指 1915 年 5 月 7 日德国潜艇击沉英国远洋客轮“卢西塔尼亚”号事件，船上 1200 人无一幸存。作者曾写诗《罪大恶极》谴责德国人的无耻行径。

等待过往船只，或者等着漂到有人居住的某块陆地。但既看不到船，也看不到陆地，我在孤立无援的处境下，望着一望无际的大海，开始绝望了。

我睡着的时候，转机来了。说到转机的具体细节，我怎么也搞不清楚了，因为，我的睡眠虽然时断时续，虽然噩梦不断，但毕竟是昏睡不醒。就在我最终醒来的时候，我突然发现自己居然半身陷进了一片地狱般泥泞而又污浊的泥淖之中，放眼望去，周围全是千篇一律、起伏不平的泥潭，而船也在不远处搁了浅。

有人可能会认为，我的第一感觉会是对意想不到的环境变化感到惊讶，但事实上，与其说是惊讶，不如说是恐惧，因为无论是空气中，还是泥淖中，都弥漫着一种不祥的气息，让我感到不寒而栗。在一望无际的泥潭中，到处都是臭鱼烂虾[1]和说不清是什么东西的腐尸，让整片区域充满了腐臭味。也许我不该指望用语言来形容那种无法形容的可怕场面，因为这种场面只在万籁俱寂和无比荒凉中才会有。周围万籁俱寂，一眼望去，全是黑色的泥淖，也正是这种万籁俱寂和地势的千篇一律才让我产生了想要呕吐的恐惧感。

炽热的太阳挂在天上，可在我眼里，在万里无云的残酷晴空中，太阳就好像反射了我脚下黑乎乎泥淖的颜色，变成了黑色。就在我爬上搁浅的船时，我意识到，只有一种说法可以解释我的处境。肯定是史无前例的火山爆发把海底推上了海面，让数百万年来埋藏在深水下的部分暴露了出来。我身下新露出的地面是如此广袤，即使我伸长耳朵，也听不到大海哪怕是最微弱的浪涌声，看不到海鸟掠食死尸的影子。

一连几个小时，我坐在船上冥思苦想，由于船搁浅的时候侧翻了，太阳西移之后，在船舱里形成了一片阴凉。随着时间的推移，地面也不那么黏了，用不了多久，很可能就会变得干硬，可以行走了。当天夜里，我睡得很少，第二天，我自己动手做了个盛食品和水的袋子，准备陆路旅行，去寻找消失的大海和逃生方式。

第三天早上，我发现地面已经干得可以在上面轻松行走了。尽管鱼的味道让人抓狂，但我还是把心思集中在重要的事情上，不去理会这种

---

1 此细节对作者来说肯定非常敏感，因为他一辈子不喜欢吃鱼。所以，下文中说“鱼的味道让人抓狂”。

微不足道的闹心事。于是，我壮着胆子出发，但究竟去干什么，自己也不知道。这一天，我一直往西走，朝着远处一个明显高于波浪形荒漠中隆起的山丘走去。当天晚上，我便露营休息。第四天，我仍然朝着山丘方向走，但山丘似乎并没有像我最初看到的那样越走越近。傍晚时分，我终于来到山脚下，原来山丘比从远处看要高许多，中间一条谷地使山丘看上去比周围的平地更加显眼。我太疲倦了，所以没有往上爬，便在山脚下睡了。

我不知道为什么那天夜里做的梦这么荒唐，居然把我吓出一身冷汗，突然醒来了。刚刚从东方地平线上升起的月亮欲亏还凸，显得十分诡异，于是我决心不再睡了。这样的景象，我虽然见过多次，但心里还是接受不了。在月光下，我才发现，在大白天赶路是多么不明智。没有烈日的烘烤，我的行动可以消耗更少的能量。的确，我现在觉得有力气爬山坡了，可是日落时我却不敢有这样的念头。于是，我拾起行囊，朝着山顶进发。

我说过，让我感到莫名其妙恐惧的原因是千篇一律、起伏不平的泥淖，但我现在觉得，等我爬到山顶，从另一侧山坡往下看，看到深不可测的深坑、峡谷的时候，恐惧感更强烈了，因为当时月亮还没有升起，所以这些深坑和峡谷看上去黑乎乎的。我感觉自己好像处在世界的边缘，在边缘上一眼望去，都是永恒黑夜所带来的无底混沌世界。恐惧中，我想起了《失乐园》[1]，想起了撒旦爬过黑暗的混沌世界时那副惨不忍睹的样子。

月亮爬得高一些后，我发现，峡谷的坡度并没有我想象的那么陡。岩石突出的部分和岩架为下到峡谷提供了下脚的地方，往下走几百英尺，坡度变得非常平缓。在一种难以名状的冲动驱使下，我艰难地顺着岩石爬了下去，站在一块较平缓的谷坡上，远远注视着月光照不到的幽暗深渊。

突然，对面谷坡上一个形状诡异的庞然大物引起了我的注意，这家伙约有 100 英尺高，矗立在我面前，在苍白月光的辉映下，通体泛着白光。我很快就明白了，这家伙不过是一块巨石而已，但同时我又意识

1　17 世纪英国诗人约翰·弥尔顿以无韵诗写成的英雄史诗。

到，庞然大物的外形和地处的位置给人的印象是绝非自然形成的。越是走近它，越是有一种说不出来的感觉。除了体积庞大之外，还有它所处的位置，这块巨石位于混沌初开时期的深海无底洞之中。我深信，从匀称的外形来判断，这块奇石肯定是某种有生命、会思维的生物的杰作，没准儿还是被崇拜的偶像。

我神情恍惚、诚惶诚恐，根本没有科学家和考古学家的那种兴奋与喜悦，我仔细观察了周边的环境。此时此刻，月亮已升到最高点，诡异而又清晰地挂在山谷裂缝的陡坡之上。借着月光，可以远远看到，谷底有水在涌动，朝着两个方向蜿蜒流出视线，差一点儿拍到我站立的那个谷坡。流过山谷裂缝，细浪轻轻拍打着巨石脚下，此时此刻，我才隐约看到巨石表面上刻有铭文和粗糙的纹刻。铭文是一种我不认识的象形文字，也不像我在书里见过的任何东西，而纹刻表现的主要是人们所熟悉的鱼类、鳗鱼类、章鱼类、龟甲类、鲸鱼类等水生生物。有些纹刻很显然表现的是现代人根本不知道的海洋生物，而这些生物遭肢解后的形态，我是在从海里升起来的地面上看到的。

这不过是雕像画，可着实把我吓蒙了。隔着宽阔的水面，可以清楚地看到一排浅浮雕，浮雕的主题足以让多雷[1]佩服得五体投地。我觉得这些雕刻所描绘的大概是人——至少是某一类人，不过，这些生物被刻画成在海底洞穴中像鱼一样嬉耍，或者在海底石龛里顶礼膜拜的样子。至于这些浮雕的面部表情和形态，我不敢详细说明。只要想起这些东西，我就吓晕了。这些东西诡异得就连爱伦·坡[2]和布尔沃[3]都想象不到，这些怪物在外形上和人没什么两样，但手脚都长着蹼，嘴巴很宽、松垮垮的，看上去挺吓人的，眼睛鼓胀而呆滞。其他的特征一想起来，就让人浑身不舒服。奇怪的是，雕刻与背景似乎严重不相称，比如，一个浮雕表现的是一个生物正在杀死比它本身还要大一点的鲸鱼。如我所说，我注意到，浮雕内容怪诞，形状诡异，但我马上意识到，这些只不过是

1 全名为保罗·古斯塔夫·路易斯·多雷（1832—1883），法国艺术家、版画家、插图画家、雕刻家，以木版画见长，曾为拉伯雷、巴尔扎克、弥尔顿和但丁等人的作品绘制插图。

2 爱伦·坡（Edgar Allan Poe，1809—1849），19 世纪美国诗人、小说家和文学评论家，以神秘故事和恐怖小说闻名于世。

3 布尔沃（Bulwer），指英国小说家爱德华·布尔沃-利顿（1803—1873），以其《庞贝城的末日》以及奇幻小说著称。

某个以捕鱼和航海为生的原始部落想象中的神灵，而这个部落的最后一代，在皮尔丹[1]人或尼安德特人[2]的始祖诞生几个纪元以前就灭绝了。意想不到地看到了就连最大胆的人类学家都想象不到的过去，着实让我肃然起敬，我站在那里陷入沉思，而诡异的月光则投射到我眼前万籁俱寂的时间通道上。

突然，我看到了它，身体轻轻一扭，露出水面，在漆黑的水面上轻轻滑动了一下。那家伙体型庞大，长得像独眼巨人波吕斐摩斯[3]，样子令人作呕，如噩梦中的巨怪，张开庞大的鳞状手臂，朝着巨石飞快走去，一边走一边不停地点头，同时发出有规律的声响。现在回想起来，我当时肯定是疯掉了。

我现在已经记不清，当时是如何狂乱地爬上斜坡和峭壁，又是如何恍恍惚惚地回到搁浅的船上的。但我敢肯定，我当时八成是拼命唱歌壮胆，唱不出来就发出怪异的笑。我模模糊糊还记得，就在我回到船上没多久，一场暴风骤雨随即而至，我还听到轰隆的雷鸣声和其他声音，而这种声音是大自然发狂时才会有的那种。

最后，我脱离了险境，发现自己已经躺在旧金山的医院里。一艘美国船的船长在茫茫大海中发现了我的船，把我送到了医院。我在神情恍惚之中不停地说胡话，但发现根本没有人在意我说的话。说起太平洋上发生的地面隆起，救我的人根本不知道；而我也觉得，坚持一件明知人们不可能相信的事，实在是没有必要。有一次，我找到一位著名的人种学家，向他提出了几个关于腓力斯人鱼神“大衮”[4]的问题，这让他很高兴，但我很快发现，他不过是个平庸之辈，根本帮不了我的忙，所以我也就不再追问下去了。

我总是在夜里，尤其是月亮欲亏还凸的时候，看到那个东西。我曾

1　位于英格兰东萨塞克斯郡。据说，在皮尔丹找到的早期人类头骨化石残片，在 20 世纪 50 年代被人类学家证明这不过是一场古人类学骗局。

2　尼安德特人属于已经灭绝的人类，遗迹遍布自西欧至亚洲中部和北部的欧亚大陆，据说与现代人的 DNA 非常近似。

3　希腊神话中吃人的独眼巨人。

4　腓力斯人是《圣经》中描写的一个民族。据《约亚书》(13：3）和《撒母耳》(6：17）记载，腓力斯人居住的土地是黎凡特西南部的塔波利斯，包括加沙、阿什克伦、阿什杜德、厄刻龙和迦特五座城邦。“大衮”是腓力斯人的主神，是腓力斯人从迦南人那里借来的。大衮并非鱼神，更可能是主祀气象或植物的神祇。早期的《圣经》研究者错误地认为，“大衮”一词是根据闪族语中的 Dag on（意为“悲伤的鱼”）一词杜撰的。

尝试过吗啡，但那玩意儿只能给我带来暂时的安慰，而且让我不可救药地上了瘾。所以，我现在准备结束这一切，记录下自己的见闻，以供各位读者参考或者当成茶余饭后的谈资吧。我常常扪心自问，这一切会不会纯粹是幻觉，会不会仅仅是我从德国军舰上逃跑以后，在烈日下躺在毫无遮挡的船上，发高烧后的胡言乱语。我不停地问自己，但回应我的始终是一个极其可怕而历历在目的景象。每当我想到深海，想到那些无名无姓的东西此时此刻还在泥泞的海床上匍匐辗转，一边对着古老的石像顶礼膜拜，一边在被海水浸泡的花岗岩石碑上刻上可怕而又千篇一律的东西时，我就不寒而栗。我梦见有一天它们会浮出水面，乘风破浪，用它们那臭气熏天的魔爪，把弱不禁风、饱受战争摧残的人类残余拉下水，梦见有一天陆地下沉，而黑暗的海底将趁着宇宙混沌之际上升。

我就要结束这篇故事了。突然，我听到门口有声音，某个湿滑而又庞大的躯体朝门口走来的声音。它不会发现我的。天呢！那只手！窗户！窗户！

塞勒菲斯[1]

有一次在梦里，库拉尼斯看到了坐落在山谷中的城市，看到了城市后面的海岸，看到了能把大海一览无余、冰雪覆盖的山顶，还看到了色彩绚丽的帆船正扬帆启航，驶向海天相接的遥远天际。有一次也是在梦里，他偶然拥有了“库拉尼斯”这个名字，因为醒着的时候，别人都不是这么叫他的。他梦见自己有了新名字，也许没有什么可奇怪的。因为他的家人都已离世，只剩下他一个人孤苦伶仃地生活在千千万万冷若冰霜的伦敦人之中，所以，能跟他说话、提醒他曾经是谁的人并不多。他已经失去了钱财和土地，所以不在乎别人怎么看他；他喜欢做梦，而且喜欢把梦写下来。不管他把自己写的东西拿给谁看，换来的都是嘲讽，所以不久后，他便不再把自己写的东西给人看，最后干脆不写了。他愈是远离周围的世界，他所做的梦便愈加离奇，挖空心思把自己的梦写在白纸上，本来就是徒劳无益的。库拉尼斯不会赶时髦，不会像其他作家那样思考问题。其他作家都是力争从“生活”身上剥下“神话”的华丽外衣，向世人展现“现实”赤裸裸的丑恶躯体，但库拉尼斯追求的只是“美”。在现实和体验无法展示“美”时，他便用想象和幻想去追求“美”。结果，他发现“美”就在门前的台阶上，“美”就在他儿时的朦胧记忆里，就在小时候听过的故事里，就在小时候做过的梦里。

很少有人知道，小时候听过的故事和经历的梦境向我们展示了什么样的奇观，因为小时候听故事和做梦的时候，我们的很多想法都尚未成

---

1 《塞勒菲斯》写于1920年11月，但1922年5月才在索尼娅·哈夫特·格林的业余期刊《彩虹》上发表；1934年5月，被收入威廉·L.克劳福德主编的《奇幻故事选》；1939年7月，作者死后被收入《诡丽幻谭》。

型，但长大成人以后，我们又绞尽脑汁地去回忆。不过，这时，生活的毒素已经让我们的头脑变得迟钝，变得平庸了。但有些人仍然会在半夜做一些稀奇古怪的噩梦，梦见充满魔力的山丘或花园，梦见阳光下歌唱的喷泉，梦见悬浮在喃喃低语大海之上的金色悬崖，梦见平原朝着青铜或岩石建造的沉睡之城延伸出去，梦见如梦似幻的英雄连骑着装扮华丽的白驹沿着茂密的森林边沿骑行，这时，他们会被这些稀奇古怪的梦惊醒。这时候，我们才知道，我们会透过象牙之门回望那个奇妙的世界，而那个世界只有在我们因懵懂而快乐的时候才属于我们。

突然间，库拉尼斯看到了他童年时代的那个旧世界。他曾多次梦见自己出生的房子，一座爬满常青藤的石造大宅，他之前的十三代祖先都住在这里，所以他希望自己也死在这里。一个芬芳的夏夜，他借着皎洁的月光，溜出家门，穿过一个个花园，走下一片片梯田，途经公园里的一棵棵大橡树，沿着那条漫长的月白小径，朝村庄走去。村庄看上去已老气横秋，村子四周就像开始残亏的月亮一样到处都是被蚕食的痕迹。库拉尼斯很纳闷，那些村舍的尖尖房顶下掩盖的究竟是沉睡还是死亡。街道上，草长得跟长矛一样高，两边的玻璃窗要么已经破碎，要么睁着朦胧的大眼注视着远方。库拉尼斯没有磨磨蹭蹭，而是放开步子继续赶路，就好像有人召唤他朝某个既定目标前进一样。他不敢不听从召唤，生怕这召唤就像自己清醒时的冲动和渴望一样，最后演变成一场梦，让他的目标落空。他不知不觉地离开大街，走进一条小巷，朝着海峡的悬崖走去，最后来到大地的尽头——来到悬崖峭壁和无底黑洞。在这里，村庄和世界全都活生生地掉进了无声无息、无穷无尽的虚空之中。就连前方的天空，即使天上挂着残缺不全的月亮和隐约闪现的星星，也是那么空空荡荡，那么黯然无光。但信念驱使他，飞越峭壁，跳进海湾，往下飘落、飘落、飘落；掠过黑暗、无形、梦想不到的梦境和微微发光的星球（很可能是梦的一部分），以及长着翅膀、哈哈大笑的东西（似乎在嘲笑世界上所有做梦的人）。紧接着，前方的黑暗似乎打开了一道裂缝，透过裂缝，他看到了山谷中的城市，在天空和大海的映衬下，在遥远的下方熠熠生辉，看到了白雪皑皑的高山赫然屹立在海边。

瞅见城市的一霎那，库拉尼斯醒了，但短暂的一瞥告诉他，自己看到的只不过是坐落于塔纳利安山后面欧特-纳盖山谷中的塞勒菲斯。很久以前，一个夏日的午后，他从保姆身边悄悄溜走，一边望着彩云飘过山谷附近的悬崖，一边吹着温暖的海风睡觉。就在这时，他的灵魂享受了一个小时的永恒。就在大人们找到他，叫醒他，把他带回家的时候，他一脸不高兴地说，在被弄醒的那一刻，他正要乘上金色帆船，朝着海天相连处充满诱惑的地方扬帆启航呢。可是，此时此刻，他对清醒也同样愤愤不平，因为经过四十年疲倦的岁月，他终于又找到了他心目中那座神话般的城市。

可是，三天后的夜里，库拉尼斯又来到塞勒菲斯。跟以前一样，他首先梦到了那个不知是沉睡还是死去的村庄，梦到了一个人悄无声息地飘落下去的深渊。接着，裂缝又一次出现，他看到了城市里点点发光的尖塔，看到了蔚蓝港湾中抛了锚的帆船，看到了阿伦山[1]上的银杏树迎着海风摇曳。但这一次，他不再只是看看而已，而是像长着翅膀的生灵，慢慢地停留在绿茵茵的山坡上，最后轻轻地落在草地上。他真的又回到了欧特-纳盖山谷，回到了壮美的塞勒菲斯城。

山坡上遍地是馥郁的草丛和灿烂的鲜花，库拉尼斯走下山坡，走过潺潺的纳拉克萨河上的小木桥（许多年前他曾经把自己的名字刻在桥上），穿过一片飒飒作响的小树林，朝城门旁的大石桥走去。这里一切如故，就连大理石城墙和城墙上锃亮的铜像也丝毫没有失色。库拉尼斯知道，即便自己熟悉的东西消失了，也不必惊恐，因为就连城墙上的哨兵也跟以前一模一样，也跟他记忆中的哨兵一样年轻。他穿过青铜城门进了城，走在铺着黑玛瑙的路上，商人和赶骆驼的纷纷跟他打招呼，那样子就好像他从未离开过一样。用绿松石建造的纳特-霍塔特神殿也跟以前一模一样，头戴兰花花冠的祭司告诉他，在欧特-纳盖，没有时间的概念，只有永驻的青春。随后，库拉尼斯穿过石柱林立的街道，朝临海的城墙走去，那里客商和海员云集，还有从海天相接之处来的怪人。他驻足许久，眺望亮丽的海港，在异样的阳光下，海面波光粼粼，从遥远国度驶来的帆船轻轻破浪。他眺望海边巍峨屹立的阿伦山，看到低处山坡上虽然绿树摇曳，但连天的山峰却是白雪皑皑。

1 显然，作者以为“阿伦山”是自己的发明，其实他根本不知道在爱尔兰西部沿海有一个岛叫做阿伦岛。

库拉尼斯打心眼里巴望着乘帆船出海，去探访他听说过许多神奇传说的遥远国度，于是，他又去找那位很久以前曾答应带他出海的船长。他找到了这个名叫阿蒂布的船长，阿蒂布仍然像从前那样坐在盛香料的箱子上，似乎并没有意识到流光业已飞逝。接下来，两人划着小船，登上停在海港里的一艘帆船，指挥着桨手扬帆启航，驶向起波涛汹涌、直通蓝天的塞尔奈利亚海[1]。他们在海上连续航行几天后，最后来到了海天相连的海平线。在这里，帆船没做任何停留，而是轻轻地浮起，穿越软绵绵的玫瑰色云层，飞向蓝色的天际。在帆船遥远的下方，库拉尼斯看到，陌生的陆地、河流、美丽无比的城市，沐浴着仿佛永不褪色、永不逝去的阳光，慵懒地延伸出去。最后，阿蒂布告诉他，旅行即将结束，他们很快就会进入塞兰尼安港，塞兰尼安是一个用粉红色大理石建造的云中之城，建在天际海岸之上，西风就是从这里吹向天际的。但是，就在塞兰尼安最高的雕塔映入眼帘的一刹那，不知从太空中的什么地方突然传来一个声音。紧接着，库拉尼斯在伦敦自己的阁楼上醒了。

此后的好几个月，库拉尼斯一直在寻找奇妙的塞勒菲斯城和能飞上天的帆船，但都一无所获。尽管他的梦把他带到过许多绚丽多姿、前所未闻的地方，但所到之处，没有人能告诉他，如何才能找到塔纳利安山后的欧特-纳盖城。有一天夜里，他飞越黑漆漆的山脉，远远看到山上影影绰绰有几堆孤零零的营火，还有一群群行动诡异、蓬头垢面的人，领头的手里都拿着摇铃。在这个最荒蛮的丘陵乡野，人迹罕至到很少有人见识过的地方，他发现了一道诡异的古墙，或者干脆说是石造的堤坝，沿着山脊和山谷蜿蜒延伸，长得一眼望不到头。古墙的规模之庞大让人很难相信这是出自人类之手。在灰蒙蒙的黎明时分，库拉尼斯越过古墙，来到一片古朴典雅的花园和樱桃树林，太阳升起时，他看到争奇斗艳的红白鲜花、绿色的树木和草地、白色的小路、潺潺的小溪、蔚蓝的池塘、浮雕装饰的桥梁，还有红顶的宝塔。眼前的美景让他把塞勒菲斯暂时抛在脑后，完全沉浸在喜悦之中。不过，沿着白色小路朝红顶

---

1 作者梦幻小说系列中虚构的地方，是梦幻世界中的一片蓝色海洋，连接欧特-纳盖的塞勒菲斯、兰尼特港、印伽诺克市、无名岩和古萨库芒德遗址等许多重要的地方。通过划船驶向塞尔奈利亚海触及到云彩的地平线，可能会驶入天空，进而到达诸如塞兰尼安等云之国度。

宝塔走去时，他又想起了，他本来是可以找个人打听打听欧特-纳盖的，可是这里除了小鸟、蜜蜂和蝴蝶之外，连个人影也没有。还有一天夜里，库拉尼斯走上一个没有尽头的、湿漉漉的旋转石梯，走到一扇塔窗前，俯视沐浴在皎洁月光下的广袤平原和河流。城市静静地从河堤延伸出去，他原以为自己在这个城市里看到了似曾相识的特征和布局。要不是一道可怕的极光从地平线之外某个遥远的地方突然冒出来，他会从石梯上走下来，打听去欧特-纳盖的路。借着极光，他看到了这座业已废弃的古城，看到了芦苇丛生、早已淤塞的河道，也看到了尸骨遍野的陆地，那些尸骨早在基纳拉忒利斯王[1]东征西讨凯旋归国后招致诸神的复仇以来就已经躺在那里了。

就这样，库拉尼斯不停地寻找壮美的塞勒菲斯和能带他飞上天的塞兰尼安帆船，虽然一无所获，但也看到了许多奇妙的东西。有一次，库拉尼斯遇到了一个大祭司，他独自一人住在寒冷荒凉的睃原[2]上一个史前时期的石造修道院中，因为脸上蒙着黄色的丝绸面具，所以模样很难形容，库拉尼斯好不容易才从他手里死里逃生。随着时间的推移，他对惨淡凄凉的白天变得越来越没有耐心，于是，为了延长自己睡眠的时间，他开始买毒品。大麻帮了他很大的忙，有一次曾经把他送到任何形态都不存在的太空，太空中发光的气体正在研究存在的奥秘[3]。一种紫罗兰色的气体告诉他，这个太空位于他称之为“无限”的区域之外。这个气体以前从未听说过行星或生物体之类的东西，只不过把库拉尼斯看成从存在物质、能量和万有引力的“无限”空间来的一个人而已。此时此刻，库拉尼斯心急如焚地想回到尖塔林立的塞勒菲斯，于是，他加大了药物的剂量，不过，最后他的钱花光了，再无力买毒品。后来，在一个夏日，他被赶出租住的阁楼，漫无目的地游荡在大街上，飘飘然不知不觉地过了桥，来到房屋越来越稀少的地方。就是在这里，库拉尼斯遇到了专程从塞勒菲斯来接他的一队骑士，进而圆满地实现了自己的心愿。

---

1 作者杜撰的人物。

2 作者虚构的一个寒冷荒原。至于睃原所在的位置，作者在其不同的小说说中法不一。在《死灵之书》中，睃原被描述为不同现实交汇的地方。

3 早在1916年，作者就曾有过这样的哲学思考：“我们怎样能知道，那些由原子和分子组成的、被称之为‘生命’的形态就是所有形态中最高级的呢？起支配作用的生物——所有生命中最理性、最像上帝的生物——没准儿是肉眼看不见的气体呢！”（《书信选集》第一卷，第24页）

骑士们英姿飒爽，骑着五花大马，身着铮亮铠甲，披着饰有奇妙纹饰的金衣战袍。他们人数多得让库拉尼斯误以为是一支军队，但为首的骑士告诉他，他们是专程来接他的。因为是他在梦中创造了欧特-纳盖，他将被永远奉为欧特-纳盖的主神。随后，他们给了库拉尼斯一匹马，让他走在骑兵队伍的前列。于是，一行人便耀武扬威地穿过萨里郡绿油油的山坡，朝库拉尼斯和他的先祖出生的地方走去。说起来很奇怪，骑士们似乎是逆着"时间"驰骋。在黄昏的暮光之中，每当一行人策马穿过一个村子，看到的房子和村子居然都是乔叟[1]或乔叟之前的人才能看到的，有时还能看到骑士带着一小队随从骑马经过。随着天色越来越暗，队伍行进的速度也越来越快，不一会儿，一行人就像驰骋在空中一样不可思议地飞了起来。在黎明前的黑暗中，一行人来到了库拉尼斯童年时期充满生机、但在梦里不知是沉睡还是死去的村庄。此时此刻，村庄又充满了生机，一行人骑马"得""得"走过大街，拐进那条通往梦之深渊的小路，所到之处，早起的村民都彬彬有礼地向他们行礼致敬。库拉尼斯以前只在夜里到过那个深渊，不知道白天的深渊会是什么样子，所以，当一行人靠近悬崖边缘的时候，库拉尼斯便急切地仔细观看起来。就在一行人沿着山坡策马朝悬崖驰骋时，东面不知什么地方发出一道金光，给整个大地披上了一层灿烂的霞光。此时此刻，深渊一下子变成了一个红蓝交织、壮美沸腾的混沌世界，只闻其声不见其形的声音在欢唱。库拉尼斯和他的骑士随从踏着歌声，跃过悬崖，踏着灿烂的云彩和银色的霞光悠然飘下。一行人无休无止地向下飘啊飘，胯下的坐骑踏着苍穹，犹如在金沙滩上不停地驰骋。终于，晶灿灿的雾气渐渐散去，露出更大的亮光，塞勒菲斯城的亮光，塞勒菲斯后面海岸的亮光，眺望大海的白色雪峰，色彩灿烂的帆船。此时此刻，帆船正扬帆启航，驶向海天相接的遥远天际。

从那以后，库拉尼斯便开始统治欧特-纳盖及其周边的梦之国度，并轮流在塞勒菲斯和云之国度塞兰尼安临朝听政。时至今日，他还统治着那里，而且将永远快快乐乐地统治那里。不过，在印斯茅斯[2]的悬崖

1 诗人、哲学家、炼金术士和天文学家，英国文学之父，被公认为中世纪最伟大的英国诗人。

2 作者杜撰的地名。

峭壁之下，海峡的潮水在戏弄着一具流浪汉的尸体，他是拂晓时分趺趺撞撞地走过荒凉的村庄后从悬崖上掉下去的。潮水戏弄着他的尸体，在爬满常青藤的特雷弗塔附近，把尸体推上石滩。此时此刻，一个肥胖臃肿、德行极差的酿酒富贾，正在他从绝嗣贵族手里买下来的豪华庄园里尽情地享受。

异乡人[1]

那夜男爵梦见诸多灾难，
好斗的宾客也折腾不断，
梦见妖巫、恶魔，还有硕大的棺材蛀虫，
一整夜鬼影幢幢。

——济慈[2]

如果你儿时的记忆带给你的只是恐惧和悲伤，那你就太悲惨了。当你只能回忆起在一个个空旷、阴森的房间里度过孤独时光，面对形形色色的褐色壁挂及一排排令人发疯的古籍时，当你只能回忆起暮光中藤蔓缠绕的阴森大树，盘根错节、遮天蔽日的树林中的可怕场面时，你就太凄惨了。神明给了我如此多的东西，给了我惶惑与失望、寂寥与颓丧。可是，很奇怪，我却满足于这些老掉牙的记忆，而且不遗余力地抱住这些记忆不放，尤其是当我突发奇想，试图跨越界线，去思考别的东西时，更是如此。

我不知道自己出生在什么地方，只记得那是一座极其古老、极其可怕的城堡，城堡里到处都是幽暗的通道和高悬的天花板，一眼望去，尽是些蜘蛛网和阴影。走廊上的墙皮已经脱落，裸露在外的石头似乎总是潮湿得要命，而且到处弥漫着一种可怕的气味，一种堆满了几代人尸骨

---

1 《异乡人》大概写于 1921 年夏，1926 年 4 月发表在《诡丽幻谭》上。就故事情节而言，《异乡人》只不过在讲述一个梦境，并无引人入胜之处，但许多评论家认为该短篇的文学影响力在于构思巧妙的结尾。就写作风格而言，《异乡人》完全是在模仿爱伦·坡的写作风格。

2 出自济慈（1795—1821）的《圣艾格尼丝之夜》(1820）第二卷，第 372 页至第 375 页。

的气味。这里永远见不到光，所以，我有时候点上蜡烛，长时间盯着蜡烛，来缓解内心的恐惧。就连门外也见不到阳光，因为阴森的参天大树已经高得超过了塔楼。只有一座黑色塔楼的高度超过了这些大树，直插未知的天空，但塔楼的有些地方已经破损，除非沿着高不可攀的石墙一级一级爬上去，否则再也无法上去。

我肯定是在这儿生活了好多年，但究竟多少年，我也搞不清楚了。肯定有什么生命一直照顾我的生活起居，可是，除我之外还有什么人，或者除了那些悄无声息的老鼠、蝙蝠、蜘蛛之外还有什么活的东西，我实在想不起来了。现在回想起来，那些照顾我的生命，不管是什么，肯定是非常古老的，因为活生生的人给我的第一印象是，长相滑稽可笑地像我，又像我生活的城堡一样扭曲、干瘪、颓废。在我眼里，那些深埋在城堡地下岩穴中散落的骸骨没有什么大惊小怪的。很奇怪，我却把这些东西与日常生活联系起来，认为这些东西比我从那些发了霉的书中看到的众生绘画还要自然。我的知识都是从那些带有彩色插画的书中学来的，没有老师敦促我，也没有老师指导我。我已经不记得往日岁月中听到过什么人的声音——甚至没有听到过我自己的声音，虽然我能阅读书中的词句，但我从未想过大声说话。我也从未想过自己长得什么样，因为城堡里没有镜子。我只是本能地认为，自己应该属于书中彩色插画上看到的年轻人。至于我为什么把自己看成年轻人，我已记不太清楚了。

在户外，越过护城河，我常常一连几个小时躺在默默无语的阴森大树下，梦想书中读过的世界，在无垠的森林后面是阳光明媚的世界。在那个世界中，人们尽享快乐，而我满怀渴望地想象自己是他们中的一员。有一次，我试图逃出这片森林，但离城堡越远，阴暗就越浓，空气中也就越笼罩着恐怖的气息，所以只好匆匆忙忙往回跑，免得在这个万籁俱寂的昏暗迷宫中迷失方向。

就这样，我只能在无尽的暮光中做梦、等待，但究竟在等待什么，我自己也不知道。后来，在昏暗的孤寂中，我对光明的渴望与日俱增，以至于到了惶惶不可终日的地步。于是，我向那座耸立于参天大树、直插未知天空的黑色塔楼，举起了乞求的双手。最后，我决心不顾摔落的危险，爬上高塔，因为哪怕爬上高塔看一眼天空就死了，也总比在昏暗的世界中过一辈子好。

我借着阴湿的暮光，爬上破旧不堪的石级，一直爬到石级尽头的平台，再不顾生命危险，攀附在狭小的立足点上继续往上爬。那没有阶梯的圆筒状冰冷巨石非常可怕，此外还有黑暗、荒废、残破、不祥的气息、无声惊飞的蝙蝠。但更可怕的是，我的进展非常缓慢，因为无论我怎么往上爬，头顶的黑暗都没有丝毫变淡的意思，不仅如此，一股发了霉的寒意朝我袭来。我浑身颤抖，心想，我为什么见不到光，如果胆子大的话，我肯定会向下看。我原以为，黑夜是突然降临到我身边的，于是，腾出一只手去摸窗口，但没有摸到。我原以为，我可以向外、向上张望，看看自己爬得有多高。

我沿着高塔峭壁上的凹陷处向上爬，经历了似乎永无尽头的恐怖和伸手不见五指的黑暗之后，突然感觉头碰触到一个坚固的东西。我心想，我八成是碰到了天花板，至少是类似楼板一样的东西。我在黑暗中腾出一只手，试了试挡在前面的东西，发现是石头，根本撼动不了。于是，我开始抓着湿滑墙壁上一切可以攀附的东西，绕着高塔摸索，终于找到能打开这面障碍的地方，然后接着往上爬，冒险用双手推开石板或者是什么门。上面没有光，当我把手伸上去时，才发现我的攀爬到此为止了。石板是一个孔穴的活板门，孔穴后面是一个比高塔下面更大的水平空间，毫无疑问，这里是通往高处某个开阔瞭望塔的地板。我小心翼翼地爬过孔穴，尽力不让厚重的石板门回归原位，但最后还是失败了。我筋疲力尽地躺在石地板上，听着石门落回原位发出的诡异回响，希望必要时还能再把它撬开。

此时，我爬得已经非常高了，高度已经远远超过了那些该死的树枝。一想到我可能平生第一次看到天空，看到在书中读过的星星和月亮，我便从地板上站起来，摸索着去找窗户。但每试一次，我都非常失望，因为我能摸到的只有一座座巨大的大理石架，还有大得吓人的长方形盒子。我越想越纳闷，这座在亘古之前就与下面的城堡断了线的房间里究竟藏着什么秘密。结果，没想到，我的手居然碰到了一扇门，这扇门装在一个石框上，门框的凿边很粗糙。我推了推门，发现门锁着。于是，我费了九牛二虎之力把门向里拉开了。在拼命打开大门的过程中，我产生了一种从未有过的狂喜。皎洁的满月静静地透过一道铁栅栏，从一条通往另一扇石门的短短石阶倾泻而下。这一幕，我只有在梦境中以及那些我不敢称之为记忆的模糊印象里才见过。

此时此刻，我觉得自己已经到达了城堡的最顶端，于是，我开始跑上门后面的那几级台阶。可是，就在这时，一片乌云突然把月亮遮住了，我绊了一跤。之后，我只好在黑暗中慢慢摸索着前进。直到我摸索到栅栏门时，四周仍然一片漆黑。我小心翼翼地试了试，发现栅栏门没有锁，不过，我并没有打开，因为我担心自己会从一路爬上来的这个令人惊诧的高度掉下去。就在这时，月亮又出来了。

最震撼的冲击是那种出乎意料的深不可测和难以置信的诡异。我以前经历过的任何恐惧都无法与我此时此刻所看到的这番景象及其蕴含的奇异意义相比拟。眼前的景象单调得让人目瞪口呆：在这样令人眩晕的高度，从栅栏门水平望去，看到的不是令人眼花缭乱的树梢，而是清一色的硬地面，随处可见层层叠叠、五花八门的大理石板与圆柱，笼罩在一座古老石造教堂的阴影之中，而教堂已经损毁的尖塔在月光下发出灵异的光芒。

我迷迷糊糊地推开了栅栏门，跌跌撞撞地走上了一条朝两个方向延伸出去的白色砾石小径。虽然我仍然意乱情迷、晕头转向，但还是迫切希望能见到光芒，就连曾经异想天开的疑虑也不能阻止我的脚步。我既不知道，也不在乎，自己的行为究竟是疯狂、做梦，还是着魔，但仍毅然决然地不惜一切代价去看一看光明和美景。我不知道自己是谁、是什么，就连置身何处也不知道。不过，就在我继续跌跌撞撞前行的过程中，我突然产生了一种深藏已久的可怕记忆，正是这种记忆使得我做出了此时此刻的举动。我穿过一道拱门，走出那片满是大理石板和圆柱的区域，在空旷的田野上漫无目的地走动，时而沿着看得见的道路前行，时而好奇地离开道路，在草地上走来走去。在草地上，只有偶尔出现的废墟告诉我，这是一条被人遗忘的古道。我甚至还游过了一条湍急的小河，从河两岸业已崩塌、长满青苔的砌体结构上看，这里曾经有座桥，不过很久以前就销声匿迹了。

八成是过了两个多小时，我才到达那个貌似目的地的地方，那是一座爬满青藤的古堡，位于一个绿树成荫的公园里面。这座古堡虽然看上去很熟悉，但又充满了令人费解的陌生感。护城河已经淤塞，一些众所周知的高塔也已坍塌，新盖的耳房妨碍了我的视线。但主要吸引我视线、令我感到欣慰的是那些敞开的窗户，里面灯光通明，传出欢宴的吵闹声。我走近一扇窗户向里看，居然看到一群穿着古怪的人在尽情欢笑，侃侃而谈。我以前从未听见过人说话，所以只能模模糊糊地去猜测他们在说什么。有些面孔似乎唤起了我内心深处的记忆，有些面孔则非常陌生。

我跨过一个低矮的窗户，进入一个明亮的房间，从这一刻起，我便从充满希望的光明瞬间踏入了绝望与顿悟所带来的最黑暗惊厥。噩梦很快就降临到我的头上，因为当我走进房间时，马上出现了我平生所经历的最恐怖的一幕。几乎就在我跨越窗台的一瞬间，一阵突如其来的恐惧突然降临到在场的人身上，这种恐惧强度之大，程度之深，足以扭曲在场的每张脸，足以让在场的人发出最可怕的尖叫。所有人的反应就是逃跑，在喧嚷和恐慌之中，有几个人吓昏过去，被疯狂逃窜的同伴拖走了。许多人用双手捂住眼睛，笨手笨脚地盲目逃窜，结果在择路而逃的过程中，有的踢翻了家具，有的撞在墙上。

尖叫声可谓是撕心裂肺。我独自一人茫然地站在明亮的房间里，听着渐渐消失的回响，一想到身边可能藏着什么东西，便吓得浑身发抖。乍一看，房间里似乎已经空无一人，但当我向一个壁龛走去时，我觉得自己看到一个东西——在通往另一个房间的金色拱门后，似乎有什么东西在动。我朝拱门走去，那个东西便看得更清楚了。紧接着，便是我第一次也是最后一次发出的声音——一声让自己都恶心的惨叫——我清清楚楚地看到一个令人匪夷所思、难以名状而且又是只能意会不可言传的怪物，这个怪物仅凭相貌就足以让一群原本欢闹嬉戏的人疯狂逃窜。

这个怪物到底长什么样，我根本说不上来了，因为那是个集肮脏、怪诞、厌恶、畸形、可憎于一体的东西，一个令人毛骨悚然、既腐朽又古老且支离破碎的影子，一个一看就让人恶心的、臭烘烘、湿淋淋的幻影，一具仁慈的世界总会掩盖起来的赤裸躯壳。天知道，这东西不属于这个世界，或者不再属于这个世界，但让我恐惧万分的是，从它那被啃噬后露出骸骨的外形来看，那是一具有人形但又目露凶光、令人憎恶的扭曲体，身上业已发霉、支离破碎的衣物让人感到难以名状的不寒而栗。

我几乎吓瘫了，不过还没到无力逃跑的程度。我踉跄着后退，但仍然没能破除那悄无声息而又难以名状的怪物施加在我身上的魔咒。我的眼睛像是被那双玻璃球式的眼睛施以了魔法，跟那双眼睛一眨不眨地对视。不过，不幸中万幸的是，我的眼睛虽然看不清楚，但在刚受到惊吓之后仍然看见了那可怕的东西。我本想抬手遮挡住视线，但我一时间吓懵了，胳膊根本不听使唤。但这个举动还是让我失去了平衡，为了避免摔倒，我向前踉跄了几步。此时此刻，我突然意识到，这个行尸走肉离我这么近，近到能让我依稀听到它那闷声闷气的呼吸声，我这才叫苦不迭。就在近乎发狂时，我突然发现自己居然能伸出手来阻挡那近在咫尺、浑身臭气熏天的魔鬼。就在那一瞬间，如同经历天崩地裂的噩梦一样，我的手碰到了金色拱门下怪物向我伸出的那只业已腐朽的爪子。

我没有发出尖叫，但乘着夜风飘荡的所有凶残食尸鬼全都为我尖叫起来，因为就在那一瞬间，让人崩溃的记忆犹如雪崩一样轰然涌进我的脑海里。这时，我突然懂得了发生过的所有事情，想起了阴森恐怖的城堡和树林背后的故事，也看清了此时此刻我置身其中、已经发生变形的城堡。最可怕的是，当我抽回已经被弄脏的手时，我看清了这只站在我面前虎视眈眈盯着我的肮脏而又可憎的怪物。

但是，大千世界既有慰藉，也有苦涩。慰藉就是忘忧药[1]。在极度恐怖的那一瞬间，我忘掉了让我惊骇的东西，而那一股脑儿迸发出来的黑色记忆消失在一片反复回荡的混沌之中。在噩梦中，我逃离了那座闹鬼的可憎建筑，我悄无声息地在月光下飞奔，逃回到教堂的大理石院落，跑下台阶后，发现那扇活板石门已经卡死了，但我并没有难过，因为我早恨透了这座古老的城堡和阴森的树林。此时此刻，我与那些嘲笑我但又对我很友好的食尸鬼一道乘着夜风神游太虚了，而在白天则在尼罗河旁与世隔绝、鲜为人知的哈多斯河谷内弗仞卡[2]的地下墓穴里嬉戏。我知道，光并不是专门为我照的，但照在尼伯[3]石冢上的月光例外。我也知道，狂欢也不是专为我举行的，但在大金字塔下奈托克里斯[4]举办的

---

1 一种医治忧伤的药物，即古希腊文献和希腊神话中提到的“健忘药”。据称源于埃及，喻指“消除忧伤的东西”。

2 哈多斯河谷和内弗仞卡为作者杜撰的地名和法老名字。

3 作者杜撰的地名。

4 古埃及第六王朝的王后（约公元前 2180 年）。

盛宴例外。不过，由于我刚刚获得解放与自由，对异乡人理应遭受的苦难，我还是能欣然接受的。

忘忧药虽然能让我平静下来，但我一直很清楚，我只是个异乡人，一个活在这个世纪、置身于那些依旧是人的人们之中的陌路人。这一点，自从我把手伸向那个金色拱门里的凶神恶煞时，伸手去触摸冰冷光滑的玻璃表面时，就已经意识到了。

墙中之鼠[1]

1923 年 7 月 16 日，等最后一个工人干完活之后，我搬进了埃克瑟姆修道院。修道院虽小，但重建工程仍然浩大，因为除了空壳废墟，整个修道院已经所剩无几了。但既然这里曾经是我的祖辈住过的地方，所以我也就不在乎工程开支了。这地方自英王詹姆斯一世[2]时期就再没有人住过。当时，这里曾发生过一起骇人听闻而又原因不详的惨剧，房子的主人，连同他的五个孩子，还有几个仆人一同被杀。所有嫌疑都把矛头指向第三个儿子，我的直系祖先，也是这个万人痛恨的家族唯一的幸存者。鉴于唯一的财产继承人被控为杀人凶手，埃克瑟姆便被收归皇家所有了。被告既没有想办法为自己开脱，也没有想要回自己的财产。一者受到了巨大的惊吓，再者这种惊吓的影响远远超过了良心的谴责与法律的制裁，埃克瑟姆第十一世男爵瓦尔特·德·拉·珀尔只表达了一个强烈的愿望：既不愿再看到这座古老的建筑，也不愿再想起它。最后，他逃到弗吉尼亚，在那里组建了家庭，一个世纪过后，发展成为著名的德拉珀家族。

埃克瑟姆修道院一直没有人租用，但后来国王把它封给了诺里斯家族。由于埃克瑟姆的建筑风格非常混杂，所以引来许多学者对它进行研究。它的塔楼为哥特式风格，底部构造为撒克逊或罗马风格，而撒克逊或罗马风格建筑部分的基础又属于更早时期的某种或几种风格——罗马

1 《墙中之鼠》写于 1923 年 8 月底或 9 月初，并于 1924 年 3 月首次发表在《诡丽幻谭》上。

2 英国国王，1603 年到 1625 年在位，同时也是苏格兰国王詹姆斯六世，1567 年到 1625 年在位。

风格，甚至德鲁伊[1]风格或者土生土长的希姆利克[2]风格（如果传说没有错的话）。这种建筑的基础非常特别，一侧与悬崖峭壁的坚硬石灰岩融为一体，修道院从悬崖的边缘上俯视着安切斯特谷[3]以西3英里处的一个荒凉山谷。建筑师和文物研究者都喜欢研究这座不知存在了多少世纪的古迹怪胎，但当地的父老乡亲却对它恨之入骨。几百年前我的祖辈还住在里面的时候，当地人就恨这座修道院，现在修道院虽然已经废弃发霉，长满了青苔，但人们仍然恨它。到了安切斯特之后，我才知道自己搬进去的是一座遭世人唾骂的房子。这个星期，工匠们已经把埃克瑟姆修道院搭建起来，现在正忙着清除修道院基础的痕迹。

长期以来，对自己的祖辈，我了解的东西少得可怜，只知道移民到北美的第一代祖先来到北美殖民地时饱受冷遇。不过，至于细节，我一直被蒙在鼓里，因为德拉珀家族始终保持三缄其口的传统。我们家族的人不像附近那些种植园主，很少炫耀参加过十字军东征的祖先，或者中世纪和文艺复兴时期的其他什么英雄豪杰，除了内战前每个乡绅留给长子死后才能打开的密封信封里记录的东西之外，也没有什么世代相传的东西。我们家族所珍视的荣耀全都是移民北美后获得的，那是一种值得骄傲和自豪但又略显矜持、不善交际的弗吉尼亚家族所拥有的荣耀。

内战期间，我们家族气数已尽。卡法克斯[4]的一场大火烧掉了我们位于詹姆斯河畔的住宅，家族的境遇也发生了彻底的改变。年事已高的祖父死于那场人为放纵的火海，随他而去的还有维系我们和整个家族历史的那个信封。时至今日，我仍能回想起7岁时亲眼目睹的那场大火，记得联邦军士兵呼来喝去的吆喝声，女人们撕心裂肺的尖叫声，黑鬼们兴奋不已的嗥叫声和祈祷声。当时，我父亲属于南方邦联军，正在里士满参加防御战，我和母亲费尽周折，才得以穿越层层防线去投奔他。我母亲就是北方人，所以内战结束后，我们举家迁到北方。再后来，我长大成人，然后人到中年，然后又富贵已极，变成了一个木讷的扬基

1 指铁骑时代高卢人、大不列颠人和爱尔兰中受过良好教育的凯尔特职业阶层，包括律师、诗人和医生等，但最著名的德鲁伊阶层当属宗教领袖。

2 指移民到英格兰来的第二批凯尔特人。

3 作者虚构的地名。

4 作者根据爱尔兰小说家布拉姆·斯托克的《德拉库拉》(又译《惊情四百年》)中德拉库拉在伦敦附近的家“卡法克斯修道院”杜撰的地名。

佬[1]。我和父亲一直不知道那个世代相传的信封里装的到底是什么。随着我渐渐融入马萨诸塞州死气沉沉的商业生活，我对族谱里隐藏已久的秘密也逐渐失去了兴趣。要是我以前曾怀疑过这些秘密，那我肯定会乐见埃克瑟姆任由苔藓、蝙蝠和蜘蛛糟蹋了！

1904 年，我父亲过世，但他一句话也没留给我和我的独子、10 岁就失去母亲的艾尔弗雷德。正是这个孩子把家族的历史翻了个底朝天，虽然我只半开玩笑地给他讲过家族的历史，但后来 1917 年他跑到英国参加了皇家空军，写信给我讲述了一些非常有趣的家族传奇。很显然，德拉珀家族曾经有过一段丰富多彩但或许又见不得人的历史，因为，我儿子的一个朋友，英国皇家空军的爱德华・诺里斯上尉，就住在我们在安切斯特的老宅附近，他向我儿子讲述了当地农民中流传的一些迷信传说。这些传说的荒诞和不可信程度，就连小说家也难以企及。当然，诺里斯本人并没有把这些传说当回事儿，但我儿子听后却兴奋不已，于是这些传说便成了他给我写信的主要内容。正是这些传说让我开始注意到了老祖宗在大西洋彼岸留下的遗产，并最终下决心买下并重建这所诺里斯曾带艾尔弗雷德去看过的家族老宅，并给他开了一个公道得出奇的价钱，因为房子现在的主人就是他的叔叔。

1918 年，我买下了埃克瑟姆修道院，但我儿子在战场上负伤后回来了，这随即打乱了我重建老宅的计划。在此后的两年里，我一心一意地照顾他，就连生意都交给了合伙人去打理。1921 年，我失去了爱子，同时也失去了生活的希望。一者我已不再年轻，二者我已退出制造业，所以我决定去新买下的老宅打发余生。12 月，我来到安切斯特，诺里斯上尉热情接待了我。他是个身材魁梧、和蔼可亲的年轻人，对我儿子的印象很好。他答应我，他会帮我收集与老宅有关的平面图和趣闻，以便指导下一步的重建工作。我对埃克瑟姆修道院并没有什么感情。在我眼里，埃克瑟姆只不过是一堆长满了苔藓、挂满了白嘴鸦巢的中世纪废墟，岌岌可危地坐落在一处悬崖上，除了分体式塔楼的石墙、楼板和其他内部设施均已剥蚀殆尽。

就在我逐渐弄清楚埃克瑟姆在三百年前祖宗留下的原貌后，便开始

1 该词在美国国内和国外有两层意思。在国外，它泛指美国人；在国内，指新英格兰和北部一些州的美国人。

为重建工作招募工人。不管做什么事，我都必须到安切斯特以外去招人，因为附近的村民对这个地方都怀有一种令人难以置信的恐惧与憎恨。有时候，这种强烈的情绪会传给那些从外面雇来的工人，以至于很多工人都开了小差。他们害怕和憎恨的不仅是这座小修道院，还包括曾经住在里面的古老家族。

我儿子对我说过，他来探访的时候，因为是德·拉·珀尔家族的一员，所以大家都躲着他。此时此刻，我突然发现，自己也因为同样的原因受到大家微妙的排斥。到最后，我只好告诉当地的农民，让他们相信我对自己的家族知之甚少。即便如此，他们仍然板着脸，不喜欢我，所以我只好通过诺里斯收集村子里流传的种种说法。村民们无法原谅的或许是我要重建一个他们恨之入骨的标志，因为，不管是不是有道理，他们都把埃克瑟姆修道院当成魔鬼与狼人经常出没的地方。

把诺里斯帮我收集的种种传说拼凑起来，再加上几个研究过埃克瑟姆遗址的专家学者的意见，我得出结论，埃克瑟姆修道院所在的地方原本是一座史前神庙，很可能是跟巨石阵[1]同一时代的德鲁伊教神庙[2]，没准儿比德鲁伊教神庙更古老。大部分人都相信，这里曾经举行过无法用语言形容的宗教仪式，甚至还有更难听的说法，说这些宗教仪式后来转变成罗马人学来的西布莉崇拜[3]。直到现在，埃克瑟姆地下二层的地窖里仍能清楚地看到一些象征着大母神玛格那-玛特[4]“狄伏……欧普斯……玛格那-玛特……”的铭文。罗马人曾严禁暗地里崇拜大母神，但徒劳无功。许多遗迹表明，安切斯特曾经是奥古斯都第三军团[5]的军营。据说，西布莉神庙修得金碧辉煌，信众如织，在一位佛里吉亚祭司的指导下举行某种不为人所知的仪式。还有人说，旧的宗教没落之后，神庙里的狂欢仪式并没有结束，只不过神庙里的祭司换汤不换药地皈依了其他宗教。甚至还有人说，就连罗马帝国灭亡后，这些仪式也没有偃旗息鼓。

1 位于英格兰西南部威尔特郡索尔兹伯里平原，由巨大的石头组成，每块约重 50 吨。约建于公元前 4000 年至公元前 2000 年，是欧洲著名的史前时代神庙遗址。2013 年 8 月，考古学家研究显示，史前巨石阵挖掘发现至少 63 具人类尸骨，推测最初这里曾是一个墓地。

2 凯尔特人中的宗教社团，公元 1 世纪遭到罗马人的残酷镇压。早期的有些巨石阵可能被德鲁伊教用来举行过宗教仪式。

3 古代安纳托利亚和佛里吉亚崇拜的自然女神，公元前 204 年，对西布莉的崇拜传入罗马。

4 即西布莉。

5 实际上，驻扎在大不列颠的是奥古斯都第二军团，其基地位于现在南威尔士地区纽波特市的卡利恩。

还说，有些撒克逊人甚至给神庙添砖加瓦，不但让神庙赋予了后来的基本外观，还把它建成了邪教的中心，七国时代[1]有半数国家都对这个邪教心存畏惧。大约在公元1000年，有一部编年史提到了埃克瑟姆修道院，当时这里是一座用石头建造的小修道院，但已经颇具规模，里面住着一个诡异而又强大的修道会，周围是开阔的园子，园子没有围墙，因为当地的老百姓都害怕这个地方，所以根本不需要修围墙。丹麦人并没有把修道院完全毁掉，但诺曼征服[2]之后，埃克瑟姆八成是很快萧条下来，因为1261年，亨利三世把修道院封给我的祖先埃克瑟姆男爵一世吉尔伯特·德·拉·珀尔时，没有遇到任何障碍。

在此之前，我们家族没有什么不良记录，但后来肯定是发生了什么怪事。有一部编年史，提到德·拉·珀尔家族的某个成员时，用了“1307年遭天谴”这样的评语，但野史在讲述在古代神庙和修道院基础上修建起来的这座城堡时，无一例外是负面评价和巨大恐惧。茶余饭后的野史说得都很难听，老百姓要么吓得不敢说话，要么支支吾吾、推三阻四，使得坊间传说更加阴森恐怖。这些坊间传说把我的祖辈描绘成一群世袭的恶魔，在他们面前，蓝胡子吉勒·德·雷斯[3]和萨德侯爵[4]充其量只能算是小儿科。有些流言蜚语还暗示说，几代人以来，村子里时不时发生的村民失踪案都是德·拉·珀尔家族干的。

在这些坊间传说中，最坏的人显然是历代男爵和他们的直系继承人，至少大多数流言蜚语都是这么说的。据说，倘若某个继承人有改邪归正的倾向，他就会神秘地夭亡，好给更遵守家族传统的子孙腾出位置。家族内部似乎有一个教派，房子的主人就是这个教派的头儿，有时候这个教派的小圈子仅限于几个家族成员。能否进入小圈子显然取决于家族成员的脾性，而非血统，因为有好几个嫁入这个家族的女性也进入了小圈子。从康沃尔嫁过来的第五世男爵次子戈弗雷的妻子玛格丽

---

1 指中世纪英格兰地区七个王国并存的时期，这七个国家是：诺森布里亚、麦西亚、东安格利亚、韦塞克斯、肯特、艾塞克斯和苏塞克斯。

2 指1066年以诺曼底公爵威廉为首的法国封建主对英国的征服。

3 英法百年战争时期的法国元帅、民族英雄，退隐后在马什库勒和蒂福日的领地埋头研究炼金术。他希望借血来发现点金术的秘密，把大约300名以上的儿童折磨致死，后亦因此被施以火刑。他也是西方童话传说中的反派角色“蓝胡子”的现实原型之一。

4 法国臭名昭著的性作家，其作品以大肆描写性虐待而著称。

特·特雷弗夫人成了整个乡里孩子们最害怕的毒妇，同时也是在威尔士边境地区至今流传的一首骇人听闻的古老民谣中的女魔头。坊间还流传着一个截然不同的恐怖故事，讲的是玛丽·德·拉·珀尔夫人，她嫁给什鲁斯菲尔德伯爵后不久，就被丈夫和婆婆杀害了。事后，两个杀人凶手向牧师进行了忏悔，但忏悔的内容到底是什么，牧师也不敢告诉世人。不过，实际结果是，牧师不仅宽恕了凶手，而且还祈祷上苍保佑他们。

这些坊间传说虽然都带有典型的幼稚迷信色彩，但让我极为反感。尤其让我恼火的是，这些传说的生命力居然这么旺盛，而且把我的祖宗八代都扯上。令人厌恶的是，那些恶名让我想起了牵扯到我直系祖先的一桩丑闻，讲的是我的堂弟，住在卡法克斯的伦道夫·德拉珀。他从墨西哥战场回来后，就跑到黑鬼窝里，摇身一变成了伏都教的祭司。

坊间还有一些传说，说的是在石灰岩悬崖下方荒凉而又沧桑的山谷里，经常听到恸哭声和哀嚎声；春雨过后墓地里总是飘出一股恶臭；一天夜里，约翰·克拉韦爵士的马在一片野地里踩到了一个不断尖叫挣扎的白色东西；一个仆人光天化日之下在修道院里看到什么东西后就疯了。不过，对于这些模棱两可的坊间传说，我已经有点麻木了。这些东西都是些老掉牙的鬼故事，而我当时又公然摆出一副怀疑论者的架势。村民失踪的种种传言，虽然让人难以释怀，但考虑到中世纪的风土民情，这些失踪案并没有什么大惊小怪的。猎奇意味着死亡，在埃克瑟姆修道院周围的堡垒上（现在已不复存在），被枭首示众的何止一个啊。

有些坊间传说可谓是绘声绘色、栩栩如生，甚至让我巴不得年轻时能多学一点比较神话学。例如，有人说，有一支蝠翼魔鬼组成的军团，在鬼节[1]每夜都守候在修道院。这个军团所需的给养有多少，看看修道院周围开阔的菜园里超大规模种植的粗劣蔬菜就知道了。而最栩栩如生的坊间传说与老鼠有关，讲得如泣如诉、感天动地。据说，在导致修道院毁于一旦的那场悲剧三个月后，从这座城堡里突然涌现出一支由这些猥琐害虫组成的大军。这支瘦骨嶙峋、肮脏猥琐、饥饿难耐的老鼠大

1 中世纪时期，巫婆、巫士和魔鬼一年一度在午夜举行的聚会。

军，所到之处全部一扫而光，吞掉家禽、猫、狗、猪、羊，甚至吞食了两个倒霉的村民，疯狂的场面才算停下来。围绕着这支令人难忘的啮齿大军，衍生出一系列流言蜚语，因为这支老鼠大军最后分散进入了村民的家里，随之而来的是种种诅咒和恐惧。

就在我以年长者的倔强，一步步重建老宅过程中，这样的坊间传说一直困扰着我。不用说，这些传说给我带来很大的心理压力。不过，诺里斯上尉和在身边协助我的文物研究者们却不断地赞赏和鼓励我。老宅从动工到竣工花了两年多的时间。竣工后，我看着宽敞的房间、装有护板的墙面、穹顶的天花板、带竖框的窗户以及宽敞的楼梯，心里非常自豪，这种自豪感完全弥补了重建老宅的惊人开销。

中世纪的建筑风格全部得到了巧妙的重现，新建的部分与原有的墙壁及地基完美地融为一体。祖先的宅邸既然已经重建，那么接下来，我希望我这一代能够挽回一些我们家族在当地的声誉。我打算永远住在这里，向世人证明德·拉·珀尔家族的人（我还把自己的姓改回了原来的写法）并非都是魔鬼。埃克瑟姆修道院虽然外观上保持了中世纪的建筑风格，但其内部结构已经焕然一新，早就没有了原来的鬼蜮黄粱、涂炭生灵的影子，这一点让我感到些许欣慰。

我前面提到过，我是 1923 年 7 月 16 日搬进来的。家里共有 7 个仆人和九只猫，我特别喜欢我的猫。最年长的猫“黑鬼”[1]已经 7 岁了，是从我在马萨诸塞州博尔顿的家里带过来的。其余几只猫都是在重建修道院期间我借宿在诺里斯上尉家里时收养的。搬进埃克瑟姆的头五天，日常生活相安无事，我大部分时间都用来整理跟家族有关的资料。此时此刻，我已经非常详细地掌握了最后发生家族惨剧和瓦尔特·德·拉·珀尔逃亡的过程。我觉得，这些信息可以帮助我了解在卡法克斯的那场大火中毁于一旦的祖传文件中说了写什么。情况好像是，我的祖先当时发现了一件令人震惊的事情，所以在两个星期后，残忍地杀害了仍在睡梦中的家人，只剩下四个同谋的仆人。这项指控证据确凿。这个发现彻底改变了他的行为，但他并没有告诉任何人。当然，那些帮过他之后便逃

1 作者曾经有过一只公猫也叫这个名字，在 1904 年举家从安杰尔街 454 号搬到安杰尔街 598 号后，这只猫跑掉了。

得无影无踪的仆人例外。

那场蓄意的杀戮——被害人有凶手的父亲、三个兄弟和两个姐妹——却得到了大部分村民的宽恕，法律给予的惩罚也相当宽松，凶手堂而皇之、毫发无损地逃到弗吉尼亚。大家都私下议论，他把那块自古以来就被诅咒的土地给清除干净了。但究竟是什么样的发现促使他犯下如此滔天大罪，我实在无法想象。瓦尔特·德·拉·珀尔掌握与自己家族有关的恶行传说肯定已有数年，所以那份祖传文件不可能让他一时冲动。那么，他是不是在修道院或是修道院邻近看到了什么令人震惊的古老仪式，或是偶然发现了什么揭露真相的蛛丝马迹呢？早年在英格兰生活时，他可是出了名的腼腆矜持、温文尔雅。但后来在弗吉尼亚，他看上去并不是那种铁石心肠、充满仇恨的人，相反，表现得总是精神疲倦、充满忧虑。贝尔维尤[1]的绅士弗朗西斯·哈利是一位冒险家，他在日记中说，瓦尔特是一个难能可贵的正人君子，为人正派、体贴入微。

第一件事发生在7月22日，虽然当时没有人太在意，但这件事对后来发生的事产生了极大的影响。这件事再简单不过了，所以在当时的情况下，不太可能会引起人们的注意。现在回想起来，我住的这栋建筑，除了墙壁，所有的东西都是新的，而且我身边还围着一群神志健全的仆人，所以，尽管当地人害怕，可我实在没道理感到忧惧。我过后能回忆起来的是，我那只老猫——我很了解它的脾性——无疑一反常态，性情大变，表现得非常警觉和焦虑。它坐立不安地在各个房间里到处乱窜，不停地在这座哥特式建筑的墙壁上嗅来嗅去。我知道这听起来是很乏味——就像鬼故事里必然有一条狗，在主人看到裹尸鬼之前总是拼命吠叫一样——但平时对我言听计从的猫，此时此刻，我怎么也压制不住了。

第二天，一个仆人跑到我书房里向我抱怨说，房子里所有的猫都在焦躁不安地到处乱跑。我的书房是二楼上一间朝西的大房间，房顶是高高的交叉拱顶，四面墙壁是黑色橡木嵌板，一口三扇哥特式玻璃窗，透过窗户可以俯瞰石灰岩悬崖和荒凉的山谷。就在仆人说话的当儿，我看

---

1 美国新泽西州伯灵顿县辛纳明森镇的一个社区。

见“黑鬼”漆黑的身影正沿着西墙爬，一边爬一边抓挠旧石墙上新装的护板。我告诉仆人说，那面旧石墙八成有什么怪味，虽然人感觉不到，但猫的嗅觉非常敏感，所以即便隔着刚贴上去的护板，也能闻得到。我当时真是这么想的，但仆人却提醒我说，房子里可能有老鼠。我说，修道院已经有三百年没有老鼠的影子了，这里高墙林立，就连周围乡野里的田鼠也不太可能进得来。当天下午，我去看望诺里斯上尉，而他也十分肯定地告诉我，简直不敢相信，田鼠突然入侵修道院，这还是从未有过的事。

当天晚上，我像往常一样跟一个贴身侍从巡查了一番之后，回到西塔楼自己的卧室。书房到卧室之间是一段石板楼梯和一段不长的走廊，卧室有一部分是老房子留下的，而书房则完全是重建的。卧室呈圆形，很高，但没有装壁板，墙上挂了几块我在伦敦亲自挑选的挂毯。看到“黑鬼”在我身边，我便关上厚重的哥特式房门，借着精工仿造烛台的电灯光来到床边，最后关掉灯，躺在有四根精雕细琢的帷柱支撑着罩顶的大床上，而稳重老成的“黑鬼”也像往常一样躺在我的脚边。我没有拉窗帘，而是凝望着对面狭窗外的景色。窗外的天空中泛着一缕极光，精致的花饰窗格清晰可见，令人心驰神往。

不知什么时候，我肯定是静静地睡着了，因为我清楚地记得，本来安安静静休息的猫突然惊跳起来，让我也从离奇的梦境中惊醒过来。我借着朦胧的极光，看到它昂首挺胸，前爪蹬在我的脚踝上，后腿伸得直直的，正聚精会神地盯着窗户西边墙上的某个地方。虽然我看不出墙上有什么东西，但此时此刻我的注意力还是全部集中在那面墙上。我一边注视着那面墙，一边心想，“黑鬼”是不会无缘无故兴奋起来的。我说不清墙上的挂毯是不是真的移动过。但我觉得挂毯的确被稍微动过，而且我敢发誓，我的确听到挂毯后面传来一阵老鼠跑过时发出的轻微而又清晰的声音。一瞬间，“黑鬼”纵身跳上挂毯，随即因为身体较重而把挂毯的一角扯到地上，露出潮湿的旧石墙，石墙上随处都是修补过的痕迹，但没有任何啮齿动物留下的痕迹。“黑鬼”在这段墙下的地板上窜来窜去，抓挠掉在地上的挂毯，还时不时抓挠墙壁和橡木地板之间的缝隙。一番折腾之后，“黑鬼”一无所获，便又疲倦地回到我的脚边，安静下来。整个过程中，我躺着没动，但当天晚上再也没有睡着。

第二天早上，我问了所有的仆人，但发现他们都没有注意到有什么异常情况，不过，我的厨娘回忆说，在她房间窗台上睡觉的那只猫表现得有点儿怪。夜里不知什么时候，那只猫突然拼命叫了起来，就在厨娘被吵醒的一刹那，她看到猫直奔目标，冲出敞开的房门，顺着楼梯跑了下去。我昏昏沉沉地打发了中午时光，下午又去见诺里斯上尉，把事情的经过告诉他之后，他表现出极大的兴趣。这些怪事——如此微不足道但又如此稀奇古怪——唤起了他丰富的想象力，让他想起了当地流传的许多鬼故事。这里为什么会有老鼠，我们真的搞不懂，但诺里斯还是借给我一些捕鼠器和巴黎绿[1]。回来后，我把捕鼠器和巴黎绿都交给仆人，让他们放在老鼠可能出没的地方。

那晚，我非常困倦，所以早早回房歇息了，但一些极度恐怖的梦一直缠着我。我似乎正从一个很高的地方往下看，看到一个朦朦胧胧的洞穴，洞穴里是齐膝深的污泥，一个邋里邋遢的白胡子猪倌手持棍棒，正在驱赶一群浑身脏兮兮的肥猪。这些猪的模样一看就让我有一种说不出的厌恶感。就在猪倌停下来打个盹儿的时候，一大群老鼠像雨点一样从恶臭的深渊纷纷落下，把所有的猪连同猪倌一起吞噬了。

就在这时，跟往常一样睡在我脚边的“黑鬼”突然躁动起来，把我从噩梦中惊醒。这一次，我并没有怀疑“黑鬼”为什么会发出歇斯底里的嘶叫，也没有怀疑是什么样的恐惧让它不知不觉把爪子掐进我的脚踝，因为房间的四面墙上都传来可恶的声响——贪得无厌的硕鼠大军跑动的声音。此时因为还没有极光，我无法看到挂毯的状况——挂毯掉下来的一角已经重新挂了上去——但我还是吓得赶紧打开了灯。

灯一下子亮起来时，我发现整个挂毯，就像人临死前挣命一样，抖动得吓人。几乎就在那一瞬间，抖动停止了，声音也消失了。我跳下床，就近操起暖床炉的长柄轻轻拨了拨墙上的挂毯，挑起一角，看看后面到底有什么。结果，除了修补过的石墙外，挂毯后面什么也没有，就连“黑鬼”发现异常已经消失，也放松了警惕。我查看了放在房间里的捕鼠器，发现所有的捕鼠器都上了弓，但没有抓住老鼠或老鼠逃脱的迹象。

---

1 又称“乙酰亚砷酸铜”，是一种毒药和杀虫剂。

再继续睡已不可能了，于是，我点了一支蜡烛，打开门，来到走廊里，朝通往书房的楼梯走去，“黑鬼”紧紧跟在我后面。可是，没等我们走到石阶，“黑鬼”突然冲到我前面，跑下古老的楼梯，顿时不见了踪影。就在我走下楼梯的当儿，突然听到下面大房间里传来嘈杂的声音，那种声音我是绝对不会听错的。房间四周贴着橡木板的石墙里全是又蹦又跳、到处乱窜的老鼠，而“黑鬼”就像手足无措的猎人，狂躁地跑来跑去。我走下楼梯后，打开灯，但这一次并没有让声音平息下来。老鼠仍然“唧唧喳喳”闹个不停，左冲右突的声音非常大，也非常清晰，我终于搞清楚了老鼠闹腾的准确方位。这些很显然数不胜数的家伙正忙着大迁徙，从不可思议的高处迁移到下面可思议和不可思议的深处。

就在这时，走廊里传来一阵脚步声，紧接着，两个仆人推开了厚重的大门。他俩正在查看整个房子，查找骚动的源头，因为骚动使所有的猫一边发出惊恐的嘶叫，一边纷纷冲下楼梯，蹲在地下二层地窖大门前嗥叫。我问他们听没听到老鼠的动静，两人都说没有听到。我让他们留意护墙板后面的声音，这时，才意识到骚动声已经停止了。我与两个仆人一同来到了地下二层的地窖门前，却发现猫全跑散了。由于我本想以后再找时间到下面的地窖里一探究竟，所以我只是在地窖口的周围布了一圈捕鼠器。所有的捕鼠器都拉上了弓，但一无所获。除了我和猫之外，没有人听到老鼠的动静，这让我多少有些得意。我在书房里一直坐到天亮，认真回忆和梳理自己收集的关于埃克瑟姆的种种传说。

上午，我靠在舒适的读书椅上睡了一会儿，装修房子时，虽然我保留了中世纪的居家风格，但这张椅子一直没舍得扔。后来，我打电话给诺里斯上尉，他赶过来，和我一起去查看了地下二层的地窖。尽管一无所获，但我们发现地窖居然是罗马人修建的，这多少让我们兴奋不已。所有低矮的拱门和粗壮的立柱都是罗马式的——不是撒克逊人粗制滥造的罗曼风格，而是凯撒时期那种庄重而又和谐的古典风格。事实上，四周墙壁上到处都是反复考查过埃克瑟姆的文物研究者所熟悉的铭文，都是些“P. 赫塔……教授……临时……小姐”和“L. 普雷戈…… 对……庞蒂菲……阿提斯……”之类的东西。

一提到阿提斯，我就不寒而栗，因为我曾读过卡图鲁斯[1]的诗，所以了解一些与这个东方神灵有关的恐怖仪式，对他的崇拜与对西布莉的崇拜有着复杂的关系[2]。借着提灯的光亮，我和诺里斯想弄懂刻在这些不规则矩形巨石上留下的已经近乎抹掉的奇怪图案，但一无所获。一般认为，这些巨石应该是某种祭坛，我们还记得其中一个图案描绘的是光芒四射的太阳，学者们认为这个图案并不属于罗马人，这说明这些祭坛本该属于在同一位置上修建的更古老、更原始的神庙，罗马祭司只不过是借用而已。在其中一块巨石上，有一些褐色的污迹，让我很好奇。最大的一块则位于房间的中央，在巨石的上边有火烧后留下的痕迹——可能有人在上面举行过火化祭祀。

这就是我们在猫蹲在门前叫个不停的地窖里见到的情景。此时此刻，我与诺里斯准备当晚在这里过夜一探究竟。我让仆人搬来两张躺椅，告诉他们，夜里无论猫搞出什么动静，都不要在意。我还把“黑鬼”带进了地窖，一是因为有用得着它的地方，二是因为它一直陪伴在我身边。我们决定紧闭地窖的橡木大门（这扇门是预留了通气孔的现代复制品）。一切准备就绪后，我们在沙发上躺了下来，故意点着提灯，等着看地窖里会发生什么情况。

地窖在修道院地基层下方很深的地方，所以也位于俯瞰荒凉山谷的石灰岩悬崖表面下方很深的地方。但可以肯定的是，老鼠成群结队地朝这里涌来，不过，至于为什么，我无从得知。就在我们满怀期待地躺在那里守候的时候，我断断续续地陷入似睡非睡的状态，而躺在我脚边坐卧不安的“黑鬼”又时不时把我从睡梦中惊醒。但这些梦并不是那种合乎常理的梦，而是我头一天夜里做过的那种噩梦。在梦中，我又看到了幽暗的地窖，看到了猪倌和那群浑身脏兮兮在烂泥里肆意打滚的猪。看着看着，这些东西似乎离我越来越近，越来越清楚，清楚到让我几乎能看清它们的面目。接着，我看清了其中一头猪圆滚滚的样子，大叫一声惊醒过来。惊叫声把“黑鬼”吓了一跳，而一直没有睡的诺里斯上尉

---

1 罗马共和国后期的拉丁诗人，他写的诗呈现出现代派的风格。其现存的诗篇仍然深受人们喜爱，对诗歌的发展产生了巨大影响。

2 佛里吉亚和希腊神话中西布莉的情人。在卡图鲁斯的诗篇《阿提斯》中，阿提斯讲述了他对西布莉疯狂的爱以及后来的自宫。

则哈哈大笑起来。诺里斯如果知道我为什么惊叫，没准儿会笑得更凶，但也可能笑不出来。不过，我是到后来才想起来到底梦见了什么。极度恐惧常常会仁慈地让记忆瘫痪。

听到有情况后，诺里斯摇醒了我。他轻轻地摇了摇我，让我赶紧听猫的动静，我一下子从噩梦中惊醒过来。实际上，要听的不止猫弄出的动静，在石梯顶部紧闭的门外，有许多猫正在嘶叫和抓挠，简直像一场噩梦，而此时此刻，“黑鬼”根本不去留意门外的同类，一个劲儿地沿着四周裸露的石墙拼命奔跑。与此同时，我听到石墙里传来我头一天夜里听到过的老鼠奔跑的嘈杂声。

此时此刻，我感到一阵强烈的恐惧，因为这里的种种反常是正常的思维根本无法解释的。只有我和猫才能感觉到的这些动物，肯定是在古罗马时代的石墙里不断地嚼齿和奔跑，而我原以为这些石墙是实心的呢……除非 1700 多年来流水的作用慢慢侵蚀出蜿蜒曲折的地道，而这些啮齿动物又把地道啃得又光又宽了……不过，即便是这样，阴森恐怖的气氛仍有增无减。如果石墙里真是老鼠，那诺里斯为什么听不到老鼠的动静呢？为什么他催我去看“黑鬼”的举动，去听门外猫发出的声响呢？为什么他胡乱猜测猫躁动的原因呢？

当我尽可能理智地告诉他我认为自己听到了什么时，我突然发现老鼠的骚动声正逐渐消散，自上而下渐行渐远，跑到了这间已经是地下二层的地窖下边更深的地方，似乎整个崖壁都被老鼠掏空了。听我说完后，诺里斯没有像我预料的那样满腹狐疑，相反，我的话深深触动了他。他示意我注意门外的猫似乎已经放弃追老鼠，不再吵闹了，但“黑鬼”又突然躁动起来，开始疯狂抓挠距离诺里斯的躺椅更近、位于地窖中央的巨石祭坛底部。

此时此刻，我心里充满了莫名的恐惧。诺里斯上尉虽然比我更年轻、更强壮，没准儿更坚定地信奉唯物主义，但我发现，刚才发生的惊心动魄的一幕，还是让他受到强烈的震撼，究其原因，也许是他对当地坊间传言从小耳濡目染的缘故吧。一时间，我们手足无措，只好盯着黑猫抓挠石坛的底部，看着他抓挠的疯狂程度慢慢散去，时不时抬起头来，冲着我发出乞怜的叫声，而这种叫声是它过去有求于我时才会有的。

诺里斯手拿提灯，走到祭坛跟前，一声不响地跪在地上，刮掉古罗马时代的祭坛石与棋盘状地板之间的缝隙里几百年来残留的苔藓，查看“黑鬼”抓挠过的地方。可是，他没有发现什么异样，就在他准备放弃的时候，我突然注意到一个细节，这个细节虽然我早已想到过，但仍然让我打了个寒战。我把这个细节告诉了诺里斯，我们两人便全神贯注地一起观察那个几乎察觉不到的细枝末节。放在祭坛旁的提灯里的火焰被一股气流吹得在轻轻摇曳，而此前，并没有什么气流影响提灯的火焰。毫无疑问，诺里斯刮掉石坛与地板之间的苔藓，露出了一个缝隙，这股气流就是从这个缝隙里吹来的。

当天夜里剩下的时间里，我们待在灯火通明的书房中，紧张不安地讨论我们下一步该怎么办。我们已经知道，这座该死的修道院底部是罗马人建造的深地基，在下面更深的地方，是三百年来文物学家从没意识到的地窖，这一发现本足以让我们这些不了解这座可恶建筑的人兴奋不已。不过，这种兴奋也有两面性，我们迟疑片刻，不知道是该放弃搜索，听信迷信永远放弃修道院，还是该满足自己的冒险欲，勇敢地去面对在那无人知晓的深处地窖里等着我们的恐怖。到了早上，我们两个各退一步，达成一致意见，决定去伦敦召集一批考古学家和科学家来解开谜团。值得一提的是，在离开地下二层地窖之前，我们曾想法移动竖在地窖中央的石坛，但没能移得动。现在想来，石坛下面是充满恐怖的大坑，而石坛就是通往这个大坑的门。那些比我们聪明的人，没准儿能发现这道门后面究竟隐藏着什么秘密。

我与诺里斯上尉在伦敦待了许多天，先后向五位著名权威专家讲述了自己发现的证据、各种推测，以及坊间流传的种种奇闻。我们相信，在接下来可能展开的探索中，一旦发现了与我们家族相关的秘密，这些专家完全能够持尊重的态度。我们发现，大多数专家并没有对我们的话不屑一顾，相反，都表现出浓厚的兴趣和由衷的共鸣。把这些专家的名讳全列出来，似乎没什么必要，但有一个人不能不提，他就是威廉·布林顿爵士，他当年在特洛德[1]的考古发掘工作曾让整个世界为之振奋。就在我们一行 7 人一起乘火车回安切斯特的时候，我感觉自己正站在发

1 土耳其安纳托利亚西北部比阿半岛的旧称，现为土耳其恰纳卡莱省的一部分。

掘恐怖秘密的边缘上，这种感觉只能用世界另一边的美国人听到总统突然辞世后所表现出来的那种悲痛欲绝来形容。[1]

8月7日晚，我们回到埃克瑟姆，仆人们告诉我没有出现什么异常情况。那些猫，就连老“黑鬼”在内，都很平静，房子里的捕鼠器一个也没有弹起过。我把所有的客人安排到设施齐备的房间，准备第二天开始探索。我回到塔楼上自己的房间里歇息，“黑鬼”还是睡在我的脚边。我很快就进入了梦乡，但可怕的梦一个接着一个地不停袭扰我。我梦见一场特立马乔[2]式的罗马盛宴。筵席中，在一个遮盖住的浅盘里，有一道可怕的菜。这时，那该死的一幕——幽暗的洞穴里隐约可见的猪倌和那群浑身脏兮兮的猪——再一次出现了。但一觉醒来后，已经是大白天，楼下传来日常活动的声音。老鼠——不管是活生生的现实，还是我想象中的幽灵——并没有侵扰我的睡梦，“黑鬼”也在安静地睡觉。我走到楼下，发现整个修道院也很平静。几个专家正聚在一起，其中一个——名叫桑顿，专门研究灵媒的家伙——很荒唐地对我说，展现在我面前的东西肯定是某种力量有意为之的。

一切准备就绪，上午十一点，我们7个人拿着功率强大的探照灯与发掘工具来到地下二层的地窖，随手闩上了地窖的大门。“黑鬼”也跟着我们进入了地窖，尽管它表现得非常兴奋，但几位专家不但没有把它赶走，相反，倒是巴不得这只猫在场，免得老鼠的动静不易被人察觉。我们只着重介绍了罗马时期留下的铭文与祭坛上的陌生图案，因为其中3位专家都见过这样的铭文和图案，而且对它们的特点都了如指掌。专家们的注意力主要集中在竖在地窖中央的石坛上。不出一个小时，威廉·布林顿爵士不知道用什么平衡工具就让石坛向后倾斜了。

此时此景，石坛下面展现出极度恐怖的场面，如果没有心理准备，我们肯定会吓晕过去。穿过瓷砖地板上一个几近正方形的洞口，下面是一段石梯，整段石梯磨损得相当严重，石梯中间的部分几乎磨成了斜面。石梯上，堆满了许多人类或类似人类的骨骸，令人毛骨悚然。有些

1　这里指的是美国第29位总统沃伦·甘梅利尔·哈定。1923年8月2日，他因患冠状动脉血栓，卒于任内。

2　公元一世纪罗马时期佩特罗尼乌斯所著小说《萨蒂利孔》(其中第二部分为“特立马乔盛宴”)中的人物，依靠勤奋和毅力获得权力和财富，以一掷千金举办盛宴而闻名。

骨骸的形状还算完整，但无一不保持着极度恐惧的姿势，骨骸上到处都是啮齿动物啃噬过的痕迹。对现场的头骨进行查看后发现，这些头骨的主人无异于弱智、白痴，或原始类人猿。这条堆满骨骸的石梯上方是下行的拱道，拱道很显然是在坚硬的岩石中开凿出来的，起传导气流的作用。气流并不是从刚打开的密封地窖里突然喷涌而出的有害气体，而是一股清新的凉风。停顿片刻之后，我们开始在石梯上颤颤巍巍地清理出一条下行的通道。就在这时，威廉·布林顿爵士仔细查看了开凿的拱道后，得出一个与众不同的结论：根据岩石上凿痕的方向判断，这条通道肯定是自下而上凿出来的。

此时此刻，我必须深思熟虑，谨慎用词。

我们在被啃噬过的累累白骨中艰难往下走了几个石阶之后，突然发现前面有一丝亮光，不是神秘的磷光，而是一缕过滤进来的日光。这缕亮光只能是从俯瞰荒凉山谷的悬崖上某个缝隙里透进来的。这样的缝隙从外面不会有人注意到，一者，这个山谷里根本没人住，二者悬崖太高太陡，只有乘热气球才能仔细看清它的表面。我们又往下走了几个石阶，眼前出现的一幕让我们所有人吓得简直抽了气，尤其是那位灵媒专家桑顿，当场就昏了过去，瘫倒在站在他身后、惶恐不安的人怀里。诺里斯——他那胖乎乎的脸吓得面色苍白，没有一丝血色——吓得只是发出一声尖叫，连话都说不出来了。而我觉得，自己当时的举动就是目瞪口呆，倒抽冷气，干脆用手捂住了眼睛。我身后的那位——一行人中唯一比我年纪大的人——则用我听到过的最嘶哑的声音说了那句老掉牙的“我的天啊！”一行七人都算得上有涵养，但只有威廉·布林顿爵士还算沉得住气，因为他走在最前面，肯定最先看到了这一幕。

展现在我们面前的是一个朦胧的巨大洞穴，洞穴又高又大，一直延伸到视线之外。这是一个充满无限神秘与无比恐怖的地下世界。这里既有房屋，也有其他建筑废墟——我心惊胆战地瞅了一眼，发现一个形状诡异的坟墓，一个由巨石堆砌而成的石圈废墟，一座穹顶低矮的罗马式建筑废墟，一片撒克逊式建筑，还有一座早期英格兰风格的木体建筑——但与整个地面上令人毛骨悚然的景象相比，这一切根本不值一提。距离石阶几码远的地方，一眼望去，杂乱无章地堆砌着人类骨骸，至少和石阶上一样是人类的骨骸。这些骨骸像泛着泡沫的大海一样一望无际，有的已经散了架，有的还能或多或少地看出是完整的骨架。那些相对完整的骨架无一例外地摆出着魔以后的疯狂姿势，要么是摆出奋力回击某种威胁的姿势，要么就是摆出一副穷凶极恶地紧紧抓住其他东西的样子。

人类学家特拉斯克博士弯下腰去仔细辨认地上的颅骨，发现这些颅骨的结构都有不同程度的退化，这让他困惑不解。从进化等级上看，这些颅骨要比大多数皮尔丹人[1]还低，但无论从哪方面看，他们都属于人类。许多颅骨属于进化程度相对较高的人类，只有极少数颅骨属于等级最高、感官高度发达的人类。所有的骨骸都有被啃噬过的痕迹，大多数是老鼠啃噬过的，但有些则是半人半兽的动物啃噬过的。和人类的骨骸混在一起的是许多细小的老鼠骨骸，这些骨骸肯定是那支终结古代的祸害大军落下来的成员的。

我很纳闷，在经历了那天的骇人发现后，我们所有人居然还能活着，而且神志都还健全。就连霍夫曼[2]和于斯曼[3]都想象不出比这个幽暗洞穴更不可思议、更令人厌恶、更充满哥特式诡异的场面了。我们一行 7 人跌跌撞撞地走在洞穴中，面对一个又一个新发现，大家都努力克制自己不去想象三百年前，或是一千年前，或是两千年前，乃至一万年前，这里肯定发生过的事。这里堪称地狱的接待室。当特拉斯克告诉桑顿，有些骨骼显示它们的主人已经退化了二十代，甚至更多代，以至于变成四肢动物的时候，可怜的桑顿又一次昏了过去。

就在我们开始要弄清埃克瑟姆的建筑废墟时，恐惧也接踵而至。肯定是由于饥饿或惧怕老鼠的缘故，那些原本关在石圈里的四足动物——偶尔夹杂着两足动物——最后疯狂地冲出石圈。这样的动物不止一群，很显然是用劣质蔬菜喂养得又肥又胖，在那些古罗马之前的巨石瓮底上还能看到这样的蔬菜当作饲料被鲜储起来。此时此刻，我终于弄明白我的祖先为什么会需要那么大的菜园子——打死我也忘不了！至于圈养这些动物的目的，我根本用不着去问。

---

1 参阅《大衮》中的相关注释。

2 德国惊悚和怪诞小说作家，其小说对爱伦·坡产生了很大影响，但洛夫克拉夫特对霍夫曼的小说评价一般。

3 法国象征主义作家。洛夫克拉夫特曾有于斯曼的小说《逆天》的英译本，也读过于斯曼描写魔鬼崇拜的小说《在那儿》。

威廉爵士手持探照灯站在这座古罗马时代的建筑废墟里，大声解释着我有生以来第一次听说的最令人震惊的仪式，道出了那个在大洪水时代以前异教徒们就已经拥有的饮食习惯，而西布莉的祭司后来发现了这种饮食习惯，并把它与自己的饮食习惯融为一体。诺里斯虽然目睹过战场的血腥场面，但当他走出这座英式建筑时，连步子都迈不稳了。这座建筑简直就是屠宰场和厨房（他本来就是这么想的），但在这里看到熟悉的英式厨具，看到熟悉的英式涂鸦（时间最近的涂鸦居然可以追溯到1610年），对我们来说，实在是难以接受。在这座建筑中，我甚至都不敢走动，正是在这里，我的祖先瓦尔特·德·拉·珀尔最后用短剑终结了种种罪恶行径。

我壮着胆子走进去的，是撒克逊时期的那座低矮建筑，这座建筑的橡木门已经掉落。我走进去一看，这里有一排十间惨不忍睹的石牢，石牢门窗的铁栅栏已锈迹斑斑。其中的三间石牢里还有囚犯的遗骨，都是进化等级较高的人类骨骸，其中一个骨骸的食指上还戴着一枚印章戒指，印的是我们家族的盾徽。威廉爵士在罗马式小教堂下面发现了一个地窖，里面也有年代更久远的几间牢房，不过，里面没有发现囚犯的骨骸。在这个地窖下面还有一个低矮的地窖，里面有许多箱子，箱子里整齐摆放着骨骸，其中的几口箱子上，用拉丁语、希腊语、佛里吉亚语[1]刻着骇人的铭文。与此同时，特拉斯克博士掘开了一座史前的坟墓，在里面发现了一些颅骨，与大猩猩的颅骨相比，这些颅骨只有细微的进化，颅骨上都刻有难以形容的象形文字。面对这一恐怖场面，“黑鬼”走起路来，可谓是昂首挺胸、泰然自若。有一次，看到它神气地蹲坐在一堆白骨之上，我不禁纳闷，它那双黄眼睛背后究竟隐藏着什么秘密？

随便扫了一眼这片幽暗区域——我曾不止一次梦见过这片可怕的区域——的恐怖场面之后，我们转身朝伸手不见五指的无底洞走去。从悬崖裂缝里透进来的日光根本照不到这个无底洞，所以，我们也永远无法得知，在这个近在咫尺而又伸手不见五指的冥界里，究竟藏着什么东西。毫无疑问，里面隐藏的秘密肯定不会给人类带来什么好处。不过，近在眼前的东西已经够吸引我们的注意了，因为我们借着探照灯光没走

1 古代安纳托利亚（今土耳其）中西部地区、以萨卡里亚河为中心的王国。

多远，就看到老鼠尽情享受盛宴的无数深坑。而在这些深坑中，突如其来的食物短缺使那支贪婪的啮齿大军首先将它们的利齿瞄准了那些饱受饥饿折磨的生物，然后再从修道院里蜂拥而出，发动了历史上那场农民们永远不会忘记的疯狂浩劫。

天呢！那些充满腐臭气味的大坑里居然是被锯断、被啃过的骨头和被敲开的颅骨！无数个万恶的世纪以来，那些恐怖的深坑里塞满了猿人[1]、凯尔特人、罗马人、英格兰人的骨骸！有些坑已经填满，在场的人谁也说不清这些大坑原来有多深。虽然我们用探照灯去照，但有些大坑仍然深不见底，里面究竟填了多少人，只能凭我们想象去了。我在想，在这个地狱般暗无天日的冥界，万一哪个倒霉的老鼠不小心掉进这些深坑中，又该怎么办？

我不慎在一个可怕深坑的边缘滑了一脚，顿时感到异常恐惧。我肯定是沉思了很久，因为当我回过神来时，只看到身材魁梧的诺里斯上尉，其他人已经看不到了。这时，从漆黑而又遥不可及的更远处传来了一个声音，我看见"黑鬼"像长了翅膀的埃及神灵[2]一样，从我身边窜了出去，径直冲向未知的无底深渊。其实，一行人并没有把我甩得很远，因为不一会儿所有的疑惑就有了答案。那个可怕的声音是可恶的老鼠窜动时发出的。这些老鼠总是不断地制造恐怖，而且一步步引着我朝地心中面目狰狞的洞穴走去。在那里，疯狂的无脸之神奈亚拉托提普[3]，正伴着两个无形无状、愚不可及的魔笛手吹奏的笛声，在黑暗中漫无目的地嗥叫。

虽然我的探照灯灭了，但我还是撒腿就跑。我听到各种声音，吼叫声，还有回音，但最主要的还是老鼠发出的可恶而又狡诈的窜动声。这种声音渐渐升高，越来越响，就像一具僵直而又膨胀的尸体慢慢浮上满是油污的河流，穿过无数玛瑙桥，朝着又黑又臭的大海飘去。突然，不知是什么东西跟我撞了个满怀——是一种软绵绵、胖乎乎的东西。肯定

---

1 根据希腊词语 pithekos（猿）和 anthropos（人）杜撰的新词，概表明"人"与"猿"的假定关系。

2 此处可能喻指埃及神话中的猫神巴斯特，不过巴斯特没有翅膀。

3 旧日支配者中唯一可以自由活动的一个，同时也是旧日支配者中极少数表现出人类可理解的理性者。它常化作人形在地球上行走，通常表现为一个高大、纤瘦、欢快、肤色黝黑的男人形象。作者在散文诗《奈亚拉托提普》（1920）中第一次提到它。

是老鼠，啃噬死尸与活体的、浑身黏乎乎呈凝胶状的饥饿大军……既然德·拉·珀尔家族的人可以吃禁止吃的东西，老鼠为什么就不能吃掉德·拉·珀尔家族的人呢？……战争吃了我儿子，真该死！……北方佬用大火吃掉了卡法克斯，烧死了德拉珀世祖，还有秘密的……不，不，我告诉你，我不是幽暗洞穴里那个该死的猪倌！那松垮垮、软绵绵的东西并不是爱德华·诺里斯那胖乎乎的脸！是谁说我是德·拉·珀尔家族的人来着？……他还活着，可我儿子却死了！……诺里斯家的人能把德·拉·珀尔家族的地产占为己有吗？……这是巫毒教！我告诉你……那条花斑蛇……该死的，桑顿，我会让你领教听到我家族的所作所为后如何吓昏过去！……真该死，你们这些臭烘烘的家伙，我会知道你们是怎么发出臭味的……你们想撼动我的信心吗？……大母神玛格那-玛特！大母神玛格那-玛特！……阿提斯……神灵会惩戒你，在你的脸上……祝你们祸星高照！……愿不幸和悲伤降临到你和同类的头上！[1]咕噜，咕噜噜……哧哧哧……

他们说，3个小时后，他们在黑暗中找到了我，发现我蜷曲在黑暗中，脸朝着诺里斯上尉已经被吃掉一半的肥胖身躯，正在嘀咕着上面的话，而当时我自己养的猫一边跳跃一边撕扯我的喉咙。现在，他们已经把埃克瑟姆修道院炸掉了，把“黑鬼”也从我身边弄走了，还把我关进了汉威尔的这家疯人院[2]，在我背后嘀咕着我与我的家族。桑顿就被关在我隔壁的房间，但他们不许我跟他说话。他们还拼命掩盖与修道院有关的事实。每当我说起可怜的诺里斯时，他们便指责我犯下了滔天大罪。但他们肯定知道，诺里斯并不是我害死的；他们肯定知道，诺里斯是那些上蹿下跳的老鼠害死的。在这个房间的护墙板后面，那些可恶的老鼠竞相追逐，使我无法入睡，诱使我陷入前所未有的巨大恐怖之中，但他们却根本听不到老鼠的动静，那些老鼠，那些墙中之鼠。

---

1 这处的原文既包含古英语、中古英语、拉丁语、盖尔语，又包含原始咕噜声，作者借此来表达故事叙述者进化程度突然下降。

2 在英格兰，确有一家这样的疯人院。

克苏鲁的呼唤[1]

（见于波士顿已故弗朗西斯·韦兰·瑟斯顿[2]的文稿中）

可以想象，如此强大的力量或存在不可能没有什么东西遗留下来……从久远的年代遗留下来的东西，那时……意识呈现出各种形态，而这些形态早在人类进步的大潮来临很久之前就销声匿迹了……只有诗歌和传说以飞逝记忆的方式记录了这些形态，并称之为神灵、妖魔，以及形形色色的神秘生物……[3]

——阿尔杰农·布莱克伍德

1 《克苏鲁的呼唤》可能写于1926年8月或9月，最初被《诡丽幻谭》拒之门外。1927年7月，重新投稿，终被接受，之后发表于1928年第二期上。克苏鲁："旧日支配者"之一，沉睡之神，拉莱耶之主，象征"水"的存在之一，形象为章鱼头、人身，背上有蝙蝠翅膀的巨人。"旧日支配者"是宇宙中强大而古老的存在，其存在多数是由远超凡间的不明物质组成，尽管它们不如外神般强大，其能力依然远远超出人类想象，普通的人类只要看到它们就会陷入疯狂，但仍有一些外星种族、古代文明或疯狂的神秘宗教崇拜它们，希望得到它们的力量。依照奥古斯特·威廉·德雷斯的设定，"旧日支配者"与外神因在远古时代反叛古神而被禁锢，除奈亚拉托提普之外，均无法自由行动，但当繁星运行到适当位置时，可以用咒语召唤到这个世界上来。按照奥古斯特·威廉·德雷斯的分类，"旧日支配者"依其象征的水、火、风、地四元素分为四个阵营。其中，象征水与风的"旧日支配者"之间、以及象征火与地的"旧日支配者"之间互为对立，均将对方视为死敌。

2 该名字源于普罗维登斯古老的名门望族。1827年至1855年间弗朗西斯·韦兰·瑟斯顿（1796—1865）任布朗大学的校长。

3 出自《人首马身怪》(1911）第十章。此段话是小说主人翁特伦斯·奥马利讲话的一部分。洛夫克拉夫特在1924年偶然接触了英国小说家阿尔杰农·布莱克伍德的作品，发现布莱克伍德的宇宙观非常具有启发意义，其优美的语言表达主要体现在其著名的中篇小说《柳树》中，洛夫克拉夫特视之为奇幻小说中的上乘之作。《人首马身怪》是布莱克伍德表现其神秘主义哲学的代表作。

一、泥塑中的恐惧

我觉得，这个世界上最仁慈的事莫过于人类的大脑无法把大脑中的所思所想贯穿起来了。现如今，我们生活在茫茫漆黑的大海中一个宁静的愚昧之岛上，但这并不是说我们必须去远航探索。各领域科学研究虽然都竭尽全力地沿着自己的轨迹发展，但时至今日尚未给我们造成什么伤害。如果我们有朝一日真能把所有毫无关联的知识拼凑起来，那么展现在我们面前的将是一个非常可怕的现实世界，我们的处境也将充满恐惧。果真是这样，我们要么被已知的真相逼疯，要么逃离光明，进入一个平静而又黑暗的新时代。

通神论者曾推测，宇宙的循环极其壮观，而我们的世界和人类在这个循环中只不过是匆匆过客而已。他们毫不掩饰泰然自若的乐观态度，明确向我们做出令人毛骨悚然的暗示，那就是：这个世界仍残存着灵异的东西。我对这些东西的了解不是来自通神论者，而是亲眼见识过一次遭禁的亘古。每次想起它，浑身便会起鸡皮疙瘩，每次梦见它，就有一种要发疯的感觉。像所有发现可怕的真理一样，我的发现纯属巧合，就是在我把互不相干的东西——一张旧报纸和一位已故教授留下的笔记——拼凑起来的时候偶然发现的。我希望，以后不会再有人做这种事。当然，如果我还活着，我是绝不会明知故犯地把这一连串可怕的事情联系起来的。我觉得，那位教授本来也准备对自己知道的事三缄其口。要不是因为他死得太突然，他肯定会把自己的笔记全部销毁。

我对这件事的了解要追溯到1926年至1927年间的那个冬天。当时，我的叔祖父乔治·甘默尔·安杰尔[1]刚好去世，他曾在位于罗德岛州首府普罗维登斯的布朗大学任教，是位闪米特语系的荣誉教授。安杰尔教授是研究古代铭文的权威，名气很大，一些著名博物馆的负责人经常向他请教，他过世时已经92岁高龄，所以很多人都可能记得他。但

1 教授的名字非常重要。安杰尔是普罗维登斯最古老的家族之一。甘默尔（Gammell）是甘维尔（Gamwell）的变体，而作者的姨妈就叫安妮·E. 菲利普斯·甘维尔（1866—1941）。作者本该就读布朗大学，但1908年因患精神衰弱，不得不高中辍学。

在当地，人们谈论更多的是他不明不白的死因。他在从纽波特[1]乘船回家途中身感不适，所以便从海边抄近路回他在威廉姆大街的家，在一个陡峭的山坡[2]上一下子摔倒了。后来，据目击者说，一个海员模样的黑人突然从黑咕隆咚的巷子里窜出来，不小心把他给撞倒了。医生没能找出什么明显的病症，经过一番混乱无序的会诊后推断说，这么大岁数的人这么快爬这么陡的坡，肯定会对心脏造成某种原因不详的损害，最终结果了他的命。当时，我对医生的说法并没有什么异议，但最近我开始怀疑——而且不仅仅是怀疑。

由于我叔祖父死的时候没有什么子嗣，所以我便成了他的继承人和遗嘱执行人。为了把他的文件仔细检查一遍，我便把他的文件和箱子全部搬到我在波士顿的住处。我整理出来的许多资料随后将由美国考古学会[3]出版，不过，有一个箱子，虽然我百思不得其解，但还是不愿意拿出来示人。箱子是锁着的，我也没有找到钥匙。这时，我突然想起来，教授的口袋里总是揣着一串钥匙，不妨找找看。但当我最后把箱子打开时却发现，我面临的是一道更坚固、更严密的屏障。展现在我面前的异样浅浮雕以及毫无条理的草记、随笔和剪报究竟是什么意思呢？人到晚年，我叔祖父连这么小儿科的骗人把戏居然也信？这个异样的浅浮雕究竟出自何人之手？很显然，把老人搅得心神不宁的正是这尊浅浮雕，所以我决心一探究竟。

浮雕大体上呈长方形，大约 5×6 英寸见方，厚度不足 1 英寸。很显然，制作的年代并不久远，但从造型上看，其基调和寓意与现代浮雕相去甚远。整个浮雕虽然在许多地方狂放地呈现出立体画派和未来主义[4]的艺术特征，但又很少效仿史前文字中那种含而不露的规律性。图案看上去八成是某种文字。虽然我对叔祖父的文件和私藏了如指掌，但

1 美国罗德岛州纽波特县阿奎德内克岛上的一个海滨城市，位于普罗维登斯以南 37 公里，波士顿以南 68 公里，是新英格兰地区著名避暑胜地。

2 此处指普罗维登斯河东岸的学院山，布朗大学就坐落在山坡上。

3 作者杜撰的机构。

4 立体画派是西方现代艺术史上的一个流派，又译为“立方主义”，1908 年始于法国。艺术家从许多角度来描写一个对象，将其置于同一个画面之中，以此来表达对象最为完整的形象。代表画家包括毕加索、乔治·布拉克、莱热等人。未来主义画派是现代文艺思潮之一，由意大利诗人菲利波·托马索·马里奈蒂开创。第一次世界大战期间传布于欧洲各国，强调艺术创作动态优于静态，追求用艺术表现机械化和速度等现代发展。未来主义尽管在第一次世界大战之前就偃旗息鼓了，但它对达达主义和超现实主义都产生了巨大影响。

我无论如何也想不起浮雕上究竟是哪种文字，哪怕是和它沾一丁点儿边呢。

浮雕上的文字显然是象形文字，文字上方画的是一个具有象征意义的图形，颇具印象派的手法，根本看不出画的究竟是什么。看上去画的既像是怪物，又像表示怪物的符号，其形状只有那些具备病态想象力的人才能想象得出来。说句心里话，我绞尽脑汁地把它想象成章鱼、龙或者什么人的漫画，但都不得要领。它那软绵绵的脑袋上长着触须，怪异的身躯上长有鳞片，还有一对发育不全的翅膀，但最让人恐惧的还是它的整个外形。在它的背后，隐约表现的是一幢独眼巨人般的建筑。

和这个丑八怪放在一起的，除一沓剪报外，还有安吉尔教授的文稿，从笔迹上看，刚写了没多久，但显然不是文学体。有一份文稿貌似很重要，标题是“克苏鲁教”四个字，用工整的印刷体写成，以避免人们将这个闻所未闻的词读错。这份文稿共有两部分，第一部分的标题是“1925 年——H. A. 威尔科克斯的梦境和梦幻作品，罗德岛州普罗维登斯市托马斯街 7 号”，第二部分的标题是“1908 年警督约翰・R. 勒格拉斯在美国考古学会年会上的讲话，路易斯安那州新奥尔良市比安维尔街 121 号——会议的记录以及韦布教授的报告”。其他文稿都是三言两语的笔记，有的记录的是不同的人做过的稀奇古怪的梦，有的是从通神学书刊上摘录的片段（其中引人注目的是 W. 斯科特-埃利奥特的《亚特兰蒂斯和消失的利莫里亚》[1]），其余的都是些对年深日久的秘密社团和邪教的评论，以及从弗雷泽的《金枝》[2] 和穆芮的《西欧的巫术崇拜》[3] 等神话学和人类学读物中引述的段落。这些剪报的主要内容是各种稀奇古怪的精神疾病以及 1925 年春季爆发的群体性癫狂病。

那份主要文稿的上半部分讲述的是一个很离奇的故事。故事的大意好像是，1925 年 3 月 1 日，一个长得又黑又瘦的年轻人神经兮兮、兴

1 原为两部作品：《亚特兰蒂斯的故事》（1896）和《消失的利莫里亚》（1904），1925 年合订成单行本《亚特兰蒂斯的故事和消失的利莫里亚》。

2 全称为《金枝：比较宗教学研究》，是神话学和宗教的比较研究著作，作者为苏格兰人类学家詹姆斯・乔治・弗雷泽。作者运用现代主义方法探讨宗教问题，抛弃神话学观点，客观地将宗教视为一种文化现象，对当代欧洲的文学和思想产生了巨大影响。

3 英国著名考古学家、人类学家、民俗学家玛格丽特・爱丽丝・穆芮的著作，以详尽的史料呈现了西欧巫术崇拜的发展历程。

奋不已地拿着一个很罕见的泥塑浅浮雕，跑来见安杰尔教授。当时，那块泥塑还湿乎乎的，显然是刚刚做完的。从名片上得知，他叫亨利·安东尼·威尔科克斯[1]，我叔祖父最后认出对方是他略知一二的一家名门的小儿子，最近在罗德岛设计学院[2]学习雕塑，独自一人住在学院附近的鸢尾花大厦[3]。威尔科克斯是少年老成的青年才俊，只不过行为非常怪癖，从小一讲起奇闻趣事和稀奇古怪的梦来，便眉飞色舞，吸引别人的注意力。他自称是“精神超灵”，但这座老掉牙的商业都市中古板保守的乡亲们根本没有把他放在眼里，都认为他只不过是“行为怪癖”而已。因为他从不合群，所以便渐渐淡出了人们的视线，现在只在一个从其他城市来的唯美主义者组成的小圈子里有点名气。就连做派保守的普罗维登斯艺术俱乐部[4]也觉得他已经无可救药了。

教授在文稿里写道，在拜访过程中，年轻人冒冒失失地请求教授运用考古学知识，来辨认浮雕上的象形文字。他说起话来，云山雾罩、如梦似幻，一举一动都表现得装模作样，大有不食人间烟火之势。我叔祖父板着脸回答说，从浅浮雕新鲜的泥土看得出，他这玩意儿显然与考古学根本不沾边。可是，威尔科克斯的回答颇有诗情画意，给我叔祖父留下了深刻的印象，以至于让他过后回想起来，并一字不落地记录了下来。事实上，他的整个谈话都充满了诗情画意，后来我发现这也是他的性格使然。他说：“这的确是刚做的，昨天晚上我做了个梦，梦见许多陌生的城市，然后做了这个浮雕。我梦见的城市比令人流连忘返的提尔城[5]、谜一样的斯芬克斯[6]和花园层叠的巴比伦[7]还要古老。”

接着，他开始云山雾罩地讲起了他的故事，说这段故事突然唤醒了他沉睡的记忆，顿时引起了我叔祖父极大的兴趣。头一天晚上，新英格

---

1 作者一个祖先的名字，其太祖母名叫汉娜·威尔科克斯。

2 位于美国罗德岛州的首府普罗维登斯市，坐落于学院山下，与常青藤大学布朗大学校园相连，是一所集艺术与设计学科为一体的世界顶尖设计学院。

3 位于普罗维登斯托马斯街7号，坐落于学院山下。

4 位于托马斯街11号，距鸢尾花大厦以北半个街区。

5 古代腓尼基城市，传说是腓尼基王阿革诺耳之女欧罗巴和迦太基女王艾莉萨的出生地。现为黎巴嫩第四大城市和重要港口，有许多历史古迹。

6 即中国读者所熟知的狮身人面像。

7 距今约五千年前左右的美索不达米亚平原文明古国，在今伊拉克版图内，是人类文明的摇篮。迄今，古巴比伦“空中花园”被誉为世界建筑史上的七大奇迹之一。

兰地区[1]发生了一场地震，虽然轻微，但也是近年来该地区震感最强的一次。没想到，这次地震使威尔科克斯的想象力受到了强烈的冲击。过后，他做了一个前所未有的梦，梦见一些独眼巨人般的大城市，到处都是泰坦[2]一样的巨石和直冲云霄的石柱，上面挂满了鲜艳欲滴的绿色软泥，隐隐透出一股阴森可怖的气息。周边的墙上和柱子上都刻满了象形文字，不知从地下什么地方传来一个声音，其实算不上声音，而是一种混沌的感觉，只有想象力才能把这种感觉转化成声音。他凭这种感觉最后听出含混不清的两个词："克苏鲁—富坦。"

这两个词打开了安杰尔教授的记忆，让他既兴奋又不安。他一边以科学的缜密态度向威尔科克斯提问，一边仔细观察浅浮雕。年轻人说，当他从懵懵懂懂中清醒过来的时候，突然发现自己只穿着睡衣，冻得瑟瑟发抖，在做这块浮雕。据威尔科克斯后来说，我叔祖父还埋怨自己年岁大了，所以在辨认象形文字和图案时动作迟缓。他的许多问题，特别是那些把威尔科克斯和稀奇古怪的教派和协会扯在一起的问题，都让威尔科克斯摸不着头脑。威尔科克斯根本搞不懂，我叔祖父反复向他打包票，即使他承认自己属于某个成员广众的神秘宗教团体或异教团体，他也会替他保密。在安杰尔教授确信年轻人对任何邪教或秘密组织真的一无所知后，他便缠着年轻人以后把自己做的梦都讲给他听。就这样，手稿的记录显示，此后年轻人每天都来拜访他，把夜里梦到的一些步步惊心的片段讲给他听，其中总是提到阴森可怖、鲜血淋漓的巨石堆，从乱石堆里不断传出流水的声音和人的呼喊声，虽然听上去是让人摸不着头脑的咿呀乱语，但绝对刺激人的神经。这两种声音中听起来重复最多的两个词是"克苏鲁"和"拉莱耶"。

手稿继续写道，3 月 23 日，威尔科克斯没有露面。从他的住处打听到，他莫名其妙地发起烧来，别人把他送回在沃特曼大街[3]的家里去了。他在夜里大喊大叫，吵醒了楼里的其他几位艺术家，此后便交替出

1 新英格兰地区包括美国的六个州，由北至南分别为：缅因州、新罕布什尔州、佛蒙特州、马萨诸塞州、罗德岛州、康涅狄格州。

2 也称提坦，是古希腊神话中曾统治世界的巨人族。按照经典神话，泰坦在被奥林匹斯神系取代之前曾经统治世界，后被宙斯家族推翻并取代。在许多欧洲语言中，"Titan"一词表示"巨大的""了不起的"，1912 年沉没的巨型邮轮"泰坦尼克号"亦取名于此。

3 普罗维登斯的另一条主干道，东西走向，距安吉尔大街以南一个街区。

现神志不清和说胡话的状况。我叔祖父随即给他的家人打电话，从此以后，便经常打电话到主治医生托比在塞耶大街[1]的诊所，密切关注他的病情。很显然，年轻人发热的脑袋里装的都是稀奇古怪的东西，医生讲到那些东西的时候，时不时还会不寒而栗。这些稀奇古怪的东西不仅包括他反复提及的曾梦见过的东西，而且还异想天开地涉及到处游逛的、"几英里高的"庞然大物。

他始终没有完整地描述这是个什么东西，但由于托比医生不断提到他一直说疯话，教授据此坚信，这东西应该和他根据梦境雕刻出来的那个难以形容的怪物没什么两样。医生还说，一提到这个东西，年轻人就陷入一种嗜睡状态。不过，说来也怪，他的体温比正常温度高不了多少，但症状却显示他真的是在发烧，而不是精神失常。

4 月 2 日下午三点左右，威尔科克斯的所有症状突然消失了。他在床上直直地坐起来，发现自己居然在家里，非常吃惊。3 月 22 日深夜之后的事，究竟是现实还是在做梦，他根本不记得。医生说他已经好了，所以三天后他又回到自己的住处，但在教授眼里，他再也没什么用处了。康复之后，所有的怪梦都销声匿迹了，在此后的一周里，他讲述的都是一般人都会做、即无意义也毫不相干的梦，所以我叔祖父再没有做记录。

文稿第一部分到这里就结束了，但零零散散的笔记给我提供了许多思考的素材，实在太多了，只有我人生观中根深蒂固的怀疑态度，才能说明我为什么不再相信那个年轻人了。零零散散的笔记记录的都是形形色色的人讲述的梦境，从时间上讲，也都与威尔科克斯做怪梦的那段时间相吻合。我叔祖父似乎马上组建了一只规模庞大的调查机构，这个机构几乎涵盖了他所有可以打破砂锅问到底的朋友。他让他们把晚上做的梦，还有以前做过的有意义的梦以及时间，都告诉他。人们对他的要求似乎反应不一，但他八成还是得到了很多反馈，多到如果没有秘书，一般人根本应付不过来的程度。虽然反馈的原始信件没有保存下来，但他的笔记择其精要地记录了下来。交际圈和商界的一般人——新英格兰地区传统意义上的"优秀公民"——给出的结果差不多都是消极负面的。

1 普罗维登斯学院山东端的一条大街，与安吉尔大街和沃特曼大街呈垂直交叉。

笔记中零零散散的只有几例，夜间出现过心神不宁且捉摸不定的梦，时间都是在 3 月 23 日到 4 月 2 日之间——威尔科克斯说胡话的那段时间。搞科学的专业人士给出的答案要更差一点儿，只有四例轻描淡写地说曾经梦见过神秘的景象，但都转瞬即逝了，只有一例提到了梦见过可怕的异常情况。

艺术家和诗人们的反馈才正中他的下怀。如果他们能对照一下笔记，我保证他们肯定会被吓傻。实际上，因为没有信件的原件，我怀疑叔祖父提出的问题都带有导向性，在对信件进行编辑整理时，也只择取了自己想要的内容。正因如此，我才以为，威尔科克斯不知怎么搞到了我叔祖父的这些陈年旧账，便跑来忽悠老教授。艺术家们的反馈都提到了一个令人不安的故事。2 月 28 日至 4 月 2 日间，他们大部分人都梦见了令人匪夷所思的东西，在威尔科克斯说胡话的那段时间，梦见怪物的频率越来越高。在那些实话实说的反馈当中，有超过四分之一的人讲到了威尔科克斯描述过的场面和声音。有人承认，在梦境的最后看到巨大的无名怪物时感到非常恐惧。笔记中还特别记述了一例非常凄惨的梦境。做梦的人是一个名气很响的建筑师，平时喜欢通神学和神智学。就在威尔科克斯发作的当天，他也癫狂起来，不停地拼命尖叫，叫人把他从某个被人遗忘的地狱里救出来，如此这般地折腾几个月后，他断了气。叔祖父记录这些案例时用的如果不是编号而是姓名，我肯定会去求证。事实上，我果真找到了几位。尽管为数不多，但他们都证实了笔记内容的真实性。我常常想，那些被叔祖父调查过的人是否都像这小部分人一样困惑不解。还好，他们永远都被蒙在鼓里。

如我所述，这些剪报都提到了在那段时间里出现的恐慌、躁狂和古怪的案例。安杰尔教授肯定是雇过一家剪报机构帮他做的，因为剪报的数量非常大，来源也遍及全球。其中一个案例说，在伦敦，夜间发生了一起自杀事件，一个独居的人在睡梦中发出一声可怕的惊叫之后，便从窗户跳了出去。还有一个案例说，在南美，一个疯子给当地一家报纸的编辑写了一封杂乱无章的信，说他在梦中看到了不祥的未来。一份加利福尼亚的剪报说，一伙通神论者为了庆祝某种前所未有的“辉煌成就”，身穿白袍，而印度的剪报则小心谨慎地提到了临近三月底时当地发生的严重骚乱。在海地，巫毒教徒[1]的纵酒狂欢与日俱增，非洲的边远村落出现了不祥的低沉轰鸣声。在菲律宾，美国军官发现，在这段时间里，一些部落麻烦不断。3 月 22 日夜，歇斯底里的黎凡特人[2]围攻了纽约警察。在爱尔兰西部，也出现了许多异想天开的谣传，一个名叫阿杜瓦–博诺的奇幻画家，在 1926 年巴黎春季沙龙上展出了一幅亵渎神明的“梦景”画。讲述疯人院发生种种祸事的记录多到只有奇迹才能防止医护人员记录类似的怪事并得出真假难辨的结论。所有这些都是一大堆离奇古怪的剪报，时至今日，我都没有足够麻木的理性将这些剪报弃之不理。但在当时，让我深信不疑的是，威尔科克斯早就知道教授提到的那些陈年旧事。

二、勒格拉斯警督的故事

我叔祖父厚厚文稿的第二部分记录的都是些陈年旧事，正是这些旧事才使得他尤其看重威尔科克斯的梦和浅浮雕。文稿里说，安杰尔教授有一次见过那个不知名怪物令人毛骨悚然的外形，绞尽脑汁地思考过各种鲜为人知的象形文字，也听到过发音很像“克苏鲁”三个字的不祥之音。所有这些震撼人心、骇人听闻的东西联系在一起，也就难怪他对威尔科克斯刨根问底了。

这件事发生在 17 年前的 1908 年，当时美国考古学会正在密苏里州圣路易斯开年会。安杰尔教授是考古学领域公认的权威，具有很高的造诣，所以在此类研讨上是举足轻重的人物，就连那些想借机就一些问题咨询专家的外行人也把他当成咨询的首选对象。

在这些外行人当中，首当其冲的是一个相貌平平的中年男子，他大老远从新奥尔良赶来参加研讨会，目的是想了解一些在当地无法得到的专业知识。在整个会议期间，他很快成了大家关注的焦点。他名叫约翰·雷蒙德·勒格拉斯，是一名警督。他带来一件东西，一个奇形怪

---

1 又译“伏都教”，源于非洲西部，是集祖先崇拜、万物有灵论、通灵术于一体的原始宗教。

2 黎凡特地区是一个不精确的历史地理概念，相当于现代的地中海东部地区。历史上，黎凡特在西欧与奥斯曼帝国间的贸易中扮演重要的角色。

状、令人厌恶的小石雕，看样子历史很悠久，但他也说不上它的来历。勒格拉斯警督对考古学没什么兴趣。他来参加研讨会纯粹是出于工作需要，希望在会上得到一点启发。几个月前，他们怀疑巫毒教正在新奥尔良南部一个森林茂密的沼泽地里集会，于是给他们来了个突然袭击，这个偶像一样的小石雕就是在那次行动中缴获的。围绕着小石雕进行的仪式非常诡异、非常可怕，这让警察意识到，他们无意中发现了一个他们闻所未闻的神秘邪教，其残忍程度远远超过了非洲最邪恶的巫毒教派。关于这个邪教的来历，他们审讯了抓获的邪教成员，得到的全都是些稀奇古怪、让人难以置信的供词。除此以外，一无所获。所以，他们急于求助于文物研究者，帮他们鉴定一下这个可怕的石雕，以便顺藤摸瓜，查找这个神秘邪教的源头。

勒格拉斯警督没想到他带来的东西引起这么大的轰动。与会学者们一见到它都兴奋不已，赶紧簇拥到他身边，盯着小东西看个不停。很显然，这个奇形怪状、神秘莫测的古代器物向他们展示了尚未开启的远古时代。这个可怕的器物不属于任何已知的雕刻流派，这块无法确定年代的石头，表面已呈暗淡的绿色，似乎表明它已有几百年，甚至几千年的历史。

最后，为了近距离仔细钻研，与会专家们开始慢慢地传看器物。石雕大概有 7、8 英寸高，做工非常精致。雕像描绘的是一个隐约像人的怪物，长着一颗像章鱼一样的脑袋，脸上有好多触须，身体上覆盖着一层胶状的鳞片，前后脚都长着巨大的爪子，背后还长着一对又长又窄的翅膀。这怪物身躯略显臃肿，浑身透着一股残忍而又令人生畏的煞气，穷凶极恶地蹲坐在一块刻满陌生字符的长方形基座上。基座上，怪物居中而坐，翅膀尖触及基座后沿，长长的曲爪，蜷缩的后腿扣在基座前沿，同时还向下垂了差不多有基座四分之一的高度。章鱼一样的脑袋微微前倾，巨大的前爪扣在隆起的膝盖上，面部触须垂到前爪的后部。整个雕塑栩栩如生，因它的来源无人知晓而显得更加恐怖。很显然，它的年代很久远，但究竟有多久，没有人能估算出来，根本看不出它与人类文明初期——或其他时期——的任何已知艺术形式有什么联系。此外，雕像的材料也是个谜。柔滑的墨绿石上带有金色或虹彩色的斑点和纹路，这在地质学或矿物学上都是前所未见的。基座上的字符同样令人费解。尽管研讨会汇集了这领域全世界一半的专家，但他们根本不知道基座上的文字属于哪种语言。这些文字，如同石雕要表现的主题和材质一样，根本不属于我们已知的人类，而属于某种遥不可及的远古时代，属于令人恐怖地联想到古老而又亵渎神灵的生命轮回，而这种生命轮回又是我们无从知晓的。

在场的专家们都纷纷摇头，警督的问题把他们给难住了，但其中一人对怪物的外形和文字产生了似曾相识的异样感，并将信将疑地道出了他所了解的蛛丝马迹。这个人就是最近刚刚故去的普林斯顿大学人类学教授、大名鼎鼎的探险家威廉·钱宁·韦布。48 年前，韦布教授曾经游历格陵兰岛和冰岛，去寻找古北欧文字的碑刻，但没有找到。当他登上格陵兰岛西海岸的时候，遇见一个很奇怪的部落，也许是一帮退化了的爱斯基摩信徒，他们崇拜的是一个形状怪异的魔鬼，充满杀气、面目可憎的样子让他不寒而栗。对这种信仰，其他爱斯基摩人知之甚少，甚至一提到它，人们就不寒而栗，说这种信仰是开天辟地之前的远古时代传下来的。除了不知其名的宗教仪式和用活人献祭之外，还有一些诡异的传统仪式，祭拜一个至高无上的魔王或“托纳萨克”[1]。韦布教授从一个爱斯基摩“老巫医”[2]那儿详细记录了一份语音档案，并用自己所熟知的罗马字母标注出各种发音。不过，此时此刻，至关重要的一点是，这帮教徒有一件神器，每当极光高悬冰崖时，他们就会围着它手舞足蹈。教授说，那是一个用石头刻成的粗制浅浮雕，上面刻着一个可憎的人像和神秘的文字。用他的话说，那个石雕跟此刻摆在与会专家面前的这个凶神恶煞有异曲同工之处。

这番话让与会专家们既将信将疑又惊愕不已，但却让勒格拉斯警督倍感兴奋，他马上连珠炮似的开始向教授提出这样那样的问题。他的手下逮捕了沼泽地里的邪教徒，并对口传宗教仪式的内容做了笔录，因此，他恳求教授尽可能回忆一下他从爱斯基摩巫医那里记录下来的那些音节。随后，警督和教授对两份记录进行了认真比对之后，都陷入了片

---

1 因纽特神话中非常强大的天空之神，是因纽特万神殿中比较重要的神灵。在《地狱辞典》中，托纳萨克被列为邪灵，是格陵兰岛和加拿大北部地区崇拜的作恶神灵。

2 因纽特人中既能沟通神灵，又兼治病济世的人物。

刻的沉默，因为他们都认为在天各一方的两个地方发现的这两种地狱般宗教仪式，在措辞上有着惊人的相似之处。爱斯基摩巫医和路易斯安那沼泽地的祭司在赞美自己的偶像时所说的话基本上都是这样的：按照传统意义上大声吟诵一个词时所作的停顿而对词进行拆分。

“非恩路易—米戈瓦纳夫—克苏鲁—拉莱耶—瓦纳戈尔—富坦。”

事实上，有一点勒格拉斯要比韦布教授知道的还多，因为几个混血的囚犯不止一次地向他说起过，古代祭司告诉过他们这句话的含义。这句话的大意是：

“在拉莱耶城他的家里，死去的克苏鲁在等着做梦。”

此时此刻，在大家的强烈要求下，勒格拉斯警督一五一十地讲述了他处理沼泽地邪教信徒的过程。他讲的其中一件事，我觉得，我叔祖父给予了高度的重视。这件事听起来有点像神话创造者和通神论者最疯狂的梦，揭露的是这些混血儿和社会弃儿对宇宙的幻想已经达到相当高的程度，而这些混血儿和社会弃儿是最不该拥有此种幻想的。

1907 年 11 月 1 日，新奥尔良警察局接到南部沼泽和潟湖区的一个紧急求助线报。散居在当地的居民大部分都是古朴而又温良的拉菲特船民[1]的后裔，夜里曾受到过不明物质的偷袭，这让他们惊恐万分。显然，那属于巫毒教，但比他们所了解的巫毒教更可怕。远处有一片当地人从来不敢去的阴森鬼魅的树林，树林里曾不断传来不怀好意的手鼓声。每当鼓声过后，他们的一些妇女和儿童就不见了踪影。报案人心有余悸地说，疯狂的呼喊、凄惨的尖叫、令人不寒而栗的唱诵、跳跃的鬼火，他们再也无法忍受了。

于是，一个由 20 人组成的警察分队，分别搭乘两辆马车和一辆汽车，在瑟瑟发抖的报信人带领下，在下午晚些时候朝着沼泽地进发。一行人在车辆无法通过的路段下了车，然后又在伸手不见五指的柏树林里悄悄地淌着泥泞，步行了几英里。一路上，他们在令人厌恶的树根和有毒的铁兰垂藤间艰难前行，畸形的树木和蘑菇状的小岛让他们倍感压

1 以拉菲特兄弟为首的法国裔海盗和武装船民，十九世纪初活跃于墨西哥湾。

抑，而不时出现的一堆堆潮湿的石块和断壁残垣让人觉得此处曾有人住过，这更让人倍感恐惧。最后，他们终于来到了棚户区，依稀可见的是一片杂乱无章的棚屋。居民们异常兴奋，从棚屋里跑出来，簇拥在这帮手持提灯的人周围。而此时此刻，前面很远、很远的地方，已经可以隐约听得到低沉的鼓声。风向改变时，还能时断时续地听到令人胆战心惊的尖叫声。透过黑暗树林后面的昏暗灌木丛，似乎能看见炫目的红光。惊魂未定的当地居民宁可单独留在原地，也不愿意和警察一起朝那个正在举行邪恶仪式的地方前进半步。勒格拉斯警督和十九个手下只好在没有向导的情况下继续前行，投身于从未有人涉足的黑色恐怖中。

警察进入的这片区域，口碑一直不好，白人基本上是既一无所知，也没有来过。传说，这里有一个凡人看不到的暗湖，湖里有一个形同水蛭、没有固定形状、眼睛发光的巨大白色怪物。当地居民都私下相传说，长着蝙蝠翅膀的恶魔半夜会从地下洞穴中飞出来，对这个怪物顶礼膜拜。人们都说，在德伊贝维尔[1]之前，在拉萨尔[2]之前，在印第安人之前，甚至树林里还没有飞禽走兽的时候，就已经有这个怪物了。这个怪物本身就是噩梦，人看到它必死无疑。不过，这个怪物会让人做梦，这样人们就能知道躲它远一点儿。其实，巫毒教徒此时此刻进行狂欢的地方，处在人们深恶痛绝的这片区域的最边缘，但所处的位置已经够糟了，所以，在当地人眼里，巫毒教徒选择的地点没准儿要比他们弄出的动静更可怕。

勒格拉斯和他的手下在黑暗中淌着泥泞朝耀眼的红光和低沉的鼓声前进时听到的动静，只有用诗歌和疯狂才能描绘出来。那动静既有几分人类独有的声音，也有几分野兽独有的声音，更有两者兼备的可怕声音。野兽般的嗥叫和狂欢刺破了魔空，犹如魔谷吹来的阵阵传播瘟疫的风暴，在黑暗的树林里回荡。杂乱无章的嗥叫声偶尔也会停息下来，在一片貌似训练有素的嘶哑合唱声中，唱出那骇人听闻的词句或咒语：

---

1 法裔加拿大人，法属路易斯安那殖民地的缔造者，1699 年起对墨西哥湾和密西西比河口进行勘探，并在该地区建立了要塞。

2 法国探险家，真名叫雷内-罗伯特·卡维莱。1666 年开始寻找“新法国”的航行，在 17 世纪 80 年代，对整个密西西比河流域实施勘探，于 1682 年 4 月 9 日抵达墨西哥湾，宣布整个密西西比河流域为法属殖民地。

“非恩路易—米戈瓦纳夫—克苏鲁—拉莱耶—瓦纳戈尔—富坦。”

随后，一行人来到了一片树林稀疏的地方，眼前突然出现的场景着实把他们吓了一跳。其中有四个人感到天旋地转，一个人吓昏了过去，还有两个人吓得惊叫起来。幸好，他们的惊叫声被刺耳的狂欢声盖住了。勒格拉斯赶紧用沼泽地里的水泼到那个昏过去的人的脸上，一行人几乎被眼前的景象吓蒙了，站在原地瑟瑟发抖。

在茫茫沼泽中，有一个一英亩见方、杂草丛生的小岛。小岛上没有树木，地面也还算干燥，一群模样怪异的人又扭又跳，怪异的程度用语言根本无法描述，只有赛姆[1]和安加罗拉[2]用画笔才能描绘出来。这群混血儿赤身裸体，正围着一个巨大的圆形篝火，一边翻滚，一边大吼大叫。在篝火的中央，竖着一块高约8英尺的巨大花岗石，只有借着火光才能看到巨石的裂纹，这个令人厌恶的小雕像就很不协调地摆放在巨石顶上。在以巨石为中心的一个大圆圈上，均匀地排列着10个支架，那些失踪的当地人被折磨得遍体鳞伤，头朝下吊在支架上。在圆圈中央，那帮邪教徒在篝火周围，围成一圈，就像在进行无休止的酒神节狂欢一样，按从左往右逆时针方向转着圈，又跳又吼。

可能只是因为想象力丰富，也可能只是因为产生的回音，一个容易受刺激的西班牙裔警员无缘无故地感觉到，他好像听见了从遥远而又昏暗、充满神秘和恐惧的密林深处传来的、与宗教仪式一唱一和的吟唱声。这个警员名叫约瑟夫·D. 加尔韦斯，后来我见到他时问及此事，他承认当时他分散了注意力，所以产生了那种幻觉。他甚至说，他还听到了巨大翅膀隐隐约约的拍打声，看见了在远处树林后面有一双闪闪发光的眼睛和一个巨大无比的白色身躯，但我觉得他八成是听当地的迷信传说听得太多了。

其实，惊呆的警察只是在那儿站了很短的时间。职责永远是第一位的。尽管参加祭祀仪式的混血儿差不多有一百多，但警察凭借手里的武

---

1 维多利亚后期的英国艺术家，以其奇幻和讽刺艺术作品，尤其是为爱尔兰作家邓萨尼勋爵的奇幻短篇小说绘制插图而著称。

2 美国画家、版画家。

器，毅然决然地冲向了令人恶心的乌合之众。结果，此后的五分钟，场面嘈杂和混乱的程度是语言无法描述的。有的挥拳乱打，有的开枪射击，有的撒腿就逃。不过，警察最后数了数，一共抓到了差不多四十七个人犯，一个个垂头丧气。勒格拉斯命令人犯急忙穿上衣服，在两列警察中间排好队。五个邪教徒横尸荒野，两个身受重伤的教徒由同伙用临时做成的担架抬着。当然，放在巨石上的雕像被小心翼翼地取了下来，由勒格拉斯带了回来。

经过一段紧张而又疲惫的急行军，警察在总部对人犯进行了身份核实，结果发现，人犯都是些身份卑微、精神异常的混血儿。大部分人犯都是水手，只有少数几个是黑人和穆拉托人[1]，大部分都是西印度人[2]或佛得角群岛的布拉瓦葡萄牙人[3]，这给这个人员混杂的教派平添了几分巫毒教色彩。不过，用不着进一步审讯，警察就明显觉察到，这个教派要比黑人拜物教根深蒂固得多。这些人犯虽然地位卑贱、愚昧无知，但让人惊讶的是，他们都忠贞不渝地恪守那种令人憎恶的信仰。

他们说，他们崇拜"旧日支配者"。在没有人类之前，"旧日支配者"就已经存在了，而且是从天外来到这个年轻世界的。但现在，"旧日支配者"已经死了，埋进了地下，沉入了大海，但他们的尸首把自己的秘密托梦告诉了第一批人，就是这批人成立了一个永不覆灭的教派，而他们就属于这个教派。人犯们还交代，他们的教派过去一直存在，将来也会永远存在。它会隐藏在全世界偏远的废地和阴暗角落，等待大天神克苏鲁从他位于海底都市拉莱耶的冥穴里出来，重新统治地球。当有朝一日群星运转到适当位置时，克苏鲁就会发出呼唤，而他们这个神秘教派的任务就是随时准备把它解放出来。

别的不能再说了。有一个秘密，就连刑讯逼供也逼不出来。地球上有意识的物种绝不止人类，因为有的东西曾经从黑暗中跳出来，探望过

---

1 指黑人和白人的第一代混血儿及其后裔。

2 西印度群岛位于大西洋与墨西哥湾、加勒比海之间，北临美国佛罗里达半岛，东南邻近委内瑞拉北岸，从西端的古巴岛到委内瑞拉北海岸的阿鲁巴岛，呈自西向东突出的弧形，伸延4700多公里，面积约24万平方公里。该群岛包括海地、古巴、牙买加、巴哈马等十几国家和地区，岛上种族构成复杂，文化和宗教也迥然不同。大部分国家都信奉天主教和基督教，但也有民间宗教盛行的国家，如海地盛行巫毒教。

3 布拉瓦岛是西非岛国佛得角的岛屿，属于背风群岛的一部分。葡萄牙人于1456年发现了佛得角群岛，使之成为葡萄牙殖民地。布拉瓦岛是佛得角群岛西部非洲重要的港口，也曾是重要的奴隶贸易中心。

少数忠实的信徒，但它们都不是“旧日支配者”，从来没有人见过“旧日支配者”。这个石雕就是伟大的克苏鲁，但谁也说不清其他神像的模样是不是和他一样。现在已经没有人能认识这些古文字了，不过，事迹还是通过口口相传流传下来。仪式上吟唱的那句话已经不是秘密——这句话只能从嘴里嘟囔出来，从来没有人大声说出来。这句唱词的意思是：“在拉莱耶城他的家里，死去的克苏鲁等着做梦。”

事后发现，只有两个人犯心智健全，可以处以绞刑，其余的人都送进了监狱、收容所、教养院等机构。所有的人都否认参与了祭祀中的杀牲，都极力辩解那是“黑翼者”干的，是它们从这片鬼魂出没的树林中它们自古以来集会的地方飞出来，抓住了那些牺牲品。但与神秘“黑翼者”相关的证据，警方没能找到。警方获得的线索大部分都来自一个年迈的梅斯蒂索人[1]，名叫卡斯特罗。他说，他曾出海到过一些陌生的港口，还曾在中国的大山里与这个教派万劫不复的首领交谈过。

老卡斯特罗还记得一个可怕的传说，这个传说足以让通神论者的推测变得苍白无力，让整个人类与世界的历史看上去是多么短暂。早在亘古之前，其他“物种”曾经统治地球，“它们”曾建造过许多巨大的城市。他说，那个万劫不复的中国人告诉他，时至今日，仍能找到“它们”的痕迹，那就是坐落在太平洋岛屿上的巨石。早在人类出现许多纪元以前，“它们”就已经死了，不过，在永恒的轮回中，当群星重新回到适当位置时，可以借助某些方法唤醒“它们”。没错，“它们”就是带着自己的雕像从繁星上下来的。

卡斯特罗接着说，“旧日支配者”并不全是血肉之躯。它们有模有样——这个像外星人一样的雕像不正说明了这一点吗？——但它们的形体并不是由物质构成的。如果星星回归到适当位置，“它们”就能飞越太空，从一个世界飞到另一个世界，但假如星星没有归位，“它们”就活不了啦。不过，虽然“它们”活不了，但也不会真正死去。“它们”都躺在“它们”在伟大城市拉莱耶的石屋里，伟大的克苏鲁用符咒保护着“它们”，等到星星与地球再一次归位后便实现光荣的复活。不过，到那时，还需要某种外力去解放“它们”的躯体。不过，符咒虽然保护

1 指欧洲血统与美洲印第安人血统的混血儿，其人口主要分布于拉丁美洲。

了“它们”，但同时也让“它们”动弹不得。这样一来，“它们”就只能眼睁睁地躺在黑暗中思考，任由千百万年的时光逝去。因为“它们”可以通过意会进行交流，所以都能了解宇宙中发生的一切。就连此时此刻，“它们”还在坟墓里说话呢。经历了无尽的混沌之后，世界上出现了第一批人类，“旧日支配者”通过梦境和人类中较为敏感的人进行交流，因为只有这样，那些肉身的人类才能弄懂“它们”的语言。

接着，卡斯特罗又悄悄说道，“旧日支配者”给第一批人类看过一些小偶像，人类便把这些小偶像当成崇拜物，创立了教派。这些小偶像是在黑暗的时代从黑暗的星星上带来的。在星星回归到适当位置之前，这个教派永远不会消失，神秘的祭司们会让伟大的克苏鲁复活，把他从冥穴中解放出来，重新统治地球。星星归位的时间很容易掌握，因为到那时，人类已经变得和“旧日支配者”一样了。无拘无束、无法无天，摆脱善与恶的羁绊，将法律与道德都抛在一边，所有人都大喊大叫、屠戮生灵、纵情狂欢。接下来，重获解放的“旧日支配者”会教他们用新的方法去喊叫，去屠戮，去狂欢，去享乐，整个世界将经历一场自由与狂欢的劫难。与此同时，通过特定的仪式，让教徒们牢记那些古老方法，并启示教徒们它们会回归的。

过去，被困于冥穴的“旧日支配者”通过托梦与自己选定的人交流，但后来出事了。庞大的石城拉莱耶，连同那些巨石与冥穴，全部沉入海底。深邃的海洋充满了最原始的神秘，就连意念也别想穿透，就这样，“旧日支配者”和人类的交流中断了。但记忆并没有消亡，大祭司们说，当星星运转到正确位置时，拉莱耶会重新浮出水面。到那时，幽暗而霉烂的大地黑精灵便会从地下钻出来，从海底那些被遗忘的洞穴中带来真假难辨的各种传闻。不过，说到这些传闻，老卡斯特罗不敢讲得太多。他匆忙打住，不管你怎么劝，他再也不肯开口了。关于“旧日支配者”的体积有多大，他也三缄其口。关于整个教派，他说，他觉得教派的中心位于人迹罕至的阿拉伯沙漠之中，千柱之城伊拉姆[1]的梦境就隐藏在那里，无人碰过。它与欧洲的女巫教派没有什么关系，除了教徒之外，别人对它根本一无所知。没有哪本书真正提到过它，但万劫不复

1 《古兰经》中提到的没落城市部落或地区，地点位于阿拉伯半岛。

的中国人说，在阿拉伯狂人阿卜杜勒·阿尔哈兹莱德[1]的那本《死灵之书》里有一句双关语，受戒者可以根据自己的自我感受去理解：

“死者并不会永远安息，
奇妙永劫亦不以死为终。”

这些描述给勒格拉斯留下了深刻印象，但也让他困惑不解。他一直在寻找与这个教派有关的蛛丝马迹，但最终还是一无所获。这个教派完全是个谜。对世人来说，很显然，卡斯特罗没有撒谎。就连杜兰大学[2]的专家对教派和塑像也说不出个所以然来。所以，警督只好来到这个国内最高水平的专家学者云集的会议上，但万万没想到，他只听到了韦布教授讲述的格陵兰传说。

勒格拉斯的描述和那个小雕像在会上引起了极大的反响。会议结束后，与会者在书信往来中还经常提到这件事，但在该协会的正规期刊上并没有提及。对这些已经习惯了与各种骗子打交道的专家学者来说，首先要做的是慎之又慎。勒格拉斯曾把雕像借给了韦布教授一段时间，但在教授死后，雕像又回到了他手上，此后便一直由他保管。不久前，我在他那儿曾见过这尊雕像。雕像的确是非常可怕，与威尔科克斯依据梦境制作的雕像有异曲同工之处。

我一点儿也不奇怪，我叔祖父听到威尔科克斯的故事后为什么会如此兴奋。如果你在了解了勒格拉斯所掌握的那个教派的情况之后，又听到一个敏感的年轻人说，自己梦到了一个东西和一些象形文字，而这些和在沼泽地发现的雕像与在格陵兰石板上发现的象形文字完全一致，不仅如此，他在梦中还准确无误地听见了与爱斯基摩巫医和路易斯安那混血儿所唱诵的完全相同的词句，你又会怎么想呢？所以，安杰尔教授马上展开了深入调查，就是再自然不过的事了。不过，我窃以为，威尔科克斯八成是通过间接渠道听说过那个教派，然后捏造了一系列的梦境忽

1　阿拉伯狂人阿卜杜勒·阿尔哈兹莱德以及《死灵之书》均为作者杜撰，且在其小说经常提及。据说，《死灵之书》主要讲述的是“旧日支配者”及其历史，以及如何召唤“旧日支配者”等内容。

2　位于美国路易斯安那州新奥尔良市，是一所著名的私立综合性大学，为北美大学联盟成员。

悠我叔祖父，让他在这个谜上耗费时力。当然，教授收集的有关梦境的记录与剪报已是有力的证据，但理智以及整件事情的荒唐程度告诉我，我自己对这件事的看法是最为明智的。所以，我结合勒格拉斯关于那个教派的描述与通神学及人类学笔记，把整个文稿又进行了研判，然后，便去了普罗维登斯，准备见一见威尔科克斯，斥责他不该如此放肆地欺骗一个上了岁数的学者。

威尔科克斯仍然独自居住在托马斯大街的“鸢尾花大厦”。那是一座维多利亚时期效仿17世纪“布列塔尼式建筑”建造的丑陋建筑，坐落于在古老山丘上一片漂亮的殖民地房屋当中，笼罩在美国最优美的乔治王时代[1]风格的尖塔阴影之下，不过，它正面用灰泥粉刷过的外墙格外抢眼。我到的时候，看到他正在房间里工作，从周围散放的样品，我一眼就看得出，他的天赋确有过人之处。我相信，他早晚会成为一个伟大的颓废派艺术家，因为他把那些亚瑟·梅琴[2]用散文唤起的、克拉克·艾什顿·史密斯[3]用诗句与画笔表现出来的梦魇与幻想，统统凝聚在泥塑中，将来有一天没准儿会用大理石把这些东西表现出来。

他皮肤黝黑，看上去弱不禁风，还有点儿不修边幅。听到敲门声，他没有站起来，只是无精打采地转过身来，问我有什么事。我做了自我介绍后，他才有了些许兴致，因为我叔祖父虽然对研究他的怪梦表现出浓厚的兴趣，但没有告诉他为什么。关于这一点，我也没有向他透露更多的内容，只是想小心翼翼地套他的话。没多久，我就开始相信，他的话绝对没错，因为在谈起那些梦境时，他的表现是诚心诚意的。这些梦境，以及残留在他潜意识里的东西，已经对他的艺术创作产生了很大影响，他还给我看了一件恐怖的塑像，那造型以及它所表现出的那种恐怖，让我不寒而栗。除了自己依据梦境制作的浅浮雕，他想不起在哪里见过这东西的原型，但雕像是在他手中不知不觉就成形的。毫无疑问，这就是他在说胡话时提到的那个庞然大物。不一会儿，他就申辩说，除

---

1 指英王乔治一世至乔治四世在位的时间（1714年至1830年）。

2 威尔士作家和神秘主义者，以超自然、奇幻、惊悚小说最具影响力，其中篇小说《潘恩大帝》（1890）被奉为惊悚小说的经典。

3 自学成才的美国诗人、画家、雕刻家，同时也是奇幻、惊悚、科幻小说家，与罗伯特·E.霍华德和洛夫克拉夫特并称为《诡丽幻谭》的“三巨头”。

了我叔祖父在接二连三的追问中透露出来的信息，他对那个神秘教派真的一无所知。所以，我又绞尽脑汁地想，他完全有可能通过别的渠道获得那些奇怪的想法。

他用一种稀奇古怪、诗情画意的方式描述了自己的梦境，让我似乎身临其境地看到了由黏滑的绿色巨石建造的、阴森潮湿的巨型城市——他还用异样的口吻说，这些巨石的几何体完全不对劲儿——让我在充满恐惧的期待中似乎听到了从地下不断传来的、类似精神的呼唤："克苏鲁—富坦""克苏鲁—富坦"。那个讲述躺在拉莱耶城冥穴里的克苏鲁守望梦境的可怖仪式上也有这句话，虽然我很理智，但我还是被深深打动了。我相信，威尔科克斯肯定在某种场合偶然听说过这个教派，但由于他沉溺于阅读和幻想同样稀奇古怪的东西，所以很快就把教派给忘了。后来，由于这个教派实在令人难以忘怀，所以还是通过他的潜意识，在梦境中，在那个浅浮雕上，以及在我现在看到的可怕雕像上表现出来。由此看来，说他欺骗我叔祖父，绝对是冤枉他。年轻人属于那种行为有点儿做作、举止有点儿轻狂的人，我虽然不喜欢这样的人，但此时此刻，我不得不承认他很有天赋，而且待人诚恳。我客客气气地跟他道别，并祝他事业有成。

这个教派依然让我着迷，有时我甚至幻想，自己会因考证它的渊源和种种蛛丝马迹而出名。我到了新奥尔良，走访了勒格拉斯和其他参与过那次搜捕行动的警员，亲眼看到了那个可怕的雕像，甚至还询问了几个还活着的混血人犯。很可惜，老卡斯特罗已经去世好几年了。虽然我亲耳听到的这些活灵活现的叙述只不过进一步印证了我叔祖父记录的内容，但我还是兴奋不已，因为我相信，我正在追踪一个非常真实、非常隐秘、非常古老的宗教，一旦发现，我就会成为一个著名的人类学家。我仍然坚持绝对唯物主义的态度，我希望现在依旧如此，对那些梦境笔记与安吉尔教授收集的剪报之间的种种巧合，我差不多还是莫名其妙而又执着任性地持怀疑态度。

有一点，我开始产生怀疑，而现在我甚至担心我已经弄明白了，那就是：我叔祖父是非正常死亡的。当时，他正从一个外国混血儿聚居的古码头，沿着一条狭窄的山路走，被一个黑人水手不小心撞倒了。我还记得，路易斯安娜的那些教徒全都是混血儿和水手。如果哪一天我了解到他们要动用与神秘仪式和信仰一样残忍、一样古老的秘方或毒针，我一点儿也不会吃惊。的确，勒格拉斯与他的手下还没有被下毒手，但在挪威，一个水手看到某些东西后便丢了性命。我叔祖父听了威尔科克斯的描述之后，又做了深入调查，这会不会最后传到了某些恶人的耳朵里呢？我觉得，安杰尔教授的死是因为他知道得太多，或者是因为他可能想要搞明白更多的事。我会不会落得和他一样的下场，尚未可知，因为我现在知道的也很多了。

三、来自大海的疯狂

如果上天真要眷顾我，那就不该让我看到垫在架子上一张报纸。要是在平时，我根本不会注意到这张报纸，因为这是一张澳大利亚的旧报纸，1925 年 4 月 18 日的《悉尼公报》[1]。当时，剪报社正在开足马力为我叔祖父的研究收集资料，可他们竟然把这张报纸给漏了。

当时，我基本上已经放弃了对安杰尔教授称之为“克苏鲁教”的调查，正在新泽西州帕特森看望一位学识渊博的友人，他是当地一家博物馆的馆长，同时还是一位赫赫有名的矿物学家[2]。一天，我正在博物馆后面的一个房间里查看随意摆放在货架上的矿物标本，突然，垫在石头下面的一张报纸上刊登的一幅异样图片引起了我的注意，这就是我提到的那张《悉尼公报》。我朋友在世界各地人脉很广，这幅图片是一张网目版画，内容是一个可怕的石头塑像，与勒格拉斯在沼泽地找到的几乎一模一样。

我赶忙把压在上面的东西拿开，发现篇幅并不长，于是详细浏览了报纸的内容，结果却很失望。不过，报纸上的内容对我准备放弃的研究还是具有非同寻常的意义。我小心翼翼地把它撕下来，策划下一步的行动。上面写着：

---

1 创办于 1880 年。

2 此处指作者的朋友詹姆斯·斐迪南·莫顿，1925 年成为新泽西州帕特森博物馆的馆长。两人结识于 1922 年，作者经常到博物馆去拜访莫顿，还帮助他在新英格兰地区采集矿石。

海上发现神秘弃船

“警戒号”拖曳受损严重的新西兰武装汽艇抵港。

船上一人生还，一人死亡。

据称在海上发生过激烈搏斗，死亡数人。

获救海员拒绝透露与其诡异经历有关的更多细节。

在其随身物品中发现一异样偶像。

详见下文。

莫里森公司的“警戒号”货轮从智利瓦尔帕莱索返航，今晨抵达达令港[1]码头。随船拖曳一艘新西兰达尼丁港的武装汽艇“警报号”。“警报号”已遭重创，船上有战斗过的痕迹，4月27日在西经152° 17′ 南纬34° 21′[2]被发现，船上一人生还，一人死亡。

“警戒号”于3月25日从瓦尔帕莱索出发，途中遭遇狂风巨浪，到4月2日，其航线已明显向南偏移。4月12日，“警戒号”发现了弃船。弃船虽然看上去空无一人，但船员登船后发现，船上有一名处于半昏迷状态的幸存者和一名死者，死者死亡的时间显然已经超过一个星期。幸存者手中紧紧攥着一尊来路不明的恐怖石像。石像大约有1英尺高。对石像的来历，悉尼大学、皇家学会及学院路博物馆[3]的专家均表示一无所知。幸存者说，他是在汽艇的船舱里发现石像的，当时石像就摆放在一个普通的雕花神龛里。

恢复意识后，幸存者讲述了一个无比诡异的海盗与杀戮的故事。他叫古斯塔夫·约翰森，是一个还算有头脑的挪威人，以前是奥克兰帆船“爱玛号”的二副。2月20日，“爱玛号”启航驶向秘鲁卡亚俄港，船上带了十一个人的补给。他说，3月1号的大风暴不仅让“爱玛号”耽误了行程，而且远远向南偏离了航线。3月

1 又叫“情人港”，但原意中并没有“情人”的意思，因为该港是1826年以当时的行政长官拉尔夫·达令的名字命名的。达令港位于悉尼市中心西北部，距中央火车站两公里并和唐人街相连，是悉尼的主要娱乐中心。

2 悉尼东南部大约50英里的太平洋水域。

3 悉尼大学是澳大利亚第一所大学。此处的皇家学会指澳大利亚新南威尔士州皇家学会。学院路博物馆即澳大利亚博物馆（以前为“殖民博物馆”），是全世界十大自然历史博物馆之一。

22日，“爱玛号”在西经128° 34′、南纬49° 51′处[1]遇到了武装汽艇“警报号”，当时“警报号”由一伙举止诡异、相貌凶恶的卡纳卡人[2]及欧亚混血儿操纵。这伙人蛮横地要求“爱玛号”调头，柯林斯船长没有答应，他们便用汽艇上的铜制大炮对帆船进行了猛烈的突然袭击。幸存者说，“爱玛号”的船员奋力还击，就在帆船因遭炮击而下沉到水线以下时，他们设法靠近并登上了敌船，在汽艇甲板上与野蛮人展开了肉搏战。虽然野蛮人在人数上略占优势，而且表现得穷凶极恶，但打起仗来特别笨，所以他们最后把野蛮人全杀光了。

“爱玛号”上包括船长柯林斯与大副格林在内有三人战死，剩下的八个人在二副约翰森的率领下，驾驶缴获的汽艇，沿着既定的航线继续航行，想弄清楚野蛮人为什么要他们调头。第二天，情况似乎是，他们看见了一个小岛，虽然没听说过这片海域有什么小岛，但他们还是决定登岛去看个究竟。结果，六名船员莫名其妙地死在了岸上，但约翰森对其中的细节讳莫如深，只是说他们掉进了一个岩石缝里。后来的情况好像是，他与一个同伴回到汽艇上，想办法操纵它，但4月2日，他们遭遇了暴风雨的袭击。从那时起到12日获救，这期间发生了什么事，他几乎不记得了，甚至不记得他的同伴威廉·布里登是什么时候死的。根本看不出布里登的死因，很可能是因为刺激或暴晒。从新西兰达尼丁发来的电报称，“警报号”在当地是一艘出了名的海岛商船，但在滨海沿线的名声并不好。船主是一帮稀奇古怪的欧亚混血儿，他们经常聚在一起，晚上跑到树林里去，所以招引了不少人的好奇心。在3月1号发生了暴风雨与轻微地震后，“警报号”便匆忙出航了。我报驻奥克兰的记者认为，“爱玛号”及其船员的口碑非常好，约翰森也是一个沉着冷静、值得尊敬的人。明天，海事法庭会成立一个调查组，对整个事件进行调查，并敦促约翰森说出更多的真相。

1 太平洋中称之为印度洋东南海岭的地区，距离塔斯马尼亚岛西南约1300英里。

2 更准确的叫法应该是卡纳克人，指南太平洋新喀里多尼亚岛上美拉尼西亚原住民。《印斯茅斯疑云》中的扎多克·艾伦多次提到“卡纳卡人”。

报道的内容就是这些，另外还配了一张令人毛骨悚然的照片。但一连串的念头却飞速闪过我的脑海！这就是新发现的关于“克苏鲁教”的宝贵资料，这说明这个教派的影响力不仅在陆地上能看到，而且波及到海上。这些混血儿带着可憎的神像在海上游荡时，要求“爱玛号”掉头，他们的动机是什么？让六个“爱玛号”船员丧生的那个不为人所知的小岛又是怎么回事？让二副约翰森讳莫如深的又是什么？海事法庭副庭长的调查又有什么结果？达尼丁的人知道这个贻害一方的教派吗？最不可思议的是，这件事无疑给我叔祖父精心记录下来的各种事件蒙上了一层致命的阴影，可是这些事件与这则新闻在日期上究竟有着怎样的、更深层次而又非同寻常的联系呢？

地震与风暴发生的时间是 3 月 1 日，但由于国际日期变更线的缘故，这个时间就是我们的 2 月 28 日。“警报号”和她那些可恶的船员仿佛受了魔鬼召唤一般，匆匆忙忙从达尼丁出海，而在地球的另一边，诗人与艺术家们正梦见一座诡异而又阴湿的巨石城，甚至还有一个年轻的雕刻家还在睡梦中制作出恐怖的克苏鲁雕像。3 月 23 日，“爱玛号”的船员登上了那个不为人所知的小岛，有六个人因此丧命。就在同一天，那些敏感人士的梦也更加活灵活现，而且因某个庞然大物穷凶极恶的追逐而更加阴森可怖。与此同时，一个建筑师疯了，一个雕刻家突然说起了胡话！那么，4 月 2 日大风暴发生的时候又怎么样呢？这一天，所有关于那座阴湿城市的梦全都消失了，威尔科克斯也从那场诡异的发烧中安然无恙地挺了过来。可是，所有这一切——以及老卡斯特罗所暗示的沉睡于海底的“旧日支配者”和它们即将来统治世界的预言、它们忠实的信徒，以及它们掌控梦的能力——又是怎么回事呢？难道我要栽倒在人力所不能及的宇宙恐怖边缘上吗？果如此，这样的恐怖只会引起人们心里的恐慌，因为从某种程度上说，围攻人类灵魂的，不管是多么大的威胁，到 4 月 2 日便戛然而止了。

在紧张地发了一整天电报，一切安排就绪后，当天晚上，我告别了友人，坐上了开往旧金山的火车。不出一个月，我便到了达尼丁，可是我发现，当地人对那些经常光顾海边老酒馆的那些神秘教徒知之甚少。码头上有人渣是再平常不过的事，不值得去特别关注。不过，曾有当地人模棱两可地说，这些混血儿曾到内陆去过，期间有人看到过远处的山丘上燃起的红色火焰，听到过隐隐约约的鼓声。在奥克兰，我听说，约翰森在悉尼接受了一场敷衍且未定性的审讯，回来时金发都白了。之后，他卖掉了自己在西街的房子，携妻子乘船回他在挪威奥斯陆的老家了。关于那段惊心动魄的经历，他的朋友并不比海事法庭的法官知道的更多，他们所能做的就是把他在奥斯陆的地址给了我。

之后，我便前往悉尼，走访了海员与海事法庭的法官，但一无所获。我在悉尼湾的环形码头看到了“警报号”，现在已被卖掉转做商业用途了，但对它的调查仍一无所获。那个蹲伏在刻有象形文字的基座上、长着章鱼头、龙身和鳞翅的雕像仍保存在悉尼海德公园的博物馆里。我对它进行了长时间的研究，发现这是一件非常精致的工艺品，其神秘、恐怖、古老的程度以及非同寻常的材质，都与我在勒格拉斯那里看到的那件一模一样，只不过稍大一点儿而已。馆长告诉我，地质学家对雕像也感到非常困惑，因为他们非常肯定，世界上根本没有这样的石头。接着，我想起了老卡斯特罗向勒格拉斯讲述“旧日支配者”时说过的话，不由地打了个寒颤：“‘旧日支配者’来自遥远的星系，带来了自己的雕像。”

我做了个此前从未有过的决定，决心去奥斯陆，亲自找二副约翰森谈一谈。我先坐船到了伦敦，然后转船去了挪威首都，在一个秋日，登上了埃格伯格山[1]下整洁有序的码头。我发现，约翰森的住址位于哈罗德·霍德拉德国王时期的古城区，在大城区改名为“克里斯丁亚那”的那几个世纪里，只有古城区还一直沿用“奥斯陆”[2]这个名字。我搭乘出租车走了没多久，便来到了一幢涂着厚厚泥灰但十分整洁的古建筑前，惴惴不安地叩响了大门。一个身穿黑衣、表情悲伤的女人开了门，她用蹩脚的英语告诉我，古斯塔夫·约翰森已经不在人世了。听到这个消息，我心里非常沮丧。

---

1 埃格伯格（Egeberg），准确地说是“埃克伯格”（Ekeberg），位于奥斯陆以东的一个形容峻峭的山丘，山脚下便是古城。

2 人们普遍认为，1046 年至 1066 年间在位的挪威国王哈罗德三世是 1050 年奥斯陆的始建者。1624 年一场大火将奥斯陆夷为平地，国王克里斯蒂安四世将其更名为克里斯丁亚那，直到 1924 年才重新恢复旧称——奥斯陆。

他妻子说，他回来后活了没多久，1925年海上发生的事把他给毁了。关于海上发生的事，他告诉她的并不比他公之于众的多，不过，他留下了一份长长的手稿，用他的话说，是“技术文件”。手稿是用英文写的，很显然是为了防备她无意中看到手稿后受到伤害。有一天，他步行走过葛森堡码头[1]附近的一条狭窄巷道，结果有人从屋顶阁楼的窗户里扔下来的一捆纸，把他给砸倒了。两个东印度水手[2]立刻把他扶了起来，可是还没等救护车赶到，他就死了。医生没能找到他确切的死因，只好把他的死归咎为心脏病和体质虚弱。

现在回想起来，我仍然觉得，那种黑暗的恐怖还在吞噬着我，它决不会放过我的，“意外”或别的什么缘故最终会找上门来，直到我死为止。我对他的遗孀说，她丈夫留下的“技术文件”与我有很大关系，所以我要拿走手稿。就这样，在返回伦敦的船上，我开始阅读其中的内容。手稿是一份简单而又杂乱的东西，其实就是一个朴实的水手写成的日记，上面逐日记录了最后那段可怕的航程。手稿既模糊又啰嗦，我没法逐字逐句地将手稿转录出来，但可以择其精要告诉读者，为什么海水拍打船身的声音让我如此难以忍受，以至于不得不用棉花堵上耳朵。

谢天谢地！就算约翰森看到了那个城市与那个“东西”，他了解的也不全。不过，在生命的背后，恐惧一直潜伏在时空之中，来自古老星系的那股邪恶势力如今正在海底做梦，还有一个可怕的教派知道而且认同它们的存在，并时刻准备着，只要再来一场地震，可怖的巨石城就会再次浮出水面，得以重见天日，教徒就会把它们解放出来，重新回到这个世界上。每当想起这一切，我就再也无法平静地入睡。

约翰森记录的航程与他在海事法庭上所作的陈述完全一致。2月20日，“爱玛号”只载着压舱物驶离奥克兰，随后便正面遭遇了地震引发的大风暴，这场风暴无疑从海底掀起了令船员们噩梦连连的恐惧。“爱玛号”恢复控制后，航行一直很顺利，但在3月22日遭到“警报号”的拦截。当他写到“爱玛号”遭炮击沉没的时候，我能体会到二副在笔

---

1 葛森堡码头（Gothenburg dock），更准确地说是“哥德堡”（Göteborg），挪威的主要海港，位于奥斯陆东南80英里。

2 东印度群岛水手的旧称。

端流露出的遗憾与痛惜。但在描述那些黑皮肤的邪教徒时，他又显得惊恐万分。这些邪教徒身上有种特别令人厌恶的东西，几乎让人觉得铲除他们是自己的职责。所以，约翰森真是纳闷，在法庭审讯过程中，为什么指控他和他的同伴防卫过当。接下来，在好奇心的驱使下，约翰森指挥船员驾驶着缴获的汽艇继续前行，看到了海面上竖着一根巨大的石柱，接着在西经 126° 43′ 南纬 47° 9′ 的位置上，他们遇见了一条由淤泥和挂满海草的巨石构筑而成的海岸线，而这正是这个世界上无比恐怖的存在——令人毛骨悚然的僵死之城拉莱耶，从黑暗星系上渗漏下来的凶神恶煞早在无以计数的万古永世之前建造的城市。伟大的克苏鲁及其部族就躺在那里，隐身于沾满绿泥的冥穴之中，经过无数个轮回之后，最终将他的思想传播出去，借助敏感者的梦播撒恐惧，召唤自己的信徒开启一场解放与复辟的朝圣之旅。这一切根本没有让约翰森产生怀疑，但天知道，他很快便大开眼界了。

现在看来，露出水面的大概只是一个山顶，是一座怪石压顶的堡垒，伟大的克苏鲁就葬在这里。当我想到那下面随时有可能冒出什么恶魔来时，恨不得马上一死了之。约翰森和同伴被眼前这个湿漉漉的罪恶之都巴比伦似的宇宙奇观惊呆了，而且不用人指点就能猜出，这玩意儿根本不是地球上或是任何正常的星球上应该有的东西。手稿的字里行间无不流露出所看到的景象给水手们带来的恐惧：绿色巨石大得让人不敢相信自己的眼睛，巨大的雕花石柱高得让人头昏目眩，巨大的石像和浮雕与他们在“警报号”上的神龛里发现的那个诡异石像又是如此相像。

约翰森虽然不懂得什么未来派艺术，但在描述这个城市时却表现出未来派的风格。他没有描述那些建筑确切的样子，只是不厌其烦地描绘了巨角与石面给他留下的整体印象——那些石面太大了，根本不是这个地球能有的东西，何况上面还刻满了恐怖的图案和象形文字。我之所以提起他描述的建筑物棱角，是因为这让我想起了威尔科克斯在讲述自己可怕梦境时对我说过的话。他说，他在梦中看到的几何体都是不规则的，不属于欧几里得的几何体，根本不是我们所熟知的球体和维度。而现在，一个胸无点墨的水手盯着眼前这可怕的景象时，又产生了同样的感受。

约翰森与水手们从这个雅典卫城般庞然大物的一处泥坡堤上了岸，爬上了根本不可能有台阶的湿滑巨石。从这座被海水浸透的异形建筑中，冒出一股瘴气，透过正在发生偏振的瘴气，天空中的太阳看上去也像是被扭曲了。那些巨石乍看上去是凹形，再看上去却是凸形，诡异的巨石尖角背后隐藏着恐怖和悬疑。

在场的人看到的虽然只有巨石、淤泥和海草，但某种恐惧感却笼罩在人们的心头。 要不是怕被同伴嘲笑，每个人都会撒腿就跑。一行人就这样心不在焉地搜索可以带走的纪念品，结果当然是徒劳无获。

葡萄牙人罗德里格斯爬到了巨石脚下，大呼小叫地说自己找到了什么东西。其他人跟了上去，好奇地看着那扇巨大的石门，上面刻着现在已司空见惯的龙形章鱼浮雕。约翰森说，那扇门就像一扇巨大的仓库大门；虽然他们无法肯定那究竟是一扇平躺着的活板门，还是斜开着的户外地窖门，但他们都认为那是一扇门，因为它的周边是门楣、门槛与侧柱。如威尔科克斯所说，这地方的几何结构全都不对劲儿。他们甚至不敢肯定，这里的海平面与地平面是水平的，因为石门周围所有东西的相对位置似乎都像幽灵一样变幻莫测。

布里登从几个地方试着推了推石门，但没有推开。接着，多诺万小心翼翼地沿着石门的边缘摸了摸，一边摸一边轻轻地推。他沿着奇形怪状的石雕纹路不停地向上爬——如果这扇门不是平躺着的话，那他应该算是爬吧——一行人都很纳闷，世上怎么会有这么大的门？接着，巨大的石门从门楣处开始轻轻地、慢慢地向内转开，在场的人发现，石门转起来非常均匀平稳。

多诺万沿着侧柱滑了下来，或者说是赶紧溜了下来，回到同伴身边，在场的人都盯着那扇巨大的石门诡异地慢慢向后开启。在这种棱镜扭曲的幻景中，门是以不规则的方式沿着对角移开的，所以，所有的物质定律和透视法在这里看上去全乱了套。

门洞里很黑，似乎黑就是有形的物体。这种黑暗的确具有势不可挡的能量，因为它将内墙上那些本该显露出来的东西变得模糊不堪，像烟雾一样从囚禁了它亘古万年的笼里喷涌而出。当黑暗拍打着黏乎乎的翅膀悄然飞向那时而缩拢、时而凸胀的天空时，太阳也明显暗了下来。一股难闻的气味从刚打开的深渊中飘然而出，最后，耳朵很尖的霍金斯觉得自己听见了下面传来了一阵污秽的喷溅声。在场的人都侧耳倾听，就在大家听着的时候，“它”流着口水，拖着沉重的脚步，出现在人们的视野中。“它”庞大的绿色身躯呈胶状，一点一点地从漆黑的门洞挤了出来，来到了这座乌烟瘴气的疯狂之城的户外。

写到这里，可怜的约翰森几乎写不下去了。他认为，在没能逃到船上的六个水手中，有两个纯粹是在那一恐怖瞬间被活活吓死的。那“东西”根本没法描述，任何语言都无法形容那种令人毛骨悚然、古老而又疯狂的深渊，任何语言都无法形容那种有违物质、力量和宇宙法则的东西。天哪！跌跌撞撞走出来的居然是一座山！难怪地球另一端有一位建筑大师会发疯，难怪可怜的威尔科克斯在心灵感应的那一刻会陷入高烧的胡言乱语之中。那个偶像上的“东西”，那个群星归位后产生的黏乎乎、绿油油的“东西”，已经醒来，而且要夺回属于自己的东西。群星已经归位，一个古老教派没能按计划完成的事，却由一帮无知的水手不经意地完成了。经历了千万亿年之后，伟大的克苏鲁终于获得了解放，开始肆意掠食。

在场的人还没来得及转身，有三个人就被松软的巨爪给扫倒了。如果这个宇宙中果真有安息的话，那就愿他们安息吧。他们是多诺万、格雷拉和昂斯特伦。就在其余三个人慌乱地冲上长满海草的巨石，朝汽艇跑去时，帕克滑倒了。约翰森十分肯定地说，他自己也被石造建筑上一个本不应该存在的棱角给吞没了。这个角看上去是锐角，实际上却是钝角。就这样，只有布里登与约翰森跑到了船上。就在两人连滚带爬朝“警报号”跑去时，那个像山一样的庞然大物从黏糊糊的石头上走下来，挥舞着四肢，站在水边，犹豫不前了。

尽管此前所有的人都上了岸，但汽艇并没有完全熄火。于是，两人手忙脚乱地在驾驶舱与引擎室之间跑上跑下，不一会儿，“警报号”便发动起来了。在那难以形容的场面引发的扭曲恐怖中，汽艇开始慢慢搅动致命的海水，而那个来自外星的“庞然大物”站在巨石建造的冥殿上，像独眼巨人波吕斐摩斯诅咒奥德修斯[1]的逃生船一样，一边口水四

---

1 在荷马史诗《奥德赛》故事中，经过特洛伊十年鏖战的英雄奥德修斯在回家途中，登上了波吕斐摩斯的西西里岛。他带着十二个人来到一个巨大的洞穴（波吕斐摩斯的巢穴）寻找补给，结果被波吕斐摩斯发现。波吕斐摩斯用巨石封堵了洞口，随后残暴地摔死和吞食了其中几人。奥德修斯设计把没有勾兑的烈性葡萄酒给波吕斐摩斯喝，然后乘波吕斐摩斯醉酒熟睡的时候，带着剩下的人把波吕斐摩斯用作武器的橄榄树桩削尖磨锐，一起插入了波吕斐摩斯的独眼中，从而借机逃脱。波吕斐摩斯请求父亲波塞冬为他复仇。波塞冬唤起巨浪和大风，将奥德修斯的船吹离了回家的航线，导致奥德修斯后来遭遇了更多的艰险。

溅，一边叽里咕噜说着什么。接着，伟大的克苏鲁做出了比传说中独眼巨人更加凶猛的举动，它那黏滑的身躯溜进水中，开始追逐汽艇，掀起似乎聚集了宇宙所有力量一般的惊涛骇浪。布里登回头看了一眼，便彻底疯了。他一直断断续续地大笑，笑得直瘆人，直到一天晚上，笑死在船舱里，而此时的约翰森也已神志不清了。

但，约翰森并没有放弃。他心里很清楚，除非“警报号”全速开进，否则，“那东西”肯定会追上来的。于是，他决心抓住最后一线生机。他把引擎开到全速，闪电般跑到甲板上，飞速倒转舵轮。海面上涌起了一股巨大的涡流，把恶臭的海水搅得泡沫纷飞。当汽艇被推得越来越高时，这位勇敢的挪威人驾着汽艇迎面朝那个追逐他的胶状身躯冲了过去。此时此刻，那东西就像魔鬼帆船的船尾一样，漂浮在肮脏的泡沫上。那个丑八怪长着一颗像章鱼一样的脑袋，头上的触须不停地扭动着，眼看就要碰到这艘勇往直前的汽艇的艏斜桅了，但约翰森仍然毫无顾忌地冲了上去。接着，传来了一声像气囊爆裂一样的爆炸声，海面上出现了一摊像被切开的太阳鱼一样的黏稠污秽物，空气中弥漫着一股恶臭，仿佛同时打开了一千座坟墓似的，随后传来一个声音，但约翰森并没有把它记录下来。顷刻间，汽艇便完全笼罩在一团刺鼻的绿色烟雾之中了，紧接着就只能看到扬起恶臭泡沫的船尾了。天哪！那个难以形容的天外来客四溅的胶状体又像云一样重新聚合成原来的形状。与此同时，由于“警报号”不断提升动力，与它渐渐拉开了距离。

一切都结束了。自那以后，约翰森便只对着船舱里的那个小石像发呆，同时将注意力放在为自己和身边大笑不止的疯子寻找食物上。在经历了第一次疯狂驾船逃跑之后，他再也没有驾过汽艇，他的魂好像被什么东西摄走了似的。随之而来的便是4月2号的那场风暴，而他的意识也渐渐模糊了。他感觉自己就像幽灵一样旋转着穿过液态的无尽深渊，坐在彗星尾巴上眼花缭乱地飞越令人眩晕的宇宙，疯狂地从深渊冲向月亮，又从月亮回到深渊。同时，体态扭曲、滑稽可笑的老妖，连同地狱里长着蝙蝠翅膀的绿色小鬼，全都放声大笑起来。

从噩梦中醒来后，他被“警戒号”搭救了，接下来便是海事法庭、达尼丁的街道，以及去埃格伯格的漫漫回乡路。他不能把一切都说出来，因为那样别人会以为他疯了。他要在死之前把自己知道的都写下来，但不能让妻子知道。要是能把这段记忆抹去的话，死也算是一种恩赐了。

这就是我看到的文件，现在我已经把它连同浅浮雕和安杰尔教授的文件一起放在一个铁盒子里。一起装在铁盒子里的还有我的笔记——以此证明我的心智没有毛病。笔记中我把这些文件都拼凑在一起了，但我希望这种活再也不要有人干了。我已经见识了宇宙中最恐怖的东西，由此，春季的晴空与夏季的繁花在我眼里都变成了毒药。我觉得自己活不多久了。我叔祖父走了，可怜的约翰森走了，我也会死去。我知道得太多了，而那个邪教仍然有生命力。

克苏鲁八成也还有生命力，它又回到太阳刚刚形成时就一直庇护着它的石缝中去了。它那座可恶的城市再一次沉入海底，因为在四月风暴之后，“警戒号”曾航行穿过那片水域，但没有发现任何蛛丝马迹。不过，它在地球上的代言人仍然在犄角旮旯里，围着供奉偶像的巨石，嚎叫、欢跃、残害生灵。它肯定是在下沉时被困在了自己黑暗的无底洞里，否则，这个世界现在已经充满惊恐与疯狂的尖叫了。结局怎样，又有谁会知道呢？升起来的没准儿会沉下去，沉下去的没准儿会升起来。令人厌恶的东西躲在深渊里等待、梦想，而腐败在人类摇摇欲坠的都市中蔓延。那一刻迟早会到来——但我不能去想，也不敢去想！我只能祈祷，如果我在死之前没来得及销毁这些手稿的话，我的遗嘱执行人可能会谨慎行事，确保不要让其他人看到为好。

疯狂山脉[1]

一

我不得不说下面这番话，因为科学家们在不明原委的情况下，不愿意听从我的忠告。我不愿意解释，为什么我要反对这次深思熟虑的南极考察——对化石进行大范围搜寻和对古老冰盖进行大规模钻探和融冰——既然警告也是枉然，我就更不愿意解释了。虽然人们一定会对事实产生质疑，但我必须要把它公布于众，不过，如果我闭口不谈那些看似荒唐离奇、不可思议的东西，那就没什么可说了。迄今为止尚未公开的照片很逼真、很形象，所以，不论是普通的，还是航拍的，都支持我的观点。不过，由于照片拍摄距离太远，精心伪造还是有可能的，所以它们仍会受到质疑。当然，尽管艺术专家们应该会觉察到技艺的奇妙之处，并会为此绞尽脑汁，但用墨水画的东西还是会被当作明显的赝品被人耻笑。

最后，我必须依赖科学界领军人物的判断和立场。一方面，他们思想上足够独立，会认真考虑我的资料，考虑其令人信服的价值，或是借鉴某些原始而又令人费解的神话故事；另一方面，他们有足够的影响力来阻止这个通常喜欢探索的世界，避免在那片疯狂的山脉地区进行任何鲁莽而又野心勃勃的项目。可惜，像我和我的同事这样名不见经传的

1 《疯狂山脉》创作于1931年2—3月，最初因篇幅太长而被《诡丽幻谭》拒之门外。后来，《惊异故事》在1936年2月、3月、4月以短篇系列的形式予以发表。

人，只属于一所规模不大的大学，几乎不可能在疯狂怪诞或备受争议的事件中发挥作用。

对我们更不利的是，从最严格的意义上讲，我们不是相关领域的专家。作为地质学家，我带领米斯卡塔尼克大学[1]探险队的目标，只是借助米斯卡塔尼克大学工程系弗兰克·H. 帕博迪教授设计的性能优良的钻头，在南极大陆不同的地点获取深层的岩石和土壤样本。除了这个领域，我从没想过成为任何其他领域的先驱者，但我确实希望，沿着前人探索过的线路，通过在不同地点运用新型设备，发现少量过去用普通方法采集不到的东西。从我们的报告中，公众已经了解，帕博迪的钻探设备在轻巧、便携和性能上都是独一无二的，能将普通的喷水钻原理和小巧的圆形凿岩钻原理结合起来，从而能快速应对硬度不同的岩层。钢制钻头、连接杆、汽油发动机、可拆卸的木质钻塔、爆破装备、缆绳、清除垃圾用的螺旋钻（为钻头准备的 5 英寸拼接管全部接起来长达 1000 英尺），还有必备的配件。全部设备只需三辆七只犬拉的雪橇便可运送，这可能是因为大多数金属件都是由轻巧的铝合金制成的。四架大型的多尼尔飞机是专为在南极高原上高海拔飞行设计的，还配有帕博迪设计的附加燃料加温和快速启动设备，可以将我们整个探险队从大冰堡边缘的基地运送到南极内陆各考察点，这些地点都配备了足够的雪橇犬供我们使用。

我们原打算在一个南极季节里（如绝对必要，或许更长的时间里）考察更广的地区，主要是在山区和罗斯海南部的高原地区进行勘探，也就是沙克尔顿[2]、阿蒙森[3]、斯科特[4]和伯德[5]等人不同程度地考察过的地区。我们用飞机来不断改换营地，营地间的距离大到足以具有地质意义，我们希望在南极发掘出数量空前的标本——尤其是在前寒武纪的岩层中，以前只获得了为数不多的标本。我们也希望获得尽可能多样化、含有化石的上层岩石，因为了解这片充满冰封和死亡的荒凉区域的进化史，对

1 作者杜撰的一所大学，位于美国马萨诸塞州埃塞克斯县杜撰的小镇阿卡姆，以杜撰的米斯卡塔尼河命名。

2 英国极地探险家，曾三次率队赴南极科考，是“南极科考英雄时代”的领军人物之一。

3 挪威极地探险家，1911 年 12 月 14 日率队第一次到达南极点。

4 英国皇家海军军官，曾两次率队赴南极地区科考。

5 美国海军军官，极地探险家。

于我们了解地球的过去至关重要。众所周知，南极大陆曾经气候温和，甚至炎热，处处生机盎然，物种多样，但只有地衣、海洋动物、蜘蛛纲动物和北部的企鹅幸存了下来。我们希望从多样性、准确性和细致性上拓展这一信息。一旦依靠简单的钻探，就能找到化石，我们就会通过爆破来扩大钻孔，从而获取大小适中和状况良好的标本。

我们会根据上层土壤或岩石的情况，进行不同深度的钻探，因此，我们的钻探只能限于裸露或几乎裸露的陆地表层，钻探区域只能是斜坡和山脊，因为海拔较低的区域上覆盖的坚硬冰层厚达 1、2 英里。虽然帕博迪已经想出一种方案，将铜电极放在厚厚的钻头簇里，用汽油发电机产生的电流来融化有限区域的冰层，但我们不能徒劳地钻探厚厚的冰层。即将启程赴南极探险的斯塔克韦瑟-摩尔探险队提议采纳的正是这个方案（我们在试验室曾尝试过，但最后没有采用），而全然不顾我们从南极回来后我提出的警告。

公众是通过我们接连发给《阿卡姆[1]广告人》和美联社的无线电报，以及我和帕博迪后来写的文章，了解米斯卡塔尼克探险队的。我们这支探险队共有米斯卡塔尼克大学的四位教师组成——帕博迪、生物系的莱克、物理系的阿特伍德（也是气象学家）和我（代表地质学，兼名义上的队长），此外，还有 16 名助手：其中 12 人是米斯卡塔尼克大学的研究生，9 人是训练有素的机械师。这 16 名助手都是合格的飞行员，除 2 人外，其余人都是称职的无线电报员。其中有 8 个人，像我、帕博迪和阿特伍德一样，看得懂航海用的罗盘和六分仪。当然，还要补充一下，我们的两艘船都配足了人手，这两艘过去当作捕鲸船用的木船，为了适应南极的实际情况进行了加固，并装配了辅助蒸汽系统。纳撒尼尔·德比·皮克曼基金会为这次探险专门提供了一笔资金，因此，尽管没有大张旗鼓地宣传，我们的准备工作还是特别充分的。在波士顿，雪橇犬、雪橇、各种机器、宿营物品和五架飞机尚未装备的部件都交到我们的手里，我们的船也在这里装载完毕。为了明确的目标，我们已经装备得妥妥当当，而且在供给、饮食、运输、营地建造等方面，我们也都效仿许多近期非常出色的前辈，从他们身上获益良多。也正是这些前辈数量之

1 作者杜撰的马萨诸塞州城市。作者在《时光魅影》和《印斯茅斯疑云》中多次提到过阿卡姆。

多、名声之大，才使得世界上很少有人知道我们这次的探险（尽管准备充分）。

正如报纸报道，1930 年 9 月 2 日，我们从波士顿港起航，悠闲地沿着海岸线一路南下，穿过巴拿马运河，沿途停靠萨摩亚和塔斯马尼亚州的霍巴特，在霍巴特进行最后的补给。我们探险队中没有人之前去过极地区域，因此，我们都把希望寄托在两位船长（J. B. 道格拉斯和格奥尔格·索尔芬森）身上。道格拉斯是“阿卡姆”号的船长兼整个船队的指挥，索尔芬森是“米斯卡塔尼克”号的船长，两人都是南极海域经验老到的捕鲸人。随着我们渐渐远离人居世界，北方的太阳落得越来越低，每天在地平线上停留的时间也越来越长。在大约南纬 62°，我们看到了第一批冰山（横平竖直得跟桌子一样）。10 月 20 日，我们穿过南极圈，并举办了一个颇为古雅的庆祝仪式。就在我们快要到达南极圈的时候，冰原给我们带来了相当大的麻烦。经过热带地区的长距离航行之后，不断下降的气温让我心烦意乱，但我还是努力打起精神，准备迎接更严厉的寒冷。很多时候，奇妙的大气效应让我如醉如痴，我平生第一次见到了蔚为壮观、栩栩如生的海市蜃楼，其中，远处的冰山不可思议地变成了广袤城堡的城垛。

幸好眼前的冰原并不大，冰层也不厚。我们穿过冰原，来到了南纬 67° 东经 175° 的开阔水域。10 月 26 日早上，南方出现了一道很强的陆映光。临近中午，一片开阔、高耸、白雪皑皑的山脉浮现我们面前，挡住了前方所有的视野，我们都非常兴奋。我们终于来到了这片未知大陆的前沿，来到了冰冻死亡的神秘世界。很显然，这些山峰就是罗斯发现的阿德米勒尔蒂山脉。现在我们的任务是绕过阿代尔角，航行到维多利亚地的东海岸，到达我们预先选定的基地。这里位于南纬 77° 9′ 的埃里伯斯火山脚下，麦克默多湾的岸边。

航行的最后阶段让人记忆犹新而又遐想联翩。巍峨而又荒凉的神秘山峰在西方若隐若现，中午的太阳低垂在北方，午夜在南方更为低垂的、靠近地平线的太阳，将朦胧的红光洒在皑皑白雪之上，洒在蓝蓝的冰面和水道之上，洒在裸露在外而又黑迹斑斑的花岗岩山坡上。阵阵可怕的南极风在一排排荒凉的山峰间肆虐。有时，风听上去隐隐约约像狂野而又极富乐感的笛音，这种笛声一直蔓延到更为宽广的区域，因为某种下意识的原因，我似乎感到心神不宁，甚至隐约有些惧怕。这一场面让我想起了尼古拉斯·罗瑞克[1]怪诞而又可怕的亚洲画作，想起了我在大学图书馆里读过的阿拉伯狂人阿卜杜勒·阿尔哈兹莱德所著的《死灵之书》[2]中，有关睖原[3]的更诡异、更可怕的描绘。

11月7日，西边的山脉暂时看不到了，我们经过了富兰克林岛，第二天，又看到了埃里伯斯山脉的圆锥形山顶和前方罗斯岛上的特罗尔山，以及更远处绵延不断的帕里山脉。巨大冰堡低矮的白色岸线从这里向东延伸，如同魁北克的岩崖，垂直耸立的高度达200英尺，这意味着我们向南的航程结束了。下午，我们进入麦克默多湾，同时，在冒着烟的埃里伯斯山脉下风处，与海岸保持一定的距离泊了船。高达12700英尺的山顶，在燃烧过后，在东方天空的映衬下，犹如一幅描绘富士山的日本油画。再远处便是海拔10900英尺、白雪皑皑、魅影般的死火山特罗尔山。此时此刻，埃里伯斯山不断喷出阵阵烟雾。一个名叫丹福思的研究生助手，是个聪明的小伙子，他说白雪覆盖的山坡上看上去像火山熔岩，还说，这座发现于1840年的山脉，无疑是爱伦·坡[4]七年后创作

> “在那至高无上的山顶上，
> 充满硫磺的熔岩，
> 无休止地滚动着，
> 泻下亚耐克山，
> 低吟着涌入北部山峦。”

诗句的灵感源泉。丹福思很喜欢读那种怪诞的作品，而且经常谈论爱伦·坡的作品。我本人对坡也很感兴趣，因为他在其唯一一部长篇小说（可怕且又令人费解的《亚瑟·戈登·皮姆的故事》）中描写过南极。在远处贫瘠的海岸和巍峨的冰堡上，成千上万奇形怪状的企鹅拍打着翅膀，呱呱乱叫。同时，在水面上，许多肥胖臃肿的海豹，要么在游泳，

---

1 俄国画家、作家、考古学家、通神论者。
2 参阅《克苏鲁的呼唤》中的相关注释。
3 参阅《塞勒菲斯》中的相关注释。
4 参阅《大衮》中的相关注释。

要么趴在冰块上慢慢漂流。

在9日凌晨，午夜过后不久，我们乘着小船，艰难地登上了罗斯岛，一同带上岸的还有从两艘船上接下来的电缆，之后，便准备用裤形救生圈卸载给养。虽然我们的先辈斯科特和沙克尔顿此前曾经在这个地方登过陆，但我们初次踏上南极大陆的心情还是五味杂陈。我们在火山坡下面冰冻海岸上搭起了一个临时营地，不过，探险队的总部还是设在"阿卡姆"号上。我们卸下所有钻探设备、雪橇犬、雪橇、帐篷、生活物资、汽油桶、融冰试验装备、普通相机和航拍相机、飞机零部件和其他的配件，其中包括三个便携式无线电设备（不只是飞机上的无线电设备），它们可以让我们在南极大陆的任何角落都能与"阿卡姆"号上的大型设备保持联系。跟外界联系时，船上的设备会将新闻报道传给位于马萨诸塞州金士堡角的《阿卡姆广告人》功率强大的无线电台。我们希望利用一个南极夏天就能完成任务，如果行不通，我们就在"阿卡姆"号上过冬，由"米斯卡塔尼克"号在封冻前向北航行，去运第二年夏季的给养。

许多媒体已报道过我们早期的工作，这里，我就不再赘述了。我们登顶埃里伯斯山；我们在罗斯岛几处地点成功进行了矿产钻探，帕博迪的设备以惊人的速度完成了钻探，哪怕是钻穿坚硬的岩层；我们对小型融冰设备进行了现场测验；我们带着雪橇和给养有惊无险地爬上了大冰堡；我们在大冰堡上完成了五架大飞机的最后组装。我们登陆团队成员——20个人和55条阿拉斯加雪橇犬——的健康状况良好。当然，话虽如此，我们目前尚未遇到真正的破坏性气温或风暴。大多数情况下，温度计显示的气温在0°到20°或25°之间徘徊[1]，我们已经习惯了新英格兰地区的寒冬，所以这种天气我们已经见怪不怪了。冰堡帐篷是半永久式的，目的是存储汽油、食品、炸药和其他物资。我们只要有四架飞机来运送现在的探险设施就足够了，第五架飞机和飞行员，还有船上的两个人留在贮存物资的地方，担任"阿卡姆"号和我们之间的联络任务，以防探险飞机失踪。后来，在不用其他飞机来运输设备时，我们就会用一两架飞机来做穿梭运输服务，往返于物资存储地和另一处永久基地之

1 此处应该是华氏，而非摄氏温度。

间，这个基地位于南方六七百英里处的高原上，在比尔德莫尔冰川的后面。尽管前人都讲过，南极的狂风非常可怕，暴风雨往往从高原上倾泻而下，但我们还是想在经费和工作效率方面精打细算，于是决定省去中间的基地。

无线电报中已提到，11 月 21 日，我们在巍峨的陆架冰上空惊险而又不间断地飞行了 4 个小时，西方群峰耸立，引擎的隆隆声在深不可测的寂静中回荡着。风虽没有给我们带来很大麻烦，但一团迷雾挡在了我们面前，借助无线电罗盘，我们从迷雾中穿了过去。在南纬 83° 到 84° 之间，前方巍峨的群山若隐若现，我们知道，世界上最大的山谷冰川比尔德莫尔冰川已经到了，冰封的大海现在已经被山峦崎岖的海岸线所取代。最后，我们进入了被冰雪尘封了不知多少年的世界最南端。就在我们意识到这一点时，我们看到，高达 15000 英尺的南森山顶屹立在遥远的东方。

在南纬 86° 7′ 东经 174° 23′ 的冰川上成功建立了南部基地之后，我们在雪橇滑行和飞机短距离飞行的半径之内，快速有效地进行了钻探和爆破。12 月 13 日到 15 日间，帕博迪和两个研究生——格德尼和卡罗尔——历尽艰辛成功登顶南森山，此时，我们已经身处于海拔约 8500 英尺的高度。试探性钻探显示，在有些地方，冰雪之下仅 12 英尺的深度就有坚硬的陆地，我们便大量使用小型融化设施和下沉式钻头，并在以前的探险者从未想过获取矿物标本的许多地方实施爆破。由此获取的前寒武纪花岗岩和灯塔砾石证实了我们的想法，即：这片高原连同西部大片陆地的地质结构都是相同的，但与东部南美洲南端的一些地方略有不同。因此，我们认为，这种地质结构组成了一片相对独立而且较小的陆地，罗斯山脉和威德尔海的冰原把这片陆地与更大的陆地分开。但伯德不赞成这种推论。

钻探之后，我们对某些砂岩进行了爆破和凿刻，也证实了这些砂岩的性质，同时发现了一些饶有兴趣的化石痕迹和碎片，尤其是蕨类植物、海藻、三叶虫、海百合，以及舌海牛属和腹足属类等软体动物的标本。所有这一切，如果跟该地区的原生态历史联系起来看，似乎具有重要的现实意义。此外，我们还发现了一个奇怪的三角状纹路痕迹，最大直径约 1 英尺，莱克将这个三角形痕迹与爆破洞深处发现的三块板岩碎片拼接起来。这些板岩碎片是从南极大陆西侧、靠近亚历山德拉皇后山脉的一个地方找到的。身为生物学家的莱克，似乎找到了让他们既困惑又兴奋的奇怪痕迹，不过，我从地质学家的眼光来看，这块痕迹和沉积岩中常见的某些波浪形痕迹，看上去并没什么两样。由于板岩只不过是一种变质岩，是沉积岩层挤压形成的岩层，由于压力自身可能会让任何痕迹扭曲变形，所以我觉得实在没有必要对挤压形成的纹路痕迹大惊小怪。

1931 年 1 月 6 日，我跟莱克、帕博迪、丹福思和其他 6 名学生，乘坐两架大飞机直接飞过南极，但一阵突如其来的大风迫使我们下降过一次，所幸的是，大风并未发展成南极特有的风暴。正如报纸所报道的一样，这不过是几次飞行勘察的中一次，其他几次，我们都努力勘察先前的探险家未曾到达区域的地形地貌。就勘察新地貌而言，我们最初的飞行尽管令人失望，但也让我们看到了极地地区奇妙无比、夺人眼目的海市蜃楼，这种壮美景观我们在海上航行的时候已经领略过。远处的山脉漂浮在空中，犹如令人痴醉的城市，在魔力四射的午夜阳光的辉映下，整个白色世界常常会像邓萨尼[1]的梦境一样融进金色、银色和猩红色交织的陆地。乌云密布的白天，我们的飞行颇费周折，因为被雪覆盖的地方和天空往往形成一片神秘的空白处，发出乳白色光芒，看不到地平线，看不到天和地在哪里相连。

最后，我们决定执行我们最初的计划，带着所有四架探险飞机向东飞行 500 英里，找个地方建个新基地。这个地方，如我们所料，可能会位于更小的陆地分离区，但事实证明这样的想法是错误的。我们原以为我们可以对在那里获得的地质标本进行比较。到目前为止，探险队的健康状况良好；酸橙汁很好地补充了一成不变的听装和腌制食物，气温也基本上都高于零度，我们可以脱掉厚重的皮衣，放手做事。现在正值仲夏，如果我们加快速度，同时又加倍小心，也许会在 3 月底完工，从而避免在南极漫长的极夜中，度过单调乏味的冬季。我们曾遭受过从西方袭来的几次强风暴袭击，但阿特伍德善于设计飞机掩体和暴雪防风墙，

1　邓萨尼勋爵十八世，爱尔兰作家、剧作家，以其奇幻作品著称，一生出版了 80 多部作品，几百个短篇、小说、剧本等，出版著作时都冠以“邓萨尼勋爵”的名字。

而且善于利用雪来加固营地，使得我们在强风暴袭击中安然无恙。我们的运气和工作效率确实是不可思议。

当然，外部世界知道我们的探险之旅，也了解我们在转移到新基地之前，莱克一直坚持向西（确切地讲是向西北）勘探。对那块三角形板岩纹路痕迹，他似乎已经思考良久，而且想法胆大得吓人。在仔细研究了三角形痕迹之后，他发现痕迹的性质和地质年龄存在矛盾，这引起了他极大的兴趣，所以他希望在向西延伸的地质结构上，继续进行钻探和爆破，因为很明显，已经出土的标本都属于同一类地质结构。莫名其妙的是，他相信这块痕迹是某种体型庞大、不为人知、根本无法分类的有机体的化石，而且是高度进化的有机体，尽管带有痕迹的岩石已相当古老——即便不是前寒武纪的，也是寒武纪的——以至于不仅排除了可能存在高度进化的生物，还排除了高于单细胞生物或充其量是三叶虫阶段的生物。这些碎片，连同上面异样的痕迹，一定有五亿到十亿年的历史。

二

莱克开始向西进发，进入到那些人类从未涉足或人类想都未想过的地区，我断定，我们用无线电简报的形式对他这次行动的通告一定会让公众们浮想联翩，不过，我们并未提及他那想彻底改变整个生物学和地质学的疯狂想法。1 月 11 日到 18 日，他带领帕博迪和其他五个人，开始了乘雪橇去钻探的旅程。穿过一个巨大的冰压脊时，探险队在混乱中损失了两条雪橇犬，也为行程蒙上了阴影。这次探险之旅找到了许多太古代的板岩，这些板岩古老得令人难以置信，板岩上明显的化石痕迹相当丰富，甚至连我都颇为好奇。不过，这些化石都属于非常原始的生命形态，这一点并没有太多的争议，但有一点，岩石上的任何生命形态都应该是前寒武纪的。因此，当莱克要求我们暂停节省时间的探险——暂停使用所有四架飞机、许多人手和所有的探险设备时，我实在看不出他这种要求的依据在哪里。不过，最后，我并没有反对他的计划。尽管莱克向我征求地质方面的意见，但我还是决定不参加向西进发的团队。他们出发后，我、帕博迪和另外 5 个人一起留在基地，制定向东转移的最终方案。在准备转移的过程中，一架飞机已开始从麦克默多湾运输充足的燃油；不过，这倒是可以暂时搁置一下。我身边留下了一只雪橇和九条雪橇犬，因为在完全无人涉足的死亡之地，身边没有可用的交通工具，在任何时候都是不明智的。

大家都记得，莱克所带领的探险分队进入了前途未卜之地，通过飞机上的短波发射机发出报告。我们在南部基地的设备和在麦克默多湾的“阿卡姆”号可以同时收到这些报告，随后，这些报告再通过五十米的长波转播到外部世界。1月22日凌晨四点钟，他们启程了，仅仅两个小时后，我们便收到他们发来的第一条无线电报。当时，莱克说他们正在降落，并在距我们300英里的一个地方开始了小范围的融冰和钻探。六个小时后，我们收到第二条令人振奋的电报。电报说，经过疯狂而勤恳的作业，他们开凿了一口浅井，并实施了爆破，最终发现了许多带有化石痕迹的板岩残片，和最初那块让人费解的残片几乎一样。

三个小时后，我们又收到一条电报，声称他们不顾寒冷刺骨的狂风，又重新启程了。我发了一封电报给他们，告诉他们我反对进一步冒险，而莱克草草回复说，为了采集更多的标本，任何冒险都是值得的。我意识到，他的兴奋已经到了乱来的程度，而我们明知他们的激进冒险可能危及整个探险计划，但却无能为力。不过，一想到他正越来越深入到那片变幻莫测、险恶异常的白茫茫大地之中，我就觉得可怕。要知道，这片区域绵延近一千五百公里，一直延伸到玛丽皇后和诺克斯陆地之间从未有人勘探过的海岸，而且暴风雪肆虐，到处都是不为人知的秘密。

之后，又过了大约一个半小时，莱克从飞机上发来让人倍感兴奋的消息，这条消息几乎打消了我原来的顾虑，让我巴不得此时此刻能和他们一起。

“晚上十点五分。仍在飞行。暴风雪过后，发现前方出现了迄今所见最高山脉。其高度堪比喜马拉雅山。大概方位东经113° 10′ 南纬76° 15′ 。向左右延伸，一望无际。似有两个活火山口。所有山峰呈黑色，无积雪。山顶吹来的狂风致飞行受阻。”

此后，我、帕博迪和其他所有人都屏住呼吸守候在收报机旁。一想到700英里外这座巍峨的山脉壁垒，我们内心最深处的冒险愿望都被点燃了。虽然没能亲身经历，我们依然为探险队有了重大发现而欢呼雀跃。半小时后，莱克又向我们发出呼叫。

“莫尔顿的飞机迫降在高原上的山麓丘陵地带，不过，没有人受伤，或许可以修好。如有必要，会把给养转到其他三架飞机上返航或继续前进，不过，此刻还不需要继续携重物飞行。山脉的高度远远超乎想象。已卸掉所有重物，正要搭乘卡罗尔的飞机去勘察。你根本想象不到。最高峰肯定超过 35000 英尺。比珠穆朗玛峰还要高。我和卡罗尔升空的同时，阿特伍德用经纬仪来测高度。关于火山峰的说法可能是错的，因为山峰的构造看起来层次分明。可能是前寒武纪的板岩和其他岩层混在一起的。天际线真是壮观呢——最高峰上到处可见规则的立方形山体。在金红色斜阳里，一切都是那么匪夷所思。就像梦中的秘境，抑或是通往未知奇境里禁忌世界的大门。真希望你们过来好好看看。”

虽然，严格说来，此刻是睡觉的时间，但我们守在无线电旁，毫无睡意。麦克默多湾那边肯定也是如此，在那里，补给地和“阿卡姆”号也在接收这些信息，因为道格拉斯船长已发出贺电，就这次重要发现向整个探险队表示祝贺，补给地负责人谢尔曼第二个发去贺电。当然，听到飞机损坏，我们都很难过，但还是希望能很快修好。接着，在晚上十一点，莱克又开始呼叫。

“和卡罗尔飞到山麓丘陵最高处的上空。鉴于目前的天气情况，不敢尝试飞越高峰，但以后肯定会。向上爬升真是可怕，在这个高度更是困难重重，但是值。巍峨的山脉将视线挡得严严实实，完全看不到外面的世界。主峰比喜马拉雅山还高，而且非常诡异。山脉看似前寒武纪板岩，上面明显有其他岩层隆起的痕迹。火山活动造成的说法难道错了吗？向两个方向延伸出去，一眼望不到头。山峰在 21000 英尺以上根本没有积雪。山脉最高处的山坡上，岩石的结构很奇怪。四周完全垂直的巨型低矮方形结构，在峭壁上是堡垒式的低矮垂直长方形廓线，就像罗瑞克画作中的古代亚洲城堡。远远望去，简直叹为观止。飞近一些后，卡罗尔认为，这些岩石结构是由更小的岩石组成的，不过，很可能已经风化掉了。多数边缘都已塌陷，棱角已经不在，似乎是千百万年来饱经暴风雪和气候变化造成的。上面一部分岩石比这段山坡上任何可见的岩层颜色都要浅，很显然是水晶体形成的。靠近飞行后发现，有许多洞口，有些外形非常规则，呈方形或半圆形。你一定要来研究一下。你想想，在一个峰顶上，我居然看到了城堡。高度似乎有 30000 到 35000 英尺。我自己的高度为 21500 英尺，寒冷刺骨。大风呼啸着吹过山隘，在山洞中进进出出，不过，到目前为止，飞行尚无危险。”

此后的半个小时里，莱克不停地发来各种各样的评论，还说自己想徒步攀登山峰。我答复说，只要他能派架飞机来，我就立刻去和他会合。我还说，考虑到探险队的角色已经发生变化，在何处和如何集中补给燃油最好，我和帕博迪会拿出一个最佳方案。显然，莱克的钻井作业，还有他驾驶飞机勘察的行动，都迫切需要建立新基地。他原打算把基地建在群山脚下；毕竟，在这个季节，向东飞行已几乎不可能。为此，我呼叫道格拉斯船长，让他尽快离开探险船，带着我们留在那里的唯一一只雪橇犬，登上冰障。我们确实需要建立一条直线，将莱克和麦克默多湾之间广袤无垠的未知区域串联起来。

后来，莱克又通过无线电呼叫我说，他决定把营地扎在莫尔顿飞机迫降的地方，在那儿，修理飞机的工作已经有了一些进展。那儿的冰盖很薄，黑色陆地随处可见，在乘雪橇或徒步探险之前，他想就在那里进行钻探和爆破。他还说，在群山的背风处，他总有种很奇怪的感觉，整个场面是那么宏伟壮观，那么妙不可言，广袤而沉默的山峰就像一堵墙拔地而起，矗立在天际，直入云霄。阿特伍德用经纬仪测得五座高峰海拔约为 30000 到 34000 英尺。这让莱克非常恼火，因为这表明，是不是会刮起凛冽的狂风，风力之强会不会是前所未有。他的营地距离地势较高的山麓陡起的地方 5 英里多。我几乎可以感受到他言语之间流露出来的一丝下意识惊恐——这种惊恐掠过 700 英里的茫茫冰川——因为他敦促我们大家赶紧行动，尽早勘探完这片陌生的处女地。他说，他现在要休息一下，之前，他已经连续奋战一整天，可谓是速度空前，殚精竭虑，硕果累累。

早上，我跟莱克和道格拉斯船长在各自相去甚远的基地进行了一次三方无线通话。大家一致认为，由莱克派飞机到我的基地，接上我、帕博迪和另外五个人，此外，还要尽可能多装些燃油。至于燃油的其他问题，可以等几天再说，一方面，目前莱克营地取暖和钻探用的燃油还很充足，另一方面，这取决于我们是否继续向东进发。最后，南方的旧营地还需要进一步补给，但如果我们推迟向东勘探，那要等到明年夏天，我们才会用到南方的旧营地。与此同时，莱克还必须派一架飞机，在他刚发现的山脉和麦克默多湾之间，找到一条直飞航线。

看情况，我和帕博迪要准备把我们的营地关一段时间。如果我们在南极洲过冬，我很可能会从莱克的基地直飞到“阿卡姆”号上，再也用不着回到这个基地了。此前，我们已经用硬邦邦的大块积雪，对一些圆锥形帐篷进行过加固；此时，我们决定建一个适合长期居住的爱斯基摩式村寨。由于帐篷储备充足，即使在我们到达之后，莱克的基地物资储备仍然很充足。我通过无线电告知莱克，经过一天的准备工作和一晚上的休息后，我和帕博迪准备往西北方搬。

但在下午四点以后，我们的工作时常中断，因为那时候，莱克时不时发来最非同寻常、最兴奋不已的消息。当天，他们出师不利，派出的一架飞机去勘探几近裸露的岩石表面，但根本没有发现他要找的太古代原始岩层，而在距离营地遥远的地方，若隐若现的整个巨大山峰大部分都是这种岩层。他们看到的岩石，很显然是侏罗纪和早白垩纪的砂岩和二叠纪和三叠纪的片岩，还有时不时闪着光芒的地表岩层，表明那是一片坚硬的板岩煤。这让莱克很失望，因为他的所有计划都取决于发现五亿多年前的标本。他很清楚，为了再次找到他曾从中发现诡异化石痕迹的太古板岩岩脉，他必须从山麓脚下，乘雪橇长途跋涉，前往巍巍高山的陡坡。

尽管如此，他还是决定就地进行钻探，于是，他搭起钻台，安排五个人进行钻探，其他人要么安营扎寨，要么维修受损的飞机。他们选择能见到的最软岩石——距离营地约四分之一英里的一片砂岩——进行第一次取样。虽然没有进行额外的爆破，但钻井作业却进展神速。第一次大规模爆破之后，大约过了三个小时，就听到了钻探队的欢呼声。年轻的格德尼——临时工头——冲进了营地，告诉大家这个令人振奋的消息。

他们炸开了一个洞。刚开始钻探时，砂岩不见了，看到的是早白垩纪石灰岩，里面到处都是小型化石，有头足纲类动物、珊瑚、海胆和石燕贝属动物，偶尔还能看到硅质海绵和海洋脊椎动物的骨骼化石——后者可能是硬骨鱼、鲨鱼和硬鳞鱼的骨骼化石。这一点本身就已足够重要了，因为它是探险队获得的第一批脊椎动物化石。但随后不久，钻头钻过了岩层，钻进了一处明显的空洞，一种全新的、极度的兴奋潮涌般蔓延到所有的钻探者身上。大型爆破炸开了熔岩钻的秘密。此时此刻，透过一个大约 5 英尺宽、3 英尺厚的齿状洞孔，一块浅浅的石灰岩呈现在贪婪的探索者面前。早在五千多万年前，这块石灰岩的中心就被早已逝去的热带世界里流淌出来的地下水侵蚀得空空的了。

这片被腐蚀空的岩层只有 7、8 英尺深，但往四面八方延伸得很远，还有一股缓缓流动的清新空气，表明这里是一处广阔的地下系统。它的顶部和地面到处都是大块的钟乳石和石笋，有的呈圆柱状。但最重要的是，这里沉积着大量的贝壳和骸骨，数量之多近乎堵塞了通道。这些骸骨从长满中生代树蕨和菌类植物的未知丛林，以及长满第三纪苏铁、蒲葵和原始被子植物的森林中冲刷下来，所以包含了更多的白垩纪和创新纪的许多骨骸，以及其他动物的标本，数量多得就连最了不起的古生物学家花上一年也数不清。软体动物、甲壳纲的盔甲，鱼类、两栖动物、爬行动物、鸟类和早期的哺乳动物——有大的，有小的，有已知的，也有未知的。难怪格德尼跑回营地大喊，难怪其他所有人都丢下手中的工作，冒着刺骨的严寒，径直冲向高大钻塔矗立的地方，因为在那里发现了通往寻找地球内部和消逝千百万年秘密的新通道。

莱克满足了自己最初热切的好奇心之后，便在笔记本上潦潦草草地记下了这个消息，打发年轻的莫尔顿跑回营地，用无线电赶紧把消息发布出去。这是我听到的这次发现的第一则消息。消息中提到，他们辨别出了早期的贝壳、硬鳞鱼和盾皮鱼的骨头、迷齿亚纲类和槽齿类动物的遗骸、大型沧龙的颅骨碎片、恐龙的脊椎和甲胄板、翼龙的牙齿和翅骨、始祖鸟的残骸、中新世纪鲨鱼的牙齿、原始的鸟颅骨，以及古代哺乳动物的颅骨、脊椎和其他骨骸，如古兽马科、剑齿兽、恐角兽、始祖马、高齿羊类动物和雷兽。但像乳齿象、大象、真正的骆驼、鹿或牛属动物等近现代动物的骨骸一个都没有。于是，莱克做出结论，最后一次沉积发生在渐新世[1]，目前这片被腐蚀空的岩层处于干涸、死寂、人迹未

---

1 地质时代中古近纪的最后一个主要分期，大约始于 3400 万年前，终于 2300 万年前，介于始新世与新近纪的中新世之间。比起其他比较古老的地质时期，用岩床来确认渐新世是不错的识别方式，虽然精确的起始与结束时间有些不确定。

至的状态至少已有三千万年。

另一方面，这里普遍存在早期的生命形态，这本身极为反常。根据像硅质海绵一样典型的化石来判断，虽然石灰石结构肯定而且显然是科曼奇系的，而不是更早的微粒，但洞穴中那些散落的骨骸碎片，大部分都来自迄今为止人们认为的更古老时期所特有的有机体——甚至有鱼类、软体动物和志留纪和奥陶纪[1]一样的古代珊瑚。因此，推论必然是，在世界的这个地方，三亿多年前的生命和三千万年前的生命之间显然有独一无二的关联性。这个洞穴在渐新世被封闭之后，这种关联性又延续了多久，这是所有人根本想象不到的。无论如何，在约五十万年前的更新世，可怕的冰川期到来了——和这个洞穴的年代相比，就像发生在昨天——这无疑导致了当地那些苟延残喘的原始生命彻底灭绝了。

莱克并没有满足于发布第一条消息，相反，他找人写了一份公告，没等莫尔顿回来，就派人踏着雪地送到了营地。此后，莫尔顿就守在飞机里的无线电旁，把莱克派人送给他的附言不断传送给我——传给“阿卡姆”号，从“阿卡姆”号再传给外部的世界。经常读报纸的人肯定会记得，那天下午的报道让科学家们兴奋不已——多年以后，这些报道最终促成了这支斯塔克韦瑟-摩尔探险队。说起这支探险队，我真希望当时能劝他们放弃探险。既然莱克发出无线电报，而我们基地的发报员麦克蒂格又把他用铅笔速记的内容转译出来。我还是把它们的内容抄录在这里吧。

“从爆破后的沙砾和石灰石碎片中，福勒有了重大发现。几条明显的三角形纹路痕迹，就像太古代板岩上的痕迹，证明这种生物从六亿多年前到早白垩纪一直存在，且没有明显的形态变化，平均尺寸也没减小。如果非要说有什么变化的话，早白垩纪的化石痕迹明显比更古老的化石痕迹更原始或退化。务必在新闻中强调此次发现的重要性。对生物学的贡献等同于爱因斯坦对数学和物理的贡献。连同我此前的发现，做个详细的结论。正如我怀疑的那样，似乎表明，在始于太古纪细胞的某个已知生命有机体之前，地球就已经见证了生命有机体的整个循环或多

1 志留纪是早古生代的最后一个纪，也是古生代第三个纪。奥陶纪是古生代的第二个纪（原始的脊椎动物出现），开始于距今约 4.8 亿年前至 4.4 亿年前。

种循环。早在一亿年前，这些生命有机体就已经进化和分化，当时这个星球还很年轻，还不适合任何生命形态或正常的原生质结构生存。那么，问题是，进化是何时、何地、以何种方式发生的呢？"

"后来，检查了大型陆地和海洋蜥蜴类和原始哺乳动物的骨骸，发现骨骼上有一些奇怪的伤口并不是由任何时代、任何已知的肉食动物造成的。伤口分两种：垂直的穿孔和明显的劈痕。还有一两例被整整齐齐劈开的颅骨。有伤痕的标本并不多。正要派人去营地取手电筒。劈开这些钟乳石，扩大地下搜索范围。"

"再后来，发现了奇怪的皂石碎片，宽约6英寸，厚1.5英寸，迥异于本地的任何岩石结构——浅绿色，无证据支持其形成的年代。出奇的光滑和规则。形状如缺失了角的五角星，内角和表面中间有裂痕。在完好无损的表面中心有光滑的小凹陷。激起了我的好奇心，想知道其来源和历史。很可能是水流作用造成的怪胎。卡罗尔认为，借助放大镜，可以再找到具有地质意义的化石痕迹。几组小圆点，排列方式很有规律。我们工作时，狗变得不安起来，似乎不喜欢这块皂石。一定要搞清楚，它是否闻到了什么怪味。等米尔斯取来手电，我们着手探索地下区域时，再报告。"

"晚上十点一刻。重大发现。奥兰多夫和沃特金斯九点三刻带着手电在地下工作，发现了巨大的圆桶状化石，但究竟是什么东西却一无所知。如果不是某种过度生长的未知海洋放射虫纲动物，那就很可能是一种蔬菜。很显然，其组织得到矿物盐的保护。像皮革一样坚韧，但在某些地方又柔性十足。两头和四周都有破损的痕迹。长6英尺，中间部分

直径 3.5 英尺，两头逐渐变细到直径 1 英尺。就像一只酒桶，上面长着五条脊状物。就像细长的茎秆一样，横向破损的地方位于脊状物的中间。脊状物之间的沟槽里长着奇怪的东西——像扇子一样折叠和打开的梳状物或翅膀。其中一个比较完整，翼展约有 7 英尺，其余的均已严重破坏。样子让人联想到原始神话中的某种怪物，尤其是《死灵之书》中虚构的‘旧日支配者’[1]。翅膀看上去是膜状的，在管腺组成的骨架上伸展。翅尖的骨管里有明显的小孔。身体末端已经干瘪，看不出内部的结构，也看不出是从哪里断开的。回到营地后，我们必须对其解剖。尚不能断定是植物还是动物。很显然，很多特征原始得让人难以置信。所有的人手都已派去切割钟乳石，寻找更多标本。又找到一些带有伤痕的骸骨，但必须搁置一下。雪橇犬麻烦了。对新发现的标本，它们似乎无法容忍，如果不把标本放得离狗远一点儿，这些狗会把它撕成碎片。”

“晚上十一点半。注意！戴尔、帕博迪、道格拉斯。最最重要——不妨说是空前绝后的——的事。‘阿卡姆’号必须立刻把信息传给金士堡总站。岩石上留下的桶状物痕迹属于太古时期的生物。米尔斯、布德罗和福勒在地下距离洞口 40 英尺的地方发现了一簇标本，达十三个之多。和一些圆得出奇、错落有型的皂石碎片混在一起，这些星状的碎片比先前发现的要小一些，但除了一些地方已经破损之外，其他地方都相对完整。所有的有机体标本中，有八个看起来非常完好，所有的附属器官都在。把所有标本带到地面之后，把狗牵到远处。狗忍受不了这些东西。务必注意此处的描述，回复电文确认是否措词准确。报刊报道，不得有误。

“这些东西全长有 8 英尺。桶状躯干长 6 英尺，上有五条脊状物，中部直径 3.5 英尺，两头直径 1 英尺。暗灰色、柔韧且极其结实。和身体同色的膜翅长 7 英尺，发现时呈折叠状，从脊状物之间的褶皱中伸展出来。翼架呈管状或腺状，浅灰色，翅尖有小孔。翅膀展开后，边缘呈

1 参阅《克苏鲁的呼唤》中的相关注释。

锯齿状。在躯干中心线周围，5个垂直杆形脊状物中的中心顶点上，都有一组浅灰色的可曲臂或触手，发现时呈折叠状贴在躯干上，但伸展开来的最大长度有3英尺多。就像是原始海百合纲的触手。直径为3英寸的单个茎秆在6英寸的位置之后分成五个小茎秆，每个小茎秆在8英寸的位置之后再分成更小的茎秆，触手或卷须越来越细，就这样，每个茎秆共有25个触手。

“躯干的顶端是钝钝的、圆胖的脖子，浅灰色，有像腮一样的器官，上面很显然是海星状的头，浅黄色、五星状，覆盖着3英寸长、又粗又硬且色彩夺目的绒毛。头部粗壮而肥大，从一端到另一端约2英尺，每一端都突出一个3英寸长、柔韧的浅黄色管状物。恰好在顶部中心位置裂开，可能是呼吸用的孔。每个管状物的末端为球状突起，浅黄色的薄膜卷翘起来，绕在柄上，露出玻璃状、彩虹色的球状物。很明显，是一只眼睛。五条细长的淡红色管状物从海星状头部的每个内角伸出，末端是同颜色的囊状肿块，这个囊状肿块受压后会打开最大直径有2英寸的铃状孔，两侧是像突起物一样锋利和洁白的牙齿——很可能是嘴。所有这些海星状头颅上的管状物、绒毛和触角，发现时都紧紧地折叠在下面。管状物和触角连在肥大的头部和躯干上。尽管极其坚韧，但柔性很好。

“在躯干底部，有和头相同的组织，只不过很粗糙，功能也不一样。浅灰色球状假颈上是浅绿色五角星状海星组织，没有看到腮。粗糙而强壮的肢体长达4英尺，底部直径7英寸，逐渐变细，到末端只有约2.5英寸。每个肢体末端都长着一个细小末端，呈膜状三角状，淡绿色，有五根静脉，8英寸长，最头上的宽度为6英寸。这是鳍状前肢、鳍或假足，从十亿年前到五六千万年前，在岩石上留下了痕迹。浅红色的血管从海星组织的内角突出来，逐渐变细，根部直径为3英寸，到了末端只有1英寸。末端都有小孔。所有这些器官都很粗糙，像皮革一样坚韧，且非常柔软。鳍状前肢长4英尺，无疑用于某种运动，在海里或其他什么地方。挪动时，表现出非常夸张的健硕肌肉。我们发现，这些突起物都紧紧折叠在假颈和躯干末端，正好和另一端的突起物相呼应。

“还不能明确将其归为动物或植物，但很可能是动物。可能表明放射虫纲难以置信的高度进化，且保留了某些原始特征。尽管有些证据相互矛盾，但外形很像棘皮类动物。由于可能栖生在海洋中，翅膀结构令人费解，但也许是用于静水航行的。对称性却奇怪得像植物，令人想起植物基本的上下结构，而不是动物的前后结构。进化日期早得令人难以置信，甚至比迄今为止所知的、最简单的太古代原生动物还要早，这让有关起源的所有猜想都百思不得其解。

“完整的标本与远古神话中某些生物有着如此诡异的相似性，人们必然会认为，南极洲之外还有古老的生命。戴尔和帕博迪都读过《死灵之书》，也都看过克拉克・阿什通・史密斯[1]依据此书所做的恐怖画作，当我说起远古生物应该是因为笑话或错误而创造了地球上的所有生物时，他们一定会明白。学生们一直认为，这种看法是人们对古老放射虫纲的病态想象形成的。也像是威尔马思提到过的史前传说中的生物——克苏鲁教的生物，等等。

“这打开了广阔的研究领域。从相关联的标本来判断，它们可能是白垩纪后期或创新纪初期沉积在此的。上面沉积的是厚重的石笋。虽然开辟出一条路来绝非易事，但坚硬的质地倒也使其免受损坏。标本保存得非常完好，明显是石灰石起了作用。到目前为止，没有更多的发现，不过，过后再进行勘探。现在的任务是把这十四个巨大的标本带回营地，不能使用雪橇犬，因为它们叫得很凶，让它们靠近标本，叫人不放心。虽然风很大，但九个人应该能拉得动三个雪橇——留下三个人看护雪橇犬。必须跟麦克默多湾建立一条航线，开始运输物资。我必须马不停蹄地解剖其中的一个标本。真希望这里有个像样的实验室。戴尔最好严厉自责，因为他曾阻止我们向西进发。首先发现的是世界上最雄伟的山脉，再就是这些标本。如果这次发现还不是这次探险的最大成就，我不知道还有什么算得上。我们取得了科学的胜利。帕博迪，给打开洞穴的钻探发贺电呗！现在，‘阿卡姆’号，请重新描述一遍，好吗？”

收到这则消息时，我和帕博迪激动的心情几乎无法形容，在场同伴的热情也丝毫不亚于我们。一些重要内容刚刚从嗡嗡作响的收报机里传

1　参阅《克苏鲁的呼唤》中的相关注释。

过来，麦克蒂格就迫不及待地把它转译出来，莱克的发报员刚刚发完，麦克蒂格就根据自己的速记内容，很快写成了完整的消息。所有人都意识到这次发现的跨时代意义。“阿卡姆”号上的发报员按照要求复述完之后，我马上给莱克发去贺电。接着，身在麦克默多湾补给地的谢尔曼，以及“阿卡姆”号上的道格拉斯船长，也发去了贺电。随后，我作为探险队的领队，加了一些评论，通过“阿卡姆”号转播到外部世界。当然，处在极度兴奋之中，休息简直是荒唐可笑的。此时此刻，我唯一的愿望就是尽快赶到莱克的营地。莱克发消息说，由于山间的风越刮越大，尽早飞过去几乎是不可能的。听到这个消息，我真的很失望。

但不到一个半小时，再度燃起的兴趣驱走了失望。莱克发来更多消息说，他们已经将十四个巨大的标本成功运到营地。这次搬运非常辛苦，因为这些东西出奇的重，但九个人还是干净利索地完成了任务。此时，探险队的一部分队员正忙着赶紧建一个雪造的畜栏，和营地保持一定的安全距离，可以更方便地把雪橇犬圈到里面去喂养。这些标本，除了莱克准备要解剖的那个以外，都摆放在营地附近冻硬的积雪上。

解剖工作似乎比预想的要困难得多，因为，尽管在新建的试验室帐篷里有汽油炉供暖，但表面上看似柔软的标本（一个强大而完整的标本），实际上要比皮革坚韧。莱克为此大伤脑筋，他怎样才能不使用暴力打开一个切口呢，暴力破坏性很大，可能会破坏他正在寻找的完整机体的精密之处。没错，他还有七个完整的标本，但要不计后果地把它们全解剖，数量又太少，除非那个洞穴以后会源源不断地发现此类标本。因此，他把标本丢在一旁，又拿起一个，这块标本虽然两端还是海星状，但已被严重压损，而且在一定程度上沿着一条很大的躯干沟槽裂开了。

我们很快得到电报，但解剖结果令人费解，同时又极具煽动性。当然，结果不可能精密、准确，因为解剖工具几乎无法切开这个不规则的机体，但我们所获取的极少量信息，让我们所有人都感到既敬畏又困惑。现在的生物学将会被完全颠覆，因为这种生物不属于科学上已知的任何细胞生物，几乎没有任何矿物可以替代，尽管标本已有四千万年的历史，内部器官却完好无损。坚韧如皮革、毫无退化、坚不可摧是这种生物机体固有的属性，似乎与古代无脊椎动物进化周期有关，这一点完全超乎了我们的想象。首先，莱克发现的所有标本原本是干的，但随着帐篷里的温度越来越高，这些标本产生融化效应，充斥辛辣难闻气味的有机体湿气，从标本未受损的一侧散发出来。伴随着散发出来的气味，流出一种液体，不是血，而是一种暗绿色的黏稠物。此时此景，37 只雪橇犬已经被带到营地附近尚未完工的畜栏里，即使相隔甚远，它们还是疯狂吠叫，对这种扩散开来的刺鼻气味表现得焦躁不安。

临时解剖并没能搞清这个怪物的类属，相反，却增加了它的神秘色彩。鉴于对其外在特征的种种猜测没有异议，人们几乎可以毫不犹豫地将它归为动物，但对内部的检查却发现了许多证据，表明这东西是植物，这让莱克一头雾水。这东西有消化和循环系统，通过海星状底盘上的淡红色导管排泄废物。有人可能会说，太马虎了！这东西的呼吸器官需要的是氧气，而不是二氧化碳。而且还有证据表明，这种东西有多个空气存储仓，其呼吸的方式是从外部小孔向至少两个其他发育完全的呼吸系统——腮和毛孔——转换。很明显，这玩意儿是一种两栖动物，也可能已经适应了长时间没有空气的冬眠。发音器官看上去虽然与主要呼吸系统有关联，但表现出来的异象根本无法解释。从音节发声的意义上讲，只能想到的是，这东西发的是有声言语，但也很可能是浑厚的乐感笛音。这东西的肌肉系统简直是超前发达。

这东西的神经系统如此复杂，如此高度发达，以至于莱克感到很愕然。虽然在某些方面过于原始和古老，但这种生物有一组神经中枢和神经节，说明它们的神经系统已经呈现特定的发展方向。它的五叶大脑惊人地发达，还有迹象表明，它有一种感觉器官，某种程度上通过头部坚硬的纤毛起作用，具有与任何其他陆地生物迥异的特征。也许这种生物的感官不止五种，这样一来，就无法通过任何现存的类似生物来预测其生活习性了。莱克认为，在这种生物生活的原始世界里，它一定是一种感知非常灵敏、功能划分非常精密的生物——跟今天的蚂蚁和蜜蜂非常相像。这种生物像隐花植物（尤其像蕨类植物）一样繁殖后代，在翅膀尖端有孢子囊，这种孢子囊显然是从叶状植物或原叶体发展而来的。

但现阶段要给它起个名字，就显得太荒唐了。这种生物长得像放射虫纲动物，但很显然不仅仅是放射虫。这东西一部分是植物，但四分之三的主要器官又是动物。其对称性的外形和其他属性清楚地表明，这东西最初起源于海洋，但我们无法推断其后来的适应性进化过程。总之，它的翅膀表明，它可以飞行。在刚刚诞生的地球上，它是怎样经历极度复杂的进化，随着时间的推移，又在太古代岩石上留下足迹的呢？这个问题远超人们的想象，这让莱克异想天开地回想起关于“旧日支配者”的古代神话（“旧日支配者”从茫茫星海中降临到地球，因为一个笑话或错误创造了地球上的生命），回想起米斯卡塔尼克大学英语系一个研究民俗学的同事讲过的有关外太空生物生活在广袤山区的荒诞故事。

当然，莱克还想到，这些前寒武纪的化石痕迹是不是由现在这些标本尚未完全进化的祖先留下的，但他一想到这些远古化石发达的结构特征，马上就抛弃了这种过于肤浅的理论。如果有什么区别的话，较晚生物的外形表明的是退化而不是更高的进化。假足的尺寸已经变小，整个形态看似粗糙了许多，也简单了许多。此外，刚刚看过的神经系统和各个器官也表明，它们是从更为复杂的形态退化而来的。令人惊讶的是，萎缩和退化了的器官非常普遍。总之，问题没有得到解决。于是，莱克根据神话给这种生物临时起了个名字，并开玩笑地说，自己发现了“旧日支配者”。

大约凌晨两点半，他决定暂缓下一步的工作，休息一下，然后他用防水帆布盖上那个被解剖的生物体，走出实验室帐篷，又回过头去研究那些完整的标本。南极不落的太阳让这些标本的组织稍微变软了，因此，两三个标本的头部和血管表现出展开的迹象，但莱克认为，在近乎零度的空气中，标本不可能立即分解腐烂。但他还是把所有未解剖的标本放在一起，罩上备用帐篷，以防太阳光直接照射。罩上帐篷也有助于散发出的气味远离那些雪橇犬。这些雪橇犬虽然离得很远，而且是在越来越高的雪墙（因为越来越多的人手正在住所附近加速修筑雪墙）后面，但它们充满敌意的躁动确实让人头疼。他用大雪块压住帐篷的角，让它在越刮越大的狂风中保持不动，因为这片巍峨的山脉眼看就要刮起强风暴了。探险队对早先突如其来的南极风的忧惧又来了，在阿特伍德的监督下，采取一些预防措施，堆积积雪加固帐篷，修建新的雪橇犬畜栏，在朝山的一面用积雪修建简陋的飞机掩体。新搭建的掩体，起初只是临时用雪块堆积起来的，可现在怎么也堆不到应有的高度，莱克最后只好让干其他活的所有人都来修筑掩体。

四点之后，莱克最后准备停止无线电报的发送，也建议我们趁加高掩体的时间，让我们和设备都休息一下。他和帕博迪通过无线电闲聊起来，不停地称赞钻探设备是多么了不起，要是没有这些设备，他不可能有这次发现。阿特伍德也发去了问候和赞扬。我给莱克发去了热情洋溢的祝贺，坦言他的西进勘探是正确的，之后，我们一致同意，早上十点用无线电联系。如果那时大风停了，莱克就会派飞机来接我这边基地的队员。就在临睡前，我给“阿卡姆”号发了最后一条电报，指示他们今天的消息向外界发布时要低调，因为所有的细节似乎都过于乐观，在未得到证实之前，搞不好会引发质疑。

三

我想，那天凌晨，我们没有一个人睡得很沉或是一觉到醒。莱克的发现所带来的兴奋，加上狂风越来越大，大家都没怎么睡好。即使是在我们所在的营地，暴风都是如此猛烈，我们禁不住想知道，莱克营地的情况会是多么糟，毕竟他们处在未知的巍峨高山之下，而这场风暴就是在他们那边孕育，从那边刮起来的。十点钟，麦克蒂格醒了，如约通过无线电联系莱克，但西向气流似乎扰乱了电子环境，妨碍了通讯。不过，我们联系上了“阿卡姆”号，道格拉斯告诉我说，他也在尝试联系莱克，但一直联系不上。他不知道这场风暴，尽管风暴在我们这里狂暴肆虐，但在麦克默多湾只有徐徐微风。

我们一整天都在焦急等待，并不时地尝试联系莱克，但一直没有结果。中午时分，一阵异常猛烈的狂风从西面袭来，让我们担心起营地的安危。不过，这场风暴最后还是逐渐平息了，到了下午两点，仅剩下一阵阵柔风。三点过后，风平息了，于是，我们拼命联系莱克。想到他有四架飞机，每一架都配备了性能优良的短波设备，我们想，一般的事故不可能让所有无线电设备同时陷入瘫痪。但莱克那边一点动静都没有。想起肆虐的狂风正是从他那边刮起的，我们不由地胡思乱想起来。

截至下午六点，我们的担心越来越强烈了，通过无线电跟道格拉斯和索尔芬森商议后，我决定采取行动，亲自去看看。我们曾把第五架飞机留给麦克默多湾补给地的谢尔曼和两位水手，以备急用。这架飞机状况良好，随时可用，现在看来要派上用场了。很显然，空气条件非常适合飞行，于是，我通过无线电联系谢尔曼，命他开着飞机，带上两名水手，尽快到南部基地和我会合。随后，我们讨论了参与行动的都有哪些人。最后决定，我们营地的所有人手，还有身边的雪橇和雪橇犬，全部参与。尽管负载很大，但对于为运输重型机械而专门定制的大型飞机而言，算不了什么。与此同时，我仍不断用无线电尝试联系莱克，但杳无音信。

谢尔曼带着两名水手冈纳森和拉森于七点半起飞，飞行中几次报告说飞行平安。他们在午夜时分到达我们的基地，于是，所有人员立即讨论下一步行动方案。在沿途没有任何基地的情况下，一架飞机单独飞越南极洲是非常危险的，但在看似最简单的需要面前，没有人退缩。凌晨两点，我们给飞机加满油，上床做短暂的休息，但六点钟，大家都起来，忙着打包和装载给养。

1 月 25 日早上七点十五分，我们由麦克蒂格领航，开始朝西北方向飞行，飞机上载有 10 个人、7 条雪橇犬、1 架雪橇、燃油和食品，还有包括飞机无线电设备在内的其他物品。天气晴朗，风平浪静，气温也很温和，所以，我们预计，我们应该会毫不费力地到达莱克设立营地的经纬度。我们担心的是，我们达到后，会看到或者干脆看不到什么，因为发往营地的所有呼叫都没有下文。

在四个半小时的飞行中，所发生的每一件事，都深深烙在我的记忆里，因为它在我生命中占据着极其重要的地位。它标志着，我在 54 岁时，失去了正常心智通过对自然和自然法则的惯性认识获得的所有平静。从此以后，我们 10 个人——丹福思，尤其是我——将面临着一个充满恐怖、令人惊骇、被放大了的世界。任何东西都无法将其从我们的情感中抹去，如果可能的话，我们也不在乎拿它与世人分享。报纸已经发表了我们从飞机上发出去的简报，提到了我们不间断的飞行过程，提到了我们在高空中两次与危险狂风进行的搏斗，提到了我们瞥见业已断裂的地面（莱克三天前就是在那里钻探的），还提到我们看到了奇怪的、蓬松的雪柱——阿蒙森和伯德曾记载，狂风吹得这些雪柱在无垠的冰原上乱滚。可是，随后见到的场面是我们无法用报纸所能理解的语言表达的，再后来，我们不得不对传递出去的信息进行严格审查。

水手拉森是第一个看到前方锯齿状排列的诡异圆锥形山体和山峰的，他的惊呼声把所有人都吸引到这架大型密封飞机的舷窗前。尽管我们飞行的速度很快，但这些山体在我们眼前展现的速度却很慢，由此，我们知道它们一定离我们非常遥远，只是因为它们特别高，所以我们才能看到。不过，我们发现，山体逐渐阴森可怖地屹立在西方的天空，使我们可以区分出各种各样光秃秃、凄凉凉、黑乎乎的山峰。在彩虹色冰尘云的映衬下，在泛红的极光中，看到这种山峰，会让人产生一种幻觉。整个奇观无时无刻地向我们暗示着惊人的秘密和潜在的心灵暗示。这些光秃秃的梦魇般山峰看上去犹如通往梦境禁区的一道道恐惧之门，犹如由遥远时空和超维度纠结而成的一个个宇宙漩涡。我不由地觉得，这些山峰就是恶魔，就是疯狂的山脉，而它们背面的山坡俯视的就是该死的无底深渊。背景中上下翻腾、忽明忽暗的云彩不可言喻地表明，模糊而缥缈的远方超越了空间的限制，时刻在提醒人们，在这个阒无人迹、深不可测的南极世界，到处充斥着偏僻、离别、荒凉和无尽的死亡。

这时，年轻的丹福思让我们注意高山轮廓线呈现异样的规律性——就像黏附在立方体上的碎片，这一点莱克在电报中也提到过。罗瑞克曾惟妙惟肖地描绘过云雾缭绕的亚洲山脉之巅上梦幻般原生态庙宇废墟，莱克曾把这里的景象与罗瑞克描绘过的梦幻般景象相媲美，眼前的一切的确证实了莱克的说法。这里确实有一种东西，就像罗瑞克所描绘的那样，萦绕着整个神秘莫测、层峦叠嶂又超凡脱俗的大陆。十月份我们第一次看到维多利亚地时，我就有这种感觉，此时此景，我又产生了这种感觉。我也有一种不祥的预感，这里和太古神话非常相似。这片死亡之地与古文献中臭名昭著的荒凉睃原是如此相似，这不禁让人倍感不安。神话学家都认为睃原位于中亚，但人类（或者其先辈）的种族记忆是长期的，所以，有些神话源自于比亚洲还早，比我们知道的任何人类世界都要早的一些充满恐怖的陆地、高山和庙宇，也不是没有可能。一些胆大的神秘主义者曾暗示过，残缺的《纳克特抄本》[1]就源于更新世之前，

1 最初出现在作者 1918 年创作的《北极星》中，因而是他杜撰的第一本奇幻书。

还暗示过，在人类眼里，撒托古亚[1]的信徒就像撒托古亚一样都是外星人。睦原不管地处什么时空，都不是我愿意踏进或靠近的地方，我也不想近距离接触这样的世界，因为这种地方曾经孕育过莱克提到过的那种似是而非的太古怪物。此时此刻，我为自己读过可恶的《死灵之书》，还为在大学里跟博学的民俗学家威尔马思聊过太多内容，而懊悔不已。

靠近山脉之后，我们开始渐渐看清了在起伏中慢慢升高的山麓，从渐渐变成乳白色的山顶上望去，奇异的海市蜃楼突然出现在我们面前，先前那种厌恶的心情无疑又加重了我对这幅幻景的反应。几个星期以来，我见识过许多极地海市蜃楼，有些就像眼前一样神秘而又鲜活，但这一次的海市蜃楼朦胧之中却有一种异常凶险的成分。随处可见的迷宫由难以置信的高墙、林立的塔峰组成，看到这一场面在我们头顶上混沌的冰汽中若隐若现，我就不寒而栗。

这次海市蜃楼所产生的效果便是一个超级大城市，其中的建筑根本是人类不知道，也根本想象不到的，到处聚集的都是像夜晚一样漆黑、呈扭曲几何定律的石造建筑。有的呈削去了头的圆锥状，有时上面被修成梯田状或是凹槽状，再被安装上高高的圆柱体杆子，零零散散到处都是球形突起，上面还经常罩着很多层比较薄的齿状圆盘；有的则是奇形怪状地倒挂着、像桌子一样的建筑物，就像是一堆各式各样矩形的板子或圆形的盘子或五角星，一个接着一个叠起来一样。那些组合在一起的圆锥体和棱锥体要么单独立在那里，要么安放在圆柱体或立方体上，或者放在更平整的削去了头的圆锥体或棱锥体上。有时针状的尖塔五个一簇，形状怪异。所有这些狂乱的结构似乎是通过管状桥梁连接在一起的，这些桥梁把建筑物一个又一个连在一起，连接的高度各不相同，令人眼花缭乱。整座城市所暗示的规模大得令人恐惧而备感压抑。这种海市蜃楼，就像北极捕鲸人斯科斯比在1820年发现和描述的一样，呈现出狂野的景象，但此时此地，面对前方高耸入云而又不为人知的漆黑山峰，面对在我们心目中非同寻常的发现，面对笼罩着此次探险大部分行程中可能面临的灾难，我们似乎无一例外地感受到一种潜在的凶险和异常可怕的征兆。

---

1 克拉克·埃什顿·史密斯的小说《撒坦普拉·赛罗斯的警告》（1931）中的角色。

当海市蜃楼开始消散时，我真的感到很高兴，虽然在这个过程中，各种各样梦魇般角楼和圆锥呈现出种种扭曲变形、转瞬即逝甚至更加恐怖骇人的样子。随着整个幻景消融在乳白色光芒之中，我们开始再次往地面看，发现我们此行的终点已经不远了。前方未知的山脉，就像令人不寒而栗的巨型堡垒，令人头晕目眩地耸立起来，奇特的规律性非常清晰，即使不用望远镜也能看到。此时，我们正在最低的山峦上方飞行，所以可以看到，在茫茫雪原上有几个淡黑色的点，我们猜想这些黑点就是莱克的营地和钻井。在五六英里远的地方，一些稍高一点的山麓拔地而起，形成了一排山脉，完全不同于不远处比喜马拉雅山峰还要高、令人生畏的山脉。最后，罗普斯（替麦克蒂格操纵飞机的学生）开始朝着左手边的黑点下降，从黑点的大小可以判断，这就是莱克的营地。在他实施降落时，麦克蒂格未经审查发出了最后一条无线电报，这份电报全世界的人都能收到。

当然，大家都已看过我们后来在南极探险不尽人意的简报。我们着陆几个小时后，发出一条关于这场悲剧的加密报告，非常无奈地宣布，在前一天或前一天之前的那个晚上，那场可怕风暴摧毁了莱克的整个探险队。灾难造成 11 人死亡，年轻的格德尼失踪。人们意识到这场悲剧肯定对我们造成沉重的打击，因此原谅了我们那份报告的含糊其辞。当我们解释说，11 具尸体都被风暴严重损毁，以致无法向外面转运时，人们也相信了我们。其实，我自以为，尽管我们非常悲痛，同时又处于慌乱和惊恐之中，我们在任何具体细节的描述中都没有失实。关键是我们不敢说，要不是为了警告其他人远离这些难以名状的恐怖，我现在也不会说。

事实上，这场风暴带来了极其严重的浩劫。即使没有其他因素，所有人是否能经历这场风暴之后还能活下来，也是一个巨大的未知数。这场风暴，夹带着被疯狂驱使的冰粒，肯定超过了探险队此前遭遇过的任何灾难。一个飞机的掩体似乎已经所剩无几，几乎都化为了齑粉，远处的钻井架已经完全散了架。地面上的飞机和钻探机械上裸露的金属被擦得锃明瓦亮，两个小帐篷尽管有雪砌的加固墙，也被夷为平地。暴露在外的木质表面也变得坑坑洼洼，上面的油漆全都掉光，探险队在雪地里所有的足迹被抹得干干净净。我们还发现，没有一件太古生物标本可以完整地带出去。我们确实从巨大的瓦砾堆中找到了一些矿物质，其中包括几个淡绿色皂石残片（这些残片奇特的五角形外形，以及由成组斑点组成的模糊图案，曾让人们充满疑惑地去反复比对），还有一些化石的骨骼，其中最典型的就是那些受伤的标本。

没有一只雪橇犬幸免于难，探险队在营地附近用积雪匆匆搭起的围栏几乎荡然无存。围栏紧靠营地的一侧（不是迎风的一侧）遭到的破坏更严重，这说明这是疯狂的雪橇犬自己向外跳或突围时造成的。三架雪橇都不翼而飞，我们曾试图寻找原因，这场暴风也许把它们吹到不知哪里去了。钻井附近的钻头和融雪机械损毁严重，不知道能不能修好。于是，我们便用这些设备塞住那个让人不安的洞口——莱克爆破出来、通往过去的洞口。我们只好把两架损毁最严重的飞机丢在营地，因为现有的探险队员中，只有 4 个——谢尔曼、丹福思、麦克蒂格和罗普斯——会开飞机，再说，丹福思总是精神太过紧张，只能来领航。虽然很多东西都被莫名其妙地吹跑了，但我们把能找到的书籍、科学仪器和其他东西都找了回来。备用的帐篷和皮衣不是丢失不见了，就是损毁严重没法用了。

我们驾驶飞机，经过大面积搜寻之后，不得不放弃了对格德尼的搜寻。在下午四点左右，我们给“阿卡姆”号发去了一条用于对外发布的加密电报。我觉得，我们成功地做到了让消息看起来风平浪静，内容含糊其辞。我们谈得最多的焦虑是有关我们的雪橇犬，从可怜的莱克对它们的描述中可以预料，雪橇犬一靠近这些生物标本，就变得狂躁不安。但我们没有提到，在这片狼藉的地区，我们的雪橇犬围着奇怪的浅绿色皂石和其他标本嗅来嗅去时，表现出同样的焦躁不安。狂风就像具备极强的好奇心似的，把不管是在营地还是在钻井旁的科学仪器、飞机和机械设备等物品上的零部件，要么松动了，要么移了位，要么给篡改了。

很遗憾，说起那十四个生物标本，我们根本不知道。我们发现的唯一一批标本已经遭到了破坏，但剩下的足以证明莱克的描述完全准确，令人赞叹。在这件事上，要让我们没有私心杂念是很难的——我们没有提到标本的数量，也没有明确说我们是怎样发现这些标本的。此时此刻，探险队一致以为，不能把任何让人误认为莱克一行人很疯狂的事情传出去，但这的确看起来很疯狂。我们发现六个残缺不全的庞然大物被小心翼翼地竖直深埋在 9 英尺下的冰穴里，上面是五角形坟堆，坟堆上点缀着一组组的圆点。这些图案和从中生代和第三纪发掘出来的怪异浅绿色皂石上的图案完全一样。可惜，莱克提到的那八个完整标本似乎都被狂风吹得无影无踪了。

同时，我们也在小心翼翼地关注着公众对这件事总体上平淡的反应，因此，我和丹福思对第二天飞越疯狂山脉上空只字未提。事实上，只有把飞机的载重减少到最低限度，才有可能飞越如此高的山脉，所以，只好由我们两人驾驶飞机去做初步的侦查。我们在凌晨一点返程时，丹福思虽然近乎歇斯底里，但令人钦佩的是，他一直守口如瓶。我并没有让他答应我，别把口袋里带回来的草图和其他东西拿出来示人。除了我们同意向外发布的消息外，他没有向任何人透露过任何消息，而且，他还把我们的相机胶卷藏起来，留待以后私下里冲洗。所以，我们现在所讲的故事，对帕博迪、麦克蒂格、罗普斯、谢尔曼，跟世界上所有人一样，都是全新的。其实，丹福思的口风比我还要严：因为他看到的东西，或他认为自己看到的东西，甚至连我他都瞒着。

众所周知，我们在报道中提到了一次艰难的爬升，还证实了莱克的观点，即：巨大的山峰是由太古代的板岩和其他非常原始的褶皱岩层构成的，至少从科曼齐系中期开始就未曾改变过。在报道中，我们还对黏附的立方体和堡垒结构的规律性做了简要评论，断定这些洞口向我们展示了溶解的石灰质岩脉，进而推断，有些山坡和通道，只有经验丰富的登山运动员才能去攀登和穿越。报道中，我们还提到，另一侧是跟这座山脉一样亘古不变、巍峨而广袤的超级神秘高原，海拔 20000 英尺，奇形怪状的岩石结构穿过薄薄的冰层凸显出来，还有低矮的山峦绵延于广阔的高原和陡峭的山峰之间。

这些数据本身完全是真实的，营地的人都非常满意。针对不在营地的那 16 个小时——时间要长于我们辩称的飞行、着陆、勘察、收集岩石所需要的时间，我们撒了谎，说逆风环境减缓了我们的飞行速度，但在更远的山麓上着陆这一点上，我们并没有撒谎。幸运的是，我们的故事听起来既真实可信，又平淡无奇，没有引起任何人来效仿我们。如若真有人想这么做，我就会再三劝阻他们——我不知道丹福思会怎么做。我们不在营地的那段时间，帕博迪、谢尔曼、罗普斯、麦克蒂格和威廉森，像海狸一样拼命修理莱克留下的两架状况最好的飞机。尽管飞机的操作装置莫名其妙地搅成一团，但他们还是把飞机修好了。

我们决定第二天早晨把所有东西都装上飞机，尽快返回我们的旧基地。飞行航线虽说不是直飞，却是飞往麦克默多湾的最安全路线，因为直线飞行要穿越那片完全不为人知的、沉寂万古的大陆，会有很多额外的风险。鉴于已有很多探险人员遇难，再加上钻探设备也已损坏，继续探险已无可能。我们一行人脑海里萦绕着种种疑惑和恐惧（从未向外界透露过），只希望能尽快逃离这片荒无人烟、充斥着疯狂的南极世界。

众所周知，我们成功返航，一路上再没有遭遇什么灾难。所有飞机经过快速直飞后于第二天（1 月 27 日）晚上抵达旧基地。28 日，我们抵达了麦克默多湾，中间着陆过一次。我们飞离大高原之后，在冰架上空遭遇了狂风，狂风中飞机的操纵杆发生故障，我们不得不做短暂着陆。五天后，“阿卡姆”号和“米斯卡塔尼克”号载着探险队所有人员和设备，破开了逐渐变厚的冰原，从罗斯海启航。在喜怒无常的南极天空的映衬下，维多利亚地的群山嘲讽般地在西方若隐若现，狂风的怒号也被扭曲成无处不在的笛声，让我感到一丝彻骨的寒意。十几天后，我们便将极地远远地抛在身后。谢天谢地！我们离开了那片灵异的鬼地方，在那里，自从物质第一次扭动和游弋在这个星球几近冷却的表面上，在无数个未知的时代里，生与死、时与空就已结成了暗无天日而又亵渎神明的联盟。

我们回来以后，就一直竭力劝阻南极探险，而对种种疑惑和猜想，则无一例外地密不外露。就连精神已经崩溃的丹福思，也丝毫没有退缩，也没有向他的医生透露。的确，如我所说，有一种东西，他认为只有他自己看到了，甚至都不告诉我，虽然我觉得，他说出来，可能会有助于改善他的心理状态。能够作为解释进而让他放松下来的是，那东西没准儿只不过是受惊吓之后留下的幻想后遗症。这就是我听了他在极少数情况下断断续续地对我窃窃私语之后，从他支离破碎的话（一旦控制住自己的情绪，又赶紧断然否认）中总结出来的想法。

劝阻别人不要去那片广阔无垠、冰雪皑皑的南极绝非易事，我们的努力引起了人们的好奇心，这没准儿直接妨碍了我们的目标。也许从一开始，我们就应该知道人类的好奇心是永远不变的，我们所宣布的探险结果足以激励其他人同样对未知世界的长期探索。虽然我们非常理智，没有把那些标本和标本的照片公开示人，但莱克关于生物巨怪的报道把博物学家和古生物学家的好奇心已经点燃到了极点。我们也没有把那些令人费解、伤痕累累的骨骸和浅绿色皂石公开示人。我和丹福思牢牢地保管着我们飞越高山时在超级高原上拍摄的照片和绘制的草图，还有我们装在口袋中带回来、怀着极度恐惧打磨和研究的那些残片。但现在，斯塔克韦瑟-摩尔探险队正在组建，而其装备也比我们当时的装备更齐全。如果没有人劝阻他们，他们将会深入南极洲的最核心地带，并在那里融冰钻探，直到他们找到那个我们认为可能会毁灭这个世界的怪物。所以，我最后不得不打破沉默，即便是要谈到疯狂山脉之外那个恐怖至极、难以形容的怪物，也在所不惜。

四

一想到重新回到莱克的营地，想到回到我们在那里亲眼目睹的场面——还有那疯狂山脉背后隐藏的东西，我心中就有无尽的踌躇和无尽的反感。我一直想回避细节，让模糊的印象来取代事实和无法避免的推论。我希望我已经说得很多了，多到足以让我对其余的东西轻描淡写，也就是说，在营地里发生的令人恐怖的其他事。我前面提到过那片狂风肆虐的地区，提到过已经遭到损毁的掩体，提到过杂乱无章的机械设备，提到过狂躁不安的雪橇犬，提到过不见了踪影的雪橇和其他物品，提到过探险队员和雪橇犬的遇难，提到过格德尼的失踪，还提到过六个被疯狂掩埋的生物标本。这些已有四千万年历史的标本，虽然表面上伤痕累累，但其机体组织却不可思议地完好无损。我记不得自己是否提到过，我们在检查雪橇犬尸体时，发现有一只失踪了。直到后来，我们才想起这件事——其实，只有我和丹福思曾想起过。

关键的内容我一直守口如瓶，这些内容既与尸体有关，也与某些不易察觉的细节有关。这些细节或许会，或许不会，给表面的混乱增添令人惊骇而又令人难以置信的理据。当时，我尽力让人们不去想细节，因为人们很容易把导致疯狂的一切缘由都归罪到莱克团队的某些队员身上。从当时的情形来看，高山上的妖风太猛烈了，足以把任何一个身处地球神秘和荒凉中心的人给逼疯。

当然，最反常的是当时尸体的状况——探险队员和雪橇犬的情况都一样。他们都曾卷入可怕的冲突，都惨遭残酷而完全莫名其妙的撕裂和砍杀。据我们判断，队员们和雪橇犬要么是被勒死的，要么是被撕裂而死的。很明显，首先引发了这场灾难的是雪橇犬，因为还未建好的畜栏上的缺口表明，畜栏是由内而外的强力突围破坏的。由于这些动物憎恨太古时期那些令人讨厌的有机体，所以畜栏建在距离营地有一定距离的地方，但这些预防措施似乎并没有奏效。把雪橇犬置于肆虐的狂风之中，置于又矮又薄的防护墙里，它们一定是仓皇逃窜了——究竟是狂风所致，还是可怕标本所散发的某种微妙而越来越强的气味所致，谁也说不清了。当然，标本都是用篷布盖着的，但南极的斜阳一直照着篷布。莱克曾提过，太阳的热量会让标本非常完整而又坚韧的组织松弛下来并不断伸展。也许狂风不停地吹动覆盖在标本上面的篷布，导致标本之间发生碰撞和摩擦，使得这些标本，虽然时隔久远，但还是发出更刺鼻的气味。

但不管发生了什么，这件事都足以让人惊骇不已而又厌恶至极。也许，我最好先别管我脆弱的神经，而是把最糟糕的东西说出来——不过先亮明一个确凿的观点，这是基于第一手的发现和我与丹福思最不可改变的结论，即：当时失踪的格德尼绝对不应该为我们看到的那场令人憎恶的恐怖场面担责。我已说过，这些尸体都已经血肉模糊。但现在我必须补充一点，尸体上有些部分是被切割掉的，手段甚是诡异、冷血、残忍。狗和人的情况都是如此。所有较为健康、较为肥胖的尸体（不管是四足动物，还是两足动物），最结实的大块肌体都被砍掉了，就好像是技艺精湛的屠夫干的。在尸体周围，奇怪地撒了一些盐（是从飞机上受损严重的箱子里拿出来的），这不禁让人产生最恐怖的联想。惨剧发生在其中一个简陋的飞机掩体，飞机也被从掩体中拖了出来，随后的暴风抹掉了所有可能提供合理解释的痕迹。散落的衣服碎片，是从被切割的残尸上被粗暴撕扯下来的，但这并不能说明什么问题。围笼已经损坏得不成样子，在一个被保全下来的角落里有一些模糊不清的雪地印记，但这不会给人留下什么印象，因为这种印记根本不是人的足迹。很显然，这些足迹应该跟可怜的莱克此前几个星期一直谈论的化石痕迹有某种联系。在这片疯狂山脉的笼罩下，一个人必须格外小心，自己的想象力可能会带来严重的后果。

我已经说过，最后证实，格德尼和一条雪橇犬失踪了。在我们到达那个可怕的掩体时，我们已经失去了 2 条狗和 2 个人。不过，在查看完那些巨大洞穴之后，我们走进了当作解剖室用的帐篷，这里基本上没有遭到破坏，这顶帐篷似乎在向我们述说着什么秘密。但这里已经不是莱克留下的样子了，因为从远古怪物身上解剖下来的身体部位，原本是在简易解剖台上盖着的，现在已经不见了。其实，我们已经意识到，我们发现的那 6 个残缺不全且被疯狂掩埋的东西中，有一个——就是散发着难闻气味的那个——肯定是莱克曾努力分析的那个怪物身上采取的部分。其他东西散落在试验桌上或桌子周围，我们并没有花太长时间就猜出来了，那些正是从一名探险队员和一只雪橇犬身上割下来的部分，割得尽管很奇怪且很不专业，但非常仔细。我不提那个被碎尸队员的名字，就是不想再伤害幸存者的感情。莱克的解剖工具不见了，但种种迹象表明，这些工具曾被仔细清理过。汽油炉也不见了，不过，在放汽油炉的地方附近，我们发现了一堆用过的火柴。我们把那个队员的残尸埋在另外 10 个人旁边；把雪橇犬的残尸和另外 35 条狗埋在一起。至于试验桌上以及桌子周围散乱的插图书上的斑斑污迹，我们当时太慌乱了，根本没来得及多想。

这是营地中最恐怖的场面，但其他东西同样令人百思不得其解。消失的不只是格德尼，还有 1 条雪橇犬、8 个完好的生物标本、3 架雪橇、某些仪器、带插图的科技书、文具、手电筒与电池、食物与燃油、采暖设备、剩余的帐篷、皮衣，等等，这完全超出了正常思维的想象。还有溅在某些纸张边缘的墨迹，不管是在营地还是在钻井旁，在飞机和其他机械设备周围，都有好奇的外星人碰触和做过尝试的迹象。雪橇犬似乎憎恨这个莫名其妙地失调的机械。食品柜里也是一团糟，一些主要的食品不见了，罐头被乱七八糟地堆成很滑稽的一堆，都是用最不可能的方式打开，放在最不可能放的位置上。另一个不太引人注意的谜是大量散落的火柴，有完整的，有折断的，有用过的——就像那两三块篷布和皮衣，我们发现时，被撕扯得遍地都是。看得出，肯定是什么东西在进行某些不可思议的适应而做出某些笨拙动作时，遭到某种异样的抽打造成的。虐待人和狗的尸体，疯狂掩埋遭到破坏的太古生物标本，与这场显然已经崩溃的疯狂完全是相伴而行的。考虑到目前的不测，我们小心翼翼地拍下了所有能证明营地凌乱之极的主要证据，并将以这些照片为佐证，恳求已做好探险计划的斯塔克韦瑟-摩尔探险队放弃探险之旅。

在掩体里发现了尸体后，我们的第一反应就是拍下照片，去挖开那排疯狂的五角形雪堆。我们禁不住留意到，这些可怕的土堆有一串串成群分布的圆点，和莱克所描述的异样浅绿色皂石十分相似。后来，我们在硕大的矿物堆里找到了一些这样的皂石，发现确实非常相似。一定要说清楚，这些东西的整体形状似乎让人很厌恶地联想起太古生物像海星一样的头。我们都认为，对莱克那支兴奋过度的队伍来说，这种联想一定强有力地印在了他们敏感的头脑中。我们第一眼看那些被掩埋的生物时，也曾感到惊恐，而且让我和帕博迪曾联想到读过和听过的某些令人震惊的远古神话。我们都认为，眼前的景象和不断出现的这些东西，一定是跟极地上压抑的孤独和山上的妖风一道，把莱克一行人给逼疯了。

讲到这里，所有人都会不由自主地认为，所有这些解释就是疯狂——焦点定格在唯一可能幸存的探险队员格德尼身上，但我不会那么天真地否认，我们每一个人也许都怀着疯狂的猜想，而头脑清醒的人是不会把这种猜想完全勾勒出来的。当天下午，谢尔曼、帕博迪、麦克蒂格驾驶着飞机在周围陆地上空进行了一次彻底的巡航，为了找到格德尼和各种失踪的东西，他们用双筒望远镜彻底搜索地平线，但一无所获。他们说，这座巍峨的山脉屏障向左右绵延，无边无际，既看不到高度上有丝毫降低，也看不到地质结构有丝毫变化。不过，在一些山峰上，规则的立方体和堡垒结构更为醒目，更为清晰，与罗瑞克画的亚洲山脉上的废墟如出一辙。所到之处，他们看到的都是神秘洞口均匀地分布在那些没有被积雪覆盖的黑乎乎山峰上。

尽管恐怖无处不在，但我们还是怀着足够的科学热忱和冒险精神，想了解那片神秘山脉背后的未知领域。正如我们在加密电报中所说，经历了一天的恐怖和困惑之后，午夜时分，我们安顿了下来。我们初步计划，第二天早晨，减轻飞机的重量，只带着航拍和地质勘探设备，再一次或几次飞越山区。大家决定，由我和丹福思率先尝试。我们早上 7 点钟醒来，想要早飞；但因为风力太大（向外界发布的简报中提到过），我们不得不把起飞时间推迟到将近 9 点钟。

16 个小时后，我们飞了回来，并向探险队讲述了——并转播到外界——那个不置可否的故事。我现在糟糕的任务就是详细说明这件事，用我们在神秘的野蛮世界里亲眼看到的种种迹象，来填充我们出于仁慈而留下的空白，正是种种暗示性的迹象最终把丹福思逼得精神崩溃。我真希望他能开诚布公地谈一下他认为只有他自己才看到的那个东西（哪怕是紧张所导致的错觉呢），那可能是导致他目前状况的最后一根稻草，但他死活不愿意这样做。我和他一起经历过那次真实和切身感受的震惊之后，飞机扶摇直上穿过了狂风肆虐的山隘。当时，不知是什么东西让他失声尖叫起来，后来，他只是胡言乱语地小声嘟囔着什么，我现在所能做的也只是重复一下他低声嘟囔的只言片语。这也是我最后要说的话。我已经说过，那些古老的恐怖依然存在，如果这还不足以阻止其他人去南极洲腹地探险（或者说至少不要深入到地表下面很深的地方去寻找那片终极荒原隐藏的禁忌真相，以及野蛮而又该死的荒凉），那么，再遇到难以描述或者难以估量的灾祸，就不能怪我了。

研究了帕博迪下午的飞行记录，并跟六分仪的数据进行核对之后，我和丹福思测算出，这座山脉最低可以飞越的隘口位于我们的右侧（这一点在营地上就可以看到），海拔约 23000 到 24000 英尺。然后，基于这一点，我们开启了我们的发现之旅，驾驶着轻装化的飞机向前飞行。我们的营地位于从大陆高原延伸下来的山麓上，自身海拔约 12000 英尺，因此，实际爬升的高度并没有那么高。但是，随着飞机的爬升，我们强烈地感受到了稀薄的空气和凛冽的严寒，究其原因，由于能见度很低，我们不得不把舷窗打开。当然，我们都穿着最厚的毛皮大衣。

在雪原和冰川之上，耸立着令人生畏的山峰，乌黑而凶险，我们飞得越近就越注意到，地质结构有规律地附着在山坡之上，不由得再次想起尼古拉斯·罗瑞克画笔下的亚洲奇观。那些古老而久经风化的岩层完全证实了莱克的报告，这些山峰自地球远古时期便以完全相同的方式拔地而起——也许已经超过了五千万年。这些山峰以前是不是更高，已经没有必要去猜了。但这个陌生地区的一切都表明，捉摸不透的大气影响不利于发生地质变化，而且所有的因素汇总起来，都表明，一般的气候变化会延缓岩石崩解的过程。

但正是那些在山坡上纠结在一起的规则立方体、堡垒和洞口，既让我们如痴如醉，又让我们心神不宁。丹福思驾驶着飞机，我一边用单筒望远镜仔细观察，一边航拍了很多照片。有时候，我会开上一会儿飞机（虽然我的航空知识纯属业余级别），一方面让丹福思放松一下，另一方面则是为了让他也用双筒望远镜看一看。我们可以很容易地看到，构成这些东西的物质多数是太古时期的淡色硅岩，一点也不像在广袤陆地上见到的岩石。此外，我们还发现，这些硅岩规则和离奇的程度，就连可怜的莱克都没有提到过。

正如莱克所说，岩石边缘经过数亿万年的严重风化，已经坍塌磨圆，但其异常的硬度和坚韧的物质使得岩石能经受得住岁月的沧桑。许多部分，特别是最靠近山坡的部分，实质上似乎与周围的岩石表面相同。整个布局看上去既像安第斯山脉上的马丘比丘遗址[1]，又像1929年牛津菲尔德博物馆考察队发掘出来启什古城[2]的古基墙。我和丹福思对孤立的巨石块偶尔有印象，莱克和其同伴卡罗尔也有过同样的印象。如何解释这种现象呢？说心里话，我也说不上来。作为地质学家，我真的感到羞愧。火成岩一般呈现异常的规则性——就像爱尔兰著名的巨人堤[3]——尽管莱克曾怀疑它是仍在冒烟的火山锥，但从显而易见的结构上看，这座巍峨的山脉绝对不是火山。

由于外形规则，那些奇怪的洞口，连同洞口附近随处可见的异样结构，也带来了一个小小的谜团。莱克在报告中说过，这些洞口差不多都呈方形或半圆形，就像被一只会魔法的手将天然洞口削得更加对称一样。洞口数量之多，分布之广，尤为引人注目，这也意味着这个地区遍布着蜂窝状、由石灰岩溶解而成的隧道。像我们这样搜寻时匆匆扫一眼，是看不到山洞深处的，但我们还是发现，洞里显然没有钟乳石和石

1 位于秘鲁的库斯科地区、乌鲁班巴省和马丘比丘地区，是十五世纪印加文明的遗址，海拔2430米。

2 美索不达米亚地区苏美尔的古城，位于今伊拉克巴比伦省乌哈亚米尔遗址附近，距巴比伦以东12公里，巴格达以南80公里。

3 位于北爱尔兰贝尔法斯特西北约80公里处大西洋海岸，是由火山喷发形成的约4万根石柱组成的8公里海岸线。

笋。在洞外，与之毗邻的山坡看起来总是既平整，又规则，以至于丹福思认为，由于风化而形成的细缝和凹痕更像是形成了某些与众不同的图案。他满脑子充斥着在营地看到的恐惧和诡异场面，他话里有话地说，这些凹痕有点儿像分布在原始浅绿色皂石上一组组令人困惑不解的圆点，被如此恐怖地复制在据信埋藏着那六个怪物的雪丘上。

在飞越较高山麓时，我们的飞机不断爬升，随后朝着我们选定的那个较矮的山隘飞去。在向前飞行的过程中，我们偶尔会俯瞰一下陆路上的冰雪，想知道我们是否能用以前使用的简易设备来飞完这段行程。让我们略感惊讶的是，我们看到的这片地势远没有看起来那样难以攀登。虽然路上有一些冰隙和其他受损的地方，但这不可能阻止斯科特、沙克尔顿和阿蒙森的雪橇。一些冰川似乎连绵不断地直接通向暴露在狂风中的山隘，我们一到达选定的山隘，便发现这里的情况也不例外。

虽然我们没有理由认为这座山脉之外的区域与我们已发现和穿越的区域之间有什么本质区别，但我们还是很想绕过那座山顶，看一眼那边杳无人迹的世界，这种迫切的期待感很难付诸于笔端。在这些屏障般的高山里，从崇山峻岭中间瞥见的乳白色天空中那迷人的云海里，感受到邪恶的神秘，是一件极其微妙但又日渐淡忘的事儿，用语言根本无法解释。更确切说，这是一种模糊的心理象征和审美联想，既掺杂着异域的诗歌和绘画，也掺杂着禁书中所隐藏的古代神话。就连风的呼啸声也带有一种诡异而又自觉的邪恶。片刻之后，当狂风扫过无处不在且能发出回响的洞口时，广阔山脉上空的混响声中似乎混杂着诡异而又极富乐感的笛声。这种声音朦胧地表达了那种对怀旧的反感，跟其他朦胧的观感一样复杂难辨，一样捉摸不定。

经过一段缓慢的爬升之后，气压表显示，我们现在的高度是 23750 英尺。此时此刻，我们已经将那片积雪覆盖的区域远远抛在了下方。在这个高度上，眼前看到的只有黑乎乎、光秃秃的岩石坡，还有棱纹分明的冰川起点——但那些挑逗人神经的立方体、堡垒和发出回音的洞口，又增添了几分反常、怪诞和梦幻般的征兆。顺着那排高耸的山峰一眼望去，我想我能看到可怜的莱克所提起的那座山峰，因为峰顶上就有一座堡垒。山峰在怪异的极地薄雾之中若隐若现——也许，正是这样的薄雾导致莱克最初认为这里有火山活动。山隘隐隐约约地出现在我们的正前方，它处于犬牙交错、恶意蹙额的塔柱中间，被风吹得非常光滑。山隘的后面是一片被极地斜阳点亮、又被盘旋的水汽搅得狂躁不安的天空——那片天空就在那个神秘而遥远、世人从未亲眼目睹过的王国之上。

再往上爬升几英尺，我们就会看到那个王国。从隘口呼啸而来的狂风，夹杂着引擎震耳欲聋的轰鸣声，使我和丹福思除了大声喊叫，根本说不出话来，正因如此，我们只好用眼神进行交流。随后，我们爬升了最后几英尺，透过那个罕见的山隘，亲眼目睹了那些从未有人见过的秘密——地球上一个更古老而又完全陌生的秘密。

五

就在我们最终穿过山隘，看到山隘之外的景象时，我们两人同时惊呼起来，惊呼声中既有敬畏，有好奇，有恐惧，也有对自己感观的怀疑。当然，我们肯定具备天生的自制力，让我们暂时稳住了自己的官能。看到这一景象，我们八成想起了很多东西，比如，科罗拉多州众神花园[1]里饱经沧桑的怪石，或者亚利桑那沙漠中怪诞而对称的风蚀石。也许，我们甚至想起了海市蜃楼，就像我们初次接近这些疯狂山脉之前的那个早上看到的景象。我们的目光扫过无边无际、因饱经风雨而伤痕累累的高原，然后牢牢盯着由规则而又比例协调的巨石群组成的连绵迷宫，迷宫上方是皱皱巴巴、坑坑洼洼的山顶，下方就是冰盖层，最厚处不超过四五十英尺，在某些地方显然要薄很多。在目睹这一切的过程中，我们的心态肯定是正常的。

那副骇人景象所产生的影响是无法描述的，因为从一开始，对已知自然法则的肆意破坏似乎已经成了必然。这片极其古老的高原足足有 20000 英尺高，自五十多万年前的前人类时期，这里的气候就完全不适宜居住了。在这里，整齐的岩石纵横交错，绵延望不到尽头。只有内心对自我保护充满绝望时，人们才可能把眼前的景象归咎于某些东西有

---

1 位于美国科罗拉多州科罗拉多斯普林斯，1971 年被定为国家自然地标公园。

意识手工创造的。没有经过认真思考，我们就打消了认为山坡上的立方体和堡垒从起源上讲不是自然形成的念头。在这片地区演变成眼前充满死亡的冰川时，就连人类自己还没能从类人猿进化过来。那么，既然如此，这副景观又是如何形成的呢？

然而现在，这个念头似乎毫无疑问地动摇了，因为这座气势恢弘的迷宫是由方形、弧形和有棱角的巨石组成的，其特征就是切断所有舒适的掩体。很明显，在荒凉、客观而又无法回避的现实中，这就是那座该死的海市蜃楼之城。那种可怕的影像居然有其物质基础——在高空中曾经有呈水平分布的冰尘层，依据简单的反射定律，这座令人震惊的岩石遗址将自己的影像穿过山脉折射出去。当然，折射出去的影像已经被扭曲、放大了，其中还夹杂着实际折射源中没有的一些东西。但现在，当我们看到这个真实的折射源时，我们认为它甚至比那个折射到远方的影像更可怕、更险恶。

只有这些巨石塔和堡垒令人难以置信、非人力所致的庄严宏伟，在几十万年——也许几百万年——来，经受着荒原上猛烈的狂风，庇护着这些令人毛骨悚然的东西，使它们免遭毁灭。“世界屋脊……世界屋脊……”我们头昏眼花地俯瞰着难以置信的奇观时，各种各样的好词妙句涌至嘴边。我再一次想起了可怕的远古传说，自从我第一眼见到死寂的南极世界，那些传说就不停地萦绕在我的脑海里——传说中可怕的睃原、传说中的米-高[1]和可恶的喜马拉雅雪人[2]、传说中启示前人类历史的《纳克特抄本》、传说中的克苏鲁教、传说中的《死灵之书》、传说中无形的撒托古亚，以及传说中比无形还糟糕的半物质星之眷族。

这座海市蜃楼之城朝着四面八方无限延伸出去，所到之处几乎一点也没有变稀疏的意思。其实，我们以将城市和现实中的山边分隔开来的低缓山麓为中轴，顺着城市向左和向右放眼望去，结果发现，除了在我们通过的那个山隘左边中断了一下之外，根本看不到丝毫变稀疏的地方。我们只是胡乱看到了某个庞然大物的冰山一角而已。山麓上到处分

---

1 作者杜撰的喜马拉雅地区的外星种族。

2 雪人是一种界于人和猿之间的神秘生物。从公元前 326 年起，世间就开始流传关于雪人的种种传说，但到目前为止，尚未有确切的雪人标本供人们研究，关于雪人的传说材料远远多过实证。喜马拉雅雪人是人们谈论最多的一种雪人。

布着诡异的岩石，把这个可怕的城市与已经很眼熟的立方体和显然是山脉前哨的城堡连在一起。这些立方体和堡垒，连同奇异的洞口，其内部和山脉的外层一样厚。

这座无名的石造迷宫绝大部分由高大厚重的石墙组成，高度达冰盖以上 10 英尺到 150 英尺，厚度达 5 到 10 英尺。绝大部分是由巨大无比的、乌黑的原始板岩、片岩和砂岩组成，有些地方看上去是从前寒武纪板岩实心且凹凸不平的岩床上开凿出来的，巨石块大都有 4×6×8 英尺见方。建筑物大小不一，相差很大，既有无数蜂窝状布局的巨大建筑群，也有很多体积较小的独立建筑。这些建筑物的总体外形往往是圆锥形、金字塔形或者阶梯形，但也有很多堪称完美的圆柱体和立方体，簇拥在一起的立方体和其他矩形建筑，还有一些零零散散、棱角分明的大型建筑物，这些建筑呈五点式地基让人想起了现代的防御工事。建筑者大量运用拱形原理，并发挥到了极致，穹顶建筑在这座城市的繁荣时期很可能就已经存在了。

整个杂乱无章的城市已经严重风化，冰川表面高塔林立，到处散落着高空落下的巨石和远古的岩屑。在冰川透明的地方，我们可以看到庞大建筑群中低矮的部分，还有被冰川保护起来的石桥，这些石桥把地面上远近不一、外形各异的高塔连接起来。在裸露在外的墙壁上，我们发现有些地方伤痕累累，表明这些地方曾经有过其他更高的同类石桥。我们抵近观察时，看到了无数巨大的窗户。有的用原本木制的百叶窗遮挡着，但大多数窗户敞开着，充满了险恶而危险。当然，许多废墟的屋顶都没有了，只剩下参差不齐但被风蚀磨圆的高墙。同时，其他线条更清晰的圆锥形或棱锥形废墟，或被周围更高建筑物保护的废墟，虽然塌陷和凹陷随处可见，但外形都比较完整。借助望远镜，我们勉强能分辨出水平带状物上的雕塑装饰图案——这些图案包括一组组奇怪的圆点，这些出现在古代皂石上的圆点现在看来具有更重要的意义。

在很多地方，建筑物完全塌陷成了一片废墟，冰原也由于种种地质原因严重四分五裂。在有的地方，建筑物的石造部分被磨到了冰蚀的程度。从高原中部向外延伸出一片广阔的区域，一直延伸到山脚下的一个裂缝，这个裂缝位于我们刚刚通过的那个山隘左边 1 英里左右，这里根本没有什么建筑。我们断定，这里可能是一条大河的河道，曾在数百万年前的第三纪流经这个城市，流进某个被壁垒般山脉包围的巨大地下深渊。当然，最重要的是，这片区域到处都是洞穴、深渊，以及人类无法探知的地下秘密。

反思我们的感观，回想起我们看到人类之前上古时期遗留下来的这片奇观时的那种迷茫，我不禁纳闷，我们当时究竟是如何强作镇定的，但我们真的做到了。当然，我们知道，有些东西（年代顺序、科学理论或我们自己的意识）已经被严重扭曲了，但我们依然足够泰然自若地驾驶着飞机，仔细观察许多东西，认真拍摄一系列照片，这些对我们和全世界都很有用。对我来说，根深蒂固的科研习惯也许派上了用场，因为，除了深感困惑和威胁以外，当时一种强烈的好奇心在我心中燃起，促使我去探寻有关这个古老秘密的更多内容——去了解是什么样的生物建造了这些建筑，生活在这个广袤的区域；去了解这座城市在它所处的时代（以及其他生物如此密集生活的特殊年代）里，与整个世界究竟有着怎样的关系。

这里不可能是一座普通的城市，它肯定在地球历史的某个古老而难以置信的章节中占据着核心地位。我们仅从最晦涩和扭曲的神话传说中就能依稀想起来，这个时期的最终结果是在地球动乱时期结束后过了很久，人类才从类人猿阶段蹒跚进化而来。这座第三纪的超大城市既不是今天的产物，也不是昨天的产物，其古老的程度足以与传说中的亚特兰蒂斯与利莫里亚，科摩利奥姆与乌祖尔达罗姆[1]，以及洛玛尔大陆上的奥拉托[2]相提并论。这座都市甚至毫不逊色于人们私下谈起前人类时期的罪恶之城伐鲁希亚、拉莱耶、木纳大陆的伊卜[3]，以及阿拉伯沙漠中的无名之城。当我们在凌乱分布的光秃秃巨塔上方飞行时，我的想象力有时会像脱缰的野马，漫无目的地徘徊于怪诞联想的王国里，甚至在这个消失的世界和我自己那些最疯狂、与营地惊恐有关的梦想之间，杜撰出某些荒诞不经的联系来。

为了让飞机更轻一些，飞机的油箱没有装满，所以我们在探险中需

---

1 科幻小说家克拉克·艾什顿·史密斯杜撰的两个城市。

2 作者杜撰的两个地名。其中，洛玛尔是远古时期从靠近北极海域里升起的一块陆地，作者在短篇小说《北极星》中第一次提到这个地方。

3 均为作者杜撰。

要格外小心。但即便如此，我们俯冲到一个风力可以基本忽略不计的高度之后，我们还是飞越了一片极为广阔的区域——或者，确切的说，是天空。这座山脉看上去似乎无边无际，与其内部山麓接壤的恐怖石城似乎也一样。我们朝着各个方向各飞行了 50 英里，没有发现由岩石和砖石结构组成的迷宫有什么大的变化，迷宫穿过那边永久冰层，像死尸一样躺在那里。但还有一些吸引人眼球的多样化东西，比如，峡谷上的雕刻，大河流经峡谷，穿越山麓，奔流到高山之下的洞穴里。当年河水涌入深渊的入口处，石岬已被醒目地雕刻成了巨大的塔门。塔门那棱纹分明、呈圆桶状的轮廓隐约勾起了我和丹福思心中奇怪而又模糊的记忆，让我们感到厌恶而又困惑不解。

我们也看到过一些星状的露天空地，显然是公共广场，还注意到整个地势高低不平。陡峭的小山基本上都被掏空，建成某种杂乱无章的石造建筑，不过，至少有两处例外。其中一处风化得非常严重，看不出山上有什么显眼的东西，而另一处仍保留着一座怪诞的圆锥形纪念碑，碑身用坚硬的岩石雕刻而成，与古代佩特拉[1]峡谷中有名的蛇塚有几分相似。

我们飞离群山，向内陆飞行时，发现这座城市虽然山麓看似没有尽头，但它的宽度并不是无边无际。我们飞行了大约 30 英里，怪诞离奇的石造建筑开始变得稀少了，再往前飞行十几英里，来到一片连绵不断的荒原上空，这里丝毫没有人造建筑的迹象。城市之外的河道变成了一条宽阔而凹陷的线条，陆地显得更加崎岖不平，看上去像是逐渐向上延伸，直至消失在薄雾笼罩的西方。

到目前为止，我们还没有着陆，但不去尝试进入巨大而恐怖的建筑就离开高原，就太不可思议了。于是，我们决定在我们飞过的那个隘口附近山麓上找一块平地，准备把飞机降落在那里，进行徒步探险。虽然缓坡上有些地方零零散散地有些废墟，但低空飞行了一会儿之后，我们发现有很多地方可以降落。因为我们还要飞越这座巍峨高山返回营地，所以最终选择了一个离隘口最近的地方，我们在 12 点半左右成功降落在一片平坦而又坚硬的雪地上，这里根本没有什么障碍物，非常适合后

1　约旦南部的历史名城。

来快速、顺利地起飞。

似乎没有必要修建一道雪墙来保护飞机，因为在这个高度，停留时间很短，气候条件又很适宜，不会刮大风的。因此，我只检查了一下着陆滑雪板是否已安置稳妥，机械装置的零部件是否已做好御寒。为了便于徒步旅行，我们脱去了最厚重的飞行用毛皮外套，随身携带了一套小型装备，包括袖珍罗盘、手提式摄像机、少量补给、大量笔记本和纸张、地质学家用的锤子和凿子、标本袋、一捆攀岩绳、强光手电和备用电池。这套装备一直放在飞机上，以备我们一旦有机会着陆，可以用来拍摄一些地面照片，画图和绘制地形图，从某些光秃秃的斜坡、裸露的地表或山洞里获取一些岩石标本。幸运的是，我们有大量的备用纸，可以把纸撕碎，放进备用的标本袋里，运用猎狗追兔子的古老原则，在我们可能进入的任何迷宫里，标出我们走过的路线。假使我们发现某个山洞系统气流很平缓，我们就可以使用这种快速而简易的方法来取代传统的凿岩做记号的方法。

我们踏着冰冻的积雪，小心翼翼地下山，朝着西方乳白天空映衬下若隐若现的巨大石造迷宫走去，我们似乎敏锐地感觉到即将看到的奇观，就像四个小时前我们飞临这个神秘莫测的山隘时的那种感觉一样。没错，对于屏障般高峰掩盖下的秘密，虽然在视觉上我们已经很熟悉了，但真正进入到这些原始石墙里面，眼前的景象仍让我们充满敬畏，而无处不在的异样设计又隐约让我们心怀恐惧。这些石墙可能是数百万年前某种有意识的生物建造的——当时任何已知的人类都尚未出现。虽然在如此之高的海拔上，行动起来比平时要难一些，但我和丹福思精神抖擞，完全有能力完成肩负的任务。没走几步，我们就来到了一片风化得不成样子、和雪地齐平的废墟跟前，再往前走 10 到 15 测竿[1]，矗立着一座巨大而没有了屋顶的堡垒，巨大的五角星外观仍然完好，但高约 10 到 11 英尺的外墙已经参差不齐。我们朝着这个堡垒走去，最后，终于亲手摸到了堡垒业已风化了的巨大石块。此时，我们感觉到，我们已经跟那个早已被遗忘、对人类完全封闭的亘古破天荒地建立了近乎是亵渎神灵的联系。

1 1 测竿（rod）等于 16.5 英尺，大约 5 米。

这座堡垒看上去就像一颗星星，从一个角到另一个角长约300英尺，用侏罗纪大小不一、平均有6×8英尺见方的砂岩巨石建造而成。有一排拱形的瞭望孔或窗子，约4英尺宽，5英尺高，沿着星状堡垒的外角和内角对称分布，底部距离冰川表面约4英尺。仔细查看这些瞭望孔，我们可以看出这个堡垒足有5英尺厚，内部没有隔墙，内墙上有带状雕刻或浅浮雕的痕迹。之前在这个堡垒和其他类似的堡垒上低空飞行时，我们确实想到过这一点。这座建筑原来有低矮的部分，但这些低矮的部分已经完全掩埋在冰雪深处了。

我们爬进一扇窗子，试图搞明白近乎已被抹去的壁画，但一无所获，不过，我们并没有去动冰封的地板。我们的定向飞行已经表明，这个城市里很多建筑物冰封得并不严重，如果我们进入尚有屋顶的建筑，我们很有可能会发现完全清晰的内部结构，直接到达真正的地面。离开这个堡垒之前，我们小心翼翼地对它拍了照，认真研究了无灰浆黏合的巨石砌墙结构，但感到非常困惑。此时此刻，我们巴不得帕博迪能在场，因为他的工程知识或许能帮助我们推测出，在那个难以置信的遥远年代，要建成这座城市及其市郊，这样大的石块是怎样处理的。

要到达真正的城市，需要向山下走半英里，而且还要经受高空中刮来的狂风。这半英里路程里，哪怕是最小的细节，都会深深印在我的脑海里。除了我和丹福思，任何人只有在怪诞的噩梦中才能想象出这样的视觉场面。那座由乌黑石塔纵横交错而成的迷宫，就处在我们和西方翻搅奔腾的云层之间，它外形独特而令人难以置信，每次从一个新的角度去欣赏，我们都会有全然不同的感受。这是由坚硬岩石构成的海市蜃楼，要不是那些照片，我真不敢相信这样的东西居然是真的。总的来说，这些建筑跟我们仔细看过的堡垒没什么两样，但这个城市中的建筑所呈现出的夸张外形却是完全无法描述的。

即使是这些照片也只能把这座城市变化无穷、宏伟异常和彻头彻尾的异域风格表现一二而已。有些几何形状就连欧几里得也找不出恰当的名字——各种各样极不规则、截去顶端的圆锥体，各种极不成比例的阶梯结构，带有球形隆起的异样轴体，呈奇怪小组分布的若干断柱，还有怪诞至极的五角形或五条脊形结构。再走近一些之后，透过透明的冰盖，我们看到下方有一些管状石桥，将高低不一、分布散乱的建筑连接了起来。这里似乎没有古街道的影子，左边 1 英里的地方只有一片宽阔的露天空地，古老的河流无疑是从那里流经这座城市，流进深山之中。

通过望远镜，我们看到了近乎消失殆尽的雕刻外围的横条纹，还有近乎随处可见的一簇簇圆点。尽管大多数屋顶和塔尖已经消失，但在某种程度上，我们可以想象出这座城市曾经的面貌。总的来说，这里曾是一个由蜿蜒曲折的小巷组成的复杂体系。所有小巷都是深深的峡谷，相比而言，这些小巷比隧道要好，因为小巷的上面没有像隧道那样完全封闭，而是空悬着大量建筑与拱形的桥梁。此时此刻，这些小巷在我们下方伸展蔓延，在西方迷雾的笼罩下若隐若现，就像是梦中的幻景。南极午后的斜阳，挣扎着将微微的红光从北边照射进来，刹那间，我们又遇到了更浓密的阻挡物，使整个场景暂时陷入了阴影之中。这种景象以我永远不希望去描绘的一种方式隐约透出几分险恶。就连我们身后已经感受不到的狂风从巨大山隘间发出的咆哮与呼啸，也多少带有一种不怀好意的恶毒味道。我们向城市走去时，最后那一段下山的路异乎寻常得陡峭和险峻，一块岩石从在坡度发生变化的边缘突出了出来，这让我们想到，这里曾是一块人造阶梯。由是，我们认为，冰川之下肯定还有阶梯或类似的东西。

最终，我们爬过倒塌的石造建筑，进入了城市。无处不在的断壁残垣近在咫尺，还有让人感觉相形见绌的高度，让人备感压抑。这种感觉是如此强烈，让我不得不对我们的自控力感到惊讶不已。说心里话，丹福思已经变得有点神经质起来，他开始对营地里发生的恐怖事件进行毫不相干而又让人反感的种种推测——这让我更加恼火，因为我不禁想起种种推论，而这座从远古遗留下来的恐怖城市的许多特点，更加证实了这些推论。这些推测的确对他的想象力产生了影响。因为，在一个地方（一条转了一个大弯、瓦砾遍地的小巷），他坚称自己在地面上似乎看到让他不安的什么痕迹；而在别的地方，他会停下脚步，去聆听不知从什么地方传来的微弱而又虚幻的声音。他说，这种声音像是一种若隐若现的笛声，就像是风从山洞里吹过时发出的声音，但又有一点儿不同。四周的建筑和墙壁上蔓藤花纹中依稀可见无穷无尽的五角形图案，这让我们隐约有一种无法逃避的不祥预感，让我们潜意识里隐约感到，这里曾经是远古生物繁衍生息的地方。

尽管如此，我们的科学冒险精神还没有完全消亡，我们机械地执行着我们的计划，从巨石建筑上凿取各种岩石的标本。我们希望收集到一套相当完整的标本，以便就这个地方的年代更好地作出结论。整个宏伟的外墙似乎都早于侏罗纪和科曼齐系时期，而且，整个地区没有一块石头会晚于上新世。确定无疑的是，我们正漫步在被死亡笼罩的城市里，这种死亡已经在此统治了至少五十万年，很可能还要久。

我们穿过巨石阴影笼罩的迷宫继续前行，在所有能找到的隙缝前都停下脚步，仔细查看缝隙内部的情况，看看能不能进去。有的隙缝太高了，我们够不着，而有的只是通往冰封的废墟，这些废墟和山顶上的堡垒一样，都光秃秃的，没有屋顶。有一条隙缝，很宽，很诱人，但是通往一个无底深渊的，根本看不到可以下去的地方。我们时不时会仔细查看百叶窗上的木化石，给我们留下深刻印象的是，化石上依稀可辨的纹理，表明木化石的年代已经非常久远。这些木化石要么源自中生代的裸子植物和针叶树（尤其是白垩纪的苏铁），要么源自第三纪的蒲葵和早期的被子植物。我们没有发现任何晚于上新世的东西。从这些百叶窗（其边缘表明，百叶窗上曾安装过奇怪的铰链，但铰链早已没了踪影）的安装方式来看，它们的用途各异；有的安装在外墙上，有的则安装在斜面墙的内侧。百叶窗似乎已经死死嵌在墙壁上，因此，看上去像金属固定件一样的东西虽然还在，但早已锈蚀了。

不一会儿，我们偶然发现了一座顶部完好无损的巨大五边形椎体建筑，其隆起的边沿上有一排窗户。透过窗户我看到，里面是一个保存完好的大房间，房间里铺着石地板，但窗户实在是太高了，没有绳子，根本没办法下到房间里去。虽然随身带着绳子，但除非万不得已，我们可不愿意下到 20 英尺下的房间里去，尤其是在这种高原上，稀薄的空气本来就给心脏增加了巨大负担。这个巨大的房间很可能是个走廊或是大厅。我们借助手电，看到四周墙壁上醒目清晰而又让人吃惊的雕刻，镶嵌在宽幅横条里，这些横条之间又是宽度相同、常见的蔓藤花纹竖板。我们对这个地点认真做了记号，准备如果找不到更容易进入的地方，就从这里进去。

不过最后，我们还是如愿找到了入口。这是一个约 6 英尺宽、10 英尺高的拱门，是一座天桥的起点，这座天桥横跨在一条小巷上空，距离现在的冰层约 5 英尺高。当然，这些拱道里到处都是从上面掉落的地板碎片，但这里居然还有一层楼板。因此，我们可以进入的那个建筑就在我们的左手边，面朝西，是由一系列矩形阶梯组成的。通道的对面是另一扇敞开的拱门，再后面是一个破旧的圆柱形建筑，没有窗户，在隙孔上方约 10 英尺的地方有一块异样的隆起。通道里一片漆黑，这个拱门似乎就是一个入口，直通一口无穷无尽的空虚之井。

成堆的碎片使得我们更容易进入到左手边的巨大建筑。但面对期待已久的机会，我们却犹豫了。因为虽然我们已经进入古老而神秘的迷宫，但真的要进入一座从远古世界完整保留下来的建筑，还需要痛下决心，尤其是这座建筑让我们越来越感到恐怖的时候，更是如此。但最后，我们还是痛下决心，爬过瓦砾，走进了敞开着的拱门。远处的地板都是大块的厚石板，似乎形成了一条走廊的出口，走廊又长又高，两侧的墙壁都刻满了雕刻。

我们注意到，许多内部的拱门是从这里分叉出去的，同时意识到，里面可能是像公寓一样的复杂巢穴。于是，我们决定，必须开始使用猎狗逐兔的那套方法作下记号。到目前为止，我们一直在借助手中的罗盘，加上我们经常扫视身后高塔之间的巍峨山脉，以确保我们不迷失方向；但从现在开始，我们就有必要使用人工记号来替代了。于是，我们把多余的纸张撕成大小始终的纸条，装进丹福思随身携带的袋子里，准备尽可能节约使用，但前提是要确保安全才行。这种方法会让我们迷不了路，因为这座远古建筑里似乎没有很强的气流。进一步讲，如果我们的纸条用完了，我们还可以凿石做记号，这种方法虽然枯燥乏味，耽误时间，但更安全。

如果不试一试，我们不可能猜测出，我们打开的那个天地究竟有多宽阔。由于没有什么冰层渗入这个庞大的建筑群，再加上各个建筑物之间的联系非常紧密，使得我们除了那些局部塌陷和地质裂缝阻隔的地方之外，可以通过冰层下方的桥梁从一栋建筑走到另一栋建筑。几乎所有透明的冰层都显示，冻结在冰层下方窗户上的百叶窗都关得紧紧的，好像整个城市被一成不变地保留下来，直到后来冰盖将建筑低矮的部分结成晶体。其实，一个人走在这里，会产生一种奇怪的感觉，这个地方不像是被某种突如其来的灾难所吞没，也不像是逐渐衰退的，倒像是在某个模糊的远古时期有意封闭起来后被遗弃在这里的。难道是什么种群预见到冰雪的来临，然后集体离开这里，去寻找另一个不会在劫难逃的居住地？在这地方形成冰盖所需要的严格地理条件，还需要留待以后去探究。很明显，这里不是冰川挤压而成的。也许是积雪的压力所致，也许是大河泛滥的洪水，或大山中某个古冰坝决堤引起的洪水，造就了我们眼前的这道特殊景观。总之，这个地方可以让我们任意去发挥想象力。

六

这座远古巨石建筑构成的蜂窝状迷宫，在历经无数的岁月之后，第一次回响起人类的脚步声。但要一五一十地描述我们在里面的探险经历，未免太累赘了。这一点儿都不假，因为只要研究一下无处不在的壁画，心中就会产生许多恐怖场景和启示。我们凭借手电光给壁画拍了很多照片。这些照片将会证明我们现在所讲内容的真实性。不过，很可惜，当时我们随身带的胶卷不多。事实上，我们的胶卷用完以后，我们便在笔记本上把壁画中的某些显著特征画成了草图。

我们进入的这座建筑，规模非常宏大，而且工艺非常讲究，这座不知源于何时的历史建筑给我们留下了深刻的印象。内部的隔墙虽然不如外墙那么厚重，但位于建筑较低层面的部分保存极为完好。整个建筑的布局像迷宫一样复杂，但奇怪的是，地板的高度差别很大而且很不规则。要不是我们用纸条留下记号的话，我们从一开始肯定就迷路了。我们决定首先查看建筑上面破损更严重的部分，于是我们在迷宫里向高处爬了约 100 英尺，爬到最上层的房间里，里面堆满了积雪，屋顶也不见了，只剩下一个很大的洞，仰望着南极的天空。房间里到处都是陡峭且布满横条纹的石坡或倾斜的平面，这些坡道应该是当楼梯用的。所到之处，我们看到的房间都是人类能想象得到的形状和比例，从五角形、三角形到正立方体，不一而足。可以肯定地说，每个房间平均楼面面积约 30 × 30 英尺，高 20 英尺，但也有许多更大的房间。我们彻底查看了上面的区域和冰层之后，一层一层走下来，一直走到冰雪掩盖的楼层。在这里，我们很快发现，我们已身处一个连续不断的迷宫里了，这个由无数相互连接的房间与通道组成的迷宫，没准儿会通往这座建筑之外的无垠空间。周围的一切都是厚重的巨石，让我们感到十分压抑。就这个恐怖的古代巨石建筑来说，其轮廓、大小、比例、装饰和结构细节，都隐约透着一种非人类所为的气味。墙上的壁画很快就告诉我们，这个可怕的城市已有数百万年的历史了。

我们至今都无法解释，这些建筑运用的是什么工程原理让巨石块如此诡异地保持平衡的，但拱门显然起了很重要的作用。我们所进入的房间里没有什么可以拿走的东西，这也证实了我们的想法，即：这座城市是被遗弃的。这里最主要的装饰特征就是几乎无处不在的壁画，这些壁画往往是连续不断地刻在 3 英尺宽的横石板上，和刻有几何形蔓藤花纹、宽度相同的横条交替排列，从地面一直排到天花板。虽然也有一些例外，但绝大多数都是这种排列方式。但在刻有蔓藤花纹的横板上，常常看到镶嵌在上面的一系列光滑的椭圆形图案，上面还点缀着一组组样式奇特的圆点。

我们很快就发现，雕刻的工艺都高超精湛，而且在美学上也发展到文明社会登峰造极的程度，但在细节上与人类所熟知的任何艺术传统迥然不同。这些雕刻如此精美，我所见的任何雕刻都无法与之媲美。虽然雕刻的纹路很醒目，但无论是复杂的植物还是动物，哪怕是最细微的细节都雕刻得惟妙惟肖，让人叹为观止。而那些常规图案的构思也都是技艺高超、缤纷复杂的神奇之作。蔓藤花纹都由五个一组的众多几何曲线与折角组成，彰显了设计者对数学原理的巧妙运用。虽然刻有绘画的横板遵循着高度形式化的传统，运用特殊的透视法进行了处理，而且跨越了年代久远的鸿沟，但仍具有深深打动我们的艺术感染力。这种设计方法的核心是运用二维轮廓，实现横截面独特的并置，而且表现出善于分析的心理特征，这超越了已知的任何古老种族。拿这种艺术去跟我们博物馆里陈列的任何艺术品进行比较毫无意义。如果有谁看到我们的照片，那他很可能会发现，这种艺术与最敢于创新的未来派艺术家们的某些怪诞构思极为相似。

那些蔓藤花纹的窗饰完全是由下陷的线条组成，在未被风化的墙壁上，线条的深度从 1 英寸到 2 英寸不等。至于那些刻有一簇簇圆点的椭圆形装饰——显然是以某种未知的原始语言和字母题写的铭文——光滑表面凹进墙壁的深度大概有 1.5 英寸，而圆点凹进去的深度可能要再多半英寸。这些绘画横板装在埋头式的浅浮雕里，其背景往往是从原有的墙面上凹进去约 2 英寸。有些地方还可以看到之前着色的痕迹，但多数情况下，上面涂的颜色早就被亘古岁月分解和抹掉了。我们越是研究这种非凡的技艺，就越是崇拜这些艺术品。在严格的程式化背后，我们可以领悟到艺术家们细致而又准确的洞察力和精湛的绘画艺术。其实，这些程式本身恰恰代表和突出了所描绘事物的真实本质及其关键差异。同时，我们认为，除了这些看得见的优点之外，在我们的感知范围之外还隐藏着其他很多东西。随处可见的精妙绝伦，隐约暗示着一些潜在的象征和刺激因素，而这一切，只有通过另一种心境，再凭借更丰富或完全不同的感观，才能让我们充分了解其中深远而又深刻的意义。

很显然，这些壁画的主题源于那个业已消逝的艺术创作时期的生活，其中有很大一部分彰显的都是艺术家生活时代的历史。正是原始种群对历史异乎寻常的执着——凭借巧合，奇迹般地为我们提供了一个绝佳的机会——让这些壁画为我们提供了如此惊人的信息，也让我们不顾一切地把它们拍成照片，不顾一切地写在纸上。在有些房间里，壁画的布局发生了变化，是因为壁画中出现了地图、天文图和其他比例扩大了的科学图案，这些东西直白而又可怕地证实了我们从壁画横板和墙裙上了解到的东西。在说明整个壁画在暗示什么之前，我只希望，我的描述不会在那些相信我的读者中间，唤起超越理智和谨慎的好奇心。我提出警告的目的是劝阻人们前往充满死亡与恐怖的南极地区，但如果因此反而引诱人们前去，那实在是太不幸了。

高大的窗户和 12 英尺高的厚重大门，穿插于装饰着壁画的石墙之间；有时还能看到百叶窗和门上已经石化了的厚木板——全都是精雕细琢，而且还抛过光。所有的金属固件都因日久年深而不见了踪影，但有些大门还留在原来的地方，我们从一个房间进入另一个房间时，还时不时需要把门推开才行。我们时不时还能看到装有异样透明玻璃的窗框（大都是椭圆形的），但数量不多。此外，我们还经常看到一些巨大的壁龛，基本上都是空的，但壁龛里偶尔也会有一些用绿皂石雕刻的奇形怪状的东西，要么已经破碎，要么没有多大价值，不值得带走。其他圆孔无疑都是为采暖、照明等设施预留的，很多壁画里也都暗示了这一点。天花板基本上都是平整的，但有时会镶嵌着绿色皂石或其他瓷砖，现在大都掉下来了。地板也铺着这样的瓷砖，不过，大部分还是平整的石板。

如我所说，所有的家具和其他可移动的东西都不见了，但壁画清晰地表明，这些像坟墓一样产生回音的房间里曾经摆满着许多奇奇怪怪的设施。在冰盖上方的楼层，通常堆积着厚厚的碎石、瓦砾和杂物，但在较下面的楼层，这种情况要好很多。在下面楼层的房间和走廊里，只有一些沙尘，或是古代残留下来的积垢，而有些地方就像刚刚打扫过一样一尘不染，让人觉得不可思议。当然，在有裂缝或坍塌的地方，即便是较低楼层的地板上也像上面一样一片狼藉。这里有一个中央庭院（我们在空中看到其他建筑也有），这使这座建筑的内部空间不至于完全漆黑。因此，在上面的房间里，除非要查看一些壁画的细节，我们很少用手电。不过，在冰盖下面，光线朦胧难辨，再加上地面错综复杂，很多地方几乎是漆黑一片。

我们深入到这个亘古沉寂、绝非人类所为的石造迷宫里，如果要简单描述一下我们此时此刻的所思所感，人们一定会联想到由捉摸不定的心情、记忆和印象交织而成的那种绝望和困惑。单单是这个地方令人惊愕的古老和死一般的荒凉，就足以搅乱任何敏感人士的神经，更别说再加上莱克营地无法解释的恐怖景象，以及我们周围恐怖的壁画时不时透露出的种种启示了。我们走到一幅非常完美的雕刻前，发现所有的解释都豁然开朗了。我们只用了一会儿的工夫就搞清楚了可怕的真相——如果说我和丹福思此前从未怀疑过这个真相，那就太天真了。不过，我们一直都小心翼翼地克制住自己的想法，甚至彼此间都没暗示过。究竟是什么生物，在千百万年前，在人类的祖先还只是原始哺乳动物时，在体型庞大的恐龙还漫步在欧亚大陆热带草原上时，就建造了这座可怕的死亡之城，而且还在这座城市中居住过，我们一直心怀仁慈地产生疑问，但此时此刻，这种疑问已经没有任何仁慈的成分了。

此前，我们一直恪守一种信念，坚信每个人心目中那些无处不在的五角形图案，只不过表示太古时期那种明显表现为五角形特征的生物的某种文化或宗教崇拜，就像米诺安文明[1]的装饰图案颂扬圣牛，埃及的装饰图案颂扬圣甲虫，罗马的装饰图案颂扬狼和鹰，形形色色的原始部落装饰图案颂扬某种特定的动物图腾。但现实已将我们身上仅存的慰藉也剥了下来，迫使我们去直面动摇理智的现实。毫无疑问，读者早就等着看这种结果了。即使是现在，我也几乎无法容忍把它写成白纸黑字，也许根本没有必要这样做。

那些生物在恐龙时代就曾生活在这些可怕的建筑里，但事实上，它们并不是恐龙，而是比恐龙更厉害的动物。恐龙只不过是新生代，而且是近乎愚笨的动物，但这座城市的建造者非常聪明，而且年代非常久远，甚至早在几十亿年前就在岩石上留下了自己的足迹……早在地球上真正的生命进化还处在可塑性多细胞生物阶段，就已经有这些岩石了……早在地球上还没有名副其实的生命之前，就已经有这些岩石了。它们就是地球生命的缔造者和征服者。而且，毫无疑问，它们就是那些穷凶极恶的远古神话中的生命原型，就连《纳克特抄本》和《死灵之书》这样的文献典籍也不敢明说，只能忐忑不安地点到为止而已。它们就是早在地球还很年轻时，从群星上降临到地球的“旧日支配者”。当时，外星球的进化过程已经塑造了这些生物体，它们的力量如此之大，这个星球还从未孕育过。想想看，就在前一天，我和丹福思亲眼目睹了这些生物千万年前的化石残片……可怜的莱克和他的探险队甚至亲眼目睹了这些生物的完整轮廓……

尽管我们已经了解了这些前人类生物的恐怖历史，并从中零零星星地了解了各个历史阶段，但要把这些阶段按照其应有的顺序排列起来，我是不可能做到的。经历过某些启示所带来的第一次震撼之后，我们不得不稍作停顿，以便重整旗鼓。直到三点以后，我们才名副其实地开始了系统的探索之旅。根据壁画的地质学、生物学和天文学特征来判断，我们所进入的建筑里面的壁画，年代相对较晚（也许是两百万年前的），跟我们穿过冰盖下方的石桥后，在更古老的建筑物中所发现的壁画艺术相比，这里的壁画表现出种种衰颓的特征。在坚硬岩石上开辟出来的这

1 属于克里特文明。克里特文明是青铜器时期在希腊克里特岛以及其他岛屿上兴起的一种爱琴海文明，鼎盛时期大约是公元前 3650 年到公元前 1400 年。

座高大建筑，似乎可以追溯到四千万年，甚至五千万年前（早始新世或晚白垩世），这里出现的浅浮雕，艺术性超越了我们所见过的其他任何雕刻，但有一处惊人的例外。至此，我们一致认为，这就是我们在这儿横穿过的最古老建筑。

要不是这些即将公布于众的照片来佐证，我肯定不会说出自己发现了什么，得出的结论又是什么，免得被大家当成疯子。当然，读者可能会把这个拼凑起来的故事中早期的部分——那些描写星状头部的生物在地球诞生之前，在其他星球、其他星系和其他宇宙中生活的部分——可以轻描淡写地解释为那些生物自己创造的离奇神话。但这些部分有时会包含一些图案和图形，而这些图案和图形与数学和天体物理学中的最新发现是如此惊人地相似，这让我真不知道该作何感想。还是待我将照片公布于众后，让读者自己去判断吧。

当然，我们看到的每组雕刻都只不过是在讲述完整故事中的一个片段，就连我们看到的那个故事的不同阶段，都不是按正常顺序排列的。巨大房间里的壁画基本上都能构成故事的独立单元，但很多情况下，一部完整的编年史需要占据许多房间和走廊的篇幅。最好的地图和图形都刻在那个古老地面层下方一个恐怖深渊的墙壁上。这个深渊位于一个约 200 英尺见方，深达 60 英尺的地下洞穴中。几乎可以肯定，这里是某种教育中心。许多题材在不同的房间和建筑里反复出现，着实让人深思，因为生活经历的某些章节，以及种族历史的某些摘要或阶段，很显然是不同时期的装饰者和居住者最喜欢的东西。不过，有时候，同一主题会有不同的表现手法，这倒有助于解决争论性话题和消除分歧。

我们在如此短的可支配时间之内，推断出如此多的内容，到现在我都感到惊讶不已。当然，即使是现在，我们也只是了解最粗略的大概，而且很大一部分都是后来通过研究我们拍摄的照片和画的草图才获知的。也许正是后来的研究结果唤醒了丹福思的种种记忆和模糊印象，再加上他这个人比较敏感，还有最后他信以为真却始终不愿向我透露半点风声的恐怖一瞥，才直接导致了他现在的精神崩溃。事情肯定是这样，因为如果信息不完整，我们就不可能明智地发出警告，而且发出警告又是当务之急。在那个时间错乱、自然法则诡异且不为人知的南极世界，某些挥之不去的力量让我不得不劝人们不要再去南极探险。

七

整个故事中被我们破译出来的部分，最终将刊登在米斯卡塔尼克大学的正式公报上。这里，我只用混乱无序、漫无边际的方式简述一下最为精彩的部分。不管是不是神话，壁画讲述了星头生物从宇宙空间来到了这个幼稚而又毫无生命的地球上，但它们的到来，还有某些时期其他许多外星生物的到来，标志着开拓太空的开始。这种生物似乎可以借助巨大的膜翼穿越星际间的苍穹，这倒是歪打正着地证实了一个研究古文物的同事很久之前告诉过我的一个民间传说，说这种生物一般生活在海底，建造了许多不可思议的城市，借助运用未知能量原理的复杂装置与不知名的敌人进行殊死搏斗。显然，这种生物的科学和机械知识远远超过今天的人类，不过，它们只是在迫不得已的情况下，才使用更加普遍的复杂设备。有些壁画暗示我们，这种生物曾在其他行星上有过一段机械化的生活，但最终还是倒退到原来的生活，因为它们发现机械化的生活方式无法满足它们的情感生活。这种生物的组织器官异常坚韧，自然需求非常简单，这让它们在没有专门的人造器物甚至在没有衣服的情况下，也能生活得很好，只不过偶尔采取一些保护措施抵御各种不利因素罢了。

正是在海底，起初是为了温饱，后来又为了其他目的，这种星头生物借助早已熟知的方法，使用可以利用的物质，首先创造了地球生命。在消灭了来自宇宙形形色色的敌人以后，它们又煞费苦心地进行各种试验。它们在其他星球上也做过同样的实验，不仅加工出必需的食物，还生产出多细胞的原生质团，可以借助催眠术把原生质团的组织塑成各种临时的器官，进而打造成理想的奴隶，从事繁重的社会工作。这些黏糊糊的原生质团毫无疑问就是阿卜杜勒·阿尔哈兹莱德在其可怕的《死灵之书》中小心谨慎地提到的“修格斯”[1]，但这个阿拉伯狂人并没有告诉我们，这种原生质团，除了出现在某些人嚼过生物碱药草之后产生的梦

1 在克苏鲁神话中，由旧日支配者创造的形态无定的原生质怪兽。

幻之中，地球上也会有。这个星球上的星头“旧日支配者”，在合成了它们所需的简单食物并繁育出大量的“修格斯”以后，允许其他细胞群发展成其他形式的动物和植物，以用于各种各样的目的，同时把那些制造麻烦的生命形态统统消灭掉。

由于“修格斯”可以通过膨胀来举起惊人的重量，所以，在它们的协助下，海底那些又小又矮的城市发展成为宏伟壮观的石造迷宫，与后来在地面上建造的石造迷宫一模一样。其实，适应能力极强的“旧日支配者”在宇宙其他地方大都生活在陆地上，而且很可能还保留着在陆地上建造建筑的传统。正当我们在研究所有这些带有壁画的早第三纪城市里的建筑，同时研究这座城市中我们穿过的那些死亡已久的走廊时，一个惊人的巧合给我们留下了深刻的印象，这种巧合我们至今未能找出合理的解释，哪怕是对我们自己。在我们身处的这座城市里，虽然建筑物经过岁月的沧桑早就变成一片杂乱无章的废墟，但浅浮雕中仍能清晰看出建筑物的顶部，仍能看到一簇簇像针一样的尖塔、圆锥状和棱锥状顶部上雅致的塔尖，还有罩在圆柱体长杆上又薄又平的扇状圆盘。这与我们刚刚到达莱克那命运多舛的营地时，愚昧的双眼在高不可测的疯狂山脉上所看到的那场诡异海市蜃楼一模一样。不过，作为海市蜃楼的原型，这座死亡之城早在千千万万年以前，就已经失去了海市蜃楼所展现给我们的特征。

谈起“旧日支配者”，不论是生活在海底，还是后来一部分迁移到陆地上，都可以写成鸿篇巨制。那些生活在浅水中的“旧日支配者”继续最大限度地使用长在头部上的五个主要触手末端的眼睛，并一如既往从事雕刻和写作（它们是用铁笔在蜡质防水纸张上写作的）。那些生活在海洋深处的“旧日支配者”，虽然也使用能发磷光的奇怪有机体来提供光线，但仍能运用模糊的特殊感觉，凭借头顶上棱形纤毛，将视觉拼凑起来，这种模糊的感观让“旧日支配者”在紧急情况下可以在一定程度上不依赖光线。奇怪的是，越往下走，我们发现雕刻和书写的方式都发生了变化，雕刻和铭文上都能看出化学涂层的工艺过程（很可能是为了确保磷光），但我们从浅浮雕上并没有找到答案。这些生物在海底移动时，一方面依靠身体两侧像海百合一样的肢体游动，另一方面依靠扭动包括伪足在内的下层触手。有时候，它们会辅助使用两组或更多组扇状的折叠翼，来完成长距离的俯冲。在陆地上，它们因地制宜地使用伪足来移动，但有时候会使用翅膀飞到更高或更远的地方。它们身上的海百合状肢体上有许多细长的触手，这些触手极其纤细、灵活而有力，在协调肌肉神经方面也极为准确。这就确保了它们在艺术创作和手工操作方面，能最大限度地发挥自己的技能和灵巧。

这种生物坚韧的程度简直难以置信。即便是在海底最深处，海水巨大的压力似乎也伤不了它们。除了死于暴力，几乎没有“旧日支配者”会死亡，它们的墓地也非常有限。死去的“旧日支配者”被垂直埋葬之后，上面再堆上刻有铭文的五角形土堆。这一点在雕刻上已经表现得很清楚，这让我和丹福思产生了各种各样的遐想，我们不得不再一次停下脚步，平复一下心情。这些生物通过孢子来进行繁殖（正如莱克所猜测一样，就像蕨类植物），不过，由于它们异常坚韧而长寿，因此没有太多必要世世更迭，除非要开拓新的殖民地，并不鼓励大规模繁衍后代。这种生物的幼崽成熟得很快，接受教育的标准显然超出了我们的想象。这种智力发达又有审美情趣且占据主导地位的生物已经高度进化，并形成了一套持久的风俗习惯。关于这一点，我会在以后的专著中详细说明。由于海洋或陆地的居住环境不同，风俗习惯也会略微发生变化，但其基础和实质还是相同的。

虽然它们能够像植物一样从无机物中汲取营养，但大部分更喜欢有机食物，尤其是动物。在海底，它们吃的是生鲜的海洋生物，但在陆地上，它们吃的是烹饪好的食物。它们狩猎且饲养肉用的兽群，用锋利的武器来宰杀，我们的探险队看到过化石骨骼上留下的武器痕迹。令人惊讶的是，它们耐得住一般的温度，在自然状态下能生活在低至冰点的水中。但在大约一百万年前更新世的严寒逼近时，居住在陆地上的“旧日支配者”不得不借助包括人工取暖在内的特殊手段求生存。直到最后，酷寒似乎把它们赶回海里。传说中，它们在史前穿越太空时，吸收了某些化学物质，几乎可以不用吃饭、呼吸或是保暖，但到极寒来袭时，穿越太空和御寒的能力已经丧失殆尽了。现在看来，它们当时无论如何都不可能毫发无损地延长这座城市及其人造器物的寿命。

“旧日支配者”因为不需要交配，身体结构也是半植物型的，所以没有像哺乳动物组建家庭那样的生物学基础，但从壁画上看，群居的

“旧日支配者”似乎也会按照空间利用率和精神诉求相投的原则组建大家庭。在布置房间时，它们会把所有的东西都摆放在巨大房间的中间，把所有墙壁都空出来用于装饰。居住在陆地上的“旧日支配者”可能是通过类似电化学的东西来照明的。不管是在陆地上，还是在海里，它们使用的桌椅和类似圆柱形框架一样的长沙发都很奇特——因为休息和睡觉时都是站立，只是把自己的触手折叠放好就行了——还有一些置物架，是用来摆放一套套用铰链装订在一起、带有圆点的纸张，这些就是它们的书了。

很显然，“旧日支配者”的体制很复杂，而且很可能是社会主义社会，但从我们所看到的壁画上，这一点还不是很肯定。商业活动非常广，既有城市内部的，也有城市之间的商业活动，流通的货币是一种上面带有纹案、扁平的小五角形硬币。也许，我们探险队发现的那些更小的浅绿色皂石就是这种货币的残片。虽然“旧日支配者”的文明大体上属于都市文明，但也会看到农业和畜牧业。同时，也有采矿业和有限的制造业。“旧日支配者”经常旅行，但除了因种族扩张而进行的大规模殖民以外，不停的迁移似乎很少。至于“旧日支配者”个体的运动，不需要任何额外的辅助，因为无论在陆地上、在空中还是在水中，所有的运动都一样，“旧日支配者”似乎具备了超强的极速运动能力。不过，运送货物是由负重的兽类来承担的——在水下由“修格斯”承担，在后来的陆地生活中，承载货物的是各种各样、千奇百怪奇怪的原始脊椎动物。

这些脊椎动物，还有无数其他生命形态——既有动物，又有植物；既有水下的，也有陆上的，还有空中的——都是由“旧日支配者”创造的生命细胞，成功避开“旧日支配者”的注意力，自行进化后的产物。因为这些生命形态没有和占统治地位的生物发生冲突，所以它们得以毫无限制地发展。当然，那些会带来麻烦的生命形态都已经被“旧日支配者”统统消灭掉了。让我们感兴趣的是，在最后出现的、已显衰颓的壁画中，我们看到了一种拖沓行走的原始哺乳动物，它们有时候被生活在陆地上的“旧日支配者”当作食物，有时候被“旧日支配者”当作逗乐的小丑，这些原始哺乳动物已经隐隐约约有了猿人[1]甚至人类的影子。

1 参阅《墙中之鼠》中的相关注释。

在陆地城市的建筑中，构筑高塔的巨石通常是由一种宽翼的翼手龙来举起，不过，古生物学此前根本就不知道翼手龙这种生物。

“旧日支配者”依靠坚持不懈的努力，艰难地挺过了各种各样的地质变化和地壳灾变，这简直就是奇迹。尽管它们的第一批城市中很少、乃至几乎没有一座挺过太古时期，但它们的文明或它们对历史的传承从没有中断过。它们最初降临到这个星球的地点是南冰洋，很可能在它们到来前不久，构成月球的物质从附近的南太平洋给甩了出去。根据壁画上的一幅地图，整个星球那时都处在水下，随着亘古岁月的流逝，它们建造的石城开始零零星星地分布在距离南极越来越远的地方。另一幅地图显示，南极周围有一大块干燥的陆地，显然，有些“旧日支配者”在这里建造了试验性的定居场所，但它们生活的中心转移到了最近的海底。再后来的地图显示，整块陆地开裂后开始发生漂移，有些分离出来的陆地开始向北漂移。这些地图都明显地支撑泰勒、韦格纳和乔利后来提出的大陆漂移假说。

随着那片新大陆在南太平洋隆起，惊人的大事接连发生。海底的一些城市被彻底摧毁，但那还不是最糟糕的。另一个种群——一种生活在陆地上的种群，形似章鱼，很可能与传说中存在于人类之前的克苏鲁族相似——不久便开始穿越无穷的宇宙来到这里，并发起了一场大规模的战争，很快就将“旧日支配者”彻底赶回海里，这对不断增加的陆地定居点来说，犹如晴天霹雳。后来双方和解了，新大陆让给了克苏鲁族，而“旧日支配者”拥有海洋和旧大陆。新一批陆地城市应运而生——最大的城市在南极，因为最先到达的地区是神圣的。从那时起，跟从前一样，南极仍旧是“旧日支配者”文明的中心，而由克苏鲁族在南极建造的城市则被彻底清除掉了。后来，太平洋的大陆突然又沉下去了，一起沉下去的还有可怕的石城拉莱耶，以及所有来自宇宙的章鱼。就这样，“旧日支配者”又重新统治了这个星球，但有一个隐忧它们一直不愿意提及。又过了很长一段时间，“旧日支配者”建造的城市已经星星点点地分布在这个星球所有陆地上和海洋中，因此，在我即将出版的专著中，我准备向考古学家推荐帕博迪的那种机械，在一些分散很广的地区进行系统钻探。

自古以来，“旧日支配者”从水中转移到陆地上的过程是一个亦步亦趋的过程，但新大陆板块不断涌现，虽然推动了这个过程，但“旧日支配者”从未完全舍弃过海洋。朝陆地上转移的另一个原因是繁殖和管理“修格斯”遇到了新的难题，而要想在海洋中活下去就离不开“修格斯”。壁画也清楚地表明，随着时间的推移，从无机物中创造新生命的工艺已经失传。如此一来，“旧日支配者”只能依靠制造生物的方法了。事实证明，陆地上的大型爬行动物都是非常温顺的，而海底的“修格斯”依靠分裂来繁殖，并在一定程度上具备了制造麻烦的智力，这一度变成非常棘手的问题。

“旧日支配者”一直通过催眠暗示的方法控制“修格斯”，而且把它们坚韧的可塑身体塑造成各种各样有用的临时肢体和器官。但现在，“修格斯”有时也会表现出自我塑形的能力，且模仿“旧日支配者”过去的暗示塑造出各种形态。它们似乎已经开发出一种具有一定稳定性的大脑，这种大脑独立的乃至顽固的意志力对“旧日支配者”的意愿虽然随声附和，但并不总是去遵守。壁画中“修格斯”的形象让我和丹福思心中充满了恐怖和憎恶。一般来说，它们是没有固定形状的生物，由黏性胶状物组成，看起来就像是一个由无数气泡组成的黏合物，呈球形时，每个“修格斯”直径可达 15 英尺。但它们的形状和体积一直在不断变化；要么自发地，要么根据主人的暗示，“修格斯”会丢弃一些临时的新器官，或模仿它们的主人形成视觉、听觉和言语沟通的器官。

到了约一亿五千万年前的二叠纪中期，“修格斯”似乎变得尤其难以管教，于是，“旧日支配者”对它们发动了一场真正意义的再驯服战争。壁画中描绘了那场战争，也描绘了被黏液覆盖的无头尸——“修格斯”通常都是这样处理被它们杀掉的敌人的。这些画面尽管与我们相隔无尽的岁月，但仍让我们感到惊恐万分。“旧日支配者”使用了奇怪的分子和原子干扰武器来对抗这些造反的东西，并最终大获全胜。壁画显示，在其后的一段时期里，“修格斯”被全副武装的“旧日支配者”驯得服服帖帖，就像被美国西部牛仔驯服的野马。但在反叛期间，“修格斯”表现出了一种可以离水生活的能力，不过，这种转变并没有得到“旧日支配者”的支持——因为在陆地上使用它们和管束它们一样麻烦。

在侏罗纪，“旧日支配者”又遭遇了新的灾难，遭到了来自外太空生物的入侵——这一次入侵者是来自最近刚刚被发现的遥远冥王星的半真菌、半甲壳纲生物。这种生物无疑和北方某些山野传说中的生物是一样的，在喜马拉雅山脉被称为米-高，或是令人厌恶的雪人。为了与这些生物作战，“旧日支配者”自降临到地球上以来第一次要尝试出发到星际空间。不过，尽管它们已经像以前一样做好了准备，但发现自己已经无法离开地球的大气层了。不管星际旅行的古老秘密是什么，但此时的“旧日支配者”已经丧失殆尽了。结果，米-高将“旧日支配者”驱离了所有北部的陆地，不过米-高也无力去侵犯生活在海底的“旧日支配者”。就这样，“旧日支配者”便开始逐渐向它们最初的南极居住地撤退。

从壁画描绘的战斗中，我们新奇地发现，克苏鲁族和米-高的组成物质完全不同于我们所知的构成“旧日支配者”的物质。它们能够经历变形和重构，而它们的对手却不能，因此，从起源上看，它们好像来自于宇宙空间那些更为遥远的深渊。抛开它们异常的坚韧和一些关键特征不论，“旧日支配者”完全是由物质构成的，而且它们最初的来源一定是在已知的时空连续体中，而其他生物最初的来源只能靠读者屏息猜想去了。当然，与地球之外的种种联系以及种种反常现象都是入侵之敌造成的，所有这些假设并不纯粹是神话传说。可以想象，“旧日支配者”也许可以发明一种宇宙机构来解释它们偶尔的失败，因为在它们的心目中，对历史的兴趣和自豪感显然占据了主要地位。但值得关注的是，它们的编年史中并没有提到某些晦涩难懂的传说里出现过的发达而又强大的生物种群，可那些种群浩瀚的文化和高塔林立的城市却一次又一次地出现在那些晦涩难懂的传说中。

壁画中许多地图和场景生动地反映了这个世界所经历的漫长地质变化。有的壁画反映出的情况，现在的科学尚需修订才能解释；有的壁画反映的情况，则需要大胆推论才能得到充分证实。如我所说，泰勒、韦格纳和乔利提出的大陆漂移假说认为，所有的大陆都是原始南极大陆板块断裂后的碎片，这块大陆由于地球离心力的作用而断裂，而这些断裂的板块在严格意义上具有黏性的地表上发生漂移——像非洲和南美洲板块的互补形轮廓，以及大山的起伏和堆积方式都说明这种假说的正确性。他们的假说在这个神秘的源头得到了引人注目的证明。

壁画上的地图清楚表明，在一亿年前或更早之前的石炭纪，世界出现了巨大的裂缝和峡谷，这些裂缝和峡谷后来把非洲与原本连在一起的欧（原始传说中叫伐鲁希亚[1]）、亚、美和南极洲构成的联合大陆板块分割开来。其他许多地图——最重要的是，有一幅地图与我们身边的这座巨大死亡之城在五千万年前的创建有关——表明，我们这个时代的大陆板块在当时就已经分割好了。我们发现的在时间上距离我们最近的一张地图（或许可以追溯到上新纪）与我们今天的世界非常相似，不过，当时阿拉斯加和西伯利亚相连，北美洲和欧洲通过格陵兰岛相连，南美洲和南极大陆通过格雷厄姆地相连。在石炭纪的地图上，整个地球——洋底和裂开的大陆板块都一样——都有“旧日支配者”建造巨石城的痕迹，但从稍晚些的地图上可以看出，“旧日支配者”逐渐向南极大陆撤退的迹象已非常明显。最后一张上新纪的地图表明，除了在南极洲和南美洲末端之外，再也没有了陆地城市，南纬 50 度以北也没有了海洋城市。除了借助扇形膜翼在长距离探索飞行中对北方的海岸线做过研究之外，“旧日支配者”对北方世界很显然一无所知，也没有表现出什么兴趣。

由于山脉的隆起、离心力对大陆的撕裂、大陆和洋底的地震灾变和其他自然因素，“旧日支配者”建造的城市遭到破坏，这一点在壁画中已经司空见惯。但令人惊讶的是，随着时光的流逝，“旧日支配者”重新建造的城市越来越少了。在我们身边张着血盆大口的这个死亡之城，看起来是“旧日支配者”最后的中心了。这座城市建于白垩纪早期，但在此之前，强烈的地球曲压运动已经把不远处那个更大的城市彻底摧毁了。表面上看，这片地区是所有地区中最为神圣的地方，据说就是在这个地方，第一批“旧日支配者”就居住在原始的海底。相传，在这座新建的城市——从壁画上能够看出新建城市的种种特征，但这座城市沿着山脉向外延伸足足 100 英里，远远超过了我们在空中俯瞰的最大范围——里，仍然保留着用来建造第一座海底城市的圣石。经过漫长的岁月，随着地壳的分崩和隆起，这些圣石也早已高高隆起，露出海面。

1 从罗伯特·E. 霍华德的小说《阴暗王国》(1929）中借来的。《阴暗王国》描写的是史前伐鲁希亚王国的国王库尔大战蛇人的故事。洛夫克拉夫特在《时光魅影》和《黑暗狂魔》中也提到了伐鲁希亚。

八

很自然，我和丹福思一直怀着特别的兴趣和莫名其妙的敬畏感，去研究与我们所在附近区域有关的一切事物。就记载当地历史的材料而言，这里应有尽有。在这座城市错综复杂的地面上，我们非常幸运地发现了一座建造时间很晚的房子，虽然墙壁由于不远处的地缝而有些受损，但里面却有已显衰颓迹象的壁画，壁画上对本地区的描述远远超过了上新世地图所描述的时期，我们从那里最后一次窥见了前人类世界。这是我们查看过的最后一个地方，因为在那里的发现让我们马上制定了下一个目标。

当然，我们身处在地球上最奇怪、最诡异、最可怕的角落。在现存的大陆中，这里无疑是最古老的。我们越来越确信，这片令人惊骇的高地一定就是那个虚构的可怕睖原，甚至连写《死灵之书》的阿拉伯狂人都不愿提及这个地方。这条巍峨的山脉长度惊人——起于威德尔海东岸路特波德地的低矮山峦，几乎贯穿整个大陆。山脉真正高耸的部分延伸为一个巨大的弧形，始于东经 60° 南纬 82°，止于东经 115° 南纬 70°，弧形的凹面正对着我们的营地，山脉面海的一端位于那条长长的、被冰覆盖的海岸线上，威尔克斯和莫森[1]在南极圈边上都曾看到过那片连绵起伏的山峦。

但是，大自然中更诡异、更夸张的东西似乎近在咫尺。我曾说过，这些山峰比喜马拉雅山脉还要高，但从壁画上我无法断定这里就是地球上最高的山峰。恐怖的美名无疑留给了另外一条山脉，因为近半数的壁画都没有提及它，而其他的壁画则是带着明显的厌恶和不安来描绘它的。看起来，在这片古老的大陆上，有一块地方——在地球把月亮抛出去，“旧日支配者”从星际空间渗透到地球上来以后，这里是从海中隆起的第一块陆地——因被某种模糊不清而又无法言明的邪恶笼罩着，让人们都对它退避三舍。那里建造的城市群在“旧日支配者”到来之前就

1 威尔克斯和莫森均为南极探险家。

早已坍塌，而且突然被遗弃。在科曼奇系时期，第一次剧烈的地壳膨胀强烈地震撼了这个地区，一排令人恐惧的山峰在最骇人听闻的喧嚣声中突然拔地而起，此后，地球上便有了最高耸入云、最恐怖的山脉。

如果壁画的比例是正确的，这些可恶山峰的高度肯定要超过 40000 英尺——完完全全超过了我们穿越过的那些可怕的疯狂山脉。这些山脉似乎从大约东经 70° 南纬 77° 的地方一直延伸到东经 100° 南纬 70°，距离这座死亡之城不到 300 英里，如果不是朦胧的乳白色薄雾，我们就会看到它们那高高耸立的可怕山峰。从玛丽皇后地那条长长的南极圈海岸线上也同样能够看到山脉的北端。

在走向没落的那段时间里，有些“旧日支配者”曾对着这些山脉做过莫名其妙的祷告，但谁也未曾走近过这些山脉，或是大胆揣度过这些山脉背后隐藏的是什么。人类从未见过这些山脉，而且，我一边研究着壁画中所传递的信息，一边祈祷永远不要再有人见到这些山脉。沿着玛丽皇后地和威廉二世地后面的海岸线，有许多保护性的山峦。谢天谢地！以前没人能登上这些山峦。此时此刻，我已经不再像往常一样对这些古老的故事和恐惧持怀疑态度了，也不再嘲笑前人类雕刻工匠的创意——它们认为，闪电有时会故意在其中一座忧郁的山峰上驻留，而且从其中一座高峰上发出无法解释的光亮，照亮整个漫长的极夜。古老的《纳克特抄本》遮遮掩掩地提到睖原上的卡达斯[1]，八成有着非常现实而又骇人的意义。

近在咫尺的这片土地，虽然不那么可憎，但近乎是一样诡异。这座城市建成后不久，最重要的神殿便坐落在这座巍峨山脉之上。许多壁画显示，这里的高塔曾是多么怪诞而奇妙，但现在我们只能看到簇拥在一起的无数立方体和城堡直插天际。随着岁月的流逝，洞穴出现了，并逐渐被塑造成庙宇的附属品。再后来，这里所有的石灰岩脉都被地下水掏空了，结果，山脉、山麓以及下面的平原变成了名副其实的网状结构，把大山洞和画廊连成了一片。许多壁画讲述了“旧日支配者”向地下深渊探索的故事，讲述它们最终发现了那片隐藏在地球最深处、暗无天日的海洋。

1 为“旧日支配者”所居住山顶上的巨大城堡。

这个巨大而漆黑的深渊显然是被那条从籍籍无名且令人恐惧的西部山脉奔流而下的大河冲刷而成的。这条大河以前曾在“旧日支配者”占据的山脚下绕过这座山脉，蜿蜒而下，最后，从威尔克斯海岸线上的巴德地和托滕地之间注入印度洋。结果，大河日久年深把转弯处的石灰岩山基侵蚀掉了，直到最后，不断向下冲刷的水流流到由地下水冲蚀而成的洞穴，并与地下水汇流，一起冲刷出一个更深的深渊。最后，整条河流的水全部流进了已被掏空的山脉之中，致使那条通往海洋的河床慢慢干涸。正像我们现在所发现的一样，后来的城市很大部分都修建在以前的河床上。“旧日支配者”似乎明白发生了什么，于是，不断发挥自己敏锐的艺术创造力，把从山麓中突出的海岬雕刻成了华丽的塔门，大河就是在塔门这里流入那永恒的黑暗之中。

大河上曾经有数十座宏伟的石桥，而如今，我们进行空中观测时，看到的只是一条早已消失的河道。从这个城市形形色色的壁画中，我们发现，这条河在该地区年代久远、亘古死亡的历史中曾处在不同的位置，所以它的位置也帮助我们了解自己在整个地区中的方位，进而可以对这座城市的显著特征（广场、重要建筑等）仓促而又不失仔细地勾勒出一幅草图，以便为进一步探索指引方向。这样，我们就可以想象出，整个庞大的城市一百万年前或一千万年前或五千万年前是什么样子，因为壁画已经准确地向我们描述了建筑、山脉、广场、郊区、景色和郁郁葱葱的第三纪植物。这里肯定曾经是一处神秘而令人叹为观止的美景，一想到这一点，我就几乎忘记了邪恶的压抑感所带来的阴冷感觉。这座城市那种人类无法想象的古老和规模，充满死亡的沉寂和荒凉，以及冰川的暮光，连同那种压抑感，都重重地压在我的心头，让我透不过气来。然而，根据某些壁画判断，这座城市的居民也曾感受过这种被压抑的恐惧，因为壁画中不止一次出现过一种阴森压抑的场面，从中可以看出，“旧日支配者”对某种东西似乎表现得惊恐万状，而且总是对它退避三舍。这种东西虽没有在壁画中出现，但我们还是发现，这种东西生活在那条大河里，是从西方恐怖的崇山峻岭间，经由崎岖不平、藤萝密布的苏铁林，被冲到这座城市里的。

有一处建造年代较晚的房子，里面壁画的风格已显衰颓的迹象，我们就是在这里发现了一些蛛丝马迹，告诉我们正是一场灾难导致了这座城市最后被遗弃。毫无疑问，就算考虑到“旧日支配者”身在压力重重、动荡不安的时期，艺术创造力和激情不再像以往那样如此高涨，我们仍然相信，其他地方肯定能找到同时期创作的壁画。确实如此，不久，我们便发现了确凿的证据，证明其他地方的确有同一时期创作的壁画。不过，这是我们亲眼看到的有关那个时期的第一组，也是唯一一组壁画。我们原打算以后继续找，但如我所说，眼前的紧迫状况逼着我们不得不去面对另一项的任务。但凡事总会有个限度——“旧日支配者”原本想将来长期占据这个地方，当希望破灭之后，它们不得不彻底放弃了壁画的雕刻。当然，最后的打击是极寒的到来，这次极寒曾经笼罩了地球上的绝大部分地区，而且从此就再也没有离开过地球命运多舛的南北两极。在地球的另一端，这场极寒也终结了传说中的洛玛尔和许珀耳玻瑞亚[1]。

南极地区究竟是什么时候开始慢慢变冷的，很难推断出准确的时间。现在，我们普遍认为，冰川时期始于距今约五十万年前，但这场可怕的大灾难在两极地区一定开始得要早很多。所有的定量测算在某种程度上都只是猜测，但很有可能，在距今不到一百万年前，“旧日支配者”创作的壁画很多都已经显露出衰颓的势头，而且，根据地球的整个表面来推测，在现在公认的更新世（五十万年前）开始前很久，这座城市就已经名副其实地被遗弃了。

从那些已显衰颓迹象的壁画中，我们找到了严寒将至的一些蛛丝马迹。所到之处，植被日渐稀疏，“旧日支配者”的乡间生活日渐减少。房屋里开始出现了供暖设备，从壁画中可以看出，“旧日支配者”在冬季旅行时都身裹保护性的织物。然后，我们发现在一系列的椭圆形漩涡纹案（在这些晚期的壁画中，连续不断的条状排列被频繁中断）中，越来越多的“旧日支配者”搬迁到距离最近的更温暖栖息地——有的则逃进了远离海岸的海底城市里，有的通过那些已经被掏空的山里纵横交错的石灰石洞穴，爬进附近有热熔水的黑暗深渊里。

到头来，似乎是大部分移民都逃到了城市附近的深渊。之所以会这

---

1 意为“北风吹不到的地方”。希腊神话认为，北方风神玻瑞亚居住在色雷斯（自爱琴海至多瑙河的巴尔干半岛南部地区），因此，许珀耳玻瑞亚地就是色雷斯以北遥远的地区。

样，毫无疑问，在一定程度上是因为这个地区一直就是“旧日支配者”崇拜的圣地，但更确凿的原因可能是，“旧日支配者”可以在这个地方继续利用蜂窝状山脉上那些雄伟的庙宇，同时也可以把广阔的陆地城市当作夏季居住的地方以及连接各个坑洞的基地。为了让新老住所之间的连接更为高效，“旧日支配者”对连接线路进行了梳理和改造，其中包括在古城和黑暗深渊之间开凿许多直接相通的隧道。根据缜密的估算，我们在画的路线图上对这些隧道入口进行了认真细致的标注。很显然，至少有两条隧道位于我们可以探测的距离范围之内——这两条隧道都在城市向山的一侧，一条通向距离我们不到四分之一英里的古河道，另一条则位于相反的方向，离我们的距离大约是前一条的两倍。

看样子，在这个深渊里，某些地方也有干燥陆地组成的缓坡海岸，但“旧日支配者”还是把它们的新城市建在水下，原因肯定是水下的温度更加稳定，更加温暖。这片神秘的海洋看上去非常深，这样从地球内部传来的热力就可以确保这里能永久居住下去。这些生物似乎轻而易举地适应了部分时间（当然，最终发展到全部时间）居住在水下的生活，因为它们的腮从来没有退化。很多壁画都描绘了“旧日支配者”是怎样经常拜访生活在别处海底的亲戚的，也描绘了它们是如何经常在大河深处畅游的。对一个早已习惯了南极漫长极夜的种群来说，地下深渊里的黑暗也不会是什么障碍。

尽管晚期的壁画毋庸置疑地出现了势衰的迹象，但确实具有史诗般的特点，因为这些壁画描述了在海底洞穴里建造新城的过程。“旧日支配者”建造城市的方法非常科学，它们从蜂窝般山脉的中心采来不会溶解的岩石，从最近的水下城市请来能工巧匠，依据最好的建筑方案来建造。工匠们随身带来了建筑新城的所有必需品——“修格斯”，从中培育出能搬运巨石的生物和随后为洞穴城市承重的兽类，还有其他原生质物质，用以塑成能发出磷光用来照明的有机体。

最后，一座巨大的城市从幽暗的海底耸立起来，其建筑风格与地面上那座城市的建筑风格很相似，由于建设过程中使用了精确的数学原理，所以其工艺根本看不出有什么衰颓的迹象。新培育出来的“修格斯”长得极为庞大，并具有非凡的智力，表现为极其迅速地接受和执行命令。它们似乎通过模仿“旧日支配者”的声音跟它们交谈——如果可怜的莱克已经用解剖证明了这一点的话，那应该一种浑厚且富有乐感的笛声。因此，“旧日支配者”更多的是通过口头命令而不是像之前一样用催眠暗示，为“修格斯”分配工作。不过，此时的“旧日支配者”仍然能够很好地控制“修格斯”。发出磷光的有机体能够非常高效地提供照明，所以，虽然没有外部世界夜晚中那种常见的极光，但这种磷光无疑弥补了这一缺失。

虽然此时的艺术和装饰已经出现衰颓的迹象，但“旧日支配者”还在继续从事艺术活动和雕画装饰。它们自己似乎也意识到了这种衰颓，因此在很多情况下，它们已经采取了后来君士坦丁大帝[1]采取的策略，把雕刻有古老壁画的巨石从陆上城市转移到海底。它们就像那位皇帝一样，在相似的衰颓时期，掠走了希腊和亚洲最好的艺术品，把他的新拜占庭首都装饰得更加富丽堂皇。“旧日支配者”转移带有雕刻巨石的规模还不是很大，无疑是因为它们起初并没有完全抛弃陆上城市。到完全放弃陆上城市的时候——肯定是在极地进入更新世晚期之前——“旧日支配者”对它们业已衰颓的艺术可能还是很满意的——或者已经不再认可更古老的雕刻艺术更出众的价值了。不管怎么说，我们周围这片亘古沉寂的废墟一定没有经历过大规模的雕塑搬迁，不过，所有最好的雕塑，就像其他可以移动的雕塑一样，都已经被搬走了。

我说过，这些已经出现衰颓趋势的椭圆形装饰纹案和护墙板所讲述的，正是我们在有限的搜索范围找到的距今最近的作品。这些壁画向我们展现了“旧日支配者”的生活场景：往返穿梭于两座城市之间，夏天在陆上城市生活，冬天就转移到海底洞穴城市里，有时候和远离南极海岸线的海底城市进行贸易往来。时至今日，“旧日支配者”已经承认陆上城市最终难逃废弃的命运，因为壁画已经显示出严寒来袭的种种征兆。地面植被日趋减少，冬季厚厚的积雪，即便是到了盛夏，也不能彻底融化。蜥蜴类家畜几乎全部死亡，哺乳类动物也无法正常抵御严寒。为了能在陆上世界中继续工作，“旧日支配者”就必须培育无固定形状却超级耐寒的“修格斯”，去适应陆上生活——这种事情，放在从前，它们是不会做的。那条大河此时已经根本没有生物了，海面上，除了海

1 公元306年至337年罗马帝国的皇帝。

豹和鲸鱼外，也不见了大多数生物的踪影。鸟类全部飞走了，仅仅剩下体形庞大、长相怪异的企鹅了。

此后发生了什么事情，我们只能去猜测。这座新建的海底洞穴城市存在了多久呢？它是否仍像永恒黑暗中的石尸一样躺在那里？地下的水域最后封冻了吗？外部世界的海底城市又遭遇了什么样的命运呢？有没有"旧日支配者"在冰盖蔓延开来之前就向北转移了呢？可是，在现有的地质学知识中找不到他们存在的证据。在北方的外部陆地世界，恐怖的米-高依然是一种威胁吗？即使是今天，又有谁知道，还有什么生物在地球最深处水域的那片暗无天日的未知深渊中苟延残喘呢？这些生物似乎能够承受住任何强大的压力——再说，生活在海边的人时不时会捞上来奇奇怪怪的东西。约三十年前，博先格雷温克[1]在南极海豹身上发现了凶残而诡秘的伤口，杀人鲸的说法真的可以解释这些伤口吗？

我们的这些猜测并没有考虑莱克发现的标本，因为那些标本所处的地质环境表明，标本中所反映的"旧日支配者"应该是生活在陆上城市文明中的早期阶段，距今至少有三千万年。所以，我们认为，在那个时候，海底洞穴城市，甚至连洞穴，根本就不存在。克莱的标本反映的是一个更古老的场景：到处都是郁郁葱葱的第三纪植物，一座生机勃勃的陆上城市，随处可见蒸蒸日上的艺术，一条大河流淌在巍峨高山的山脚下，自南向北流入遥远的热带海洋。

但我们仍情不自禁地思考这些标本，尤其是从被彻底摧毁的莱克营地里消失的那八个完好无损的标本。我们总觉得整件事有些蹊跷——我们努力将这件事归咎于某个人的疯狂行为——那些令人毛骨悚然的坟墓——消失的材料的数量和属性——格德尼——那些古代巨兽的超常坚韧，还有眼前壁画上所描绘的这个种群所具有的诡异模样……在过去的几个小时里，我和丹福思看到了太多的东西，并做好准备，去相信原生态世界里许多骇人听闻、难以置信的秘密，并对这些秘密守口如瓶。

---

1 英裔挪威极地探险家，现代南极探险的开拓者。1898 年至 1900 年间，率领南十字星探险队，将南纬 78° 50′ 创纪录地定为地球的"最南端"。

九

我说过，我们研究了这些已显衰颓的壁画之后，行动目标也发生了变化。当然，这与通往地下黑暗世界的隧道有关，之前我们不知道有这些隧道，现在我们渴望去发现它们，穿越它们。根据壁画清晰的比例，我们推断，通过附近任何一条隧道，沿着一个陡峭的下坡走上 1 英里左右，就会走到那个位于巨大深渊旁边、令人头晕目眩、终日不见阳光的悬崖峭壁，沿着深渊边上那些已被“旧日支配者”修缮过的小路向下走，便可以到达乱石丛生的海岸，看到隐秘而黑暗的海洋。一旦我们了解到这一点，能够亲眼目睹这个难以置信的深渊，对我们来说是无法抗拒的巨大诱惑，不过我们也意识到，如果我们想要做到这一点，就必须马上去找隧道。

此时已是晚上八点，而且我们没有带够备用电池，无法一直使用手电筒。由于我们在冰盖下面进行了大量的研究和誊写，所以蓄电池至少已经连续使用了五个小时。虽然我们知道如何节约用电，但电池显然只能再用大约四个小时。不过，除非碰到特别引人关注和特别艰难的地方，我们可以关掉一个手电筒，这样可以尽量延续电池的安全用量。在巨大的地下墓穴中，没有照明是不行的，因此，为了开展此次深渊之行，我们必须放弃研究有些壁画的内容。当然，我们打算再到这里来，进行为期数天乃至数周的深入研究和拍摄——好奇心早已战胜了恐惧——但此时此刻，我们必须加快行进速度。我们用来记录踪迹的纸条不是用之不尽的，虽然我们很不情愿牺牲备用的笔记本或素描纸来补充，但我们还是用掉了整整一本。如果情况变得更糟糕，我们只能采取凿岩做记号的方法——当然，即使真的迷了路，只要有充足的时间进行尝试和纠错，我们就有可能通过某个通道慢慢找到出口。就这样，我们满怀激情地动身了，在做好记号之后，走进了最近的一条隧道。

我们参照壁画绘了一张路线图，从中得知，我们准备进入的隧道口距离我们所处的位置不到四分之一英里。而隧道口和我们所处的位置之间应该是坚实的建筑物，这样的话，即便是冰盖下方，也能穿过去。隧道口应该在一个显然属于公用或用于举行仪式的巨大五角形建筑底部——位于距离山麓最近的那个角上，我们之前曾在空中勘探中测算过这个建筑废墟的位置。但我们回想飞行的过程时，怎么也想不起有这样结构的建筑了。因此，我们断定，这个建筑物的地上部分已经严重损毁，或者完全塌陷到我们看到的某一个冰缝里。果如此，隧道很可能被堵住了，所以我们只好尝试另一个最近的隧道——位于北边不到 1 英里的那条。古河道横穿城市中间，使我们这一次无法继续寻找南面的隧道。如果两个条相邻的隧道都被堵住了，那么就很难预料，我们的电池能否确保我们尝试另一条北边的隧道，因为这条隧道比我们的第二个选择还要远约一英里。

借助地图和罗盘，我们七拐八拐地穿行在黑暗的迷宫里——穿越破损程度不一的房间和走廊，艰难地爬上一个又一个的坡道，穿过上面的楼层和桥梁，再爬下来，遇到了很多被堵死的拱门和成堆的瓦砾，有时快速通过一些保存完好而又异常洁净的小路，走错了方向再折返回来（这种情况下，我们会拿走曾留做记号的纸条），时不时会来到一个露天竖井的底部，看到日光倾泻下来或是渗透下来——沿途的壁画时不时引诱我们。其中许多壁画讲述的肯定是极具历史意义的故事，只有怀着对以后再来的期待，才能平复我们的心情，从这些壁画前走过而不驻足观看。实际上，我们有时会放慢脚步，情不自禁地打开第二个手电筒。要是我们有更多的胶卷，我们一定会停下来，拍一些浅浮雕作品，因为费时的誊抄肯定是不可能的。

在这里，我要再讲一个让我非常犹豫，或者说让我宁可暗示也不愿明说的地方。不过，为了给我劝阻人们去南极探险的行为提供佐证，有必要将接下来发生的事情公布于众。我们侧着身子艰难前行，来到了距离我们计算好的隧道口位置很近的地方——穿过一座两层的石桥后，来到显然是一面突起的墙壁顶上，走下去便是一条损毁严重的走廊，两边的墙壁刻满了工艺精美、明显带有仪式意味的晚期壁画——此时，快到晚上八点半了，年轻的丹福思那灵敏的鼻子首先嗅到了一股怪味。要是我们带着狗的话，我们没准儿会提前得到警告。最初，我们还没有察觉水晶般纯净的空气中有什么异常，但几秒钟之后，我们的记忆做出非常明确的反应。我还是不要遮遮掩掩，有话直说吧。这里弥漫着一种气味——那种气味虽然模模糊糊，隐隐约约，但可以肯定地说，它跟我们打开埋葬被莱克解剖的标本的恐怖坟墓后，闻到的那股令人作呕的味道非常相似。

当然，在当时，这种感觉并不像现在说起来那么简单。我们当时想到了好几种可能的解释，而且还举棋不定地低声讨论了很久。最重要的是，我们在没有搞清楚事情的原委之前是不会撤退的，既然已经走了这么远，我们不愿意因任何除确定灾难外的事情而畏缩不前。不管怎么说，那些我们肯定料想过的事情疯狂得让人难以置信。这样的事情在任何正常的世界里从未发生过。可能是完全失去理性的本能让我们把亮着的那只手电筒调暗（为的是不再受到两侧石墙上业已衰颓而又危机四伏的那些壁画的诱惑），但这也让我们放慢了前进的步伐。我们小心翼翼、蹑手蹑脚地继续前进，爬过越来越杂乱不堪的地面和成堆的瓦砾。

丹福思不但鼻子敏感，眼睛也比我要尖得多，我们穿过许多通往地面层房间和走廊的被堵塞拱门之后，同样是他首先发现了一片瓦砾的非同寻常之处。这片瓦砾看上去并不像是被遗弃了数千年的样子，于是，我们小心翼翼地调亮了灯光，结果看到了一种痕迹，似乎是某种东西不久前通过这片瓦砾时留下的。虽然散乱的杂物不可能看出有什么蛛丝马迹，但在较平整的地方，我们发现了重物拖拉留下的痕迹。顿时，我们认为是一些平行的痕迹，就好像是田径赛场上的跑道。看到这一幕，我们再一次停下了脚步。

就在这次停顿期间，我们两人（这一次是同时）闻到前面飘来的一股气味。让人觉得荒唐的是，这种气味既让人害怕，又让人不那么害怕——本来并不可怕，但在已知的环境中，在这个地方，却又极为可怕……当然，除非是格德尼……因为那种气味明显具有我们所熟悉的普通汽油味——天天烧的汽油。

在这之后，我们继续前行的动机，就只有留给心理学家去解释了。此时此刻，我们心里很清楚，制造了营地恐怖的东西肯定已经爬进了漆黑的古代坟墓，所以，现在（至少是不久前）不用再怀疑前面有什么难以形容的情况了。但最后，我们还是让强烈的好奇心——或焦虑——或自我催眠——或对格德尼的模糊责任感——或其他种种——驱使我们前行。丹福思又开始嘀咕起来，说他在通向冰盖上方的小巷子里看到过痕迹，朦胧听到过富有乐感的笛声（尽管非常像是掠过山峰的狂风在洞口发出的回声，但考虑到莱克的解剖报告，这种声音很可能非同寻常），还说他不久之后就听到这种声音是隐约从下面的未知深渊传来的。而我则开始念叨莱克营地的惨象——念叨什么东西不见了，念叨一个孤独的幸存者如何疯狂想象出那些令人匪夷所思的东西——如何疯狂穿越崇山峻岭，进入这座闻所未闻的远古建筑中——

但是，我们没有去说服对方，甚至说服自己，去相信什么确定无疑的东西。我们停下来，关掉电源，隐约注意到一丝微弱的日光从上面渗透下来，让隧道里不至于完全漆黑。既然已经开始不假思索地前进，我们就用手电筒不时地发出闪光来指引我们前进。地面上杂乱的瓦砾给我们留下一种挥之不去的印象，而且汽油的味道越来越浓了。我们眼前的瓦砾越来越多，阻碍了我们前进的脚步，不一会儿，我们发现前方的路被堵死了。我们根据此前在飞机上看到的裂缝而做出的悲观判断是完全正确的。我们的隧道探险太盲目了，就连通往深渊的洞口所在的那间地下室，我们都找不到。

我们站在被堵住的隧道里，用手电发出的闪光扫过两侧刻满怪异壁画的墙壁，看到了几个封堵程度不同的拱门。很明显，汽油的味道是从其中一道拱门中飘出来的——完全盖住了另一种气味。我们再定睛一看，发现一处狭小的空地，看样子是最近才留下的，上面没有任何从那个拱门散落下来的瓦砾。不管潜伏着什么样的恐怖，我们相信我们已经找到一条径直通往地下深渊的道路。我想没有人会纳闷，我们为什么在采取下一步动作之前，会在这里驻足这么长时间。

可是，当我们真的冒险进入那道黑暗的拱门之后，我们的第一印象就是非常扫兴。因为在这个地面满是碎石、墙壁刻满壁画的地窖（约20英尺见方的正方形房间）中，我们并没有看到什么大到让我们马上看出不久前出现在这里的东西。所以，我们只好再去寻找出口，结果一无所获。但，不一会儿，丹福思敏锐的目光注意到地板上的一堆瓦砾似乎被动过，于是，我们把两支手电调到最亮。实际上，我们借着手电光看到的是一件微不足道的东西，但我们还是不愿意谈起它，因为它可能蕴藏着什么东西。那是一堆被粗略平整过的碎石，上面随意散落着一些小东西，在某个角落里，肯定曾泼洒过大量的汽油，即使是在超级高原这样高的海拔上，都能留下强烈的气味，泼洒的数量肯定是大得惊人。换句话说，那里肯定是某种营地——由某种探险生物建造的营地，这些生物像我们一样，由于通向深渊的道路意外被堵，不得不折返回来。

容我直白相告。就那堆东西来看，散落的东西都来自莱克的营地，包括一些听装罐头，就像我们在被糟蹋过的营地里看到的一样，这些罐头都用某种奇怪的方式打开了。还有许多用过的火柴，三本多多少少都被弄脏的插图书，一个空墨水瓶，一只带图片和使用说明、用来装墨水瓶的纸盒，一支破损的钢笔，一些剪得很奇怪的毛皮和帐篷布碎片，一块上面带有使用指南的旧电池，一个帐篷加热器上的硬纸夹，还有少量折皱的纸张。看到这些东西已经够糟的了，但当我们摊开折纸，看到上面的东西时，我们顿时感到我们碰到了最糟糕的状况。我们在营地已经发现了一些难以解释的涂有墨迹的纸张，这也许会让我们的心理有所准备，但在这座梦魇般城市里的前人类墓穴里，看到这些东西所产生的心理阴影太大了，简直让人无法忍受。

发疯的格德尼可能模仿在浅绿色皂石上发现的东西，已经记录下了那一组组的圆点，就像是在那些疯狂的五角形坟墓上制作的圆点一模一样；相信他可能已经粗略画好了简图（只是不那么准确），勾勒出了与城市相邻的部分，而且在我们之前的行进线路之外、草图上用圆圈标识的地方——我们在壁画中看到的圆柱形高塔，或者在空中看到的圆形巨坑——找到了通往现在这座五角形建筑和隧道口的路。我重复一下，他也许已经画好草图；因为我们面前的草图跟我们自己画的一模一样，很明显是从冰川迷宫某地方的晚期壁画中摘抄出来，而不是从我们看过和抄录过的壁画中摘抄出来的。但是这个对艺术一窍不通的糊涂蛋不可能用这种奇怪而自信的手法画草图。尽管草图画得有些匆忙且粗心大意，但画法却比那些业已衰颓的壁画要高超得多，这显然是“旧日支配者”在死亡之城全盛时期特有的技巧。

有人肯定会说我和丹福思看到眼前这一切之后还不赶紧逃命，肯定彻底疯了。因为我们的推论（虽然很疯狂）现在已经完全确定了，我甚至无须再向读者说明。也许我们真的疯了——难道我没说过那些恐怖山峰就是疯狂山脉吗？但我想，有的人穿越非洲丛林，悄悄靠近凶猛的野兽，为的就是拍摄照片，研究它们的习性。在这些人身上，我能看到同样的精神，只不过他们的举动不如我们这么极端罢了。虽然我们快吓瘫了，但心中那种敬畏而好奇的火焰越烧越旺，最终战胜了恐惧。

当然，我们不想面对那种（没准儿是那些）东西，我们知道它们曾到过那里，但我们感觉，它们现在八成是已经不在了。此时此刻，它们在附近一定已经找到了通往深渊的其他入口，而且已经进入了什么地方。在那里，过去那些黑暗碎片也许正在终极深渊——它们从来没有见过的终极深渊——里等着它们。或者，如果那个入口也被堵住的话，它们会继续向北走，寻找下一个入口。我们并没有忘记，壁画告诉我们，这些生物的行动并不完全依赖光亮。

回想起当时的情况，我现在差一点儿想不起当时的心情是什么样子了。毕竟，眼前的目标变化太快，让我们心里只有期待了。我们当然不想面对我们害怕的东西——但我不会否认，我们也许下意识地揣着某种希望，希望能从某个有利的隐蔽处窥视到那种东西。也许，我们还没有放弃我们要一睹这个深渊的激情，但在这之前，我们还有一个目标，那就是：我们在皱皱巴巴的草图上看到的那个用大圆圈标示出来的地方。我们马上意识到，那个用大圆圈标识出来的地方就是在早期壁画上出现的圆柱巨塔，但从飞机上看，只是一个巨大的圆孔。虽然草图画得很匆忙，但给我们留下了极为深刻的印象，让我们觉得冰盖下面的部分肯定具有非常重要的意义，没准儿会向我们展现从未见过的建筑奇观。壁画告诉我们，这座石塔的古老程度令人难以置信——实际上属于这座城市的第一批建筑。石塔里面的壁画如果保存下来，一定极为重要。此外，石塔也许是保存完好的通往冰盖上面的路线——这条路线比我们小心翼翼搜寻的路线要短很多，没准儿其他生物就是通过这条路线来到冰盖下面的。

无论如何，我们要做的事情就是研究这些可怕的草图——它们几乎完美地印证了我们的草图——并折返回来，沿着标示的路线，朝着大圆圈的地方前行。这条路线，我们之前那些不知名的先驱者肯定已经往返过一次。附近另一条通往深渊的拱门离得更远。在前进的路上，我们还是节约使用纸条，对行走过的路做好标识。详细情况，我在这里就不再说了，因为这段路程跟我们走进那条死胡同的情况完全一样。只有一点不同，那就是，这段路更靠近地面，有时候，甚至需要向下走到地下走廊才行。我们时不时地会在脚下的碎石或杂物中发现一些搅动过的痕迹。走出了汽油味弥漫的区域之后，我们再次（断断续续）隐约闻到了那种更可怕、更持久的味道。我们离开先前的行进路线以后，有时会用一只手电偷偷扫一眼两侧的墙壁，发现所到之处都是如影随形的壁画，壁画似乎成了“旧日支配者”表达审美情趣的主要方式。

大约晚上 9 点半，我们穿越一条长长的拱廊时，发现地板上的冰逐渐多了起来，似乎意味着我们已经置身于地表层下面了，走廊的拱顶也越来越矮了。这时，我们开始看到强烈的日光，可以关掉我们的手电了。我们似乎已经来到大圆圈标示的地方，而且距离冰盖上面可能也不远了。走廊的尽头是一道拱门，由于这些巨石废墟的堵塞而显得特别低，不过，即便是我们没走到跟前，就已经透过拱门看到外面的东西了。拱门外面是一片巨大的圆形空地——直径足有 200 英尺——地上散落着碎石，还有很多被封住的拱门，跟我们即将穿过的这道拱门一模一样。极目望去，四周的墙壁被醒目地雕刻成了尺寸夸张的螺旋状宽条板。尽管由于暴露在外经风吹日晒破坏得很严重，但所展现出的辉煌艺术远超我们之前曾见过的所有雕刻。散落着碎石的地面上结了厚厚的冰，我们猜想，真正的底部一定在更深的地方。

但这儿最显眼的东西就是那条巨石坡道。坡道向外急拐了个弯，绕过拱门，通往外面的楼层，沿着巨大的圆柱形内墙螺旋而上，有点像攀附在巨石塔或古巴比伦通天塔外面的石坡，与里面的坡道遥相呼应。只是由于飞行速度快，再加上从远处看去，这个下坡和石塔内墙混在一起，我们在空中没有注意到这一点，所以，我们只好去重新寻找通往冰盖下面的路。帕博迪也许可以说清楚是什么工程学原理让它仍屹立不倒，我和丹福思就只有羡慕不已、赞不绝口的份儿了。我们随处都能看到巨石枕梁和立柱，但我们所看到的似乎还不足以说明石造枕梁与立柱的作用。这座建筑从底部到现在的塔顶都保存得极为完好——由于暴露在外，能保存如此完好，实属不易——它的遮蔽物对保护墙上这些离奇古怪而且令人不安的大型壁画起着很大的作用。

我们走进了这座足有五千五百万年历史、半透日光且叹为观止的巨大圆柱形建筑的底部，它无疑是我们曾经见过的最古老建筑——我们看到坡道横穿的那些侧面向上延伸的高度足有 60 英尺，让人有些头晕目眩。我们想起了在空中探测时看到的情景，这意味着外面的冰层约有40英尺厚。因为我们从飞机上看去，坍塌的建筑堆约20英尺高，张着大嘴的深坑就位于它的顶部，一道更高废墟围成的巨大弧形墙无形中保护了这个深坑约四分之三的围墙。根据壁画上的描述，石塔最初屹立在巨大圆形广场的中心，高约五六百英尺，靠近顶部的地方有层层叠叠的水平圆盘，沿着上边的边缘有一排像针一样的尖塔。很显然，这座巨石建筑大部分都是向外而不是向内倒塌的——这真是万幸，否则，这个坡道就会被砸碎，整个建筑的内部就被堵死了。事实上，这个坡道已经严重受损。虽然堵塞非常严重，但底部的拱道似乎最近被粗略地清理过。

没多久，我们便推断出，那东西就是沿着这条路线从上面下来的。所以，尽管我们在别处用纸条做好了返回的记号，但按道理，我们应该从这里爬上去。从塔顶的开口到达山麓地带和我们停靠飞机的地方，跟我们从那座巨大的阶梯式建筑出发到我们停靠飞机的地方相比，距离并不远。我们接下来在冰盖下进行的探索，都会在这一片区域进行。奇怪的是，我们仍然思考着下一步该怎么走——尽管我们已经看到了如此恐怖的景象，也已经猜到了非常可怕的结局。正当我们在这片开阔地面的废墟上小心翼翼前行时，眼前的景象让我们把其他所有的东西暂时都抛到了脑后。

三架雪橇整整齐齐地堆放在远处坡道的角落里。那段低矮向外突起的坡道，之前我们一直没有注意到，它们——莱克营地丢失的那三架雪橇——就在那里。由于处理得不小心，雪橇已经有些散架了。在这个没有积雪的建筑里和满是碎石的地面上，一定是有什么人或东西长距离拖拽过雪橇，而且在完全无法通过的地方，才用手搬过去。雪橇被包裹和捆扎得很小心，也很聪明。此外，在我们的印象中，还有熟悉的东西：汽油炉、燃料罐、器械箱、罐头、明显塞满了书的防水帆布，还有一些帆布鼓鼓的，不知道包的是什么——所有这些都是莱克营地的装备。在那个房间里发现了那东西之后，从某种程度上说，我们已经为看到眼前的场面做好了心理准备。我们走过去，打开一个外形让我们尤为不安的帆布包，结果真的让我们惊呆了。看样子，除了莱克之外，还有人也对收集标本感兴趣。这里就有两个标本，虽然都已经冻僵，但保存非常完好，都用胶水对脖子周围的伤口进行修补之后，小心谨慎地包裹好，以免遭到进一步的伤害。其实，这两个标本就是年轻的格德尼和那只失踪的雪橇犬。

十

许多人可能会认为我们既疯狂又无情，因为我们在经历过这次忧郁悲伤的发现后不久，就开始考虑那条向北的隧道和下面的深渊了。但我并不想说，我们马上就产生了这样的想法，而是一个特殊情况打乱了我们的思路，并引发了一系列新的推测。我们用防水帆布把可怜的格德尼重新盖上，一言不发站在一旁，感到手足无措。这时，某种声音引起了我们的注意——我们在出口处曾听到山风从极高的地方发出微弱的哀号声，自从我们走下来，这还是第一次听到声音。这种声音虽然很熟悉，也没有什么不寻常之处，但出现在这个遥远的死亡世界里，比任何可能听到的诡异声音，更让人感到出乎意料、胆战心惊——因为它们再一次打乱了我们对宇宙和谐的理解。

如果那种声音是某种浑厚而又富有乐感的奇怪笛声（莱克的解剖报告让我们以为在这里会遇到其他会发出这种声音的东西。其实，自从目睹了营地的恐怖场面之后，由于过度紧张，每逢听到狂风的呼号，我们便隐约听到这种声音），那么它与我们周围这个已经死寂万古的地区有着某种令人毛骨悚然的和谐。那是一种来自其他时代的声音，来自早已埋葬的其他时代的声音。结果，我们本来早已做好了面对环境的心理准备，但仍被这种声音彻底击溃了——我们两人本来都心照不宣地认为，南极洲内陆完全是荒原一片，没有任何正常的生命迹象。我们听到的声音，既不是由任何被埋葬的、来自远古地球的亵渎神灵之物所发出的诡异音符，也不是岁月无痕的极地阳光在极为坚韧的生物身上引发的奇怪回声。相反，这种声音正常得极具讽刺意味，在我们离开维多利亚地的那段航行日子里和在我们待在麦克默多湾营地的那段日子里，我们对这种声音太熟悉了，但不应该出现在这里。所以，我们一想到这种声音出现在这里，就不寒而栗。简而言之，这种声音只不过是企鹅沙哑的叫声。

这种模糊的声音穿透重重冰层，从我们来时经过的那条走廊的对面传来——就是另一条通向巨大深渊的隧道所指的方向。结论只有一个：那个方向——虽然荒芜的地表早已没有了生命——还有一只活生生的水禽。因此，我们的第一个念头就是要证实那种声音是不是真的存在。事实上，这种声音不断重复，有时听上去好像不止有一只企鹅在叫。为了寻找声音的源头，我们走进了一条拱道，这里很多碎石都已经被清理过。我们与阳光渐行渐远，又重新开始沿途留下记号——虽然极不情愿，但我们还是从雪橇上的一个帆布包里又取了一些纸。

走过了冰雪覆盖的地面，眼前的地面遍布着凌乱的碎石，我们清晰地看到奇怪的拖拉痕迹，有一次，丹福思甚至发现了一个清晰的脚印。至于脚印的样子，恐怕没有必要描述了。由企鹅叫声指示的方向恰恰是我们在地图和罗盘上所标识的通往更北端隧道出口的路线。我们高兴地发现，在地平层和地下层上，有一条没有石桥的大道似乎没有被堵塞。根据我们画的地图，这条隧道的起点应该是一个大型金字塔形建筑的地下室。我们依稀记得，从空中看，这座建筑保存得非常完好。凭借一支手电的亮光，我们沿途看到拱道两边墙壁上司空见惯的壁画，但没有停下来去仔细查看。

忽然，一只庞大的白色物体隐约出现在我们前面，我们赶紧打开第二支手电。奇怪的是，我们满脑子装着去寻找企鹅叫声的源头，全然不去考虑附近可能潜伏的危险。既然有什么东西把给养都留在了那个用大圆圈标示出来的地方，那它们肯定打算在完成前往或进入深渊的探险之旅后再折返回来。但这个时候，我们对它们已经全无防备，就好像它们根本不存在一样。这种白乎乎、走起路来摇摇摆摆的东西足有 6 英尺高，但我们似乎立刻意识到，它不是我们想象中的那种东西。那种东西体形更大，颜色更深，而且根据壁画的描述，尽管那种东西长有奇怪的海生触角，但它们在陆地上的行动同样非常迅速。但要说白色的东西完全没有吓到我们，那也是等于没说。我们确实瞬间被一种原始的恐惧所俘获，这种恐惧甚至比我们内心产生的对那种东西合乎情理的巨大恐惧还要强烈。然后，扫兴的事情发生了，白色物体悄悄走进了我们左侧的一个拱门，加入到了另两只同类的行列。原来那两只同类刚才是在用沙哑的叫声召唤它。那只是一只企鹅而已——虽然属于体型庞大的未知种类，但比已知最大的帝企鹅还要大。此外，由于它们的外表发生白化，再加上没有眼睛，使这些企鹅显得非常吓人。

我们跟随那只企鹅进了拱门，把两只手电全打开，照着那三只企鹅。它们全然无动于衷，对我们毫不在意，我们看到它们是同一种未知而庞大的企鹅，都是没有眼睛的白化企鹅。它们的体型让我们想起了在“旧日支配者”的壁画上描述的某种古老企鹅，我们很快就断定，它们是壁画上所描述的那种企鹅的后裔。毫无疑问，它们之所以能幸存下来是因为撤退到了更温暖的地下，但地下永恒的黑暗也破坏了它们身体的颜色，而且它们的眼睛也退化成了几乎无用的两条缝。它们现在的栖息地就是我们正在探寻的广阔深渊，这一点起码现在看来是毋庸置疑的。这也证实了这个深渊一直很温暖而且宜居，这条证据使我们心中产生了好奇且又隐约不安的遐想。

同时，我们不禁纳闷，是什么原因让这三只企鹅冒险离开领地的呢。这座巨大死亡之城的状态和寂静清晰地表明，这个地方从来就是它们季节性的栖息地，同时，既然这三只企鹅对我们的出现都明显表现得漠不关心，那么，任何一群从这里经过的那种东西基本上不可能会吓到它们，也就不足为奇了。有没有可能那种东西已经采取某种侵犯行为，或曾尝试用企鹅来增加它们的肉类供给呢？我们怀疑，那种让雪橇犬感到厌恶的刺激性气味是否也让这些企鹅同样感到憎恶，因为很显然，它们的祖先和“旧日支配者”曾经相处得很融洽——只要有“旧日支配者”存在，这种融洽的关系就一定会在深渊之中一直维系着。很遗憾——由于纯粹的科学精神复燃起来——我们没能拍摄这些模样诡异的企鹅，而是很快离开了它们，任由它们在后面嘎嘎乱叫。我们朝着深渊继续前进，此时此刻，我们坚信，那个深渊肯定是畅通的，地上那些零星的企鹅脚印让通往深渊的方向变得更加明确了。

不久后，我们走进了一条长长的低矮走廊，走廊里没有门，奇怪的是，走廊两边的墙壁上连壁画也没有。沿着陡峭的坡道向下走了一段之后，我们相信我们终于快到隧道入口了。沿途我们又看到两只企鹅，听到前方还有其他企鹅的叫声。走廊的尽头是一大片开阔地，不禁让我们倒吸了一口气。这里完全是一个倒置的半球体，显然位于地下很深处，直径足有 100 英尺，高度足有 50 英尺。低矮的拱门分布在圆周的各个地方，只有一个地方没有拱门，像山洞一样敞开着，是一个漆黑的弓形洞穴，高度约 15 英尺，打破了拱顶的对称结构。这里正是通往巨大深渊的入口。

这个半球体的顶部宛如原始苍穹一般，上面布满的雕刻画虽已显衰颓但仍令人赞叹不已。里面，几只白化企鹅在款步摇摆——虽然显得有点儿另类，但仍表现出一副漠不关心和视而不见的样子。那条漆黑的隧道经过一段向下的陡坡之后还隐隐约约地敞开着，隧道入口装点着凿刻诡异的侧柱和门楣。我们似乎感受到一股暖暖的气流从那个神秘的洞口吹来，气流中甚至还夹杂着一丝水汽。我们真想知道，在下面的无底深渊里，以及与之毗邻的蜂窝状高原和巍峨山脉中，除了企鹅之外，还隐藏着什么样的生物。我们还想知道，最初可怜的莱克所怀疑的山顶烟雾的踪迹，以及我们亲眼所见、像王冠一样罩在山峰壁垒上的奇怪薄雾，是不是由深不可测的地核深处、袅袅升起的水汽形成的。

进入隧道后，我们发现，隧道的高和宽——至少在最开始的这一段——各约 15 英尺，墙壁、地面和拱形天花板都是用常见的巨石建成的。墙壁上零星点缀着椭圆形传统花饰，其风格都是晚期已显衰颓的那种。整条隧道和壁画都保存得非常完好。除了地面的碎石上面有企鹅外出和那种东西进入时留下的脚印之外，地面还算干净。越往深处走，隧道里就暖和。所以，没多久，我们便解开了厚重外套的扣子。我们很想知道，下面有没有岩浆流动的迹象，没有阳光照射的海水会不会是热的。没走多远，石造结构就变成了实心的岩石，但隧道仍保持着同样的比例，凿刻也同样工整。隧道不断变化的坡道有时会变得非常陡峭，所以地面上不得不凿刻出一些沟槽。有几次，我们看到一些通往两边小走廊的入口，但我们的草图上没有画出来。不过，这些入口倒是不会给我们的返程增加什么麻烦，万一我们遇到什么不受欢迎的生物从深渊中出来，这些入口没准儿倒是可以让我们藏身。那种东西散发出来的那种难以形容的气味已经非常明显。明知身处险境还贸然进入隧道，无疑是自杀式的愚蠢。但在某些人眼里，探索未知世界的诱惑要比顾虑重重强烈得多。没错，最初正是这样的诱惑，把我们吸引到这片神秘的极地荒原。我们沿着隧道继续前行，途中又看到几只企鹅，同时，心里在嘀咕，我们前面的路还有多远。根据壁画的描述，我们原本以为只要走大约1英里的下陡道，就能到达深渊，但我们之前到处查看的结果也告诉我们，壁画上的比例并不一定完全靠得住。

向前走了约四分之一英里后，那种难以形容的气味愈加浓烈了，我们非常仔细地记录着隧道两边我们经过的洞口。在隧道口，虽然看不到明显的水汽，但这肯定是由于缺少相对较冷的空气所致。这里的温度上升得很快，正如预料的那样，我们看到了一堆随意堆放在地上的东西，这堆东西熟悉得让我们感到战栗不安。这堆东西主要是从莱克营地拿走的毛皮和帐篷布，我们并没有停下来认真查看这些织物被撕扯成的怪异形状。我们注意到，前方不远处，侧边走廊的数量不断增加，尺寸不断变大，所以，我们断定，我们已经到了较高山麓下方密集分布的蜂窝状区域。很奇怪，到了这里，那种难以形容的气味跟另一种几乎同样的恶臭味混在一起——我们实在猜不出这种味道是什么东西发出的，不过，我们想起了腐烂的生物体，或许是某些未知的地下霉菌。接着，隧道突然变宽了，这倒把我们吓了一跳，因为我们在壁画上没有发现这一点——这条隧道既变宽了，也变高了，已经成了一个高耸而自然的椭圆形洞穴。洞里地面很平整，长约75英尺，宽约50英尺，四周有许多巨大的通道，通往那神秘的黑暗之中。

虽然洞穴看上去是自然形成的，但借助两只手电筒的亮光，我们仔细观察后发现，这个洞穴是把相邻几个蜂窝状洞穴之间的墙人为拆除之后形成的。四周的墙壁粗糙而高大，拱形洞顶全都是钟乳石，但坚硬的岩石地面已经被平整过，没有瓦砾，也没有岩屑，甚至连灰尘都异乎寻常得少。除了我们进来的那条通衢大道以外，通往各个方向带有壁画的走廊都是从这里延伸出去的。这种情况太怪了，让我们百思不得其解。刚刚掺和到原来气味中的恶臭味闻起来格外刺鼻，格外强烈，以至于掩盖了其他气味。整个洞穴有什么东西，加上被磨得近乎发光的地面，比我们之前碰到的任何恐怖，更让我们感到莫名其妙地困惑而恐惧。

前方不远处，通道异常规则，加上堆积的大量企鹅粪便，让我们消除了疑惑，从众多大小相等的洞口中找出了正确的路线。如果情况变得再复杂些，我们就得重新开始使用纸条做记号了，因为我们再也不能指望灰尘上留下的踪迹。我们又开始前进，用手电照看隧道两边的墙壁。突然，我们惊讶地停了下来，因为这段走廊里的壁画彻底发生了变化。我们注意到，在开凿隧道的时候，“旧日支配者”的雕刻艺术已经大幅度退化了，在我们身后的那些壁画中，雕刻蔓藤花饰的工艺已经大不如以前。但现在，在远离洞穴更深的地方，雕刻艺术突然发生巨大变化，根本无法解释。这些壁画，无论是质量还是基本特征，都发生了极大的变化，而且雕刻工艺衰颓的程度是如此严重，如此惨不忍睹，以至于我们根据此前看到的壁画，根本无法想象出这些壁画居然衰颓到这种程度。

这种新出现的颓废作品雕琢粗劣、造型粗糙，完全没有对细节的精雕细琢。饰带壁画凿刻的深度有些夸张，和此前见到过的那些零零散散的漩涡花饰如出一辙，但浅浮雕的高度根本没有跟墙面的整体高度持平。丹福思认为，这是二次雕刻所致——即刮掉之前已经凿刻好的壁画重新凿刻。从本质上看，这些作品完全是用来装饰的，图案也都是常见的，由粗糙的螺纹和折角组成，大体上遵循着“旧日支配者”五分位的数学传统，不过，看起来不像是对传统的传承，倒像是拙劣的模仿。让我们无法释怀的是，在技巧的背后，某种微妙而又极其诡异的元素已经被融入到了审美感受之中——丹福思认为，正是这种元素导致雕刻者耗时费力地要把原来的壁画刮掉，用现在的壁画取而代之。这些壁画像我们迄今已经认识的“旧日支配者”艺术，但又令人不安地不同。这些大杂烩总让我想起罗马帝国时期那种丑得惨不忍睹的巴尔米拉[1]雕刻作品。我们在最具特色的漩涡花饰前的地板上发现了一节用过的电池，这表明，不久前肯定有人先于我们进入这条隧道，而且也注意到过这幅作品。

因为我们不能再花大量时间仔细研究，所以我们只粗略地看了一眼后，又继续前行。不过，我们还是频繁地用手电照看两边的墙壁，看看是否还有什么装饰性变化，结果，什么都没有发现。不过，因为墙壁上有许多通往地面平整的侧方隧道的洞口，所以，有些地方雕刻很稀少。尽管看到的企鹅越来越少，听到的企鹅叫声也越来越少，但我们还是觉得，我们隐隐约约听到它们在地球深处某个地方发出极为遥远的齐鸣

1 闪族古城，位于今天叙利亚霍姆斯省。考古发现，巴尔米拉始建于新石器时期，有文字记录的历史始于公元前 2000 年初期，公元 1 世纪，巴尔米拉被并入罗马帝国。

声。刚刚闻到的那种难以言表的恶臭变得更加刺鼻，使我们几乎闻不到另外那种说不出的味道了。前方冒出的一股股水汽表明温差越来越大，也表明距离巨大深渊、终日见不到阳光的海崖越来越近了。接下来，出人意料的是，我们看到前方光滑的地面上有一些障碍物（肯定不是企鹅），在搞清楚这些障碍物是静止不动的之后，我们打开了第二支手电。

十一

说到这儿，我又碰到一个很难讲下去的地方。此时此刻，我应该变得铁石心肠才对，但有些经历及其暗示对心灵的伤害太深，使心灵的伤口不但没法愈合，而且让我更加敏感，以至于记忆每每会唤起最初的所有恐惧。正如我所说，我们看到前方光滑的地面上有一些障碍物。这里不妨补充一点，我们两人几乎同时闻到的弥漫在四周异常强烈的恶臭中，现在很明显掺进了之前已经消失的那种东西发出的难以形容的气味。借着二只手电的光，我们看清楚了那些障碍物是什么。我之所以胆敢靠近它们，是因为即使相隔一段距离，我们也能看清楚，它们就像莱克营地里发现的从巨大星状坟墓中挖出的那六个标本一样，已经没有什么伤害力了。

实际上，这些标本，像我们之前挖掘出的大多数标本一样，已经残缺不全，但从标本上的深绿色黏液来看，残缺不全很显然是最近才造成的。这些标本看上去只有四个，但莱克在报告中说，这些标本至少有八个。此时此地，看到这些标本是我们始料未及的，我们很想知道，这个黑暗的洞窟里究竟发生了什么可怕的争斗。

企鹅一旦受到攻击，就会用自己的喙进行疯狂报复。此时此刻，耳朵告诉我们，在远处肯定有企鹅的栖息地。那种东西袭扰了企鹅的栖息地，而招致残忍的驱赶吗？从挡住我们去路的障碍物上，我们并没有看到这一点，因为与莱克解剖的坚韧组织相比，企鹅的喙几乎解释不了我们靠近观察后在标本上发现的惨烈伤口。再说，据我们观察，这些体型庞大、双目失明的鸟看上去性格格外温和。

难道是那种东西发生了内斗，而罪魁祸首就是不见了的另外四个？

果真如此，另外四个又去哪儿了呢？它们会不会就在附近，而且还可能会直接威胁到我们？我们非常勉强地继续慢慢靠近，忐忑不安地扫视着两边地面平整过的通道。不管发生了什么样的冲突，企鹅肯定是受到了惊吓，从而躲进了它们不太习惯游荡的区域。那么，这场冲突一定发生在深不可测的深渊中，距离企鹅栖息地不远的地方，因为没有迹象表明，这里有什么鸟栖息。我们猜想，也许曾发生过一场追逐打斗，弱势的一方试图跑回到贮藏雪橇的地方，而追赶者赶上来，把它们结果了。我们甚至想象出，难以名状的庞然大物之间疯狂地追逐打斗，吓得一大群企鹅在前面狂乱地叫着一路逃窜，冲出黑暗的深渊。

虽说我们是非常勉强地继续走近那些躺在地上、残缺不全的尸体的。但我们真巴不得压根儿就没走过去，而是在我们看到那些我们真真切切看见的东西之前，在我们的内心深受那种让我们此后永远无法正常呼吸的煎熬之前，以最快的速度往回跑，跑出那条滑溜溜的可恶隧道，逃离那些艺术品质已严重退化的壁画（此时此刻它们仿佛在做着鬼脸、嘲弄它们取而代之的原版壁画呢）。

我们把两只手电打开照着地上的东西，结果，我们很快发现了造成这些尸体残缺不全的主要原因。虽然它们曾遭到袭击、挤压、扭曲和撕裂，但它们相同的致命伤都是被斩首。每具尸体上带触角的海星状头都没有了。我们走近一看，发现斩首的方式更像是被残忍地撕掉或拔掉，而不是常见的砍掉。它们身上流出的一大摊恶臭的暗绿色黏液，淌得满地都是，但尸体发出的恶臭又被刚出现的一种更奇怪的恶臭味掩盖，这种恶臭味在这里比我们经过的任何地方都更加刺鼻难当。只有当我们距离地上的尸体非常近时，我们才能够找到第二种难以解释的恶臭味源自哪里。就在此时，丹福思突然想起了栩栩如生地描绘“旧日支配者”在距今一亿五千万年前二叠纪时期的历史，发出了一阵神经饱受折磨后的尖叫声，歇斯底里的尖叫声回荡在这个刻满可恶壁画的古老拱道里。

我自己也差一点儿尖叫起来，因为我也曾见过那些远古壁画，曾战战兢兢地欣赏着佚名艺术家的雕刻手法。壁画已经暗示我们，“旧日支配者”被发现时，残缺不全的尸体上也曾有一层令人惊骇的黏液。在那场以再征服为目的的大规模战争中，令人毛骨悚然的“修格斯”杀死了“旧日支配者”，并把它们吮吸成骇人的无头尸。即便是只讲述古代的往事，这些壁画依然是恶名昭彰、异常恐怖，因为人类不应该看到“修格斯”的所作所为，任何生物也不应该把这些东西描绘出来。就连写《死灵之书》的阿拉伯狂人也曾小心谨慎地发誓说，在这个星球上从来就没有什么“修格斯”，“修格斯”只不过是有的人吃了嗑药后胡思乱想出来的。无形的原生质团可以模仿和表现成任何形态、任何器官、任何动作，它们是鼓胀细胞组成的黏合体，是直径 15 英尺、极具可塑性和延展性的橡胶球体。它们是听从主人指令的奴隶，也是城市的建设者。随着时间的推移，它们越来越愠怒，越来越聪明，越来越具有两栖性，越来越具有模仿性！万能的主啊！是何种疯狂让该死的“旧日支配者”使用这种东西，又雕刻这种东西呢？

此时此刻，我和丹福思看着无头尸体上亮晶晶的暗绿色黏液，散发着令人可憎而又难辨、只有病态幻想才能想象其源头的恶臭，看着尸体上到处都是这种黏液，看着黏液附着在那面被重新雕刻过的可怕墙壁上那一系列圆点之间的光滑区域闪闪发光，这时，我们才真正感受到什么才是真正的超级恐怖。恐怖的原因并非是那四个失踪的东西，因为我们知道它们已不会再对我们构成威胁。可怜的魔鬼！相比它们的同类，它们并不坏。它们也是人，只不过属于另一个时代，另一个天地。大自然和它们开了一个可怕的玩笑（这种玩笑也会落到其他生物身上，因为疯狂、麻木和残忍的人类将来可能在这片弥漫着死寂的极地荒原上把它们给挖出来），而这就是它们悲剧性的宿命。

它们甚至一点儿都不野蛮。那它们究竟干了些什么呢？在那个天寒地冻的未知时代，它们非常可怕地觉醒过来——没准儿受到了长着皮毛的、疯狂吠叫的四足动物的攻击，于是失魂落魄地抵御着那些四足动物和那些装束和装备奇特的白色猿猴……可怜的莱克，可怜的格德尼……可怜的“旧日支配者”！直到最后，它们都没有放弃追求科学的精神——它们做了哪些换做我们是不会做的事情呢？天哪！那是什么样的智慧和毅力呀！就像壁画中它们的同类及其先辈面对难以置信的事物一样，他们面对的东西是多么难以置信啊！辐射动物、植物、庞然大物、星之眷族——不管是什么，它们肯定和人类一样具有智性。

它们曾穿越冰雪覆盖的山峰，它们曾在建有庙宇的山坡上顶礼膜拜，曾在树蕨丛中悠闲漫步。后来，像我们一样，它们发现了这座属于它们的死亡之城，也曾借助墙上的壁画了解过自己的历史。它们曾尝试与那些仍然活在传说中的黑暗深渊里但从未见过面的同类取得联系——它们又发现了什么呢？我们看着浑身都是黏液的无头尸体，看着重新凿刻的可怕壁画，看着尸体旁边由新鲜黏液组成的一组组恐怖圆点，明白了是什么取得了最后的胜利，而且一直栖息在企鹅聚集的黑暗深渊下巨大无比的海底城市中，这时，所有的一切都一股脑儿闪现在我和丹福思的脑海中。而此时此景，一股不祥的袅袅薄雾开始苍白无力地从深渊中冒了出来，仿佛在回应丹福思歇斯底里的尖叫声。

我和丹福思认出可怕的黏液和无头尸体后，吓得呆若木鸡，犹如缄默不语、一动不动的雕像，直到后来，通过交谈，我们才知道我们两人当时的想法居然完全一致。我们在那里站立了似乎有数千万年，但实际上，可能还不足 10 秒或 15 秒。那股可恶的苍白薄雾盘旋着向前涌动，好像被远处某个巨大物体向前推着走一样。紧接着，传来了一种声音，打乱了我们刚才的思路。于是乎，魔咒被打破了，使得我们沿着之前走过的那条小路上疯也似的撒腿就跑，跑过惊慌失措、嘎嘎乱叫的企鹅，回到那座地下之城，沿着冰下巨石砌成的走廊一路狂奔到空旷的圆形场地，疯狂而又不知不觉地爬上古老的螺旋坡道，去寻找外部世界那健康的空气和光明。

如我所说，刚才听到的声音打乱了我们的思路，因为正是可怜的莱克解剖过的东西让我们把这种声音归于那些我们以为已经死亡的生物身上。丹福思后来告诉我，那就是他在冰层上面那个小巷拐角处听到的声音，只是当时太模糊，听不太清楚。当然，这种声音和我们在山顶洞穴周围听到的狂风怒号声也非常相似。虽然有人会觉得这很幼稚，但我还是要补充一点，因为，在这一点上，丹福思和我的感觉惊人得一致。当然，我们俩共同的阅读习惯让我们都能对这个声音做出解释，不过，丹福思此前的确提示过，产生这种声音的种种不确定且禁止传播的源头，早在一个世纪前创作《亚瑟·戈登·皮姆的故事》的时候，爱伦·坡没准儿就已经接近过。人们不会忘记，在那个怪诞的故事里，有一个与南极有关的陌生而又可怖的关键词，是生活在南极中心、像幽灵一样的雪白巨鸟没完没了的叫声。“啼剋慄——慄！啼剋慄——慄！”我不得不承认，那就是我们认为自己听到的声音——那种浑厚而又可怕的笛声，突然从不断前涌的白色薄雾后面传来。

在那个东西发出三个音符或音节之前，我们已经开始逃命了，但我们知道，“旧日支配者”迅捷的速度可以让任何一个在那场杀戮中幸存下来的、被尖叫声唤醒的追赶者瞬间追上我们，如果它真想这样做的话。但我们仍心存侥幸，希望我们没有招惹它们的行为，长相和它们类似等原因，也许让这种生物万一抓到我们，也不会杀死我们，哪怕仅仅是出于科学的好奇心呢。要知道，这样的生物如果觉得自己没有受到威胁，是不会伤害我们的。在这个节骨眼儿上，躲藏是没有用的。于是，我们一边跑，一边用手电照看了一眼，发现那团迷雾正在渐渐散去。难道我们最后会看到这种东西完整的活标本吗？这时，又传来了那极富乐感的笛声——“啼剋悚——悚！啼剋悚——悚！”

紧接着，我们突然发现，其实没有什么东西在追赶我们，那个东西没准儿是受了伤。但我们不敢冒险，因为它显然是听到丹福思的尖叫声才向我们靠近的，而不是要逃脱其他什么东西。时间紧迫，不允许有丝毫怀疑。至于那些更无法想象、更无法提及的噩梦——那些浑身散发着臭味、满嘴喷出黏液又从没有人见过的原生质庞然大物；那些征服了这个巨大深渊，而后又派遣陆路开拓者蠕动着穿过洞穴并重新凿刻壁画的怪物——在哪里，我们根本无从得知。一想到要把这个可能已经跛了腿的“旧日支配者”（八成还是一个孤独的幸存者）置于再次被抓的危险而后再面对未知的命运，我们心中就有说不出的痛。

谢天谢地！我们丝毫没有放慢脚步。翻卷的薄雾再次变浓了，而且在加速向前逼近。落在我们身后的企鹅，此时似乎迷了路，没命地嘎嘎乱叫，表现出一副惊恐万状的样子（刚才我们从它们身边跑过时，它们还表现得有点儿茫然呢），这让我们非常惊讶。那浑厚而又可怕的笛声再一次传来——“啼剋悚——悚！啼剋悚——悚！”我们一直都弄错了。那东西并没有受伤，只不过是在看到同类躺地上的尸体和浑身的黏液时停下了脚步。我们可能永远也不会知道这一幕对它究竟意味着什么，但从莱克营地里看到的那一幕，我们得知，这种生物对死者是非常重视的。借着一直开着的那支手电，我们看到，前方就是开阔的洞穴，这里是许多通道交汇的地方。看到马上就要离开这些恐怖的重刻壁画（即使不看，也能感觉到它们的存在），我们感到由衷的高兴。

开阔洞穴的出现让我们又产生了一个想法，在这个令人晕头转向、许多大型通道交汇的地方，我们也许可以躲过那东西的追捕。在开阔的洞穴里，有几只失明的白化企鹅，很明显，它们对那个即将到来的东西充满了无比的恐惧。如果当时我们把手电调暗到走路所需的最低限度，只照着我们的前方，薄雾中那些大鸟惊恐的尖叫声也许会掩盖我们的脚步声，掩藏我们的真实路线，并设法将追赶者引到错误的方向。在翻腾盘旋的薄雾笼罩下，那条地面上布满了碎石、暗淡无光的主隧道，跟其他磨得铮亮可怖的通道，基本上没有什么明显的差别。壁画告诉我们，“旧日支配者”具备某些特殊的感觉（虽说还不太完美），能让它们在紧急情况下可以一定程度上不依赖于光。但据我们判断，即便是这样，它们恐怕也很难马上分辨出通道之间的差别。实际上，我们自己多少有些担心，唯恐慌乱之中误入歧途。当然，我们本来打算一直往前跑，回到那座死亡之城，因为在这些陌生的蜂窝状山麓迷宫之中，一旦迷路，后果不堪设想。

我们最后活了下来，而且还抛头露面，这就足以证明那东西走错了路，而我们则靠上天庇佑，走对了路。只靠那些企鹅救不了我们，但加上迷雾，那些企鹅似乎真的救了我们。只有仁慈的命运才能让这些翻腾的迷雾在关键时刻达到足够的浓度，因为那团迷雾一直在不断涌动，而且随时有消失的危险。就在我们从那条有重刻壁画的隧道走进洞穴之前，这团水雾的确消散了片刻。于是，我们调暗手电，混迹于企鹅群中，希望能躲过追赶。这时，我们绝望而惊恐地回头看了一眼，结果，我们真的第一次仿佛瞅见了那个即将追来的东西。假如庇佑我们的命运是仁慈的，那么，我们仿佛瞅到的那一眼所带来的命运肯定是截然相反的，因为一闪而过、似是而非的一瞅，让我们看到了那个恐怖东西的部分轮廓，自此之后，它便一直萦绕在我们心头，挥之不去。

说起我们再一次回头张望的确切动机，那只不过是被追赶者回头张望以判断追赶者的位置和追赶路线时才有的本能而已，或者可以说是某个感官的下意识反映而已。在逃跑的过程中，我们所有的感观都集中在逃跑这个问题上，不可能去观察和分析种种细节。不过，即便是这样，我们隐藏的大脑细胞一定会对鼻孔传递给它的信息非常敏感。后来，我们意识到鼻孔传递给大脑的是什么了——我们逃离浑身覆盖着恶臭黏液的无头尸体，再加上追我们的东西离我们越来越近，按理说，我们闻到的气味应该有变化才对，但事实并非如此。在那些躺在地上的东西周围，闻到的是后来出现的、不久前还无法解释的那种恶臭，但到了这个时候，它本该在很多程度上被那种东西身上散发出的难以名状的恶臭味取代才对。但事实并非如此，后来出现的那种更难以忍受的气味现在不但没有越来越淡，而是随着时间推移，变得越来越浓了。

所以，我们（貌似同时）向后瞅了一眼，不过，很可能是一个人先往后瞅了，另一个人则是下意识地跟着往后瞅而已。就在我们同时往后瞅的时候，我们把两只手电光打到最亮，照着顷刻之间变淡的迷雾。之所以这样做，一方面纯粹是出于本能想看清那东西究竟是什么，另一方面则是不那么本能但又同样潜意识地想用手电的强光把那东西的眼睛晃花，再瞬间把手电光调暗，然后躲到前方企鹅群里。多么不幸的举动呀！就连俄耳甫斯[1]，甚至罗德之妻[2]，都不会为回头看那一眼而付出如此惨重的代价。那浑厚而又可怕的笛声又传来了，“啼剋慄——慄！啼剋慄——慄！”

我还是直接（尽管我无法容忍太直白）告诉读者我们所看到的东西吧！但在当时，我们觉得，我和丹福思两人之间都不愿意向对方说出来。就连读者此时看到的文字，都表现不出当时的场面是多么恐怖。那场面瞬间彻底击垮了我们的意识，以至于到现在我都纳闷，我们当时居然有闲情雅致去调暗手电光，冲进那条隧道，朝着死亡之城逃去。肯定是本能帮助我们渡过了难关（在这一点上，本能也许比理性更好），不过，如果真是本能救了我们，那我们付出的代价也太高了。至于理性，我们敢说差不多已荡然无存了。丹福思的精神完全崩溃了，关于接下来的经历，我记得的第一件事就是听到他神志不清地反复喊着一些歇

1 希腊神话人物。传说他的琴声能使神、人闻而陶醉，就连凶神恶煞、洪水猛兽也会在瞬间变得温和柔顺、俯首帖耳。

2 《旧约·创世记》第19章记载：上帝决定派天使毁灭罪孽深重的城市所多玛，天使催促罗德一家快出城，并吩咐无论发生什么事千万不要回头。但罗德的妻子按捺不住好奇心，回头一看，结果变成了盐柱。今人用“罗德之妻”来比喻那些好奇心过重的女人。

斯底里的话。除了疯疯癫癫的、无关紧要的话之外，作为孤立无援的人类，我根本听不出有什么东西。丹福思歇斯底里的疯话在企鹅“嘎嘎”的叫声中回荡，回荡着一路穿过条条拱廊，最后（谢天谢地）终于把空荡荡的拱廊抛在身后。他不可能是从一开始就疯话连篇的，否则我们就不可能活下来，也不可能盲目地拼命狂奔了。如果他紧张的反应出现些许偏差，会带来什么样的后果呢？一想到这个问题，我就不寒而栗。

“南站下——华盛顿站下——公园街站下——肯德尔站——中央站——哈佛站……”可怜的家伙不停地喊着远在数千英里之外新英格兰故土上从波士顿到剑桥的那段隧道中熟悉的站名，但在我眼里，这种煞有其事的叫喊，既毫不相干，又没有回家的感觉。我能感受到的只有恐怖，因为我心里很清楚，这种喊叫所暗示的是何等恐怖而又邪恶的东西。如果迷雾足够稀薄的话，在我们回头张望的那一刹那，我们本以为会看到一种可怕的东西正在朝我们飞奔而来，但关于那个东西，我们已经有了清晰的看法。我们所看到的是——因为薄雾确实稀薄得可怕——某种完全不同的东西，而且是更骇人和可憎的东西。它就是奇幻小说家所说的“不应该存在的东西”的现实版。如果打个最贴切易懂的比喻，这家伙就像我们从站台上看到的向你飞驰而来的地铁长龙——黑乎乎的巨大前部从远方的隧道里黑压压地涌了过来，上面星星点点闪烁着奇异的光彩，身体就像活塞塞满了气缸一样，塞满了整个隧道。

但我们并不是站在地铁站台上。就在那股散发着恶臭、黝黑发亮的可变形圆柱体穿过足有15英尺宽的隧道，从深渊中推出一股螺旋翻腾、越来越浓的水雾，向前涌来，而且速度越来越快的时候，我们正逃命呢。这个可怕而又无法形容的东西比地铁要大得多——那是一群原生质团的无形聚集体，自身发着微光；在塞满隧道的前端上，无数只眼睛就像泛着绿光的脓疱一样不断地生成和分解；它那塞满隧道的前端朝我们压了过来，碾碎了那些疯狂乱叫的企鹅，在它和它的同类扫得一尘不染、闪闪发光的地面上快速滑行。紧接着，又传来嘲弄般的可怕笛声——“啼剋慄——慄！啼剋慄——慄！”最后，我们想起了可怕的“修格斯”——“旧日支配者”只赋予了它们生命、思想和可塑的器官，但没有赋予它们语言，所以它们只能用一组组圆点来表达自己的思想——同样发不出声音，只能模仿昔日主人的声音。

十二

我和丹福思都记得我们进入那个有壁画的巨大半球形山洞之后，沿着之前的路线穿过死亡之城的巨大房间和走廊，但这些都已经彻底变成了支离破碎的梦，我们已经不记得当时做过什么决定、看到过什么，或者做过什么了。我们仿佛漂浮在模糊的世界、模糊的时空里，没有时间，没有因果，也没有方向。那个巨大的圆形场地上灰蒙蒙的日光让我们清醒了一些，但我们并没有靠近被藏起来的雪橇，也没有再看看可怜的格德尼和那只雪橇犬。此时此刻，他们已经躺在一座诡异而又巨大的陵寝里，我希望在这颗星球的末日来临之际，人们还是不要再去打扰他们。

在挣扎着爬上巨大的螺旋形斜坡时，我们第一次感到筋疲力尽、上气不接下气，这是在稀薄的高原空气中奔跑的结果。不过，在回到苍穹之下正常的外部世界之前，虽然担心身体会垮掉，但我们不能停下来。我们离开早已被埋葬的时代，似乎是明智之举，因为当我们气喘吁吁地爬上 60 英尺高的圆柱形远古建筑时，我们瞅了一眼身边连绵不断的史诗般雕刻。这些雕刻向我们再现了那个业已消亡的种群，在早期、尚未衰颓时代里的艺术。这就是“旧日支配者”五千万年前留给我们的诀别辞。

最后，我们爬了出来，突然发现自己站在一个倒塌的巨石堆上。西面耸立着一些较高石造建筑的弧形石墙；在东面，越过更多倒塌的建筑，可以看到巍峨高山之上阴森恐怖的山峰。南方的地平线上，极地低垂的午夜阳光投来红色的光芒，在参差不齐的废墟狭缝间若隐若现，与那些相对熟悉的极地风景相比，这座梦魇般城市那可怕的古老和死寂显得更加苍凉。天空中飘过一团乳白色的冰汽，让我们感受到刺骨的冷。于是，我们疲倦地放下在拼命狂奔中一直本能地抓住不放的工具袋，重新扣上厚厚的衣服，准备跌跌撞撞地爬下巨石堆，穿过饱经万古沧桑的巨石迷宫，朝着停放飞机的山麓走去。至于究竟是什么驱使我们逃离那个古老而又神秘的黑暗深渊的，我们谁都只字未提。

不到一刻钟，我们就找到了通往山麓的陡峭坡道（可能是古代的台阶），我们就是从这里走去的，从这里可以看到前面山坡上稀稀落落的废墟中间飞机那黑色的影子。向上爬了一半路程之后，我们停下来喘口气。这时，我们又回头去看下面纵横交错的巨石建筑，再次去看这些建筑在陌生的西方勾勒出的神秘轮廓。就在这时，我们看到远方的天空中已经没有了清晨的那种朦胧。那团翻腾的冰汽已经飘到了天顶，在那里，它那似乎在嘲笑我们的轮廓，似乎变成了某种奇异的图案，而又不敢把这种图案表现得太清楚或者太确定。

此时此刻，在这座怪诞城市后面最遥远的白色地平线上，隐隐约约矗立着一片妖里妖气的紫色尖峰，像针尖一样的山峰，在西方天空中诱人玫瑰红的映衬下，梦幻般地若隐若现。沿着依稀发光的边缘一路上行，是那古老的高原，昔日大河业已干涸的河道在高原上横贯而过，留下一条不规则的朦胧丝带。一瞬间，我们赞叹景色的那种广袤而又超凡的美，但随即，隐约的恐惧开始爬上了我们的心头。因为远方那条紫色的轮廓线只不过是这块禁地上的恐怖山脉而已，那里是地球的最高峰，也聚集着地球上的邪恶；那里隐藏着难以名状的恐惧和远古时期的种种秘密；雕刻家们不愿意刻画出它们的真实面目，因而都在有意识地去回避它们，向它们祈祷；地球上从来没有什么生物踏上过此地，只有不祥的闪电到访过，而在漫长的极夜里，这里的高原之上会发出奇异的光。毫无疑问，这就是卡达斯的原型，可怕的卡达斯生活在可怕睖原外的寒荒之中，就连原始神话都对此避而不谈。我们是看到它们的第一批人类——真希望也是最后一批。

如果这座史前城市里雕刻的地图和画面所描述的都是真的，那么这座神秘的紫色山脉就可能远在 300 英里之外，但它那诡异的轮廓，在远方白雪皑皑的天际，犹如一颗即将升入异空的异样星球的锯齿状边缘，却又依稀可辨。当时，这些山脉肯定是无与伦比地高耸入云，直插稀薄的大气层，只有气态的幽灵才居住在那里，以至于任何会飞的动物，一旦冲入这样的高度，都不可能活着去讲述自己的英雄壮举。看着山脉，我紧张地想起了壁画给我们的种种暗示。曾几何时，消失的大河是从那些该死的山坡上冲入这座城市的。此时此刻，我真想知道，在默默无闻凿刻壁画的“旧日支配者”所感受到的恐惧中，有多少是理性，又有多少是愚行。我回想起山脉北端靠近玛丽皇后地的海岸，在那里，甚至在当时，道格拉斯·莫森爵士的探险队无疑就在不足1000英里远的地方工作；但愿厄运没有降临到道格拉斯爵士和他的探险队队员身上，他们没有看到起保护作用的沿海山脉背后的东西。这样的想法说明了我当时过度紧张的程度，但丹福思的情况似乎更糟。

但是，在我们经过那片巨大的星状废墟之前很久，我们的恐惧就已经转移到了那片较小但又足够广阔的山脉上，因为我们接下来要再次穿越这片区域，才能回到飞机上。这片废墟遍地的黑色山坡从山麓上拔地而起，屹立在东方，轮廓分明而又阴森恐怖，再次让我们想起了尼古拉斯·罗瑞克笔下那些诡异的亚洲绘画。而当我们想起那些没有固定形状的可怕东西，想到它们浑身散发着臭味，没准儿已经蠕动着爬到了最高处已经被掏空的山顶上，我们不可能毫不惊慌地去面对再次飞越那片张着血盆大口、让人浮想联翩的洞口。狂风吹过山坡，那些洞口便发出极富乐感的可怕笛声。更糟糕的是，我们清晰地看到几处山顶上升起了团团薄雾——可怜的莱克早前肯定是把薄雾误以为是火山了——心惊胆战地想起了我们刚刚逃离的那团酷似的迷雾；想起了那个亵渎神灵、滋生恐怖的深渊，因为迷雾正是从那里来的。

飞机一切完好，我们笨手笨脚地穿上飞行时穿的厚重毛皮衣服。丹福思毫不费力地发动了引擎，然后平稳起飞，爬升到那座梦魇般城市的上空。在我们下方，远古巨石建筑就像我们初次见到它时那样，向四周延伸出去。我们开始爬升，开始测试风况，准备飞越那个山隘。在高空中，受到的干扰一定很大，因为高空中的冰尘云在不断变化，形容怪诞，但在我们飞越山隘的24000英尺高度，我们发现飞行还是行得通的。随着我们飞临突起的山峰，狂风发出的异样吼声再次变得清晰起来，我看到丹福思操纵飞机的双手在不停地颤抖。虽然我只是个业余飞行员，但我想，在那个时候，在山峰之间进行危险的穿越，没准儿我可能比他做得更好。所以，当我向他示意交换位置，替他操纵飞机时，他也没有反对。我拿出自己的看家本领并保持镇定，两眼盯着山隘两侧崖壁之间远处的淡红色天际，完全不去理会山顶上的冰尘，巴不得像驶离塞壬海岸的尤利西斯的勇士们[1]一样，用封蜡堵住双耳，不去听让人心神不安的风啸声。

不过，尽管丹福思已经从飞行任务中解放出来，但他已经让自己紧张到了危险的境地，没办法保持安静。我感觉他左顾右盼，扭来扭去，好像是回望渐行渐远的可怕城市，前瞻洞穴遍地、立方体结构林立的山峰，侧盼白雪皑皑、遍地城堡的荒凉山麓，仰视异云密布的天空。就在我奋力驾驶飞机穿过山隘的当儿，他疯狂地尖叫起来，彻底击碎了我牢固的自控力，让我顿时惊慌失措，胡乱拨弄起操控杆来，差一点儿造成无法挽回的灾难。刹那间，我的决断战胜了慌乱，我们安全通过了山隘，但我还是担心，丹福思恐怕再也不是从前的丹福思了。

我已经说过，丹福思不愿意告诉我，究竟是什么样的恐怖最后让他如此疯狂地失声尖叫，但我敢肯定，导致他现在精神崩溃的肯定非常恐怖。在我们到达山脉安全的一侧后，开始缓慢降落在营地上时，顶着狂风的怒号声和引擎的嗡嗡声，我们曾经大声叫喊着有过几段对话，但就跟我们准备离开那座梦魇般城市时一样，对话的内容大都是发誓要保守我们发现的秘密。我们约定，有些东西绝不能让人知道，也不轻易去谈论。现在要不是为了不惜一切代价阻止斯塔克韦瑟-摩尔探险队和其他人去南极探险，我也绝不会提起这些内容。为了人类的和平与安全，这样做绝对必要。人类不应该再踏进地球上黑暗的死亡角落，也不应该再深入到无法探知的深渊，以免唤醒沉睡的怪物，以免幸存下来的邪魔蠕动着大肆涌出黑暗巢穴，发动新一轮更大规模的征服。

丹福思一直暗示，最后那一幕恐怖景象就是一幅幻影。他说，那一幕恐怖景象与立方体建筑，以及我们飞越过的那些余音回荡、雾气缭绕、蜂窝状疯狂山脉上的洞穴都没有任何关系，只是魔鬼附体般的诡异一瞥，透过山顶上翻腾不止的云彩，看到了在西方紫色山脉后面的东西，连“旧日支配者”都退避三舍，害怕不已的东西。这很可能纯粹是此前经受种种压力而产生的一种幻觉，也可能是因为前一天在莱克营地

1　在古希腊典籍中，“尤利西斯”即是“奥德修斯”的拉丁语名字。荷马史诗《奥德赛》中记载，海妖塞壬是希腊神话中人首鱼身的怪物，专门坐在绿色的海岸上，以美妙的歌喉迷惑航海的人，而被歌声吸引而想登陆的人总是遭受死亡的厄运。奥德修斯让自己的勇士用封蜡把耳朵塞起来，不让他们听到歌声，从而躲过了塞壬的祸害。

附近亲眼目睹但又没有认出来的这座死寂之城的海市蜃楼所产生的错觉，但那一幕对丹福思来说是如此真实，直到现在他还备受折磨。

他偶尔会支离破碎地胡乱嘟囔着什么，比如，什么“黑暗的坑”啦！什么“雕刻的边缘”啦！什么“‘修格斯’的原型”啦！什么“五维的无窗立方体”啦！什么“无名的圆柱体”啦！什么“远古灯塔”啦！什么“犹格-索托斯”[1]啦！什么“原始的白色胶状物”啦！什么“星之彩”啦！什么“羽翼”啦！什么“黑暗中的眼睛”啦！什么“月亮梯”啦！什么“起源、永恒、不朽”啦！都是些非常离谱的玩意儿。但当他完全清醒时，他又会否认自己说过什么，并把自己的胡言乱语归咎于早年读过的恐怖奇书。确实，众所周知，丹福思是少数有胆量通读那本老掉牙《死灵之书》的人之一，多年来这本书一直都是锁着的，钥匙由大学的图书馆保管着。

我们飞越那片山脉时，高空中确实是雾气重重，翻腾汹涌。虽然我没有去看高空，但我能想象出冰尘的漩涡可能会呈现出奇形怪状。我知道，有时候，远处的景象会栩栩如生地被翻腾汹涌的云层反射出来、折射出来和夸张地放大出来，人的想象力又很容易对其添油加醋。当然，直到后来，丹福思的记忆又把自己以前读过的东西翻了出来，才使得他为那一幕恐怖景象添加了具体的内容。因为，我们知道，他那瞬间的一瞥不可能看到太多的东西。

但在当时，他的惊叫声只不过就是不停地重复那个来源再明显不过、简单而又疯狂的词句：

“啼剌犪——犪！啼剌犪——犪！”

（吴连春　译）

1　作者虚构的一个天体，据说呈现的形态是聚集在一起的发光球体。作者在《黑暗狂魔》中也提到了它。

时光魅影[1]

一

在经历了二十二年的梦魇和恐惧折磨之后，我仍然坚信，脑子里的某些印象都是神话传说惹的祸，所以不敢对1935年7月17日至18日夜里我认为自己在澳大利亚西部看到过什么东西打包票。我真希望自己的那次经历完全是幻觉，或者部分是幻觉——因为，说心里话，我有充分的理由证明那就是幻觉。但，现实却是如此可怕，以至于有时候我会觉得，希望总归是希望，不可能是实现。如果这一切都是真的，那人类就必须做好心理准备，接受对宇宙的种种看法，接受在沸腾的时间漩涡中人类自身的真实处境。不过，一提起这个时间漩涡，恐怕就会有人被吓晕了。人类还必须提防某种潜在的危险，这种危险尽管不会吞噬整个人类，却可能给有些胆大妄为的家伙带来骇人听闻而又难以想象的恐惧。正因为第二个原因，我才力劝其他人彻底放弃所有的尝试，不要再去发掘我的探险队曾经调查过的那些不为人所知的原始石造建筑遗迹。

如果我当时头脑清醒，那天夜里我的经历便是前所未有的。此外，这也有力地证明了，我曾经完全把它看成神话和噩梦。不幸中之万幸的是，此时此刻，我根本拿不出什么证据，因为在慌乱之中，我丢掉了本属于铁证的东西（如果真有这个东西，而且是从那个可怕深渊中带出来

1 《时光魅影》写于1934年11月至次年2月，首次发表在1936年6月的《惊异故事》上。

的）。我是独自一人经历这场恐惧的——到现在为止，我还没有告诉过任何人。我没有办法阻止别人去发掘，但也许是运气不佳，也许是风沙作怪，使得发掘者至今一无所获。现在，我必须明确说明——我之所以把它写下来，不仅是为了寻求自我心理平衡，而且也算是警告那些太把这篇文字当回事儿的人吧。

这几页文字——如果有的读者经常看科普杂志，对前面的几部分应该都很熟悉——是我乘船回家途中写的。我会把它交给我儿子，米斯卡塔尼克大学[1]的温盖特·皮斯利教授——在我很久以前离奇地患上失忆症后对我不离不弃的唯一家人，也是最了解我内情的人。每当我再讲起那个生死攸关的夜晚时，他也是这个世界上最不可能嘲笑我的人。启航前，我并没有告诉他，因为我觉得让他通过文字的方式了解事情的真相比较好。阅读与从容地反复阅读，会让他更信服，比我杂乱无章的舌头表达得要更清楚。我把东西交给他，他爱怎么处理就怎么处理——没准儿还会在他认为合适的地方加上几句评论，公开示人。但考虑到有些读者对前期的情况不太了解，我还是简明扼要地介绍一下背景吧。

我叫纳撒尼尔·温盖特·皮斯利。如果有谁还记得报纸上刊登过的关于上一代人的故事，或者六七年前心理学杂志上刊登过的信件和文章，那他肯定会知道我是谁，是干什么的。当时的媒体上到处充斥着关于我在 1908 年到 1913 年间离奇失忆的种种细节，大部分报道讲述的都是些隐藏在我居住的那个马萨诸塞州古镇背后的恐怖、疯狂和巫术。不过，我该早点儿告诉读者的是，无论是我的遗传基因，还是早年生活，都没有任何疯狂和邪恶的记录。考虑到那团突然从天外降临到我头上的阴影，说清楚这一点真的很重要。也许是几个世纪以来的阴云，让业已崩溃、谣言满天飞的阿卡姆显得格外脆弱，这地方似乎充斥着许多魑魅魍魉。虽然从我后来了解到的其他案例来看，这似乎有点儿站不住脚。但这里要说的重点是，我的祖先和家族背景都很普通。不管我身上表现出来的特质是什么，肯定跟家族背景没有关系，但究竟是从哪里来的，即使是现在，我也没办法说清楚。

我父亲名叫乔纳森，母亲名叫汉娜·（温盖特）·皮斯利，两人都

---

1 参阅《疯狂山脉》中的相关注释。

出身于黑弗里尔[1]身心健康的望族。我是在黑弗里尔位于金山附近波德曼街上的老宅里出生和长大的。直到1895年，我入职米斯卡塔尼克大学，当了一名政治经济学教员，才第一次去了阿卡姆。有13年多的时间，我日子过得平平淡淡、快快乐乐。1896年我和黑弗里尔的爱丽丝·基泽结了婚，随后我们的三个孩子，罗伯特、温盖特和汉娜，先后于1898年、1900年、1903年出生。1898年我晋升为副教授，1903年又晋升为教授。但对神秘主义或者变态心理学，我一直没什么兴趣。

1908年5月14日，星期二，我离奇地得了失忆症。这一状况来得太突然，但后来我才意识到，几个小时前，我曾有过短暂而又朦胧的幻觉——无序的幻觉因为从未有过，所以搅得我心神不宁——这肯定是我患失忆症的先兆。我头痛得厉害，进而产生了一种奇怪的感觉（这都是以前没有过的），总是觉得有什么人在想方设法占领我的思想。

记忆崩溃大概发生在上午10点20分。当时，我正在给大三和大二的学生上“政治经济学（六）：经济学的历史与走向”。我看到一些奇怪的影子在眼前晃来晃去，而且感觉到自己好像不是在教室里，而是置身于一个诡异的房间之中。我的思维和讲话偏离了授课内容，学生们也发现我很不对劲。紧接着，我重重地跌倒在椅子上，不省人事了，任由别人怎么呼唤，也无法唤醒我。当我苏醒过来，再次看到这个光天化日的平凡世界时，时间已经过了5年4个月零13天。

当然，别人告诉了我昏迷之后发生的事情。昏迷后，我被送回位于克雷恩大街27号的家中，并接受了最好的医护，但在长达16个半小时的时间里，仍没有任何苏醒的迹象。5月15日凌晨3点，我睁开眼，开口说话了，可是我说话的方式和语言把家人彻底吓蒙了。很显然，我已经不记得自己的身份，但不知什么原因，我似乎又很想知道自己的身份。我怪异地盯着周围的人，面部肌肉呈现出前所未有的扭曲状态。

就连说话，我都变得像外国人一样笨嘴笨舌。我的发音器官变得既笨拙又不稳定，措词也表现得异常呆板，就好像我是费尽周折从书本上学的英语一样。我的发音变成了芜杂鄙俗的外国腔，说出的成语似乎掺杂了怪异的古语和完全令人费解的表达法。说到这一点，20年后，当

---

1 美国马萨诸塞州艾塞克斯县的一个城镇。

时最年轻的那个医生回想起最具说服力的一个例子。因为在那之后的一段时间里，这样的词语居然开始流行起来，先是在英国，后来又传到美国。尽管这样的词语既错综复杂又无可争辩的新颖，但在最微不足道的细节上，却与 1908 年从阿卡姆镇上那个奇怪病人口中说出的神秘词语完全吻合。

与此同时，我的体力也马上恢复了，不过，很奇怪，我需要通过大量的训练，重新学习使用双手、双腿和其他器官。因为失忆症造成了这样或那样的身心障碍，所以在一段时间内，我仍被施以最严格的医疗。当我发现掩盖自己失忆的企图失败后，我只好坦然接受现实，变得急于了解各种各样的信息。事实上，在医生看来，我一旦接受了失忆症的现实，便马上对自己原来的身份失去了兴趣。医生注意到，我的精力主要用在研究历史、科学、艺术、语言和民俗的某些问题上——有些问题深奥得出奇，有些问题又简单得幼稚。我研究的许多问题都非常奇特，而且完全不在我的意识范围之内。

同时，医生还注意到，我莫名其妙地知晓许多几乎不为人所知的各种知识，而我似乎不愿意拿这种能力示人，反而更希望把这种能力隐藏起来。有时，我会无意中非常自信地提及已知历史范围之外、黑暗时代的一些具体事件——当我看到他们脸上流露出惊讶的表情时，我便赶紧打圆场，说这些事不过是说笑而已。有两三次，我还不经意地谈到了未来，着实把他们吓了一跳。不过，这种不可思议的举动很快消失了，但有的医生认为，这种举动之所以消失，不是因为这种举动背后的奇怪知识渐渐消失，而是因为我比以往更加小心了。其实，我就像从其他遥远国度来的勤奋游学者，仍在贪婪地学习我身边这个时代的说话、习惯和观点。

一经允许，我便经常去大学图书馆，一待就是几个小时。没多久，我又开始临时制定了一些旅行计划，到欧洲和美国各大学去听一些专业课程，但这样的举动在此后几年里也招来不少非议。我从来没有与学术界切断联系，因为我当时的情况许多心理学家基本上都知道。在课堂上，我被当作继发性人格异常[1]的典型案例，但有时候我会表现出令人

1 也称“类病态人格”，指由于中枢神经系统发生器质性病变后而出现的人格缺损，以及非中枢神经系统的病变等引起的人格变态。

匪夷所思的症状，流露出某种精心掩盖的嘲讽神情，这让站在讲台上的人困惑不解。

但说到知根知底的朋友，我真没有交几个。不论见到谁，我的一言一行总会让对方产生一种朦胧的厌恶感和恐惧感，就好像我的精神根本不健康一样。这种隐约而又可恶的恐惧感，在我和对方之间产生了挥之不去而又难以逾越的鸿沟。我自己的家人也不例外。自从我莫名其妙地醒来的那一刻起，我妻子就一直用极端厌恶和恐惧的眼神看着我，而且还信誓旦旦地对我说，我简直就是附在她丈夫身上的外星人。1910 年，经法院判决，我们离了婚，即便在 1913 年我回归常态之后，她还是不愿意见我。我的大儿子和小女儿也是如此，从那以后，我就再没见过他们。

只有我的小儿子温盖特似乎能克服我的变化所造成的恐惧感和排斥感。他确实感觉到我已经形同陌路，虽然当时只有 8 岁，但他坚信我会康复的。当我真的康复后，他找到了我，法庭也恢复了我对他的监护权。在此后的岁月里，他一直协助我进行相关的研究，而现在，35 岁的他，已经是米斯卡塔尼克大学的心理学教授了。但我对自己造成的恐惧一点也不感到惊讶——毫无疑问，1908 年 5 月 15 日醒来的那个生命，他的思想、声音以及面部表情根本不属于纳撒尼尔·温盖特·皮斯利。

关于 1908 年到 1913 年间的生活，我不想说太多，因为读者可以从那些旧报纸和科普期刊上（大部分是我万不得已才）公开的信息中窥见一斑。我拿到了原本属于我的资金，可以精打细算地拿着这笔钱悠闲自在地去旅行，到各种各样的学术中心去做研究。但我的旅行计划很与众不同，大部分都是到那些遥远而又荒凉的地方长途旅行。1909 年，我在喜马拉雅山待了一个月；1911 年我骑着骆驼走进阿拉伯半岛的原始沙漠，引起了不小的轰动。至于旅途中发生了什么，我永远也不可能知道。1912 年夏天，我包了一艘船，航行到斯匹次卑尔根岛[1]以北的北冰洋，但后来大失所望。1912 年下半年，我又花了几个星期的时间，独自一人挑战极限，跑到佛吉尼亚州西部巨大石灰岩溶洞展开了一次空前

1 挪威北部斯瓦尔巴列岛中最大的岛，也是唯一一个有人居住的岛，地处斯瓦尔巴列岛的最西端，毗邻北冰洋、挪威海、格陵兰海。

绝后的探险——那个漆黑的迷宫复杂得连自己回去的路都找不到。

我在各大学逗留期间，吸收知识的速度快得惊人，看起来继发性人格异常所具备的理解力要远远超过我原有的能力。我还发现，我的阅读和独立钻研的效率也高得惊人。一本书我可以一目十行、倒背如流，此外，我瞬间解读复杂算式的能力也高得惊人。有时候，媒体上会出现近乎令人厌恶的报道，说我影响了其他人的思想和行为，但我已经尽可能不表露出这种能力了。

还有一些令人讨厌的报道说，我和某些秘密团体的头头脑脑过往甚密，而学者们则怀疑我与上古世界的某些可恶祭司有关系。这些流言蜚语虽然当时没有人去求证，但我借阅图书的记录无疑变相地为这些流言蜚语的传播起了推波助澜的作用，因为一个人去图书馆查阅善本，是不可能不让人知道的。但确凿的证据——以批注的方式——表明，我无时无刻不在阅读一些禁书，比如，德厄雷伯爵的《食尸教典仪》，路德维希·普林的《蠕虫的秘密》，冯琼兹的《无名祭祀书》，晦涩难懂的《伊波恩之书》[1]现存残本，以及阿拉伯狂人阿卜杜勒·阿尔哈兹莱德所著的恐怖典籍《死灵之书》。无独有偶，在我发生诡异突变的那段时间里，的确有一股地下邪教势力在秘密活动。

1913 年夏天，我开始表现得有些厌倦，对接触到的知识逐渐失去了兴趣，同时开始向交往过的同僚暗示，我身上不久就会发生变化。我对人说，我早年生活的记忆正在恢复，但大多数人并不信，因为我所有的记忆都是偶发性的。关于这一点，我在先前的私人文件里曾经提到过。大约在 8 月中旬，我回到阿卡姆，重新打开了我在克雷恩大街空关已久的房子。在家里，我用美国和欧洲各科研机构制造的零件，组装了一台异常古怪的机械装置，小心翼翼地不让能看懂它的人看到它。看到这个装置的人——一个工人，一个仆人，还有新来的管家——告诉我，那个奇形怪状的东西虽然只有 1 英尺长、1 英尺宽、2 英尺高，但却是许多棍子、轮子和镜子组装在一起的。安装在中心的镜子是一面圆形的凸透镜。所有的零件上都能找得到制造厂商。

9 月 26 日，星期五晚上，我把管家和女仆都打发走了，让他们第

1 以上几本所谓的禁书及其作者都是洛夫克拉夫特或布洛克自己杜撰，或根据其他惊悚小说杜撰的。

二天中午再回来。直到深夜，家里都灯火通明，一个身材消瘦、皮肤黝黑、模样长得像外国人的男子开着车来到我家。家里的灯光大概一直亮到凌晨1点。凌晨2点15分，一个警察发现我家的灯灭了，但陌生人的汽车还停在路边。直到凌晨4点，那辆车不见了。早上6点钟，一个操着外国腔的人吞吞吐吐地打电话给威尔逊医生，请他到我家来，把我从一种罕见的昏迷中叫醒。后来经查证，这个电话——一个长途电话——是从波士顿北站的一个公共电话亭里打来的，但那个身材瘦弱的外国人从此便人间蒸发了。

医生来到我家之后，发现我坐在客厅里的一张安乐椅上，已经不省人事，旁边还有一张桌子。光洁的桌面上有几道划痕，说明桌子上曾放过什么重物。那个奇怪的装置不见了，而且此后再也没有听到它的下落。毫无疑问，那个皮肤黝黑、身材消瘦的外国人把它拿走了。书房的壁炉里全是灰，很显然，那是我患失忆症后写下的所有材料烧完后留下的。威尔逊医生发现，我的呼吸非常奇怪，在给我打了一针之后，我的呼吸才变得均匀了。

9月27日上午，11点15分，我变得异常躁动起来，一直像戴着面具一样的脸也终于有了表情。威尔逊医生发现，那种表情不属于继发性人格异常，倒更像正常的我。大约11点半，我发出了一些非常怪异的音节——这些音节听起来与人类的语言根本不搭界。同时，我的举动似乎在表明我在拼命挣脱什么东西的纠缠。后来，到了下午——管家和女仆同时回来了——我又开始能用英语喃喃自语了。

“——身为当时正统的经济学家，杰文斯[1]代表的是经济朝着系统关联发展的主流。他一直尝试着把经济循环中的繁荣与萧条跟太阳黑子的活动周期建立某种关联，他的这种尝试没准儿会登峰造极地——”

纳撒尼尔·温盖特·皮斯利回来了——在他的时间坐标上，时间仍然停留在1908年星期三早上的那节经济学课堂上。当时，他正聚精会神地盯着讲台上破烂不堪的教桌。

1 英国经济学家和逻辑学家。在其著作《经济危机与太阳黑子》一书中，杰文斯对经济周期进行了全面分析之后认为，经济危机并不是随机事件，而是在危机爆发前就有可识别的先兆。为了澄清这一概念，他提出了经济周期与太阳黑子有关的统计研究。其论据是，太阳黑子影响天气，而天气又影响农作物生产，农作物生产又引发经济变化。

二

回归正常生活是一个痛苦而又艰难的过程。失去的五年多时间所带来的各种问题，远比我想象的要复杂得多。对我来说，需要去重新适应的东西数不胜数。每次有人对我讲起我 1908 年以来的所作所为，让我既惊讶又不安，但我还是尽可能泰然处之。最后，我重新获得了对小儿子温盖特的监护权，和他在克莱恩街上的房子里安顿下来。与此同时，学院非常爽快地恢复了我原来的教授职位，我也努力重拾自己的教学工作。

我从 1914 年春季学期开始工作，但只坚持了一年。直到这个时候，我才意识到我的经历对我产生了多么严重的影响。虽然我的精神完全正常——希望如此——而且我本来的性格也没有瑕疵，但我已经失去了往日充沛的精力。各种朦胧的梦境与奇怪的念头总是徘徊在心头，挥之不去。虽然第一次世界大战的爆发让我的心思回到了历史上，但我发现，自己在用一种最离奇的方式思考各个历史时期和历史事件。我对时间的概念，对历史事件连贯性和并发性的区分能力——似乎被搅乱了，以至于我时不时会产生荒唐的念头：我虽然生活在某个时代，但却把心思全部放在了过去或者未来。

战争给了我一种奇怪的感觉，让我回忆起许久以后战争的结局——就好像我知道战争的根源，而且可以借助未来的信息回顾战争一样。伴随似是而非记忆的是痛不欲生，我总觉得，有人专门对这种记忆人为设置了心理障碍。当我羞怯地向其他人透露我的感觉时，得到的却是各种各样的反应。有的人用不自在的眼光看着我，但数学系的人则在大谈相对论研究的新发展（当时只在学术圈里讨论），后来这些人都成了名人。他们说，阿尔伯特·爱因斯坦博士很快把时间简化到区区一个维度。[1]

1　1923 年春，通过对日食进行科学观察，科学家们证实了相对论。为此，洛夫克拉夫特大为不快。“这一切只不过是偶然、巧合和昙花一现的错觉而已，如果把苍蝇和杜尔斐山从这个星球移走，放到一个完全不同的时空连续体中，那么苍蝇可能会比大角星还大，杜尔斐山可能会比喜马拉雅山还高”（《书信选集》，第一卷，第 231 页）。但是，早在 1924 年，他曾把相对论看成是一种伪科学判断，直到 1929 年，他才将相对论融入自己的哲学体系。

但是，各种各样的梦境和乱七八糟的错觉一直在困扰着我，所以1915年我不得不辞掉工作。当然，这些感觉在逐渐呈现出令人反感的形态——让我一直认为，我的失忆症已经促成了某种邪恶的交换；继发性人格异常确确实实已经发生换位。为此，我一直在胡思乱想，去思考在另一个我占据我肉体的那几年里，真正的我究竟去哪里了。从别人那里，从报纸和杂志上了解到更多细节之后，我越来越感到不安，因为占据我肉体的那个我行为太诡异，知识面太稀奇古怪了。我身上的种种诡异虽然让其他人困惑不解，但倒是能跟在我潜意识深处溃烂的某种见不得人的知识沆瀣一气。我开始拼命搜集在暗无天日的那几年另一个我在学习和旅行中留下的蛛丝马迹。

但困扰我的并不都是这么抽象的东西。另外还有各种各样的梦境——这些梦似乎变得越来越清晰，越来越真实。我知道大多数人是怎么看我的这些梦的，所以，除了我儿子和几个信得过的心理学家，我基本上不对别人提起我做的梦。但为了搞清楚这种幻觉是不是失忆症的典型症状，我开始着手系统研究其他失记症案例。在心理学家、历史学家、人类学家以及经验丰富的精神病专家的帮助下，我认真研究了从充斥着魔鬼附身传统的远古时代到讲究现代医学的今天，以及人格分裂的所有档案资料，研究的结果最初与其说让我倍感欣慰，不如说更让我困惑不解。

我很快发现，在无数真实的失忆症案例中，根本找不到与我做的那些梦相同的档案记录。但有些零零散散的记录，几年来一直让我感到困惑和震惊，因为那些记录中所描述的现象与我的经历非常相似。有的记录的是古代民间传说，有的则是医学年鉴中的案例，还有一两则记录的是已经淹没在正史里的奇闻轶事。这些记录似乎表明，我遭受的这种折磨虽然非常罕见，但这种病例自人类有史以来每隔很长一段时间就会发生一次。有时几百年里可能出现一个、两个或者三个病例，有时几百年里一个也没有，至少没有记录。

这些记录的核心内容基本上是一样的——一个思维敏锐的人突然患上了继发性人格异常，在或短或长的一段时间里，稀里糊涂地过着一种完全异样的生活。刚开始时，发音和肢体动作会表现得非常笨拙，到后来，则表现为不加选择地学习科学、历史、艺术和人类学等方面的知识，而且学习的热情非常高，接受能力也超乎寻常地强。再后来，突然又回归正常人的意识，但以后一直断断续续地被一些模糊的梦困扰着，而这些梦总是在暗示一个人意识清醒时刻意抹杀的某种可怕记忆碎片。档案中记录的这些噩梦与我的梦非常接近，就连一些最微不足道的细节也是如此，这无疑让我觉得，这些梦明显具有某种程度的代表性。有一两个案例居然还有某种该死的似曾相识感，就好像我以前通过某种宇宙信道听到过一样，而这种宇宙信道太变态、太恐怖，让人连想都不敢想。另外，还有三个案例，专门提到了一种不为人知的机器，跟我在二次变化之前家里安装的那种一模一样。

在调查过程中，困扰我的第二件事是，档案中有更多这样的情况，那就是，没有被确诊为失忆症的人也会经常短暂而捉摸不透地看到一些典型的噩梦。这些人大多数都是头脑平庸的普通人，甚至连普通人都算不上——有些人的头脑简直就是尚未开化，让人很难想象他们具备获得超常知识和超常思维的能力。这些人都是短时间内饱受某种外力的折磨，到头来则是慢慢退化，充满恐惧的记忆消失殆尽。

在过去半个世纪中，这样的案例至少有三个——最近的仅仅发生在 15 年前。难道自然界中有什么东西从某个意想不到的深渊中爬出来，穿越时空盲目摸索什么吗？这些模棱两可的案例，难道是头脑清醒的什么人所做的既变态又阴险的试验？这就是对我患失忆症的无端猜测，没准儿是我研究得出的种种谬论催生出来的幻想。我深信，某些流传已久的远古传说，无论对近期的失忆症患者，还是对治疗失忆症的医生，都是陌生的，但这些失忆症患者居然和我一样，在失忆期间居然能非常准确而又详细地描述出来。

这些梦境与印象变得越来越纷乱，但要说这些梦境和印象的真实性，时至今日，我仍然没有勇气说出来。这些梦境和印象似乎充斥着疯狂的味道，有时候我真的以为自己疯了。是不是有一种特别的错觉折磨失忆症患者？一个人的潜意识在竭尽全力利用似是而非的记忆填补令人费解的记忆空白时，很可能会产生一些奇思幻想，这倒是可以理解的。这的确是许多精神病专家的看法——虽然民间传说中的非主流观点，在我看来，似乎更加可信，但正是这些专家帮助我寻找跟我类似的案例，而且在看到跟我完全一样的案例时，表现得跟我一样困惑不解。专家们并没有把这种状况看成真正的精神病，而是把它归为神经性障碍。按照最佳心理学原理，对于我查找和分析而不是劳而无功地去摆脱和忘记这种神经性障碍的过程，医生打心眼里表示认同。因此，在另一个我占据我的肉体期间，我尤其看重医生的意见。

最初让我不安的，并不是视觉上的东西，而是我先前提到过的更为抽象的东西。此外，我自己还有一种难以言表的巨大恐惧感。很奇怪，我逐渐害怕看到自己的形体，就好像在我的眼睛里，我的形体完全变成了不可思议、令人厌恶的怪物。每当我低头看自己，看着那个自己所熟悉的身穿灰色或蓝色衣服的人形，我总是莫名其妙地感到如释重负，但为了得到这种感觉，我必须努力克服极大的恐惧心理。所以，我只好尽量不去照镜子，而且总是到理发店去刮胡子。

过了很久，我才把这些沮丧的情绪与脑海里闪现的短暂幻影联系起来。起初，我觉得这与我的记忆遭到外来和人为施压的那种异样感觉密不可分。我认为自己所经历的这些片段有某种深刻而又可怕的含义，而且与我自己有着可怕的联系，但有一股力量却在刻意地阻碍我，不让我去弄清楚那种含义与联系。随之而来的便是，时间发生了错位，使我无法将碎片化的梦境置于适当的时空之中。

碎片化的梦境最初只是让人觉得莫名其妙，但并不可怕。在梦境中，我似乎置身于一个巨大的拱顶房间里，房间里竖着一根巨大的石柱，石柱非常高，乃至于顶端都消失在头顶上的黑暗之中。众所周知，不论何时、何地、何种场面，拱顶结构完全是罗马人的做派，而且非常普遍。还有巨大的圆窗，高高的拱门，基座居然有普通房间那么高。贴墙排放着的是巨大的黑木书架，上面摆放着体积庞大的书籍，书脊上印着陌生的象形文字。暴露在外的石柱上有稀奇古怪的雕刻，这些雕刻无一例外地是由曲线组成的数学图案，还雕刻着和那些体积庞大的书上一样的铭文。这座深色花岗岩建筑属于另类巨石建筑风格，一排排底部为凹面的石层安放在顶端呈凸面的石块上。房间里没有椅子，但巨型的基座上散放着书籍、报纸和一些看似文具之类的东西——几个造型奇特的紫色金属罐，还有一头沾满颜料的棍子。虽然基座很高，但有时我似乎还能低头去俯视。在有些台座上，摆放着可以发光的巨大水晶球，权当照明的灯具，另外还有一些由玻璃管和金属棒组成、外观很难描述的机器。窗户是用敦实的窗条隔成的格子玻璃窗。尽管我不敢靠近窗户往外看，但从我站的位置，仍然能看见窗外随风摇曳的蕨类植物。地板是用巨大的八角形石板铺成的，房间里既没有地毯，也没有帘布之类的东西。

后来，我梦见自己掠过巨石铺设的走廊，在巨石建筑中那些巨大的坡道上走上跑下。但所到之处，根本没有楼梯，也没有宽度小于 30 英尺的通道。在我飘过的建筑中，有的高耸入云，足有几千英尺高。下面是好几层黑咕隆咚的地窖，以及从未打开过的活板天窗，这些天窗都用金属条密封死了，隐约暗示着某种特别的危险。在这里，我就像一个犯人，所看到的一切都蒙上了一层恐怖色彩。我觉得，仁慈的无知如果不时刻保护着我的话，墙上那些仿佛在嘲笑我的曲线象形文字肯定会摧毁我的灵魂。

再后来，我的梦境里又增加了从巨大的圆窗和屋顶平台望出去的远景：造型奇特的花园，无垠的荒原，以及坡道顶端连接的扇形女墙。还有数不胜数的庞大建筑，每一座建筑都有自己的花园，矗立在道路两旁，跨度足有 200 英尺。这些建筑虽然外观各异，但面积多数都大于 500 平方英尺，高度也大都高过 1000 英尺。许多建筑看上去无边无际，以至于让人觉得，这些建筑临街的那一面以前肯定有几千英尺长。有些建筑甚至像山一样高，直插雾蒙蒙的灰色苍穹。这些建筑的主体似乎是石头或者混凝土建成的，而且大多数都呈现出曲线奇特的石造建筑风格，这种风格在囚禁我的那座建筑上表现得格外明显。房顶多为平顶，而且还有花园，房顶边沿上有扇形的女墙。有些房顶上还有露台和更高的几层建筑物，花园之间是宽阔的空地。宽阔的道路似乎有隐约移动的迹象，但在早期的梦境里，这些只是些模模糊糊的印象，并没有十分清晰的细节。

在有些地方，我还看到了耸立在其他建筑之上的黑色圆形塔楼。塔楼风格独特，到处都是历经沧桑和衰败的迹象。这些造型奇特的塔楼是用四四方方的玄武岩建造的，自下而上略呈锥形。所有塔楼只有大门，没有窗户，也没有其他的开口。我还注意到，一些低矮建筑的结构跟那些黑色圆柱体巨塔无异，在岁月的摧残下日渐颓败。在这些诡异的建筑群周围，就像密封的活板天窗一样，弥漫着一种难以言表而又浓郁的恐怖气息。

随处可见的花园诡异得吓人。花园里，宽阔的道路两旁摆放着形容古怪的石雕，石雕周围便是遮天蔽日的奇花异株。这些奇花异株看上去都是些蕨类植物——有的是绿色的，有的则是瘆人的菌白色。在蕨类植物中间矗立着芦木一样千奇百怪的植物，这些植物像竹子一样的树干直冲云霄，高得让人难以置信。此外，还有一簇簇像苏铁一样的植物，奇形怪状的墨绿色灌木，以及松柏类树木。呈各种几何状的花坛里绽放着各种各样的花，但大部分都藏在绿叶之中，花也长得很小，而且色彩黯淡，根本看不出是什么花。一些露台和楼顶花园里有更多、更大的花，但这些花也是最令人不快的花，而且看上去是人工栽培的。那些大小、外形和色彩都不可思议的菌类植物拼成各种各样的图案，似乎在向人述说着某种鲜为人知而又非常成熟的园艺传统。地面上的花园更大，这些花园似乎有人在刻意维持"大自然"的参差不齐，但在屋顶花园里种植的植物则是主人刻意选择的，因而更具园林艺术的味道。

天空中几乎总是又潮又阴，有时候我似乎还亲眼目睹了几场大雨。不过，偶尔也会看到太阳（看上去大得出奇）和月亮，但月亮上的纹路与平时看到的有些不同。至于不同之处在哪里，我一直没能搞懂。极少数情况下，夜空清澈剔透时，我还看到许多星云，但这些星云大多数都不认识。对已知星云的模样，我知道个大概，但梦境中的星云很少与现实中的星云完全相同。从我能认出的那几块星云的位置判断，我觉得自己肯定是在地球的南半球，靠近南回归线的什么地方。远方的地平线总是雾气重重，朦胧难辨，但我还是能够看到，城市外面一片片长满不知名树蕨、芦木、鳞木[1]、封印木[2]的开阔丛林，奇幻般的树叶在缥缈的水汽中随风摇曳，仿佛在嘲笑路人。天空中时不时会有移动的迹象，但最初，在我的幻象中根本看不清楚。

到了 1914 年秋季，我开始断断续续地梦到自己莫名其妙地飘在城市上空，或穿越城市周边的地区。我看到一条条漫漫长路，穿越一片片

1　与石松类物种有关的一种血管状原始树木，已灭绝。该物种的高度可达 30 米，树干直径往往超过 1 米，盛于大约 360 万年到 300 万年间的石炭纪。

2　一种已经灭绝的长芽孢树木，属于石松科，但更接近水韭纲。

树干斑驳剥离、凸凹不平的可怕森林，掠过一座座跟不断萦绕在我心头的那个城市一样奇怪的城市。我还看到诡异建筑耸立在永远笼罩着朦胧暮光的丛林空地上，这些建筑要么是黑色，要么是彩虹色。我走过沼泽上的长堤，沼泽地里昏天暗地，我只能看出一点高高矗立在湿地里的植物。有一次，我还看见一片绵延无数英里的区域，整个区域里散落着饱经沧桑的玄武岩废墟。从废墟判断，这些建筑跟过去萦绕在我心头的城市里无窗圆顶高塔建筑是一样的。还有一次，我还看见了大海——一片无边无际、雾气重重的辽阔水域，从拱门和穹顶林立的巨大城镇上的巨石码头延伸出去。在那片水域上空，总让人觉得有一种无形的巨大阴影在移动，而在水面上，时不时会有喷泉间歇喷涌而出。

三

如我所说，这些异想天开的梦幻景象并不是一开始就令人恐惧。当然，许多人天生就会梦到比较怪的东西——这些东西由日常生活、画面、空间和阅读等毫不相干的碎片组成，在反复无常的睡梦中按照离奇的方式排列出来。虽然我此前并不频繁做梦，但有一段时间，我还是把这种幻象当成自然而然的现象。我对自己说，梦中的许多模糊异象肯定来源于多得数不清的琐事，但有些梦似乎反映了关于植物的某种书本知识，以及一亿年前和五百万年前世界的原始状态——二叠纪或三叠纪的世界。但几个月之后，恐惧的程度似乎在加剧。正是从这时候开始，梦境便不断呈现出记忆的特征，而我的大脑也开始把这些梦与我无缘无故日趋增强的焦虑联系起来——记忆受阻的感觉，对时间概念的异常认识，以及 1908 年至 1913 年间与我的继发性人格异常发生互换的可怕感觉，还有再后来，我对自己产生了莫名其妙的憎恶感。

而正当我的梦境中开始出现某些明确的细节时，这些梦带来的恐惧感也开始成千倍地增加——直到 1915 年 10 月，我才觉得自己必须采取行动了。也就是这个时候，我开始深入研究患有失忆症及其幻觉的其他案例，因为我觉得自己可以借此找出困扰自己的具体问题，进而彻底摆脱情绪上的纠缠。然而，就像前面提到的，结果最初几乎完全相反。让我极度不安的是，经过深入研究，我发现自己的梦和其他案例中记载的梦几乎完全一致；尤其是对有些失忆症患者的描述，在时间上太久远了，让人很难相信他们具备什么地理知识，换句话说，很难相信他们了解原始地貌。此外，许多记录都提供了可怕的细节和说明，描述患者所看到的巨大建筑物和丛林花园等等。那些真实的景象和模糊的印象就已经够糟的了，可是还有一些患者要么暗示，要么明说的话，更是充满疯狂与亵渎神灵的气息。最糟糕的是，这些记录唤醒了似是而非的记忆，让我想起了那些较为温和的梦境和即将来临的启示。但大部分医生都认为，我的情况总体上还算是好的。

我系统学习了心理学，受我这股劲头的刺激，我儿子温盖特也系统学习了心理学——他所付出的努力最终让他成为心理学教授。1917 年到 1918 年，我在米斯卡塔尼克大学专修了几门课程。与此同时，我跑遍了天南地北的图书馆，开始废寝忘食地查阅医疗档案、历史和人类学文献，到最后甚至阅读一些讲述古代禁断传说的可怕书籍。对这些禁断传说，我的继发性人格异常曾经惴惴不安地感兴趣。有些记录禁断传说的书籍是我发生转变之后看到的。这些可怕的书上有许多页边注脚和明显的修改，所使用的语言和笔迹似乎不属于人类，这让我深感不安。

这些注脚和修改使用的语言，与书里使用的语言大部分是一样的。作者似乎能驾轻就熟地使用这些语言，只不过写下的东西明显带有学术味道。但令人吃惊的是，冯琼兹特所著的《无名祭祀书》上有一条注脚则不然。这条注脚是某种曲线象形文字，使用的笔墨与书中德文修改之处使用的笔墨相同，但却不是已为人知的人类书写方式。毫无疑问，这些象形文字跟我在梦中见到的文字非常接近。至于那些文字的意义，有时候我突然间以为自己知道，或者说差一点就能回想起来。为解答我的疑惑，图书管理员告诉我，从以往的查阅记录来看，这些书上所有的笔记肯定是我自己在处于继发性人格异常的状态时留下的。但这显然有悖事实，因为无论过去，还是现在，我根本不懂得书中使用的三种语言。

在把古代与现代、人类学与医学的零散档案拼凑起来的过程中，我发现了前后比较一致、融合了神话和幻想的内容，而其涉及的领域和疯狂程度更是让我茫然。唯一聊以自慰的是，这些内容最初都是以神话的形式呈现在世人面前的。我现在无从得知，知识的匮乏是如何把古生代和中生代的风景元素融入这些远古神话的，但这些元素确实存在。所以，形成这种根深蒂固幻觉的基础也存在。毫无疑问，失忆症患者首先营造了一个基本的神话框架，此后便借助想象，不停地对这个框架进行添砖加瓦，而这肯定对失忆症患者产生影响，使他们似是而非的记忆变得绚丽多姿起来。在失忆期间，我就读过和听过这些早期神话——我的研究也充分证实了这一点。那么，从我发生继发性人格异常开始，我的记忆巧妙地拖延下来的东西，使我后来的梦境和情感印象变得如此丰富多彩，如此一成不变，这难道不正常吗？有些神话与史前世界的晦涩传说存在着不容忽视的联系，尤其是讲述令人匪夷所思的时间鸿沟和构成现代通神学基础的印度传说。

远古神话和现代幻觉都有一种共同的假设，那就是：在这个星球大部分不为人所知的历史长河中，人类是——没准儿起码是——唯一高度进化且占据统治地位的族群。这些神话和幻觉还暗示，在人类的两栖类祖先三亿年前爬出热海之前，许多外形不可思议的东西就已经建成了通天高塔，深入研究过“大自然”的所有秘密。有的是从外星球来到地球的，有的跟宇宙一样古老，有的则是从地球上的微生物快速进化来的，而这些微生物比我们生命循环中最古老的微生物还要古老。那些神话天马行空地讲述了数十亿年的历史以及与其他星系和宇宙的联系。其实，在人类已知的观念中，根本没有时间之类的东西。

但大部分神话和认知讲的都是某个相对较晚的族群，形态诡异而且错综复杂，跟迄今为止科学已知的任何生命形态都不一样，但这个族群只生存到人类出现之前的五千万年前。据神话记载，这个族群就是至尊族，因为只有他们征服了时间的秘密。至尊族借助他们敏锐的思维穿越过去和未来，甚至穿越千百万年的无数鸿沟，学习每个时代的知识，学会了地球上已知的和未知的所有知识。正是至尊族的成就造就了所有先知们的预言，其中包括人类的神话体系。

在至尊族规模庞大的图书馆里，收藏的书卷和画册浩如烟海，都是记录整个地球历史的年鉴——记录过去和未来每个物种的历史和详细描述，而且完整地记录了每个物种的艺术、成就、语言，以及心理状态。具备了这种包罗万象的知识，至尊族从每个时代和生命形态中选择适合自己自然环境的思想、艺术和历程。过去的知识，因为是通过思维投射的方法从已公认的感观之外获得的，所以收集起来要比收集未来的知识更困难。

就收集未来的知识来说，整个过程则要更容易，更真材实料。借助相应的机械辅助设备，至尊者的心灵一边摸索着模糊的超感观通道，一边在时间通道中向前投射，直到接近它希望到达的时代。初步试探之后，这个心灵会占据那个时代生命形态中最容易发现也是最具代表性的最高级生命形态。它会进入这个生物体的大脑，创建自己的心灵感应，与此同时，被占领心灵则被打回占领者的那个时代，在建立逆转过程之前一直待在占领者的躯体里。接下来，在未来生物体的躯体里，被投射的心灵会披着该未来生物体的外衣，冒充其中的一员，并尽快学习所选时代一切能够学到的东西，进而获得大量的信息和技术。

与此同时，被占领心灵被打回占领者的时代和躯体，且被严加看管。要确保被占领心灵不能伤害它所占据的躯体，同时训练有素的审讯者还要把他的知识全部吸干。如果之前对未来的探索曾经带回过被占领心灵的语言，那么审讯者就会用被占领者的语言进行问询。如果至尊族无法复制被占领者的语言，那么它们就会制造一些灵巧的机器，就像用乐器弹奏音乐一样，用机器来播放这种陌生的语言。至尊族的外形都是形状不规则的巨大锥形体，身高达 10 英尺，头和其他器官连着 1 英尺厚的四肢，四肢的末梢可以向外扩张。四肢中其中两个肢体的末端连着巨大的爪子，它们就是通过爪子的刮擦和敲合来发出信息，进行交流的，在它们 10 英尺厚的庞大身躯的底部有一层黏性层，它们就是靠这个黏性层的伸缩来拖沓行走的。

当被占领心灵的惊愕和愤怒渐渐消磨殆尽之后，当被占领心灵对陌生的临时形体（假如被占领者的躯体与至尊者的躯体有很大差异）不再感到恐惧之后，便允许它学习和适应身边的新环境，允许它体验占领者才能体验到的奇观和智慧。在采取适当的预防措施，并以适当的服务作为交换之后，可以允许被占领心灵乘坐巨大飞艇或像船一样的原子动力飞行器，穿梭于宽阔的大路上，到占领者的世界里去逛逛；或者允许它到保存这个星球过去与未来所有文献的图书馆里随便学习。这些做法让很多被占领心灵逐渐接受了自己的宿命。地球不可思议的过去和令人眼花缭乱的未来漩涡（其中包括它们所处时代后面的数年）原本是秘不示人的，但鉴于被占领者都已经失去了敏锐的思维能力，所以揭开隐藏已久之秘密的面纱，对它们来说，也算是生命中至高无上的经历了，但揭开面纱的那一刻常常会让它们感到极度的恐惧。

有时候，被占领者会允许见见从未来抓来的其他被占领心灵——与活在它们生活的时代之前或之后一百年、一千年或一百万年的心灵交流思想。所有被占领心灵都要求用自己那个时代的语言拼命写东西，所写的东西全部存入庞大的中央典藏库。

需要补充的是，有一类比较特殊的被占领者，享有的特权要比其他大多数被占领者大得多，这些被占领者都是些垂死的永久流亡者。有些思维敏捷的至尊者在面临死亡时都会想方设法不让自己的思维灭绝，它们就会抓住垂死被占领者未来的肉体。此类可悲的流亡者并没有想象的那么多，因为至尊者的寿命减少了它们对生命的热爱——尤其是那些投射能力较强的心灵。从后来包括人类在内的历史中可以看出，许多人格变化后不再复原的案例，讲的都是选择将自己的心灵永久投射到未来的高龄心灵。

至于以探索为目的的一般情况，占领者的心灵学到了想学的未来知识之后，就会造一台类似当初起飞时的机器，展开反向的投射过程。这样，它就会回到自己所属时代，回到自己原有的躯体，而被占领心灵也会回到未来原本属于自己的躯体中去。在交换过程中，如果一方或另一方的躯体死了，复位过程就无法进行了。当然，如果出现这种情况，探索者的心灵——和那些逃避死亡的心灵一样——就不得不继续活在未来。或者，被占领心灵（像行将死亡的永久流亡者一样）就不得不待在至尊族的过去，以至尊者的形态寿终正寝了。

如果被占领心灵也属于至尊族，命运就不至于这么凄惨了。这种情况并非少见，因为从古至今，至尊族一直关心自己的未来。行将死亡的至尊者选择永久流亡的情况非常少，主要原因是行将死亡的至尊者若要取代未来的至尊者，势必会遭到极其严厉的惩罚。那些经由投射斗胆闯入未来陌生躯体内的心灵，将会受到严厉的惩罚，有些甚至强制实施再交换。探索者或被占领心灵被过去不同地域的心灵所取代是相当复杂的，这些复杂的案例大家都已经知道了，而且已经过认真的整理。在发现心灵投射现象之后，便有一群数量虽少，但名气很大的至尊者心灵，从古至今在每个时代都逗留一段或长或短的时间。

当一个被占领的外生物心灵获准回到自己未来的躯体时，会用一个复杂的机器对它施以催眠，并抹掉它在至尊族时代所学习到的所有知识——这是因为至尊族发现，向未来输送大量知识会产生非常棘手的后果。现存的少数几个在清醒状态下输送知识的案例均引起，或在已知的未来即将引起巨大的灾难。古老的神话中说，人类之所以掌握至尊族的情况，主要是因两例此类案例引起的。在现实中，从上古世界直接保留下来的东西，现在只剩下地处偏远地区和大洋深处的巨石废墟和可怕的《纳克特抄本》[1]残篇。

所以，回归本体的心灵回到自己所属的时代时，对于被占领后经历的一切，只有极为微弱和支离破碎的印象。能抹掉的记忆都给抹掉了，所以在大多数情况下，被占领者的脑海里，从第一次交换到回归本体的那段时间里，只留下一段笼罩的空白。有些心灵能回忆起来的东西比其他的要多，但把各种记忆拼凑起来，进而获得从过去到未来种种合理暗示的，则是少之又少。但从古至今的每个时代，各族群和教派大概都密藏着这样的暗示。《死灵之书》就描述了人类曾出现过这样一个邪教团体，这个邪教有时会协助那些心灵从至尊族时代穿越到万古时代。

与此同时，至尊族逐渐变得几乎无所不知，于是转而与其他星球上的心灵进行交换，探索其他星球的过去与未来。同样，至尊族的心灵企图去探索遥远太空中千百万年来死气沉沉的黑暗天体的过去和渊源，因为至尊族的思维传统就是从那个黑暗天体来的——至尊族的心灵要比它们的躯体古老得多。生活在行将死亡的古老世界中的生物，因为已经知晓了这个世界的终极秘密，曾经盼望拥有一个新世界和新族群，这样它们便可以活得更长。与此同时，它们也曾把自己的心灵全部送到最适合容纳它们的未来族群中去——这些圆锥形生物便是十亿年前生活在地球上的生物。由是，至尊族诞生了，而那些被投射回去的无数心灵则在陌生躯体中等死。后来，这个族群会再一次面临灭绝，不过，它们会再一次把自己最优秀的心灵再往前送到另一个未来中寿命更长的其他族群躯体中。

1 参阅《疯狂山脉》中的相关注释。

以上就是错综复杂的传说和幻想的背景。到1920年前后，我的研究已经基本成型，这时，我突然意识到，先前一直有增无减的紧张感得到了一丝缓解。尽管这些奇思幻想是由种种盲目的情绪引起的，但我的大部分症状难道不是可以轻而易举地得到解释吗？在失忆期间，任何机会都有可能把我的思维引向凶险的研究——所以我才阅读了禁断传说，而且还跟那些研究古邪教的人见过面。很显然，这样做也为我恢复正常记忆后产生的梦境和不安提供了丰富的材料。至于那些我不认识但由图书管理员放在我眼前、用象形符号和语言所做的旁注，在我发生继发性人格异常期间，我很可能会轻而易举地学会那么一点点语言。毫无疑问，那种象形文字只不过是我根据古老传说中的描述想象出来，之后又被编织进我的梦境中去的。通过跟那些著名的教派首领交谈，我力图证明某些关键的要点，不过，很可惜，迄今为止我还没能跟这些教派首领建立正常的联系。

有好几次，许多遥远时代的许多案例，就像刚开始那样，一起困扰着我，但我经过思考后发现，那些煽情的民间传说，在过去无疑要比现在更普遍。跟我症状相似的其他患者，长期以来都非常清楚我只有在继发性人格异常期间才知道的传说。当患者失去记忆时，他们在潜意识中把自己与神话中的生物——传说中应该占领人类心灵的那些入侵者——联系在一起，进而开始如饥似渴地学习各种知识，因为他们以为他们可以把知识带回想象中某个不属于人类的过去里去。接下来，在恢复记忆后，他们又把这个联想过程掉转过来，把自己看成是以前的被占领者，而不是占领者。因此，梦境和似是而非的记忆也就按照传统的神话模式进行编织了。

这种解释听上去虽然有些牵强，但最终还是在我的意识中取代了其他所有的解释，究其原因，主要是因为其他相左的解释都站不住脚。许多著名的心理学家和人类学家也都逐渐认可了我的观点。我越想越觉得自己的推理更有说服力。直到最后，我才找到了一个真正有效的壁垒，帮助我抵御那些仍在纠缠我的幻觉和认识。假如我在夜里真的见过什么奇怪的东西，结果会怎样？但事实是，这些东西只是我听人说过，或只在书上见过的。假如我真的有过什么奇怪的憎恶、奇特的看法和似是而非的记忆，结果又会怎样？同样，这些只不过是我在患继发性人格异常期间，从那些神话中所吸收的内容而已。我所梦见的一切和感受到的一切，都不可能有什么实际意义。

正是因为这种观点，即便幻觉（已经远远不再是抽象而模糊的感觉了）出现得越来越频繁，越来越呈现令人不安的细节，我仍感到极大的心理平衡。1922 年，我又一次觉得，自己应该去找份固定的工作，把我刚学到的知识派上用场，于是，我跑到米斯卡塔尼克大学谋到了一份心理学讲师的职位。我原来那份政治经济学教授的职位早就给人占了——再说，经济学的教学方法也跟我当时的教法大相径庭了。此时，我儿子温盖特刚刚考上研究生——学的就是他现在所从事的心理学专业——所以，我们在一起工作和学习了很长一段时间。

四

但我还是坚持认真记录我满脑子里如此密集而又栩栩如生的怪梦。我认为，这些记录作为心理学研究资料，还是有价值的。在那段时间，尽管我成功地摆脱了梦境的骚扰，但在梦境中看到的景象就像记忆一样挥之不去。在记录的过程中，我把梦中的幻象当作亲眼所见的事实，但在其他时间，我则把这些幻象当成夜里飘忽不定的幻觉置之不理。在跟别人的日常交谈中，我从来不提这种东西，但关于我的种种报道和报告，尽管已经过滤掉了这种东西，还是引起了我心理不健康的各种谣言。不过，这些谣言都是在外行人中传来传去，根本没有医学家和心理学界的精英，不禁让人觉得非常可笑。

在这里，我只讲 1914 年以后的几个梦境。至于更完整的说明和记录，我已经交给我儿子全权处理。很显然，随着时间的推移，记忆受压抑的那种奇怪感觉正在逐渐消失，相反，幻想的成分却大大增加。不过，这些幻想仍然只是支离破碎的片段，表面上看并没有什么明确的动机。在梦境中，我的自由活动空间似乎变得越来越大。我在许多诡异的巨石建筑间不断飘荡，沿着巨大的地下通道，从一个地方飘到另一个地方。这些地下通道就像是交通要道。有时候，我会在最底层看到一些密封的巨大活板天窗，在活板天窗周围总是笼罩着一种恐怖和戒备森严的气息。我还看见许多被镶嵌成棋盘花纹的大水池和形形色色的房间，里面摆满了无数不知派什么用场的奇怪工具。还有巨大的洞穴，里面摆放着复杂的机器，而这些机器，无论是外观还是用途，对我来说都是完全陌生的。在经历了多年的梦境折磨之后，我仍对机器发出的那种声音记忆犹新。这里，我需要强调的是，在那个梦幻世界里，我能体验到的只有视觉和听觉。

真正的恐怖始于 1915 年 5 月，那是我第一次在梦境中亲眼看到活着的生物。在此之前，我还没有从神话和案例研究中预感到会看到什么。心理障碍逐渐消除之后，我在建筑物的各个区域和下面的街道上，看到一团团薄雾。薄雾变得越来越清晰，越来越实在，到最后，我终于惴惴不安地看清了薄雾的诡异轮廓。它们看上去就像光芒四射的巨大锥体，约 10 英尺高，底部也有 10 英尺宽，整个锥体由一种有脊、有鳞且富有弹性的物质组成。从锥体的顶端伸出四个有弹性的圆柱体触肢，每个触肢的直径大约有 1 英尺，和锥体一样也有脊状物。这些触肢有时会几乎完全缩进圆柱体中去，有时会伸展长达 10 英尺。其中两个触肢的末端长着巨大的爪子或者蟹钳一样的螯状物。第三个触肢的末端有四个喇叭状的红色附属器官。第四个触肢的末端则长着一个不规则的淡黄色球体，直径大约有 2 英尺，在球体的中央分布着三只黑色的大眼睛。而在这个姑且称之为“头”的球体上长着四个纤细的灰色肉茎，每个肉茎又有像花一样的附属器官，而头下面则吊着八根浅绿色的触须或触手。中央圆锥体巨大的底盘周围，则是富有弹性的灰色穗状物，整个锥体就是靠穗状物的伸缩拖沓行走的。

除了外形的诡异，这些锥体的一举一动，虽然没有什么恶意，但还是让我惊恐万分——因为，看着这些庞然大物正在做只有人类才能做的动作，总觉得不舒服。这些庞然大物智能十足地在宽大的房间里忙来忙去，一会儿从书架上取下书来放到巨大的桌子上，一会儿又把书从桌子上拿起来放回书架。有时候，这些庞然大物甚至用脑袋上的绿色触手拿起一支特别的杆子，专心致志地写着什么。巨大的螯状物是用来拿书和进行交流的，它们之间的言语交流是通过螯状物的刮擦和敲击进行的。这些庞然大物根本不穿衣服，但在锥形躯干的顶上都挂着挎包或者背包之类的东西。尽管它们的头时不时会抬起或低下，但头和支撑头的圆柱体触肢一般都会放在锥体的顶端。另外三根圆柱体触肢，在不用的时候，一般会收缩到大约 5 英尺长，耷拉着放在锥体边上。从这些庞然大物阅读、写字和操作机器（放在桌子上的机器似乎多少与思维有关）的速度来看，我敢说，它们的智力要远远超过人类。

后来，这些庞然大物的身影便无处不在了：我看见它们在所有宽大的房间和走廊成群结队地蠕动，在拱形的地窖里操作庞大的机器，或是乘坐庞大的太空船驰骋在宽阔的公路上。我也不再害怕见到它们，因为它们似乎与周围的环境完全融为一体了。这些庞然大物之间的个体差异变得越来越明显，其中有些似乎受到了某种程度的限制。那些受限的家伙虽然外表上跟其他同类没有什么差异，但它们的举动和习惯，不但与大多数同类明显不同，就连与其他受限的也大不相同。在我朦胧的梦境中，那些受限的家伙写了很多东西，但使用的字符似乎大不相同——根本就不是大多数同类使用的曲线象形文字。我猜想，这些受限的庞然大物所使用的文字大概是人类所熟悉的字母文字。再说，它们中大部分行动起来都比大多数同类慢得多。

一直以来，我在梦中的角色似乎是一团空洞的意识，虽然视野比平常开阔，也能到处游荡，但范围总是被局限在普通街道上，而且行进速度也不快。直到 1915 年 8 月，我肉体上存在的种种暗示才开始不停地"骚扰"我。我之所以说"骚扰"，是因为刚开始纯粹是一种抽象的感觉，虽然非常可怕，但不过是梦境中的场面让我对自己的身体产生了明显的厌恶感。有一段时间，在梦境中我最关心的是，尽量不去低头看自己。此时此刻，回想起那些异样房间里居然没有巨大的镜子，真是让我感到欣慰。当时，我深受困扰的是：我总是从不低于桌子的高度去看那些大桌子——这些桌子至少有 10 英尺高。

后来，想低头看看自己的病态欲望越来越强烈，直到一天夜里，我终于忍不住了。我低头看了一眼，刚开始没看到什么。可是，不一会儿，我才发现，我之所以没看到，是因为我的脑袋原来长在一条奇长无比且富有弹性的脖子上。我缩回脖子，仔细往下看，发现自己变成了足有 10 英尺高、底盘 10 英尺宽的巨型圆锥体，浑身长满了鳞片和皱纹，而且散发出彩虹色的光芒。我尖叫着从睡梦的深渊中一下子惊醒过来，尖叫声吵醒了大半个阿卡姆。

这种噩梦一直持续了好几个星期，我才逐渐接受了我在梦中的诡异形象。现如今，在这些梦境中，我会在其他不明生物中自由活动，会从一眼望不到头的书架上取下可怕的书籍来阅读，还会坐在巨大的桌子前，用我头上耷拉着的绿色触须握着尖尖的笔，一连写上好几个小时。在梦中读过和写过的东西，醒来后有一部分我还能记得。那里保存的有关外星世界和外星宇宙以及一切宇宙之外无形生命的历史记载多得吓人。还有一些奇怪的文献，记录的是早在被遗忘的远古时代就已经在我们这个世界居住的生物；另外还有一些令人毛骨悚然的编年史，记录的是外形诡异的智能生物，在人类灭绝几百万年之后，仍能够生活在我们这个星球上。我还看到了记录人类历史的一些章节，这些章节今天的学者连想都不敢想。大部分书卷都是用象形文字写成的，但我则是借助嗡嗡作响的机器，用一种奇特的方式进行阅读。这些记录所使用的语言显然属于黏着性语言[1]，其字根系统跟所有的人类语言完全不同。其他书卷则是用别的未知语言写成的，我也能用同样奇特的方式学习。只有屈指可数的书卷是用我认识的语言写成的。穿插在文献中或独立成册的图画精妙无比，给我的阅读提供了很大的帮助。在梦中，我似乎从头到尾都在用英语记录自己所属时代的历史。不知怎么搞的，那些用未知语言写成的内容，我在梦中却完全能看懂。醒来之后，虽然整个历史不会忘记，但我只能记住一些细枝末节而又毫无意义的片段。

甚至在我清醒之后，开始研究类似案例和诱发梦境的古代神话之前，就已经知道，我周围的这些生物是这个世界上最伟大的族群，这个族群已经征服了时间，而且把负责探索的心灵送到每个时代。我还知道，我的心灵已经被强行拖离了自己的时代，而由另一个心灵在那个时代占用了我的躯体。而其他奇怪的形态同样藏着被占领的心灵。我似乎在使用敲击螯状物的方式，跟从太阳系各个角落放逐到这里的高智商生物交流。

我还记得，有一个心灵是从我们所熟悉的金星上来的，这个心灵能够活到未来的无数个时代，还有一个是六百万年前从木星的一个外围卫

---

1 语文学术语，指一种构词方法，由简单的词或根词结合构成复合词，既不改变原词的形态也不丧失原义。比如：castle-come-down，John-go-to-bed-at-noon。

星上来的。至于从地球上来的心灵，有几个属于早在第三纪南极大陆上生存的一种长着翅膀、脑袋像星星一样的半植物族群；一个是传说中伐鲁希亚[1]的蛇人；三个是早在人类出现之前便住在北极、崇拜撒托古亚的毛皮生物；一个令人厌恶至极的丘丘人[2]；两个属于生活在地球最后时代的蛛形纲生物；五个属于紧随人类之后的硬壳甲虫类生物（据说，至尊族有朝一日将面临一场可怕的危难，到时它们会把族群中最聪慧的心灵大规模转移到甲虫类生物身上）；另外还有几个属于人类的不同亚种。

在梦中，我曾经跟公元5000年残酷帝国“赞禅”的哲学家杨立的心灵交流过；跟公元前50000年带领棕色大头民族占领南部非洲的一位将军的心灵交流过；跟12世纪一个名叫巴尔托洛梅奥·科尔西的佛罗伦萨僧侣的心灵交流过；还跟洛玛尔王国[3]的一位国王的心灵交流过（在十万年前来自西方的矮个子、黄皮肤的因纽托人吞并洛玛尔王国之前，他曾经统治过那片可怕的极地地区）；跟公元16000年黑暗征服者中的魔法师努格-索斯的心灵交流过；跟苏拉统治时期曾担任刑事推事的罗马人蒂图斯·森普罗纽斯·布莱瑟斯的心灵交流过；跟埃及第十四代王朝的凯菲尼斯的心灵交流过（他曾向我透露过奈亚拉托提普[4]的可怕秘密）；跟亚特兰蒂斯中部王国一位祭司的心灵交流过；跟克伦威尔时代英国萨福克郡绅士詹姆斯·伍德维尔的心灵交流过；跟印加帝国以前秘鲁一位宫廷天文学家的心灵交流过；跟死于公元2518年的澳大利亚心理学家内维尔·金士顿-布朗的心灵交流过；跟太平洋上业已消失的耶国[5]大魔法师的心灵交流过；跟公元前200年希腊-巴克特里亚王国一名官员狄奥多提斯的心灵交流过；跟路易斯十三世时期一位名叫皮埃尔-路易·蒙塔尼法国老者[6]的心灵交流过；跟公元前15000年西米里族[7]一位长老克罗姆-亚的心灵交流过；还跟其他许多人的心灵交流过。从

1　参阅《疯狂山脉》中的相关注释。
2　奥古斯特·德莱思在小说《星之眷族的巢穴》中杜撰的人种。
3　参阅《疯狂山脉》中的相关注释。
4　参阅《墙中之鼠》中的相关注释。
5　也许是拉莱耶（R' lyeh）的变体。作者最初杜撰拉莱耶的时候命名为“莱耶”（L' yeh）。
6　此段中大部分人物系作者杜撰。
7　指荷马史诗中居于阴暗潮湿土地上的西米里族，对于这个人种的起源还不是很清楚，目前认为他们曾生活在现今伊朗一带。

他们那里学到的惊世秘密和令人眼花缭乱的奇闻，我的大脑简直都盛不下了。

每天早上我醒来后都非常兴奋，有时我甚至会火急火燎地去证实现代人是不是掌握这些知识。随着调查的深入，传统的事实开始呈现出崭新而又令人生疑的一面，但让我十分惊讶的是，梦境居然能为历史和科学添加如此惊人的补遗。过去可能隐藏的各种秘密让我心惊胆战，未来可能带给我们的种种威胁让我瑟瑟发抖。这些后人类时代生物的谈话中对人类命运的种种暗示，对我产生的巨大影响，在这里我就不付诸笔端了。在人类之后，会出现一支强大的甲虫文明，当旧世界面临巨大浩劫时，它们的躯体会被至尊族的精英所占领。后来，地球寿终正寝，这些被转移的心灵会再一次穿越时空，转移到下一个落脚点，移居到水星上鳞茎蔬菜的躯体上。不过，在它们之后，还会有很多族群，可怜兮兮地守着这个冰冷的星球不放，拼命地朝着这个星球充满恐惧的地心挖掘，直到这个星球彻底毁灭为止。

同时，我在梦中还不停地为至尊族的中央典藏库写自己时代的历史，这样做一方面是出于自愿，另一方面则是为了增加进入图书馆和到处游历的机会。中央典藏库位于市中心一座巨大的地下建筑之中。因为我经常去干活儿和咨询，所以对它很熟悉。一者是为了能与整个族群一样万古长存，再者是为了抵抗强震，典藏库比其他建筑都要庞大和坚固。

典藏库中的所有档案，都是手写或印刷在一页页特别坚韧的巨大纤维织物上，装订成一册册从顶上打开的书籍，保存在一个个特别怪、特别轻、不生锈的浅灰色金属箱子里。箱子上有各种各样的数学图案，用至尊族的曲线象形文字注上标题。这些箱子储藏在一层又一层像抽屉式墓穴一样密封、紧锁的矩形架子上——这些架子也是用不锈金属做成的，上面都装有把手，这些把手的旋转方式也极为复杂。我撰写的历史材料被放置在一个指定的位置，那是一个放置记载最低级或脊椎动物文献的区域。这个区域是专门为人类与领先人类一步占领陆地的毛皮类和爬虫类动物划分出来的。

但是，这些梦境从来没有向我展示日常生活的完整画面。所有梦展示的只不过是一些朦胧的碎片，这些碎片肯定也没有按照正常的顺序出现。比如，我朦朦胧胧还记得自己在梦境中的起居生活，我好像一个人住在一间宽敞的石造房间里。虽然身为囚徒，但对我的种种限制似乎在逐渐减少，以至于在我的脑海里还能记得清晰的幻象：行走在丛林中宽阔的大道上，徘徊在陌生的城市里，考察至尊族因莫名的恐惧而刻意回避的、又大又暗、没有窗户的废墟。此外，我还乘坐多层甲板的大船，以难以置信的速度，在海上长途航行，或者搭乘凭借电斥力升空和飞行的射弹式密封飞船去荒蛮之地旅行。在那浩瀚而又温暖的大洋之外，还有至尊族生活的其他城市。在一个遥远的大陆上，我看到一些原始村落，里面住的是长着黑色口鼻和翅膀的生物。在至尊族为了逃避恐怖灾难蔓延而把其最超群的心灵送到未来之后，这些生物将进化成占统治地位的族群。梦境中生活的主基调始终是平坦的地面和生机盎然的绿色。山丘可谓是寥寥无几，即便有，也不高，而且能经常看到火山活动的迹象。

至于我在梦中见过的动物，多得可以写成几本书。所有的动物都是野生的，因为至尊族高度的机械文明早已摆脱了蓄养家畜，食物要么是蔬菜，要么是合成食品。体积硕大、行动笨拙的爬行动物，要么在热气腾腾的泥沼里摸爬，要么在凝重的空气中鼓翼，要么在湖泊和大海中吞云吐雾。在这些动物中，我还能模模糊糊地认出恐龙、翼手龙、鱼龙、迷龙、蛇颈龙等古生物的原型，都是古生物学中经常提到的。至于鸟类或哺乳动物，我一个也不认识。

地面上和沼泽地里，经常活跃着蛇、蜥蜴和鳄鱼，在苍翠的植被之间，昆虫不停地嗡嗡作响。在远方的大海上，一些既看不见又不知为何物的庞然大物，向雾蒙蒙的天空中喷出像山一样高的泡沫水柱。有一次，我搭乘一艘装着探照灯的巨大潜艇来到海底，看到体积异常庞大的骇人生物。我还莫名其妙地看到了业已陷落的城市废墟，所到之处都能看到海百合类、腕足类、珊瑚类和鱼类等生物。

关于至尊族的生理和心理特征、社会习俗和详细的历史，我的梦境只保留了很少的信息。我在此记录的只言片语，多数都是在研究古老传说和其他案例时收集来的，而非源自我的梦境。当然，在很多时候，我的调查研究都赶上，甚至超过了，梦境展现的速度，所以梦境的某些片段都可以事先得到解释，并印证了我的研究成果。这不仅让我倍感欣慰，而且让我坚信，似是而非的记忆所编织的整个恐怖场面，都来源于我患继发性人格异常期间所进行的阅读和研究。

很显然，梦境所反映的时代大约在一亿五千万年之前，即古生代与中生代交替的时期。至尊族所占据的躯体，在陆地进化链上并没有留下什么痕迹（连科学家都不知道），而只能算是非常特别、同质化程度很高且高度特征化的有机体，外观上既像植物，又像动物。这种生物的细胞活动非常特别，这使得它们从不会觉得疲劳，更不需要睡眠。它们是通过长在一条巨大柔韧肢体上的喇叭状红色器官来吸收养分的，所吸收的养分都是半流体，而且在许多方面都与现存动物的食物有很大不同。我们所知道的感官，这种生物只有两种：视觉和听觉，它们的听觉是通过头顶灰色肉芽上的花状器官来实现的。其他令人费解的感官，还有很多，只不过占据它们躯体的外星心灵没能善用而已。三只眼睛生长的位置，让它们的视野比普通生物更广阔。血液则是一种黏稠的深绿色脓液。它们没有性活动，而是通过聚集在底盘上的种子或者孢子繁衍后代，而且只能在水下完成。巨大的浅水槽是用来抚育新生儿的，不过，由于它们的寿命很长（一般为四五千年），所以这种生物只能繁衍为数极少的后代。

在抚育过程中，一旦发现新生儿存在明显的缺陷，很快就会处理掉。由于缺少触觉和生理痛觉，所以疾病和死亡的临近只能通过看得见的症状来判断。至尊者死后都会为其举行隆重的葬礼，然后进行火化。如前所述，偶尔也会有某个敏锐的心灵，通过投射到未来而逃避死亡，但这种情况并不多见。一旦发生这种情况，从未来流放过来的心灵就会受到最仁慈的待遇，直到它在寄居的陌生躯体内死亡为止。

至尊族的组织似乎是一个结构松散的单一国家或联盟，主要机构大体上都一样，其中有四个分工明确的部门。每个部门的政治经济体制是法西斯式的社会主义[1]，主要资源都进行合理分配，而权力都交给一个小型管理委员会，委员会成员由族群中能够通过某种教育和心理测试的成员选举产生。至尊族并不特别看重家庭，不过，它们还是认可同一血统成员之间的纽带的，而且新生儿一般都是由父母抚养长大的。

---

1 法西斯主义的定义是“个人的地位受制于集体的利益”，意指至尊族是一个理性和集体利益高于一切的社会。作者在创作本小说时（1935），希特勒刚上台，估计他也没想到法西斯主义会落下万人唾弃的名声。

当然，至尊族也有跟人类相似的态度和制度，但这些相似之处，一方面表现在高度抽象的领域，另一方面则表现在所有生物共享的基本需求上。另外一些相似之处，则是至尊族在探索未来之后，择其所好而有意采纳的。高度机械化的工业生产基本上不需要每个公民投入太多的时间，族群成员有充足的闲暇去从事各种各样的智力和审美活动。科学发展到难以置信的高度，虽然在我梦中的那个时段艺术已经过了巅峰期，但艺术活动仍是至尊族生活中必不可少的组成部分。由于在远古时期地质经常发生剧变，至尊族在努力求生存和保护大城市建筑的过程中，技术工艺也得到了极大的发展。

犯罪率低得惊人，而且警方的办案效率非常高。对罪犯的刑罚从剥夺特权、有期徒刑，到判处死刑、精神折磨，不一而足。所有的惩罚必须在认真研究过犯罪动机之后才能实施。至于至尊族的战争，虽然不频繁，但都非常惨烈。过去几千年来，至尊族发动的战争大都是内战，但有时会发动抵抗爬虫类或章鱼类入侵的战争，或向盘踞在南极洲、长着翅膀、脑袋像星星一样的“旧日支配者”开战。至尊族养着一支强大的军队，使用的武器像照相机一样，这种武器能够产生巨大的电场效应。至于养这样一支军队的目的，则很少提及，不过，显然与那些漆黑无窗的古代废墟，以及地下最底层紧闭的活板天窗有关，它们总是对这些地方惊恐不已。

至尊族对这些玄武岩废墟和活板天窗的恐惧，在很大程度上是不能公开谈论的话题——最多只能偷偷摸摸地私下议论。与此有关的任何内容，在图书馆普通书架上是找不到的。对至尊族来说，这完全是一个禁忌话题，似乎既涉及过去的可怕斗争经历，又涉及未来那场危机，正是这场有朝一日必将到来的危机让至尊族不得不将自己最聪慧的心灵一起送往未来。这件事虽然跟梦境和传说中所展示的其他东西一样支离破碎、残缺不全，但至尊族仍然遮遮掩掩，让人倍感困惑。那些朦胧的古老神话对此也都避而不谈——没准儿所有的暗示都因某种原因被抹去了。在我和其他人的梦中，这样的暗示特别少。至尊族从来不主动提起这件事，我所能收集到的都是那些观察力比较敏锐的被占领心灵窥探到的信息。

根据这些支离破碎的信息判断，让至尊族深感恐惧的，是一个更为古老的恐怖族群，那是一种一半像水螅的纯外星物种。这个物种大约在六亿年前，从无比遥远的宇宙穿越时空到这里，一度统治过地球和太阳系的其他三颗行星。根据我们对物质的理解，它们只能算是一种半物质生物，它们的知觉类型和认知媒介都与地球上的生物大不相同。比如，因为没有视觉，所以它们的精神世界是由奇特的非视觉印象组成的。不过，如果身处于宇宙之中，它们还是会呈现出足够的物质性，这使得它们仍能使用由常规物质制造的工具。尽管它们隶属的族群比较特殊，但仍需要居住的地方。尽管它们的感官能够穿透所有的物质障碍，但它们的实体却不能，而且，电能的某些形态可以把它们彻底摧毁。尽管没有翅膀，也没有任何悬浮工具，但它们能够飞行。它们的思维结构非常特殊，以至于至尊族跟它们完全无法沟通。

这些生物来到地球上时，曾建起无窗塔楼林立的庞大玄武岩城市，残酷地猎食它们能找到的生物。所以，也就是这个时候，至尊族的心灵，从那个跨银河系的晦暗世界（即在令人不安和充满争议的《埃尔特顿陶片》[1]中提到的伊斯星[2]），飞越太空来到这里。这群新来者用自己发明的工具发现，要想征服肉食生物，把它们赶到地球深处的洞穴里，并不是什么难事，因为它们早就把这些洞穴和自己的住所连接起来，住在里面了。随后，至尊族将洞口封住，让肉食生物在洞里自生自灭，之后占领了大部分城市，保留了一些重要的建筑。至尊族之所以这样做，更多的是因为迷信，而不是因为不屑一顾和胆大妄为，或者是出于它们对科学和历史的热情。

但随着时间的推移，在亿万年之后，开始出现了种种模糊而又可怕的迹象：那些被锁在地下的生物似乎越来越强大，数量也越来越多。在至尊族占据的某些偏远小城，甚至在至尊族没有居住的荒废古城里（在那里，连接地下洞穴的通道没有封好或派人把守），零零星星地出现了骇人听闻的侵入者。于是，至尊族采取了更严格的预防措施，把通向地下洞穴的许多通道都永久封闭了，但出于战略上的考虑，至尊族还是保

1　由理查德·F. 西赖特在未发表的短篇小说《盖棺》中杜撰，洛夫克拉夫特在《来自彼方的挑战》中曾详细讨论过。

2　作者杜撰。

留了一些通道，只用活板天窗封起来，以防被关在地下的古生物从意想不到的地方突围出来。比如，地质变化可能会造成地下洞穴出现裂缝，同时也会堵死一些通道，从而导致外部世界中被占领的建筑和废墟数量慢慢减少。

古生物的不断闯入，肯定给至尊族造成了难以言表的震撼，让它们的心理蒙上了一层无法抹掉的阴影。正是这种挥之不去的恐惧感让至尊族只字不提这种古生物。至于这种古生物长什么样，我根本没有机会弄清楚。但我还是旁敲侧击地得到了一些暗示，说这种生物是一种可怕的软体动物，而且会短暂隐身。我还听到过一些交头接耳的只言片语，说这种生物能控制大风，还能把大风当作武器。另外，这种生物还能发出奇特的呼啸声，五个圆圆的脚趾还会留下巨大的脚印。

很显然，这场即将来临的浩劫——这场浩劫有朝一日会让千百万聪慧的心灵穿越时间鸿沟，在相对安全的未来，附上了陌生的躯体——之所以让至尊族惊恐万分，与古生物最后成功闯入不无关系。把心灵投射到未来几个时代，已经清楚地预言了这样的恐怖。所以，至尊族痛下决心，凡是躲不过这场灾难的，都必须勇敢面对它。它们从这个星球后来的历史得知，古生物的突然袭击只不过是为了报复，而不是企图再次占领外面的世界——因为投射到未来的心灵发现，这些庞然大物并没有去招惹后来出现又消失的族群。也许，相对于变化无常、风暴肆虐的地球表面，这些生物更愿意待在地下深渊，因为光对它们来说没有任何价值。还有可能是，随着亿万年的时间推移，这种生物正渐渐变得弱不禁风。可以确定的是，在人类之后，被逃跑的至尊者心灵占领的甲虫时代，这些生物已经差不多灭绝了。与此同时，至尊族仍然保持高度的警惕，威力强大的武器总是不离身，不过，从普通的谈话到可查阅的文献中，根本看不到这方面的记载。但围绕着密封的活板天窗以及黑暗的无窗古塔，始终笼罩着一种莫名的恐惧阴影。

五

这就是每天夜里我都会经历的朦胧而又零散的梦境碎片。但我根本搞不懂这种碎片中蕴藏着什么样的恐惧，因为这种感觉完全是摸不着的东西，所依赖的是一种强烈而又似是而非的记忆。我前面说过，在寻求合理的心理学解释过程中，让我对这种感觉逐渐产生了防备心理，随着时间的推移，进而产生了潜移默化的惯性，而这种惯性又使这种日积月累的影响越来越强。尽管如此，我时不时还会产生短暂、模糊而又令人毛骨悚然的恐惧感。不过，这种恐惧感并没有像以前那样把我完全吞噬掉。1922 年之后，我又回归了正常的工作和生活。

在这几年中，我开始觉得，我应该把自己的经历——连同类似的案例和相关民间传说——好好整理一下，拿去发表，以供更严谨的学者进行研究。于是，我写了一系列文章，简要地介绍了整个过程的来龙去脉，还画了一些草图，把我梦中见到的形态、场面、纹案和象形文字都描绘出来。这些文章虽然在 1928 到 1929 年不定期地发表在《美国心理学会刊》[1] 上，但并没有引起人们太多的关注。与此同时，我仍继续孜孜不倦地详细记录下我的梦境，以至于日积月累的记录多得让人头大。

1934 年 7 月 10 日，心理学会转交给我一封信，为这场疯狂磨难最后拉开了最恐怖的序幕。信封上邮戳显示的地址是澳大利亚西部的皮尔巴拉，署名——后来经打听得知——是当地一位小有名气的采矿工程师。里面还附了几张奇怪的照片。我把这封信的全文誊抄在这里，相信读者不会体会不到这封信和照片对我产生的巨大冲击。

看完信后，我顿时惊呆了，简直不敢相信自己的眼睛。虽然我以前经常想，让我的梦境栩栩如生的那些传说背后，肯定有一部分是真实的，但我万万没想到，在遥远得无法想象的某个失落世界里，居然会遗留下实实在在的证据。最让我崩溃的是那些照片——因为照片充满了冰冷而又明白无误的写实基调，在沙漠背景的映衬下，矗立着一块块历经风雨侵蚀后呈水岭状的巨石，巨石微凸的顶部和微凹的底部，似乎在无声地讲述着自己的身世。当我拿着放大镜仔细端详时，照片中的细节便尽收眼底。在巨石上那些开凿和打磨的凹陷缝隙之间，是气势恢宏的曲线图案，偶尔还有象形文字的刻迹。这些图案和象形文字所传递出的信

1　该学会及其所谓的《会刊》都是作者虚构的。美国的一个心理学协会成立于 1892 年，现出版的期刊名为《美国心理学家》。美国还有一本名为《美国心理学杂志》的心理学期刊，但不隶属于任何学会。

息对我来说是如此可怕。不过，下面就是那封信。我们不妨看一看信是怎么说的吧。

1934年5月18日
西澳大利亚皮尔巴拉
丹皮尔街49号

美国纽约市41大街东30号
美国心理学会　转呈
N. W. 皮斯利教授

尊敬的先生：

最近我跟珀斯的E. M. 博伊尔博士聊过一次，也拜读了他最近寄给我的您的一些文章。所以，我觉得还是跟您聊一聊我在我们这里金矿东边的大沙漠里看到的东西。根据您描述的那些古城传说（就是关于有巨石建筑和陌生图案和象形文字的古城），我似乎偶然找到了非常重要的证据。

土著人经常谈论“有记号的大石头”，而且一说起这些东西，似乎就人心惶惶。土著人总是把这些大石头跟民间盛传的布达伊传说[1]联系起来。相传，古代巨人布达伊把头枕在自己的手臂上，长期在地下沉睡，但有朝一日会突然醒来，吞掉整个世界。另外还有一些差不多快被遗忘了的老掉牙传说，说的是巨大的地下石屋，屋子里的通道不仅会一直往下延伸，而且还发生过非常可怕的事情。土著人说，有一些战场上的逃兵，下到了其中一个石屋，从此就再也没有回来。但在他们下去后不久，从中便吹出阵阵令人毛骨悚然的风。不过，土著人的话往往不太靠谱。

但我要说的不仅仅是这些。两年前，我在沙漠东部500英

1　该传说的直接来源是《大不列颠百科全书》（第九版）中的“澳大利亚”词条，其中说：“传说中，布达伊是（澳大利亚土著人）信奉的唯一神灵，是一个身材巨大的老人，长期以来一直住在沙漠深处，头枕着自己的胳膊睡觉。但有朝一日，布达伊会醒来，把整个世界吞噬掉。”

里的地方探矿时，看到许多非同寻常的料石。这些料石大小约为3×3×2英尺，都有雕琢过且被风化了的痕迹。最初，我并没看到上面有土著人所说的那种记号，但仔细查看之后才发现，除了风化的痕迹，还有一些雕刻很深的纹路。这些纹路就跟土著人描述的一样，都呈某种奇特的弧线。现在回想起来，那儿肯定有三四十块巨石，有些石块几乎埋在沙地里，而且所有的石块都分布在一个直径大约四分之一英里的圆圈之内。

我看到石块之后，便就近寻找更多的石块，同时用随身携带的仪器对周围进行仔细勘探。我还给其中最有代表性的十几个石块拍了照，待照片冲印出来，我会放入信封，让您好好甄别。我把相关资料和照片交给了珀斯政府，但至今没有下文。后来，我碰到博伊尔博士，交谈过程中偶然提起我发现的石块。他曾经读过您发表在《美国心理学会刊》上的文章，所以，对石块表现出极大的兴趣。我把照片拿给他看，他非常兴奋。他还说，这些石块和符号跟你在梦中和传说中见过的巨石建筑上的石块非常相像。他原本想给您写信，但被什么事给耽搁了。同时，他还把刊登您文章的杂志大部分都寄给了我。看到你画的草图和描述，我马上发现，我见过的那些石块正是您说的那种。您可以根据随信附上的照片进一步鉴别。以后，博伊尔博士会直接跟您联系。

此时此刻，我完全能够理解这一切对您来说多么重要。毫无疑问，我们所面对的是连做梦都想不到的未知文明遗址，而您讲述的那些传说恰恰属于这个文明。身为采矿工程师，我对地质学略知一二，因此可以告诉您，这些石块古老的程度让我非常吃惊。这些石块多数都是砂岩和花岗岩，但有一块无疑是某种非同寻常的水泥或混凝土。所有的石块都有水化作用的痕迹，仿佛很久以前这个地方曾经被水淹没过，之后又露出水面——这一切都发生在这些石块加工好且被使用过之后，而这都是几十万年以前的事——天知道是不是更久。关于这一点，我可不愿意绞尽脑汁地去想它。

鉴于您以前曾费尽心血跟踪此类传说和与之相关的蛛丝马迹，我相信你会带领一支探险队，深入沙漠进行考古发掘。如果您——或您熟悉的机构——能够提供资金，我和博伊尔博士都乐意合作。我可以召集十来个矿工，负责又累又脏的挖掘工作——土著人根本派不上用场，因为我发现他们对那个地方都怕得要命。我和博伊尔还没有对其他人提起过这件事，因为我们觉得，无论有任何发现或荣誉，您显然都应该享有优先权。

从皮尔巴拉到那个地方，乘拖拉机大概需要4天的时间（我们需要拖拉机装载挖掘工具）。那地方位于1873年沃伯顿[1]故道的西南方，乔安娜斯普林[2]东南方100英里。我们可以沿德格雷河[3]逆流而上，而不必从皮尔巴拉出发（这些不妨以后再谈）。这些石块大约分布在东经125°0′39″、南纬22°3′14″的区域。此地属于热带气候，而且沙漠的环境无时不在挑战一个人的极限。我很乐意就此事跟您继续联络，而且也热切期待能为您助一臂之力。仔细研读过您的文章之后，我深切感受到整个事件的深远意义。

稍后，博伊尔博士也会写信给您。如需紧急联络，可先发电报至珀斯，再通过无线电转给我。

盼早日回复。

请务信
您最忠实的
罗伯特·B. F. 麦肯齐

这封信带来的直接后果，读者在媒体上基本都能看到。在向米斯卡塔尼克大学寻求支持的过程中，我运气还不错，而在澳大利亚那边，麦肯齐先生和博伊尔博士的安排也可圈可点。我们没有公开此次探险的具体目的，因为这件事一旦让街头小报为了制造轰动而进行调侃，那就讨厌了。果然，关于这件事的报道并不多，不过，还是有不少媒体对我们去澳大利亚寻找传说中的遗迹，以及我们的前期准备工作进行了报道。

陪我一起去考察的有：米斯卡塔尼克大学地质系的威廉·戴尔教授

1 彼得·埃杰顿·沃伯顿（1813—1889），西澳大利亚的开拓者之一。
2 澳大利亚大沙戈壁中的一个小镇，距离皮尔巴拉约300英里。
3 西澳大利亚北部地区的一条河流，注入印度洋。

（他是 1930 年至 1931 年南极科考队的队长）、古代史系的费迪南德·C. 阿什利、人类学系泰勒·M. 弗里伯恩，还有我儿子。给我写信的麦肯齐在 1935 年初就先期来到阿卡姆，协助我们进行最后的准备工作。麦肯齐 50 岁上下的年纪，为人随和，博学多识，对澳大利亚之行的情况了如指掌，的确是非常称职的队员。他已经安排好拖拉机在皮尔巴拉等着，我们包了一艘小货船，沿德格雷河逆流而上，到达考察地点。我们准备以最细致、最科学的方式对考察地点进行发掘，每一粒沙子都不放过，同时让现场或附近尽量保持原状。

1935 年 3 月 28 日，我们搭乘上气不接下气的“列克星敦”号从波士顿出发，轻松惬意地横跨大西洋和地中海，穿过苏伊士运河和红海，再穿越印度洋，最后到达目的地。我没有必要描述澳大利亚西海岸那片低矮沙岸让我多么压抑，也无须赘述我多么讨厌拖拉机拉着货物最后到达的那座原始城镇和那片苍凉矿区。博伊尔博士正在那里等着我们。他是一位和蔼可亲、充满智慧的长者，具备渊博的心理学知识，为此，我们父子俩与他进行过多次长谈。

最后，我们一行 18 个人怀着既不安又期盼的异样心情，颠簸着走进了这片沙石遍地的不毛之地。5 月 31 日星期五，我们涉水渡过德格雷河的一个支流，进入真正荒无人烟的世界。在我们朝着这个比传说更古老的现实世界走去的当儿，我心头感到一种实实在在的恐惧——当然，造成这种恐惧的原因是，令人不安的梦境和似是而非的记忆仍然在死死地困扰着我。

6 月 3 日星期一，我们看到了半掩在沙漠中的第一块石头。我亲手抚摸着巨石时，真的无法形容自己的心情。这块巨石怎么看都像我在梦中见到的建筑物上的料石。巨石上有清晰的刻痕，当我认出那些曲线纹路时，我的手开始瑟瑟发抖，因为在经历了多年的痛苦噩梦和令人沮丧的研究之后，这些纹路在我心目中已经成了人间地狱。

一个月过后，我们共发掘出大约 1250 块石头，这些石块都遭到不同程度的破坏。大部分都是雕刻过的巨石，顶部和底部均呈弧形。只有少数石块体积相对较小，较薄，表面也比较平整。那些表面较平整的石块，形状要么呈正方形，要么呈八角形，样子很像我梦中见过的铺地板和道路用的那种。还有一些石块，体积非常大，形状要么呈弧形，要么呈斜边形，样子让人联想起它们是用来造拱形和穹顶，或是造拱门和圆窗套使用的。越往深处挖，越往北、往东挖，发现的石块就越多，但这些石块究竟是如何排列的，我们仍然找不到任何线索。戴尔教授完全被这些碎石块无法计算的年代惊呆了，弗里伯恩则在石块上发现了一些符号，这些符号暗合了巴布亚人和波利尼西亚人的古老传说。石块的分布都在无声地述说着时光的无常轮回和宇宙蛮荒时期的地质剧变。

我们有一架随行的飞机，我的儿子温盖特经常开着飞机，飞到不同的高度，查看下面沙石遍地的荒野，根据地势的落差和巨石的散乱程度，辨别巨石分布的轮廓，结果当然不尽如人意。没准儿有一天他自认为瞅见了某个重大线索，但在第二次飞过去继续考察时，印象中上次看到的东西又被其他虚无缥缈的东西取代了。其实，这是风积沙不断变化的结果。但一两个转瞬即逝的念头，总是让我感到莫名其妙，让我心里不痛快。这些石块和我梦到和读过的什么东西似乎非常吻合，可究竟是什么，我怎么也想不起来了。对这些石块，我总有一种似曾相识的感觉。不知怎么搞的，这种感觉总是让我偷偷摸摸、忐忑不安地向北和东北方眺望这片令人憎恶的不毛之地。

大约在 7 月的第一个星期，我对这片大体上朝东北方向延伸的地域产生了一种莫名其妙的复杂情结。有恐惧，也有好奇——但更多的则是记忆不断困扰我的那种错觉。我尝试了所有的心理学方法，想把这些错觉从脑海里赶出去，但徒劳无功。我又开始失眠了，不过我倒是很喜欢这样，因为失眠可以减少我做梦的时间。我养成了深夜独自一人到沙漠中长距离散步的习惯（通常是朝着北方或东北方向走），但无论朝哪个方向走，一种全新的异样冲动似乎总是非常微妙地指引着我前进。

散步的时候，我有时会差一点儿被完全埋没在沙漠的远古巨石绊倒。这里可以看得见的石块虽然比我们开始挖掘的地方要少，但我确信，这下面肯定有大量的石块。这地方的地势没有我们营地附近的地势那么平坦，强大的季风时不时会把沙子临时堆成奇形怪状的沙丘，而这些沙丘在覆盖了某些巨石的同时，也使其他巨石暴露出来。很奇怪，我真想把挖掘工作延伸到这一片区域，但挖掘可能带来的结果又让我担惊受怕。很显然，我的精神状态越来越糟，更糟糕的是，至于为什么这样，我却说不出道不明。

一天夜里，我独自一人闲逛时有了一个奇特的发现，但对这次发现的反应足以证明我精神状态不佳。事情发生在 7 月 11 日夜晚，当时，苍白的月光洒在充满神秘的沙丘上。我不知不觉地走出了平时散步的范围，无意中看到一块大石块，似乎与我们迄今发现的其他石块有明显的不同。石块几乎完全被沙子掩埋在地下，于是我弯下腰，用手拨去上面的沙子，然后借着月光和手电光，开始仔细探究。跟其他巨石不同，这块巨石的四面锯切得非常精美，表面既不呈凸面，也不呈凹面。巨石看上去是黑色的玄武岩，跟我们目前所熟知的花岗岩、砂岩或者偶尔出现的混凝土碎块完全不同。

突然间，我站起来，转身疯也似的朝营地跑去。我的这一举动完全是无意识、非理性的，等我快跑到自己的帐篷时，我才完全意识到我为什么要跑。紧接着，我想起来了。那块黑色巨石正是我在梦中和文献中见过的，而它又跟远古传说中最恐怖的情节密切相关。这块巨石正是传说中让至尊族谈之色变的那座古老玄武岩建筑上的一块，也就是说，那些可怕的半物质外星生物留下的高大而无窗建筑的废墟，这些生物在地下深渊饱受折磨，而活板天窗不仅把它们像风一样无形的力量封锁起来，而且还派卫兵昼夜把守。

我一整夜都没睡，但到了黎明时分，我突然意识到，让一个模棱两可的神话搞得我心烦意乱是多么愚蠢。有了重大发现，我本不该害怕，相反应该有发现者的狂热才对。第二天下午，我把自己的发现告诉了其他人，于是，便跟戴尔、弗里伯恩、博伊尔和我儿子一起去查看那块不同寻常的石头。结果，一无所获。之所以这样，是因为我先前对巨石的具体方位记得不太准确，后来一阵狂风又让本就变化莫测的沙丘完全改变了模样。

六

这里，我要进入最关键也是最困难的描述了。之所以更困难，是因为我根本拿不准它的真实性。有时候，我觉得自己不是在做梦，也没有被梦所误导。这种感觉让我很不舒服，但正是这种感觉，以及这段经历所带来的深远意义，促使我把它记录下来。对于我说的话，我的儿子就是最好的裁判，因为他是训练有素的心理学家，同时对我的情况既了如指掌，又感同身受。

我先描述一下事情的大体经过，这一点营地里的人基本上都知道。7 月 17 日，刮了一天的风，到了晚上，我便早早歇息了，但躺在床上怎么也睡不着。差不多快到十一点的时候，我爬了起来。由于那种奇怪的感觉一直在折磨着我，所以我便像往常一样，动身朝着东北方那片区域走去。离开营地时，我只碰到一个人，一个名叫塔珀的澳大利亚矿工，还跟他打了声招呼。满月刚过的月亮皎洁地挂在晴朗的夜空中，把古老的沙漠浸染成粼粼的斑白。但不知怎么搞的，这一切在我眼里似乎透着无限的邪恶。此时此刻，风已经停了，而且在此后的近五小时里，也不会再起风，这一点塔珀和其他看到我快步穿越神秘而又苍白的沙丘朝东北方走去的人都可以证明。

大约 3 点半，一阵狂风袭来，把营地里的所有人都吵醒了，还吹倒了三座帐篷。夜空中万里无云，沙漠上依旧泛着粼粼的苍白月光。探险队检查帐篷时，才发现我不见了，但考虑到我以往有夜游的习惯，所以也没有人在意。但营地中不下于三个人——全是澳大利亚人——好像嗅出了空气中的凶兆。麦肯齐跟弗里伯恩教授解释说，这都是土著人的传说引起的恐慌——在晴空万里的时候，每隔很长一段时间，就会有一阵狂风掠过沙漠，土著人曾据此虚构过一个离奇的邪恶神话。人们都窃窃私语地说，这些狂风是从那些地下石造建筑里刮出来的，在这些石造建筑里曾经发生过许多可怕的事情，但奇怪的是，只有在这些巨石散落的附近区域，才能感受到这种狂风。接近 4 点的时候，这场突如其来的狂风又戛然停止了，结果，沙漠呈现出全新而陌生的模样。

刚过 5 点，像蘑菇一样鼓鼓囊囊的月亮已渐渐西沉，我跌跌撞撞地回到营地——帽子丢了，衣服破了，手电筒也不知去向，浑身上下全是被抓破和血染的痕迹。探险队大部分人都回到床上睡觉去了，只有戴尔教授还在自己的帐篷前抽着烟斗。看到我气喘吁吁、几近癫狂的样子，他赶紧叫来博伊尔博士，两人合力把我扶到床上，让我舒舒服服地躺下。骚动声把我儿子吵醒了，他赶快跑过来帮忙，三个人都强迫我安静地躺下睡一会儿。

但我全无睡意。我的精神完全处于异常的状态——与我之前经受的完全不同。不一会儿，我坚持开口说话——紧张而又详细地述说自己的遭遇。我告诉他们，我走着走着，走累了，于是便躺在沙地上小睡了一会儿，结果，我做了几个比平时更可怕的梦。接着，突如其来的一阵狂风把我惊醒，我本已绷紧的神经彻底崩溃了。我吓得拼命奔跑，时不时被半埋在沙漠里的石块绊倒，结果才搞得自己这么狼狈。我肯定是睡了很长时间——因为我有好几个小时不在营地。

至于我看到或经历的怪事，我丝毫没有透露——在这方面我表现出了极大的自制力。但我向他们提议，要改变整个发掘工作的思路，并坚决要求停止向东北方向挖掘。至于理由，显然有些站不住脚——我解释说，一方面，在东北方向石块很少，另一方面，我不希望惹得那些迷信的矿工不高兴，学院提供的资金可能会不够用，以及其他要么不切实际、要么无关紧要的理由。当然，对我的提议，大家都非常重视——就连我儿子也是，因为他更关心的还是我的健康。

第二天，我起了床，在营地周围走动，但没有参与发掘工作。鉴于我根本放不下手中的工作，我决定尽快回家，好好放松一下自己的神经。于是，我让我儿子答应我，他一勘察完我希望放弃的那片区域之后，马上用飞机把我送到位于西南方 1000 英里以外的珀斯去。我曾想，假如我见过的东西还能看到，即使会被人耻笑，我也会下定决心向他们发出明确的警告。完全可以想象，了解当地民间传说的那些矿工肯定会支持我的。为了让我高兴，我儿子当天下午就驾驶飞机飞越我有可能徒步走过的区域，去实地考察。但我看到过的东西早已没了踪影。所到之处，看到的全是不规则的玄武岩——流沙抹掉了所有的痕迹。当时，我还一度为自己惊慌失措中弄丢了一个令人惊恐的东西追悔莫及，但此时此刻，我心里清楚，没有再看到那块巨石也不是什么坏事。我现在仍然相信，整个经历完全是一场梦——我打心眼儿里希望永远不要找到那个地狱般的无底洞。

7 月 12 日，温盖特虽然不愿意放弃发掘工作打道回府，但还是把我送到珀斯，一直陪我待到 25 日，等开往利物浦的轮船起航。此时此刻，坐在“皇后”号的客舱里，我开始慢慢同时又火急火燎地去思考事件的全过程，最后痛下决心，至少应该告诉我儿子。至于是不是让更多的人知道，就由他来决定吧。为防不测，我特地把整个背景整理了一下——其他人可能已经零零碎碎地知道了。在这里，我准备尽可能简明扼要地讲一下，在那个可怕的夜晚我离开营地后发生的一切。

当天夜里，我心烦意乱，一种朝东北方向前进、同时又担惊受怕的莫名冲动，演变成执迷不悟的渴望，让我借着可憎而又璀璨的月光，迈着沉重的步伐艰难前行。所到之处，时不时会看到从难以名状且被人遗忘的远古时期遗留下来的巨石，若隐若现地半埋在沙漠里。这些庞大废墟无法计数的年代以及所带来的挥之不去的恐惧，开始让我产生了前所未有的压抑感，使我不由自主地想起了我做过的那些令人疯狂的梦，想起了梦境背后的可怕传说，想起了眼前土著人和矿工们对这片沙漠以及带有雕刻的巨石所表现出的恐惧。

但我还是迈着沉重的步伐继续前行，似乎在赶赴一场可怕的约会——各种扑朔迷离的幻想、冲动和似是而非的记忆越来越强烈地困扰着我。我想起我儿子驾驶飞机从空中看到的巨石轮廓，心想这些巨石为什么让我马上会产生如此不祥、如此熟悉的感觉呢？某种东西一直在试图打开我记忆的大门，同时一股莫名其妙的力量又拼命地挡住大门，不让我打开。

当天夜里，没有一丝风，毫无生气的沙漠，犹如大海上凝固的海浪，连绵起伏。我漫无目的地走着，似乎前方就是我命中注定的归宿。此时此刻，我的梦开始渐渐涌出，融进了清醒的世界，于是，埋没在沙漠中的每块巨石，似乎都变成史前建筑中那绵延无尽的房间和长廊的一部分，上面刻满了各式各样的曲线和象形文字，而这一切是我多年来身为被至尊族附体的心灵再熟悉不过的。有时候，我甚至想象自己看到了那些无所不知的可怕锥体在拖沓走动着忙于日常工作，而我则不敢低头往下看，唯恐发现自己就是它们中的一员。但同时，我始终还能看到埋在沙漠中的巨石和那些房间和长廊，看到可憎而又璀璨的月亮和房间里的球形水晶灯，无垠的沙漠和窗外摇曳的蕨类植物。我明明很清醒，同时又在做梦。

我不知道自己走了多远，走了多久——说实在的，就连朝哪个方向走也不知道——只记得第一次看到白天的狂风使之裸露出来的那堆巨石时，自己还在走。那是我迄今为止在一个地方见过的规模最大的石堆，石堆给我留下的印象非常深刻，以至于萦绕在我脑海里的神话般亘古景象突然消失得无影无踪，只留下无垠的沙漠和可憎的月亮，还有那些存在了不知多少年的断壁残垣。我走上前去，停下了脚步，用手电照着凌乱的石堆。覆盖在石堆上的沙丘早已被吹走，只留下一个呈不规则圆形的巨石堆，还有一些体积较小、宽度大约 40 英尺、高度大约 2 到 8 英尺的石块。

我一眼就发现，这堆巨石对发掘工作具有前所未有的意义。这里的巨石数量多得其他区域根本没法比，不仅如此，在我借着月光和手电光审视巨石时，在风沙蚕食过的巨石图案中，有某种东西深深吸引了我。并不是这些巨石与我们早先发现的巨石有什么本质的不同，而是更微妙的东西。当我盯着一块巨石看时，并没有这种感觉，但当我的眼睛同时扫过几块石头时，我这才发现其中的奥妙。最后，我终于明白了。很多巨石上的曲线图案都是紧密相关的——都是某个巨大装饰图案的组成部分。这还是我在这片历经万古沧桑的荒蛮之中，第一次看到保持原样的建筑群——虽已分崩离析，但确实是存在过。

我从一个较低的地方开始艰难爬上巨堆，时不时用手清理掉沙子，不停地去揣摩各种花纹的大小、形状、风格和各种图案之间的关系。不一会儿，我便模模糊糊地猜出这座古建筑是干什么用的，也猜出曾几何时整个古建筑外表上雕刻的图案了。整个建筑与我在梦中看到的完全吻合，这让我心惊胆战、惶恐不已。这里原本是一条 30 英尺高的巨型走廊，走廊上方是坚固的拱形天花板，下方铺设的是八角形石块。走廊右侧应该有许多房间，在更远处的尽头，应该是蜿蜒通往更深处的诡异坡道。

一想到这些，我吓了一大跳，因为这些巨石已经不仅仅是石块了。我是怎么知道这一层原本应该在地下很深的地方的呢？我是怎么知道那条向上的坡道应该在我后面的呢？我是怎么知道通向石柱广场的漫长熔岩通道应该位于我左上方那一层的呢？我是怎么知道摆放机器的房间和通往右边中央典藏库的隧道应该位于下面两层的呢？我又是怎么知道在地下四层的地板上会有金属条密封的可怕活板天窗的呢？这些本该属于梦境的一切，让我困惑不解，使我禁不住浑身发抖，直冒冷汗。

接下来，在最后一次触摸令人惶恐不安的废墟时，我感到一股微弱而阴冷的气流，从靠近巨石堆中心某个受挤压的地方冒了出来。像刚才那样，我梦中的景象转眼间消失了，只留下可憎的月光、阴森森的沙漠和散乱的古建筑废墟。此时此刻，展现在我面前的，是某种既真实又触手可及，同时又蕴藏着无限神秘的东西。因为这股气流只说明一件事——在这片杂无序乱的石堆下面隐藏着一个巨大的深渊。

我首先想到的，是土著人中流传的不祥传说，其中提到巨石堆里隐藏的巨大地下石屋会产生强风，引发恐怖。接着，我又想起了自己做过的梦，时不时感到似是而非的记忆在不停地拽扯我的心灵。我脚下究竟是个什么样的地方？我将要揭开的，究竟是不是古老传说和挥之不去的梦魇多么原始而又不可思议的源头？不过，我只是犹豫了片刻，因为一股比好奇心和科学热忱更强的力量，驱使我战胜越来越强烈的恐惧感，继续前进。

我就像被命运强迫着一样，几乎是在机械地向前走。我把手电筒放进口袋，使出我原以为不可能有的力气，一点点挪开了第一块巨石，然后是第二块，直到一股强劲的气流喷涌而出为止，涌出的气流显得格外潮湿，与沙漠里干燥的空气形成明显的反差。一道黑色的裂缝张开了口，最后——等我把所有能够移动的小碎块都挪开之后——在粼粼月光下，一个大小足以容下我的裂缝便出现在面前。

我掏出手电筒，将明亮的手电光照进裂缝。下方是一片狼藉的建筑废墟，整座废墟大致向北倾斜了 45 度，显然是原来位于上方的建筑倒塌下来造成的。地面和通道的地板之间是深不可测的黑暗深渊，顶端似乎是应力结构的巨大穹顶。在这个地方看上去，沙漠的沙子直接堆积到了地球早期某座庞大建筑的某一层上——至于如何历经漫长岁月的地质运动而保留下来的，我当时乃至现在都捉摸不透。

现在回想起来，突然只身一人下到如此充满不确定性的深渊——当时又没有人知道我身在何处——跟十足的精神错乱似乎没什么两样。也许是吧！但那天夜里，我确实是下去了，而且是毫不犹豫地下去了。很显然，这一次又是宿命的诱惑和驱使引领我一路前行。为了节省电池，我让手电时开时关，沿着洞口下面凶险的巨大坡道，开始疯狂地往下爬——碰到有能搭手或落脚的地方，便脸朝前看；碰到需要小心翼翼地攀附和摸索的地方，就把脸对着石壁。在我两边不远处，手电能照到的地方，隐约可见有雕刻痕迹的残垣断壁。但在我前方，看到的只有清一色的漆黑。

在向下爬的过程中，我没有留意时间。我满脑子都是莫名其妙的暗示和意象，所有客观存在的事物似乎都退到了遥不可及的远方。生理感觉已不复存在，就连恐惧也变成了像幽灵一样的滴水嘴怪兽，一动不动、不怀好意地看着我。最后，我来到一个水平地板上，这里到处都是散乱的落石、支离破碎的石块、沙子和形形色色的岩屑。在通道两边（相隔大约 30 英尺），厚重的石墙支撑起高大的穹顶。我只能看出，墙壁和穹顶上都有雕刻的痕迹，但这些雕刻究竟属于哪一种风格，就不得而知了。最吸引我的还是上面的穹顶。手电筒的光根本照不到穹顶的顶，但较低的部分看得还非常清楚。这些雕刻与我无数次梦见的远古世界中所看到的一模一样，这让我第一次结结实实地打了个寒战。

在我身后的高处，一缕微弱的夜光告诉我，外面就是遥远的月色世界。一丝朦胧的谨慎提醒我，我不该让夜光脱离视线，否则回去的路标就没了。接下来，我朝左边的墙壁走去，因为那里的雕刻痕迹更清晰可见。但要从杂乱的地板走过去，跟我从坡道上下来一样困难，不过，我还是举步维艰地走了过去。中途我停了下来，挪开石块，拨去地板上的岩屑，查看地板的样子，结果发现，地板上原本拼装在一起的八角形巨石块还基本上保持了原样，这些八角形石块是我再熟悉不过的，这让我不寒而栗。

我离开墙壁一定距离站在那里，借着手电光，不慌不忙地仔细查看墙上历经沧桑的雕刻残迹。虽然过去涌入的流水对砂岩表面产生了一些影响，但上面的水锈非常奇怪，我怎么也搞不懂。这座巨石建筑的很多地方都已经松动变形，但让我纳闷的是，在地壳不断变动的情况下，这座古老而又隐秘的建筑残迹还能保存多久。

但最让我兴奋的还是那些雕刻。虽然历经岁月沧桑，但近距离看上去，还是比较容易辨认出来的，而且每个细节的熟悉程度简直让我瞠目结舌。我很熟悉这座古建筑的主要特征，这本身并没有什么不可置信的。这些特征深深烙在神话编织者的心中，以至于出现在源源不断的神秘传说之中，但不知怎么搞的，在我失忆期间引起了我的注意，并在我潜意识里唤起了栩栩如生的形象。不过，在这些奇怪图案中，每一条直线和曲线的细微特征都与我 20 多年来在梦中见到的一模一样，这又做何解释呢？究竟有什么晦涩而被遗忘的肖像学能复制出每个细微的变化和差异，而且夜复一夜如此顽固、如此准确、如此长久地占领我的梦境呢？

世上不可能有这样的巧合，也不可能时隔千秋万代存在这样的相似。毋庸置疑，我身处的这个深藏于地下不知多少个世纪的通道，正是我在梦中所熟知的原型，熟悉的程度跟我熟悉自己在阿卡姆克莱恩街上的家一样。没错，梦境所展示的是这座建筑崩塌前的样子，但即便如此，眼前的建筑与我梦中的样子也完全一致。可怕的是，我居然被引领到这里。我对身处的这座建筑非常熟悉，也熟悉它在我梦见的那座可怕古城中的具体方位。我有一种非常可怕的本能自信，虽然这座城市在无穷岁月中躲过了种种变迁与破坏，但我仍能准确无误地走到这座建筑乃至这座城市的任何角落。天哪！如果是这样，那又意味着什么呢？我是怎么知道我所知道的这一切呢？关于居住在这个古代石造迷宫里的生物，流传着许多古老传说，但在这些传说背后究竟隐藏着什么可怕的真相呢？

对于啃噬我灵魂的那种既有恐惧又有困惑的复杂心情，文字所能传达的只有一小部分。我知道这个地方，知道眼前的是什么，也知道头顶上无数高大的建筑倒塌后化为灰烬，夷为残垣，被沙漠吞没之前是什么样子。此时此刻，已没有必要让微弱的月光来引导我了，想到这儿，我禁不住打了个寒战。两种截然不同的情绪在撕裂着我：一方面，我真想逃之夭夭；另一方面，强烈的好奇心和宿命的驱使在我心里疯狂地搅合在一起。在我梦到的时代结束之后的千百万年里，这座巨大的古城究竟发生了什么？这些深藏在地下、把所有巨塔连接起来的熔岩迷宫，在历经了无数次的地壳运动之后，还有多少保存了下来呢？

我看到的是一个完全被掩埋的、充满古风的邪恶世界吗？我还能找到大作家住的房子吗？从南极大陆星头食肉动物中抓来的心灵斯格哈曾经在一座塔的空白墙上凿刻壁画，我还能找到那座高塔吗？在地下二层有条通道，通往关押外星心灵的大厅，那条通道现在还畅通无阻吗？在那个大厅里，囚禁着无数的心灵（一种半塑胶居民，距今一千八百万年之后，住在冥王星之外一个未知行星的内部空洞里），这些心灵珍藏过一个用黏土做成的东西。

我闭上双眼，把手放在头上，拼命想把这些疯狂的梦境片段赶出我的意识，但是徒劳。紧接着，我第一次强烈感受到周围阴冷而又潮湿的空气在流动。我打了个寒战，突然意识到，在我下面更远、更深的某个地方，一连串死寂而又黑暗的深渊肯定正在张着血盆大口呢。此时此刻，我又想起了曾在梦中看到过的那些可怕的房间、走廊和坡道。通往中央典藏库的那条路现在还通吗？当我回想起保存在不锈金属制成的矩形架子上那些超乎想象的档案时，宿命的驱使又一次不停地拖曳我的神经。

梦境和传说告诉我，那儿保存着宇宙时空连续体中过去和未来的全部历史（都是从太阳系中各个天体、各个时期掳来的心灵写成的）。当然，这无异于疯狂——但我现在难道不是无意中闯入了一个和我一样疯狂的黑暗世界了吗？我想起那些紧锁的金属架子，想起那些需要旋转才能打开的异样把手。这时，我自己撰写的那些档案，历历在目地走进了我的意识。架子最底层是存放陆栖脊椎动物档案的区域，我曾多少次反反复复打开和关上这些复杂的柜子呀！每一个细节都是那么鲜活，那么熟悉。假如这里真的有我梦见过的架子，我会毫不迟疑地去打开它。就是在这个时候，我完全疯狂了。片刻之后，我便又蹦又跳、跌跌撞撞地穿过碎石堆，朝着记忆中通往地下的坡道冲去。

七

从这一刻起，我的印象基本上靠不住了，但我仍然抱着最后一线希望，但愿这一切不过是精神错乱导致的噩梦或幻觉。一股狂热情绪在我脑海中肆虐（有时只是断断续续地），搅得头脑中的一切都变得模糊起来。手电光有气无力地投向张着血盆大口的黑暗，影影绰绰地照在熟悉而又可怕的石墙与雕刻上，这些石墙和雕刻在历经岁月沧桑之后，全都日渐破败。在一处地方，巨大的拱顶已经坍塌下来，巨石块堆积得差不多触及残破的钟乳石拱顶，我只好小心翼翼地从上面爬了过去。这已经是噩梦的最高潮了，但似是而非的记忆不断地骚扰我，又使噩梦雪上加霜。只有一样东西是我不熟悉的，那就是在这座巨石建筑的反衬下，自己显得非常渺小。这种少有的渺小感让我倍感压抑，仿佛从普通人的角度看去，这些高墙是那么反常和新鲜。我忐忑不安地一次又一次低头看自己，发现自己仍然拥有人类的躯壳，这反倒让我隐隐约约感到一丝不安。

我爬上爬下、左冲右突地穿过黑暗的深渊继续前行，一路上跌跌撞撞，动不动把自己摔得鼻青脸肿，有一次还差点儿把手电筒给摔了。在这个恶魔般的深渊里，每一块石头、每一个角落，我都那么熟悉。在很多地方，我甚至停下脚步，用手电去照那些业已被堵塞而且已经摇摇欲坠但非常熟悉的拱门。有的房间已经完全坍塌了，有的要么空空荡荡，要么堆满了杂物。我还看到几个房间里堆着一堆堆金属——有的相当完整，有的已经散架，有的则已被压碎或砸烂——这些金属原来是我梦中见过的那些书架和桌子。至于那些书架和桌子原来的样子，我就不敢乱猜了。

我找到了那条向下的坡道，于是开始往下走——但不一会儿，一道不规则的巨大地缝挡住了我的去路。地缝最窄的地方也有 4 英尺宽，周围的石墙也已经掉落，露出下面深不可测的无底深渊。我知道，在这座庞大建筑下面还有两层地窖，当我还回想起最底层用金属封闭的活板天窗时，一阵恐惧感又让我不寒而栗。那儿现在不会有卫兵把守吧——因为那些躲藏下面的东西早就完成了可怕的使命，进入漫长的衰退期。到人类之后的甲虫时代，它们已经灭绝得差不多了。但当我想起土著人的传说时，还是身不由己地打了个寒战。

由于地面上到处都是散乱的垃圾，我根本没法助跑，但疯狂还是驱使我继续前进。我费了九牛二虎之力，才跃过那道张着大口的地缝。我选了一个靠近左墙的地方——这个地方的裂口最窄，落脚点上基本没有什么危险的杂物。一阵忙活之后，我安全地跳到对面，最后到达了下面的一层。我跌跌撞撞地经过了机器室的拱门，看到里面全都是些被崩落的拱顶掩埋了一半的破铜烂铁。所有东西都在我熟悉的位置上，于是我自信十足地爬过挡在一条横向通道入口的石堆。我心里清楚，这条通道会引领我穿过城市的地下，走到中央典藏库。

就在我沿着那条狼藉遍地的通道，跌跌撞撞、连跳带爬前行的过程中，无穷无尽的岁月似乎一路展开。两边的墙壁虽历经沧桑，但我时不时还能认出上面的各种雕刻——有的很熟悉，有的好像是我梦中经历的年代之后新添上去的。由于这里是连接地上建筑的地下公路，所以，除了通往各种建筑更底层的通道以外，根本没有拱门。在地下交叉路口，我还时不时拐个弯，走上几步路，去扫一眼记忆犹新的走廊，探头看一看记忆犹新的房间。结果发现，只有两处跟我梦中见到的样子明显不一样了——其中有一处，我还能找到记忆中拱门被封后留下的大体轮廓。

慌乱之中，我无奈地选择了一条路线，穿过其中一座无窗高塔的地下室。这里已经变成废墟，诡异的玄武岩建筑似乎在诉说着人们私下议论的恐怖根源。这时，我浑身发抖，一股迟来的虚弱感顿时飙升。这个古老的地下室呈圆形，足有 200 英尺宽，而且深色的石头上没有任何雕刻的痕迹。地板上，除了沙尘，什么也没有，所以可以清楚地看到通往上层或下层的洞口。这里既没有楼梯，也没有坡道——在梦中，我的确看到过至尊族没有碰过的古塔楼。那些建塔楼的，是不需要楼梯和坡道的。在梦境中，通往下层的洞口总是严密封锁，戒备森严。但现在，这些洞口却门户大开——张着黑乎乎的大口，吐出一股股潮湿的凉风。至于那下面藏着怎样永无天日的无底深渊，我真的不敢再去多想了。

后来，碰到一段堆积严重的路段，我只好手脚并用爬了过去，来到一个屋顶已经完全塌陷的地方。这里，碎石堆得像山一样高，我爬了过去，来到一个空荡荡的开阔区域。在这个开阔区域，手电光居然照不到周边的石墙，也照不到拱顶。我想起来了，这里肯定是金属供给库的地下室，正对着第三广场，而且离中央典藏库不远。但这里究竟发生了什么，我实在无法想象。

爬过堆积如山的碎石堆之后，我又重新回到了走廊上，但走了没多久，又碰到一个完全堵死的地方，崩落的拱顶差不多快要碰到岌岌可危、摇摇欲坠的天花板了。我当时是如何从那么多石块中扒开一条道，又是如何斗胆移动那些紧紧堆在一起的碎石的，此时此刻，我真的不知道了。要知道，这些碎石只要稍微失去平衡，就有可能导致塌方，那样的话，上面数吨重的石造结构就会把我压成齑粉。如果我的整个地下冒险——像我希望的那样——不是可怕的幻觉和做梦的话，那驱使我、指引我继续前行的，就只有疯狂了。但我还是成功地——或是此时此刻梦想自己成功地——扒开一条足以容身的通道。就在我扭动着身体——把一直开着的手电筒含在嘴里——爬过瓦砾堆时，感到上面参差不齐的钟乳石天花板快要把我扯裂了。

此时，我已经接近庞大的地下典藏库了，典藏库似乎就是我的目标。我连滚带爬地翻越了障碍物之后，手里拿着忽明忽暗的手电筒，继续走过了走廊剩余的一段路，最后来到一个低矮的圆形地窖。这里保存得非常完好，地窖四周有许多拱门，而且都开着。这里的墙壁，我的手电筒都能照到。借着手电光，我发现墙壁上密密麻麻地刻满了象形文字和典型的曲线图案——有些是我梦到的那个时期之后才添加上去的。

我意识到，这里就是我命运的终点。于是，我马上拐进左手边一个熟悉的拱门。奇怪的是，我很有把握，沿着这条上上下下通往所有楼层的坡道，自己能找到一条没有被堵塞的通道。这座保存着太阳系所有编年史、由地球保护着的庞大建筑，建造时使用了非凡的工艺，耗费了巨大的力气，其目的就是让它和整个太阳系一样永不毁灭。体积庞大的料石，以无与伦比的数学设计堆砌在一起，由无比坚硬的水泥粘合起来，共同筑成了这座跟地球岩核一样坚固的庞然大物。这里究竟历经了多少个时代，根本不是我清醒的时刻所能理解的，但它被掩埋起来的庞大躯体依然保持着基本的轮廓。宽阔的地板上虽然灰尘遍地，倒是很少见到其他地方常见的凌乱废弃物。

从这里继续往前走相对比较容易，这反倒让我有些不习惯了。一路上被种种障碍压抑着的所有疯狂渴望，至此转化为一种狂躁的速度，使我沿着拱门后面那段记忆犹新的低矮过道全速行进。对眼前所看到的熟悉景象，我已经不再感到诧异了。所到之处，刻有象形文字的巨大金属柜门诡异地若隐若现：有的保持着原样，有的已经打开，有的则在昔日地质挤压（但还不足强烈到把整个庞大建筑夷为平地）下业已扭曲变形。在张着大口的空架子下面，时不时会看到一堆堆布满灰尘的东西，似乎表明这些箱子是在地球轻微晃动时从架子上掉下来的。在偶尔看到的柱子上，是醒目的符号和字母，标注了文献的详细分类。

有一次，我驻足在一个打开的架子前，看到熟悉的金属盒子仍原封未动，周围到处都是沙尘。我走上前去，用力拉出其中一口较薄的盒子，放在地上仔细查看。盒子上虽然也有常见的那种曲线象形文字，但字母的排列方式似乎有些异样。我对盒子上古怪的钩状锁件，已经非常熟悉，所以轻而易举地打开尚未生锈而且还能打开的盖子，取出里面的书。如我所料，里面的书，长 20 英寸，宽 15 英寸，厚 2 英寸，薄薄的金属封面是从书的顶部打开的。虽然经历了无数沧桑岁月，但书中粗糙的纤维纸页似乎并没有受到太大的影响。于是，我凭着挥之不去的记忆，着手研究书里面着色奇特、用毛笔书写的文字符号。这些文字既不像经常见到的曲线象形文字，也不像人类已知的任何字母文字。这时，我突然想起，这好像是我在梦中认识的一位被占领心灵使用的语言。这位心灵是从一颗较大的小行星上掳来的，在那颗小行星上，还有许多古老生命和原始星球的传说，但这些生命和传说，对整个典藏而言，只不过沧海一粟罢了。与此同时，我又回想起，这一层典藏库应该是专门存放地球外行星的历史典籍的。

我中断聚精会神浏览匪夷所思的档案之后，才发现手电光已经开始变暗，于是，我赶忙换上随身携带的备用电池。然后，我借着重新明亮起来的手电光，又开始疯狂奔跑，穿过纵横交错、永无尽头的过道和走廊——期间时不时还能认出某个眼熟的架子。在这个巨大的地下墓穴里，我的脚步声发出了与环境格格不入的回声，搞得我有些心烦意乱。一看到在我身后数百万年来无人涉足的尘土上留下了我的脚印，我就不寒而栗。假如我那些疯狂的梦境真的具有真实性，那可以肯定，此前从来没有人类踏上过这些古老的道路。至于我疯狂奔跑的目的是什么，我根本就不知道。但有一股邪恶的力量，一直在拉扯着我惶惑的意志和埋藏在心中的记忆，让我隐隐约约感觉到，我并不是在漫无目的地跑。

我跑到一个向下的坡道，然后沿着坡道朝更深处跑。就在我往下奔跑的过程中，我看到楼层一层又一层地在眼前闪过，但我并没有停下来一探究竟。我惶惑的脑海里，开始打起了某种节奏，这种节奏让我的右手不约而同地抽搐起来。我想打开某种东西，而且觉得自己已经熟悉打开那种东西所需要的烦琐扭转和按压，就好比装有密码锁的现代保险柜。究竟是不是在做梦，我过去知道，现在也心知肚明。梦——间或是潜意识里已经接受的零零碎碎的传说——怎么能告诉我如此详细、如此错综、如此复杂的细节呢？我百思不得其解。我此时怎么也无法形成一个连贯的思路。整个经历——一系列未知的废墟是那么熟悉，我面前的一切与之前只在我梦中和传说中出现的景象是那么一致——难道不是一场不可理喻的恐怖吗？我根本就是不清醒的，整个被埋葬的城市只不过是疯狂的幻想而已。这很可能就是我当时大体的想法——此时此刻，我虽然清醒，但仍持同样的想法。

最后，我来到最下面的一层，然后贴着坡道的右边向前走。但不知为什么，我放轻了脚步，就算因此放慢速度也没关系。在地下最深处的这一层，有一个我不敢穿越的空间。就在我渐渐走近时，我才回想起那里让我害怕的是什么。那只不过是用金属条紧固、戒备森严的一扇活板天窗。现在已经没有卫兵把守了，但正是因为这个缘故，我才浑身颤抖着踮起脚尖，穿过那间漆黑的玄武岩地下室，因为那里也有一扇同样的活板天窗在张着血盆大口。此时此刻，我跟以前一样，感受到了一股冷飕飕的潮气，同时，心里嘀咕着真该走坡道的另一边。至于为什么选择走右边，我真的不知道。

我来到最深处的这一层之后，发现活板天窗洞门大开。再往前，便又是存放文献的书架，我扫了一眼地板，看到一个书架前有一堆盒子，上面蒙着薄薄的一层尘土，表明盒子掉下来的时间并不长。就在这时，我突然又感到一阵惊恐，但一时间却不知道原因是什么。地板上有盒子并没有什么新鲜的，因为，历经漫长的岁月之后，地壳的变化已经让这座暗无天日的迷宫扭曲变形，而且各种物品时不时翻倒崩塌发出震耳欲聋的声音还会产生回声。只有在快要走过这个地方时，我才意识到自己为什么抖得这么厉害了。

但让我担心的不是那堆箱子，而是地板上的灰尘。借着手电光，我发现，这里本应该平整的尘土似乎一点也不平——有些地方的灰尘看上去比较薄，似乎几个月前曾被什么东西踩踏过，不过，我不能肯定，因为即便是看上去比较薄的地方，堆积的灰尘也很厚。但看似不平整的尘土似乎有某种规律性，而这才是让我不安的原因。我拿着手电筒走上前看，眼前的一幕可不是我想看到的——因为臆测中的那种规律性越来越明显了。地板上似乎有几行的脚印——这些脚印三个一组，每个脚印略超过 1 平方英尺见方，由五个圆形且 3 英寸见方的趾印组成，五个趾印的排列方式是一个在前、四个在后。

这几行 1 英尺见方的脚印似乎朝两个方向延伸，就好像什么东西先走到什么地方，又折返回来一样。当然，这些脚印已经非常模糊，而且很可能是我的错觉或是某些意外事故造成的，但不管怎么说，脚印的行进路线总让我隐隐约约地感到恐惧，因为其中一行脚印，一头连着不久前掉落下来的盒子，而另一头连接的正是那扇凶险的活板天窗——此时此刻，正毫无戒备地张着血盆大口，冒着阴冷的潮气，下面是深不可测的无底深渊。

八

我身上那种异样的压抑感非常强烈，甚至超过了我的恐惧感。这些令人生疑的可怕脚印，既然已经勾起了我可怕的梦境回忆，我已没有任何理由再继续前行了。但我的右手，尽管吓得直哆嗦，仍然迫不及待地伸出去打开一道锁。还没等我反应过来，我已经跑过了那堆最近才掉下来的箱子，踮着脚跑过几段没有脚印的过道，朝着我似乎非常熟悉的地方跑去。我心里有许多疑问，至于这些疑问是从哪里冒出来的，相互之间有什么联系，我也只是刚刚开始去揣度。人类的身躯能够得着书架吗？我这只人类的手能掌控亘古不变的开锁方法吗？那道锁仍然完好如初，没被破坏吗？我能做什么？（现在才意识到）我敢拿自己既希望看到又害怕看到的东西做什么？这些东西能证明某种超乎正常思维的东西，虽然可怕而又令人震惊但确确实实是存在的，或者仅仅表明我只是在做梦吗？

接下来我所知道的是，我已经不再踮着脚一路小跑，而是一动不动地站在那里，目不转睛地盯着一排非常眼熟、刻着象形文字的书架。这排书架基本上保存完好，只有附近的三个柜门敞开着。对这些书架，我心里可谓是五味杂陈，无法用语言来描述——那种旧相识的感觉是如此强烈，如此刻骨铭心。我仰望着靠近最上方的一排书柜，但我根本够不着，于是开始琢磨怎样才能爬上去。从下往上数第四排的一个柜门开着，没准儿能派上用场。至于关着的柜门，上面的门锁倒是可以当作抓手和落脚点。如果有些地方需要两手并用的话，我还可以用牙咬住手电筒。至关重要的一点是，千万不能弄出动静。但棘手的是，我怎样才能把想搬动的东西从上面搬下来。没准儿我可以用它上面的活动扣件先挂在我的大衣领上，然后搭在肩上背下来。但我转眼又想，锁是不是已经坏了。至于重复每一个熟悉的动作，我丝毫都不担心。但真的希望那玩意儿不会发出吱吱嘎嘎的声响，这样我的手才可以充分发挥作用。

我一边想着，一边用牙咬住手电筒，开始往上爬。那些突出来的锁件起不了多大的支撑作用，但如我所料，打开的柜门倒是帮了我很大的忙。在攀爬过程中，我既利用旋转的柜门，又利用门洞的边缘，所以才避免弄出很大的动静。我踩在柜门的上沿保持住平衡，然后身体慢慢向右倾斜，刚好够到我要去抓的锁。攀爬已经让我的手指有点麻木了，不过，虽然刚开始时非常笨拙，但我很快发现，手指的生理结构还能胜任这项工作，而且记忆感非常强。那一连串神秘而又复杂的开锁动作，不知不觉地穿越了未知的时光隧道，精准地传到我的大脑——我试了不到五分钟，就听到熟悉的“咔嗒”声。这倒把我吓了一跳，因为在我清醒的意识里，根本没有料到会发出这样的声响。转瞬间，伴随着非常微弱的摩擦声，金属柜门缓缓地转开了。

我眼花缭乱地扫了一眼柜门打开后暴露出来的一排灰色盒子，一股莫名其妙的情绪突然涌上心头。就在右手刚好能够到的地方有一个盒子，上面的曲线象形文字让我痛苦得浑身发抖，这种痛苦要比任何单纯的恐惧复杂得多。但尽管如此，我还是小心翼翼地把它从层层沙尘中扒出来，慢慢拽过来，免得弄出大动静。这个盒子跟我此前搬动过的那个一样，大小略微超过 20 乘 15 英寸见方，厚度也就 3 英寸多一点儿，上面有曲线式的浅浮雕数学图案。我用身体把箱子顶在柜子上，摸索上面的扣件，最后打开钩锁。打开盖子之后，我把这个沉重的家伙挪到背上，把钩子挂在衣领上，然后腾出双手，狼狈地下到布满灰尘的地板上，准备仔细查看自己的战利品。

我跪在沙尘中，把盒子从背上掉转过来，放在面前。我两手颤抖，害怕把书从盒子里拿出来，同时又渴望拿出来，而且觉得非拿出来不可。我渐渐明白了自己要找的究竟是什么，而这种意识几乎把我所有的神经都给麻醉了。如果那东西还在盒子里——如果我没有在做梦——那它所带来的影响将是人类精神无法承受的。最让我痛苦的是，我突然间失去了感觉，根本感觉不到周围的一切只是一场梦。现实的感觉是可怕的——此时此刻，我回忆起那个场面时，现实的感觉又变得可怕起来。

最后，我双手颤抖着把书从盒子里抽了出来，如痴如醉地盯着封面上熟悉的象形文字。书看上去保存得非常完好，标题的曲线文字使我陷入近乎痴醉的状态，就好像我能看懂似的。的确，我现在不敢打包票说，自己真的没有凭借短暂而又可怕的异常记忆去阅读这些文字。我不知道，过了多久我才斗胆翻开薄薄的金属封面。我一直在拖延时间，并为自己寻找种种借口。我把含在嘴里的手电筒拿出来，关上电源以便节省电池。然后，在黑暗中，我鼓足勇气打开了封面。最后，我真的用手电照了一下已经翻开的书页——我事先已经铁了心，不管看到什么，都不能发出任何声音。

我只看了一眼，精神顿时就崩溃了。但我仍紧咬牙关，没有发出声来。我瘫倒在地，在伸手不见五指的黑暗中，把一只手抚在额头上。我既害怕又期待的东西就在那里。当时，要么我是在做梦，要么是时空给我开了一个天大的玩笑。此时此刻，我肯定是在做梦——但我仍准备把它带回去，让我儿子看看，让他判断这个恐怖的玩意儿究竟是不是真的。尽管在凝固的黑暗中，周围看不到任何有形的东西，但我仍觉得天旋地转。种种最赤裸裸的恐怖念头和影像——由我那一瞥瞅见的画面引起的——开始拥进我的脑海，搅乱了我的感官。

我想起了尘土中那些可疑的脚印，顿时，就连听到自己的呼吸声，都吓得我浑身哆嗦。就像毒蛇的猎物注视着毒蛇的眼睛和毒牙一样，我又一次打开手电，看了一眼打开的书页。之后，在黑暗中，我用笨拙的手指合上书，把它放回盒子里，然后“啪”的一声盖上盖子，扣好上面异样的锁扣。如果这个东西真的存在——如果这个深渊真的存在——如果我，乃至这个世界，真的存在，那我就必须把它带回到外面的世界中去。

我是什么时候开始踉踉跄跄往回走的，现在已经记不清了。我想起来了，很奇怪，在置身于地下那段诚惶诚恐的时间里，我居然没有看过手表——那可是衡量我与世隔绝时间的尺子啊。我手拿手电筒，把这个可怕的盒子夹在腋下，最后战战兢兢、蹑手蹑脚、悄无声息地走过冷风飕飕的无底洞和虎视眈眈的脚印。爬上一眼望不到头的坡道之后，我渐渐放松了警惕，但恐惧的阴霾却始终挥之不去。很奇怪，这种恐惧的阴霾，在我下去的时候，居然不曾有过。

我害怕再次穿过那个比整个城市还古老的黑色玄武岩地窖，因为在那里，阵阵冷风会从毫无戒备的深处冒出来。我想起了连至尊族都害怕的东西，想起了下面可能仍潜伏着什么东西（不管这种东西是不是已经奄奄一息）。我想起了五个圆趾组成的脚印，想起了梦境曾经告诉过我这些脚印是什么，想起了与这些脚印如影随形的怪风和呼啸声。我还想起了现代澳洲土著人的传说，正是这些传说承载了狂风和无名废墟所带来的恐惧。

一看墙上雕刻的符号，我就知道该往哪层楼走，所以在经过我之前查看过的另一本书后，终于来到那个拱门环绕的圆形大厅。在右边，我马上就认出了我来时的那道拱门。我走进拱门，心里清楚，接下来的路会更艰难，因为典藏库外的建筑已经是满目疮痍。再加上，我又背负着金属盒子，所以要想在形形色色的碎石瓦砾间，磕磕碰碰地走过去而不弄出点动静，是越来越难了。

随后，我来到直堆到天花板的瓦砾堆前，这里是我此前扒出只能容身通过的地方。一想到我又要扭动着身体爬过去，我就感到无比恐惧，因为我第一次爬过去的时候，曾经弄出过动静，而此时——在看到那些可疑的脚印之后——我最害怕的就是弄出动静。再说，要带着盒子通过狭窄的通道，那是难上加难。但我还是竭尽全力爬上瓦砾堆，把盒子放在我前面，推过了洞口。然后，把手电筒含在嘴里，连扭带蹭地爬了过去——跟上回一样，我的背又被钟乳石划得遍体鳞伤。就在我再次去抓盒子的当儿，盒子沿着我前面向下的斜坡滚落了一小段距离，发出了一阵令人不安的“哗啦”声，随之而来的是一阵阵回音，我顿时吓出了一身冷汗。我赶紧扑过去，一把抓住盒子，免得再弄出什么动静——但我突然做出的这个动作让脚下的石块滑落下来，发出空前的声响。

这声响动为我埋下了祸根。因为，不管是不是真的，我认为自己真的听到了一个可怕的声音，从我身后遥远的地方传来，回应着我刚才弄出的动静。我认为自己真的听到了一个刺耳的呼啸声，这个声音根本不像地球上听到的任何声音，而且用语言根本无法描述。如果真是那样，随后发生的便是无情的讽刺了——因为，要不是呼啸声引起了恐慌，接下来的事就不会发生了。

结果却是，我的疯狂已经到了无以复加的地步，而且丝毫没有减轻的迹象。我手持手电筒，有气无力地抱着盒子，疯也似的向前奔跑。此时，我的脑子里只有一个强烈的愿望：赶紧离开这个鬼地方，回到洒满月光、黄沙遍地的清明世界，而那个世界就在我头顶上方遥远的地方。我不知道自己什么时候跑到那堆像山一样高过业已塌陷的拱顶、没入茫茫黑暗的瓦砾堆，在手忙脚乱地爬上堆满瓦砾的陡坡时，把自己弄得遍体鳞伤。接下来，大难临头了。就在我钻头不顾腚地翻越瓦砾顶时，对前面突然出现的陡坡丝毫没有准备，结果，一脚踏空，随即卷进了一场稀里哗啦的落石阵中。落石发出的雷鸣般巨响划破洞中黑暗的空气，引发了一阵又一阵惊天动地，震耳欲聋的回响。

现在，我已经不记得自己是怎样脱身的了，只记得我当时依靠短暂而又零碎的意识，一路跌跌撞撞、连滚带爬，沿着轰然作响的走廊拼命往前冲——盒子和手电都还没有丢。紧接着，就在我快要到那口我一直惧怕的原始玄武岩地窖时，终极疯狂上演了。因为，落石引发的回声渐渐平息之后，走廊里传来既诡异又恐怖的呼啸声，而这种呼啸声是我此前听到过的。这一次绝对没有错——更糟糕的是，呼啸声不是从我背后传来的，而是从我前面传来的。

当时，我大概是尖叫出声来了。我依稀记得，我一边一路狂奔，穿过隐藏着古生物的地狱般玄武岩地窖，一边听到那个该死的诡异声音从底下深不可测的黑暗中，透过洞门大开而又毫无戒备的洞口传了出来。还有风——不仅仅是阴冷潮湿的风，而是带有某种意图的劲风，狂野而又无情地从传出呼啸声的无底深渊中扑面而来。

我依稀记得，自己跌跌撞撞越过形形色色的障碍物，而风声和呼啸声每时每刻都在增强，阵阵狂风与呼啸声从我身后和地下，不怀好意地冲出来，似乎是有目的地在我周围萦绕盘旋。奇怪的是，风虽然是从我背后吹来的，但风力并不是推着我往前走，相反，倒好像在我身上套上了绳索，在往后拉我，阻碍我的前进。此时此刻，我已经顾不上弄出多大动静了，稀里哗啦地翻越碎石堆成的巨大障碍物，又回到了那栋连接地面的建筑。我还记得，我瞅了一眼通往机器房的那道拱门，当我看到通往地下的坡道时，差一点喊叫起来。毫无疑问，这个坡道连接的正是下面两层的地窖，而那里的一个活板天窗正张着血盆大口呢。但我没有喊出声来，相反，我只是一遍又一遍地喃喃自语：这一切只不过是一场梦，我肯定马上会醒来的。或许我是在营地里——或许我是在阿卡姆的家里。这些希望让我的理智重新振作起来，于是，我开始沿着通往更高一层的坡道爬去。

当然，我知道，前面还要跨越一个4英尺宽的地缝，不过，其他的恐惧已经折磨得我想不起这档子事了。直到快接近地缝时，我才意识到自己所面临的真正恐怖。因为上一次我是往下走，所以跃过地缝比较容易，但现在是上坡，同时又饱受恐惧和疲惫的折磨，再说还背负着这么个金属盒子，再加上那股妖风又不停地往后拽我，我怎么才能轻而易举地越过去呢？直到最后一刻，我心里还在想着这些东西，还在想着在地缝下面漆黑的深渊里，说不定还藏着什么魔鬼呢。

摇曳的手电光变得越来越暗了，但凭借模糊的记忆，我还是判断出快要到地缝了。在我身后，阵阵阴冷的妖风，还有令人厌恶的呼啸声，此时倒成了慈悲的镇静剂，面对前面张着大口的地缝所带来的恐惧，我的想象力已经变得迟钝麻木了。紧接着，我突然发现，妖风和呼啸声也从我前面袭来——一浪高过一浪，从想象不到、也无法想象的地下深渊里，透过地缝喷涌而出。

说实话，我现在才算真正碰上噩梦了。我已失去了理智，除了动物逃生的本能之外，我什么都不管不顾了，只能顺着瓦砾遍地的坡道，拼命往上爬，仿佛全然忘记了挡在前面的地缝。紧接着，我看到了陷坑的边缘，于是使出浑身解数，纵身一跃，顷刻间便被可憎的声音和触手可及的黑暗交织而成的漩涡吞没了。

这就是我记忆中的最后经历。至于接下来的任何印象，完全属于精神错乱造成的幻觉。在我的种种印象之中，梦境、疯狂和记忆，犹如一团乱麻纠缠在一起，编织成一系列荒诞不经、支离破碎的幻想，而这些幻想根本就没有什么真实性。我先是掉进了深不可测的可怕深渊，感受到既黏稠又有知觉的黑暗，再后来便听到一片混杂的噪声，这种声音迥异于我们已知的地球及其生命有机体所发出的声音。我身上本已处于休眠状态、业已退化了的种种感觉突然活跃起来，告诉我这里是在空中飘荡的恐怖生灵居住的巢穴，引领我朝着终日不见阳光的峭壁、海洋走去，朝着车水马龙的城市走去。在这些城市里，所到之处，看到的都是暗无天日的黑色玄武岩无窗巨塔。

这颗星球的原始秘密及其亘古历史，在我脑海里一闪而过，既没有影像，也没有声音，我所感知到的东西，就连此前最疯狂的梦境都没有提示过我。潮湿的水汽犹如冰冷的手指，一直揪住我不放，撩拨我，而该死的呼啸声穷凶极恶地尖叫着，掩盖了四周黑暗漩涡中交替出现的死寂与嘈杂。

再后来，又出现了我在梦中见过的那座大城市——这座城市并没有沦为废墟，而是跟我梦见的一模一样。我又一次变回到非人类的圆锥体，混迹于至尊族和那些手拿书本沿着走廊和坡道上上下下的被占领心灵之中。紧接着，和这些影像叠加在一起的，是一闪而过的某种可怕的非视觉意识，只觉得自己在不停地拼命挣扎，在拼命摆脱呼啸妖风抓住我不放的触角，像蝙蝠一样在凝固的空气中疯狂逃命，在妖风肆虐的黑暗中拼命往前钻，在残垣断壁上连滚带爬，拼命逃窜。

有一次，我脑子里突然闪过一个若隐若现的奇怪影像——在头顶上很远的地方，笼罩着一团朦胧的蓝光。紧接着，我又梦见自己被风追着，连滚带爬，扭动着身躯，钻过一堆瓦砾，来到面目狰狞的月光之中。一阵狂飙过后，我钻过来的那堆瓦砾也随之滑落、崩塌了。正是面露狰狞、单调乏味的月光告诉我，我又回到了自己所熟悉的这个清醒的客观世界。

我趴在地上，双手扒着澳大利亚沙漠的沙砾，周围狂风呼啸，而这种狂风是我在这个星球上闻所未闻的。此时此刻，我已经衣不遮体，遍体鳞伤。等我的意识慢慢恢复过来之后，我怎么也说不出，刚才那场精神错乱的梦是在什么时候消失的，真正的记忆又是什么时候开始的。在我的记忆中，似乎出现过一堆巨石，巨石堆下面是无底洞，然后是从过去的时空展现出来的怪异景象，最后是梦魇般的恐怖——但这一切又有多少是真的呢？我的手电筒不见了，我可能发现过的那个盒子也不见了。真的有过这样一个盒子——或者什么无底洞——或者什么巨石堆吗？我抬起头，往后张望，看到的只有一片绵延起伏、寸草不生的沙漠。

妖风业已止息，像蘑菇一样鼓鼓囊囊的月亮泛着红光已渐西沉。我踉踉跄跄地站了起来，东倒西歪地朝着西南方的营地走去。我究竟碰到了什么？难道我只是身体突然垮了，拖着噩梦折磨的病体，穿过绵延数英里的沙漠和被掩埋的乱石堆？否则，我又怎么能活得下来呢？我原以为自己看到的景象都是神话传说催生的，根本就是不真实的，但产生了新的疑问之后，我再一次回到从前的可怕疑虑之中。如果真的有无底洞，那么，至尊族也是真实存在的——这样一来，至尊族在浩瀚的时间漩涡之中，到处伸手，肆意乱抓，也就不是什么神话传说或噩梦，而是惊心动魄的可怕现实了。

难道可怕的事实是，在失忆的那段黑暗而又迷茫的时间里，我真的被带回到一亿五千万年前某个前人类的世界？难道来自万古之前的恐怖外星意识真的把我现在的躯体当作过载体？ 在我的心灵被那些拖沓行走的恐怖生物占领时，难道我真的见识过这座该死的巨石城，而且还以占领者的可恶形象，在熟悉的走廊里拖沓行走？二十多年来，折磨我的种种梦境，难道只是荒唐的记忆？难道我真的跟从遥不可及的时空角落来的那些心灵交流过，从而掌握了宇宙过去和未来的种种奥秘，而且还为自己所生活的这个世界撰写了年鉴，保存在庞大典藏库中的金属盒子里？当千千万万年来形态各异的生物在沧桑的地表上苟延残喘的时候，其他生物——那些能搅起妖风，发出骇人呼啸声的古生物——真的是挥之不去的潜在威胁，在黑暗深渊里等待时机，进而慢慢消亡？

我不知道。如果那个深渊以及深渊里的生灵都是真实存在的，那就没有希望了。 果如此，人类世界便确确实实地笼罩在一片面带讥笑、难以置信的时光魅影之中。但，不幸中万幸的是，没有证据证明这些不是我在神话催生下所做的梦。那个金属盒子本来是可以作为证据的，但我却没能带回来，而且，到目前为止，我们的考古发掘也没能找到那些地下走廊。假如宇宙法则是仁慈的，那么，地下走廊还是永远不要被人发现为好。但我必须告诉我儿子，我看到了什么，或者我认为自己看到了什么，让他从心理学家的角度去判断我所经历的是不是真实的，要不要把它公之于众。

我说过，多年来，我饱受梦魇的折磨，但这种折磨的程度完全取决于我以为在掩埋地下的巨石废墟里所看到的一切在多大程度上是真实的。但要把残酷的真相写下来，对我来说的确是件难事。这一点，我想读者肯定也能理解。当然，真相就在金属盒子中的那本书里——那个我从亿万年的灰尘中扒出来的金属盒子。从人类诞生到这个星球上以来，没有一只眼睛看到过这本书，也没有一只手碰过这本书。但当我在恐怖深渊中借着手电光看到它时，在一张张业已泛黄、变脆的书页上，我看到那些着色奇特的字体，根本不是地球早期籍籍无名的什么象形文字。相反，那些字句就是我们所熟悉的字母，是我用英语亲手写出来的。

印斯茅斯疑云[1]

一

1927 年至 1928 年间的那个冬天，联邦政府对马萨诸塞州海港古镇印斯茅斯[2]秘密进行了一次诡异的调查。公众最先知道这件事是在二月份，当时还引发了一连串大规模的打砸抢事件以及其后警方的抓捕行动。紧接着，在做好充分预案之后，当局从容地炸毁并焚烧了位于已废弃码头区的一大批摇摇欲坠、破烂不堪、空关已久的房屋。在那些不爱管闲事的人眼里，这个事件只不过是时断时续向酒精宣战过程中又一起严重的冲突而已。[3]

但那些热衷于跟踪新闻的人错愕地发现，不仅被抓捕的人数多得惊人，抓捕行动动用人力之大非同寻常，而且对人犯的处置更是鬼鬼祟祟、遮遮掩掩。人们看不到审讯乃至明确指控的任何报道，人犯也没有被关进国内任何普通的监狱。有些报道含糊其辞地提到疾病与集中营，之后又提到人犯被分散关进了海军与陆军的监狱，但这些报道的真实性

1 《印斯茅斯疑云》写于 1931 年 11—12 月。起初，作者对小说非常不满意，不愿意拿出去发表，但在 1933 年初，作者把小说的文稿借给了奥古斯特·德莱思。德莱思未经洛夫克拉夫特同意，便把小说文稿转交给《诡丽幻谭》的范斯沃斯·莱特。但莱特以故事太长但分成系列发表又会破坏故事的完整性为由，拒绝发表。小说最终于 1936 年由威廉·L. 克劳福德的梦幻出版社以小册子的形式发表，这也是作者在世时出版的唯一书籍。

2 参阅《塞勒菲斯》中的相关注释。

3 1920 年 1 月，美国宪法第 18 号修正案正式生效。这项法律规定，凡是制造、售卖乃至于运输酒精含量超过 0.5% 以上的饮料皆属违法，这就是美国历史上著名的禁酒令。禁酒令实施后，没能像预期的那样，实现美国人道德情操的净化，相反却带来了严重的社会问题，贩卖私酒的黑市越来越猖獗，警察日益腐败，黑社会开始发展壮大，犯罪率不断飙升。

从来没有人去证实。此后，印斯茅斯几乎成了一座空城，时至今日，才开始慢慢出现复苏的迹象。

许多自由团体对此表示不满，随之而来的便是漫长的秘密磋商。最后，这些团体派代表走访了一些集中营与监狱，随后便出人意料地集体失声了。新闻记者虽然更难应付，但大部分似乎最终还是选择了与政府合作。只有一家报纸——因办报方针太过无法无天，其可信度大打折扣的街头小报——提到了一艘深潜的潜艇，朝魔鬼礁外的深海发射了几颗鱼雷。这则不知从哪个水手窝里偶然打探来的消息，似乎太过牵强，因为那处低矮的黑色礁石离印斯茅斯港只有一英里半的距离。

居住在周围乡下和附近镇上的人虽然都在私下议论，却很少跟外人谈起这件事。近一个世纪以来，当地人一直在谈论人烟稀少、濒临灭绝的印斯茅斯，但已经没有什么新东西比他们多年前窃窃私语的事情更疯狂、更可怕的了。许多经历教会了他们要保守秘密，再说，现在也没有必要对他们施加任何压力了。再说，他们知道的其实已经寥寥无几，因为荒无人烟、一望无际的盐碱滩已经让附近的居民离开印斯茅斯，远走他乡。

可是，我最后还是准备向这个禁忌话题发起挑战。我敢保证，我的调查结论会非常完整，即便是透露了惊恐的调查人员在印斯茅斯有什么发现，也不会对公众造成任何伤害，最多只会引起一丝充满反感的震惊而已。再说，调查人员的发现可能不止有一种解释。就连整个事件我所了解的究竟有多少，此时此刻我心里也没底，所以我有充分的理由希望人们不要再继续深究下去。因为，我跟这件事的接触，比任何外行人都要多，而且我现在满脑子都是想法，迫使我采取极端的手段。

1927 年 7 月 16 日凌晨，我疯狂地逃离印斯茅斯，惊慌失措地请求政府展开调查，采取行动，这些调查和行动最后差不多都见诸报端了。当时，一方面事件刚过去不久，另一方面结果尚不明朗，所以我甘心情愿地保持了沉默。但现在这件事已经成为过去，公众对它的兴趣与好奇心也烟消云散，可我却产生了一种莫名其妙的想法，想私下聊一聊我在那个谣言满天飞、笼罩着罪恶、充斥着死亡与诡异的海港中度过的惊心动魄的几小时。单就把整个事件一吐为快，就会有助于让我恢复自信，有助于让我坚信自己并不是第一个向极具传染力的噩梦般幻觉屈服的人，也有助于让我今后面对可怕脚印时能痛下决心。

直到我第一次——到目前为止，也是最后一次——亲眼看到印斯茅斯的前一天，我才听人说起这个地方。当时，我正准备到新英格兰旅行——旅游观光，探访古迹，寻宗问谱——来庆祝自己已经成年。我原计划从古老的纽伯里波特直接去阿卡姆[1]，因为我母亲的祖籍是阿卡姆。由于当时还没有汽车，我只好乘火车、坐电车和长途客车，一路上始终尽可能找便宜的旅行线路。在纽伯里波特，有人告诉我，要到阿卡姆只能乘蒸汽火车，而正是我在车站售票处为昂贵的票价犹豫不决时，才听人说起印斯茅斯这个地方。售票员身材粗壮，精明强干，听口音也不像是本地人。他好像很同情我尽量节俭的心情，所以向我提出了一个其他人从未提过的建议。

“要我说，你可以坐那种老巴士，”他犹豫了片刻，说道，“不过，这一带的人大都不愿意坐那玩意儿。那种车要途经印斯茅斯——你没准儿听说过印斯茅斯——所以人们都不喜欢坐。老板是印斯茅斯人，乔·萨金特，不过，我琢磨着，这儿和阿卡姆从来没人坐那玩意儿。真不知道这种车为啥还开。要我说，车票够便宜了，但坐的人最多不过两三个，除了印斯茅斯的当地人，没人坐那玩意儿。早十点和晚七点，在广场发车，就是哈蒙德药店前面，不知最近变了没有。看上去就像一堆破烂儿，我从来没坐过。”

这是我第一次听说疑云笼罩的印斯茅斯。只要有人提到普通地图或最新旅游指南上没有的小镇，我都会感兴趣，所以售票员言语中那种古怪的暗示，顿时勾起了我的好奇心。我心想，一个小镇能让周围的邻居如此反感，肯定有不同寻常之处，因此值得观光客去关注。如果去阿卡姆途经印斯茅斯，我不妨在那里中途停留，于是，我恳请售票员给我讲讲印斯茅斯的情况。就这样，售票员带着一副洋洋得意的神情，不慌不忙地侃侃道来。

“印斯茅斯？呃，那是马奴赛特河[2]入海口上的一个小镇，有点儿古

1 马萨诸塞州东北部城市，位于梅里马克河入海口。作者曾于 1923 年 4 月与青年业余作家埃德加·J. 戴维斯第一次造访纽伯里波特，1931 年 10 月又去过一次。

2 马奴赛特河（Manuxet），可能是作者依据流经纽伯里波特的梅里马克河杜撰出来的河流。在马萨诸塞州普利茅斯县有个小镇叫马奴麦特（Manumet），有条河叫马奴麦特河，河水注入巴泽兹湾。

怪。过去算得上是城市吧，1812 年战争[1]前还是个相当大的港口，但在过去一百多年里慢慢完蛋了。现在已经没了火车——波缅线[2]压根儿不走那里，从罗利通过去的支线几年前也停运了。

“那儿的空房子没准儿比人还多，除了捕鱼捞虾，已经没什么生意了。大家要么在这里做生意，要么在阿卡姆和伊普斯维奇做生意。以前那地方还有几家作坊，可现在啥都没了，只剩下一家黄金加工厂还在三天打鱼、两天晒网地开工。

“不过，那家工厂过去可不得了，老板是老马什，八成比克里萨斯王[3]还有钱呢。不过，老家伙很古怪，整天大门不出、二门不迈。他晚年好像得了什么皮肤病，没准儿是残废，所以才不出来见人了。创办这家工厂的是奥贝德·马什船长的孙子，他母亲好像是外国人——听说是南洋一个岛上生的——所以，五十年前，当人们听说他娶了个伊普斯维奇的姑娘时，大家的气就不打一处来。对印斯茅斯人，人们一直都是这样。这儿和周边的人总是捂住自己身上的印斯茅斯血统不放。不过，要我看，马什的儿孙们和别人好像没啥两样。我曾让别人指给我看马什的儿孙什么样——不过，现在想起来，他那些年长些的儿孙最近好像见不到了。从来没人见过老马什。

“为什么大家都瞧不上印斯茅斯呢？这么说吧，小伙子，你不用太在意这儿的人说什么。这儿的人都不愿意提起印斯茅斯，不过，一旦扯起印斯茅斯，就停不下来。过去一百年里，人们一直都在闲聊印斯茅斯的事——一般都是窃窃私语地聊——不过，我觉得人们更怕提起印斯茅斯。有些说法会让你捧腹大笑——有人说，老船长马什跟魔鬼讨价还价，把许多小鬼从地狱里放出来，在印斯茅斯生活；还有人说，1845 年前后，在码头附近，人们无意中看到过崇拜魔鬼或是可怕的祭祀仪式——不过，我是从佛蒙特州潘通[4]来的，才不信这个邪呢。

“不过，你该听听老人们是怎么说海上那块黑礁石的。老人们都管

---

1 美国与英国之间发生于 1812 年至 1815 年的战争，亦称“美国第二次独立战争”，是美国独立后第一次对外战争。

2 指波士顿至缅因州的铁路线，始建于 1835 年。罗利到伊普斯维奇的铁路支线现实中确实存在。

3 吕底亚国（今属土耳其）最后一位国王（公元前 560 年至公元前 546 年），以富有和慷慨著称。今人喻指“大富豪”。

4 位于美加边境尚普兰湖东岸的小镇。

它叫魔鬼礁。很多时候，礁石会露出水面一大块，但即便这样，它也算不上是个岛。大家都说，礁石上有时会看到一大群魔鬼，横七竖八地躺着，或在靠近礁石顶部的一个洞里进进出出。礁石高低不平，大概有 1 英里开外，但在海运时代快结束的年代，海员们都会绕着它走。

“也就是说，印斯茅斯没有海员。海员都防着老船长马什的一个原因是，据说老船长有时会在夜里退潮的时候登上魔鬼礁。也许，他真的这么干过，我敢说，魔鬼礁的构造很奇特，也许他上礁只是为了寻找海盗藏匿的战利品，没准儿还真找到了。不过，大家都说他跑到礁上去是跟恶魔做交易。其实，我觉得，总的来说，让魔鬼礁臭名远扬的正是老船长。

“这是 1846 年瘟疫大爆发之前的事了，那场瘟疫夺走了一大半印斯茅斯人的命。人们一直搞不懂到底咋回事儿，八成是过往船只从中国或是其他什么地方带来的外国病。当时情况很糟糕——印斯茅斯发生了骚乱，还有各种各样可怕的事。不过，我觉得大部分都没传到印斯茅斯外面来——事后，印斯茅斯一片狼藉。自那以后，这种事儿再没发生过，现在印斯茅斯的人口不到三四百。

“不过，人们背地里真正能感觉到的东西就是种族歧视——我并不是怪那些有这种想法的人。我自己也不喜欢印斯茅斯人，也从不去印斯茅斯。你八成知道——你一说话我就能听出你是从西边来的——我们新英格兰的船只过去经常与非洲、亚洲、南太平洋和其他地方许多千奇百怪的港口打交道，所以有时候会带一些千奇百怪的人回来。你八成听说过，塞勒姆[1]有个人居然带回来一个中国老婆，你没准儿还知道，科德角[2]附近居然还有一帮斐济人。

“这么说吧，印斯茅斯人背后肯定有见不得人的东西。一直以来，宽阔的盐沼和纵横交错的河流把印斯茅斯与其他地方隔绝起来，我们搞不清镇子里里外外的东西；但有一点很清楚，那就是：二三十年代，老船长马什把他在外跑运输的三艘船全部召了回来，船上肯定带回来一

1 美国马萨诸塞州艾塞克斯县的城市，位于马萨诸塞州北海岸，是新英格兰历史上的重镇和美国新教徒时期的重要港口城市。

2 美国马萨诸塞州东南部伸入大西洋的海角和半岛，因其为历史军事重镇和丰富的海滩，每年夏天会吸引许多游客来此旅游度假。

些奇怪的东西。时至今日，印斯茅斯人身上肯定有一种与众不同的特质——我不知道该怎么说，但这种特质没准儿会让你起鸡皮疙瘩。如果你搭上了这班车，在萨金特身上你多少会看到一点儿。很奇怪，有些印斯茅斯人的头很窄，鼻子扁平，炯炯有神的肿眼泡似乎永远闭不上。肤色也不太正常，疙疙瘩瘩，粗糙得要命，脖子两边也全是皱纹。年纪轻轻就秃顶了。上了年纪的人就更糟糕了，事实上，我从来没见过那个样子的老年人。他们八成一照镜子就给吓死了！动物都不喜欢他们——没有汽车的时候，他们的马总是出事儿。

“我们这里的人，还有阿卡姆跟伊普斯维奇的人，都不愿意跟他们来往。无论是他们进城来，或是别人到他们那儿去钓鱼，他们也都表现得有些冷漠。很奇怪，附近的地方都没有鱼，可印斯茅斯港的鱼特别多。你到了印斯茅斯，不妨去钓钓鱼，到时候，你就会发现当地人是怎么赶你走的了！以前，印斯茅斯人都是坐火车到我们这里来——支线铁路停运后，他们都是步行到罗利去坐火车——不过，现在他们都坐这班车。

“对了，印斯茅斯有家旅馆，叫吉尔曼旅馆，不过，我觉得这家旅店也没啥大不了的。我建议你还是不要住那儿。最好在这儿住一晚，坐明天早上十点的车，然后从印斯茅斯坐晚上八点的夜车去阿卡姆。两三年前，有个工厂检查员曾在吉尔曼旅馆住过，就碰到过许多倒霉的事儿。那地方好像很奇怪，因为检查员听见其他房间里有动静——可大多数房间明明没有人住——这让他直起鸡皮疙瘩。检查员以为自己听到的是外国话，不过，据他说，糟糕的还是时不时说话的声音。那声音听上去很不正常——他说，像是什么东西喷溅出来一样——这让他根本不敢脱衣服睡觉，只好坐等了一夜，第二天一大早就赶紧走了。说话声几乎整夜没停。

“有位老兄，名字叫凯西，讲了一大堆事儿，说印斯茅斯人总是盯着他不放，还有点儿监视他的味道。他发现马什的加工厂非常奇怪，建在马奴赛特河下游瀑布边上的一家老作坊里。他讲的跟我以前听到的差不多。账本残缺不全，生意的账目也是稀里糊涂。要知道，马什家族从啥地方弄到金子进行加工一直是个谜。他们好像没怎么采购过原料，可在几年前却运出了大批的金锭。

“过去常听人说，海员和加工厂的工人有时会偷出一种样式奇特的外国首饰来卖，还有一两次，有人看见马什家的女人身上也戴过。大家都说，这些玩意儿没准儿是老船长奥贝德从外国什么港口买来的，因为他总是大量购买玻璃念珠和小玩意儿，就像过去海员经常带些小玩意儿出海和土著人做买卖一样。有的人到现在还认为老船长在魔鬼礁上找到了海盗秘密藏宝的地方。可滑稽的是，老船长已经死了六十年，内战以后这地方也没了像样的大船，可马什家族还在购买用来跟土著人做买卖的那些玩意儿——我听说，大部分都是些玻璃和橡胶做的便宜货。没准儿印斯茅斯人就喜欢把玩这些东西——天晓得，他们是不是已经跟南洋食人族和几内亚野人一样坏了。

“1846 年那场瘟疫八成是把好人的命都夺走了。不管怎样，印斯茅斯人现在都有问题，马什家族和其他有钱人一样差劲儿。我刚才告诉过你，整个印斯茅斯总共不到四百人，虽然他们嘴上说有那么多。他们没准儿就是南方人所说的那种‘白人穷鬼’——无法无天，刁蛮奸诈，尽干些偷鸡摸狗的勾当。他们有很多鱼虾，都是用卡车往外运。奇怪的是，为啥印斯茅斯鱼虾成群，别的地方就没有呢。

“没有人能搞清楚印斯茅斯人的来龙去脉，这可苦了公办学校的官员和人口普查员。想想看，在印斯茅斯，四处打探的陌生人是不受欢迎的。我自己就不止一次听说，有商人或政府官员在那儿失踪了，还有人扯什么有个人疯了，现在还待在丹弗斯[1]呢。他们八成是用什么方法把这家伙给吓坏了。

“所以说，我要是你，才不会去那儿过夜呢。我从没去过，也压根儿不想去，不过，大白天去一趟应该没什么事儿——但这附近的人都会劝你不要去。如果你只是观观光，看看名胜古迹，印斯茅斯应该还是个不错的地方。”

所以，当天晚上，我在纽伯里波特公立图书馆[2]花了点时间查了些与印斯茅斯相关的资料。我原本想在商店、小吃店、修车厂、消防站里

---

1 距上文提到的塞勒姆西北 5 英里，位于此地的州立精神病院建于 1874 年。

2 建于 1864 年至 1865 年，1886 年 1 月 1 日对公众开放。1905 年，馆长为海伦·E. 蒂尔顿。下文中提到的纽伯里波特历史学会会长安娜·蒂尔顿可能是根据她的名字杜撰的。

向当地人打听点儿情况，却发现他们远比售票员预料的更难开口，最后，我意识到自己根本没有时间让他们克服天生的沉默。他们有一种说不清的疑心，好像对印斯茅斯过分感兴趣的人都有毛病。不过，在我住的基督教青年会[1]，店员只是不鼓励我到这种阴沉、颓废的地方去；在图书馆，人们的态度也一样。显然，在那些有教养的人眼里，印斯茅斯只不过是一个被人们添油加醋渲染过、已经没落的城市而已。

图书馆书架上的艾塞克斯县志几乎没有什么内容，只提到印斯茅斯始建于1643年，在独立战争前，一直以造船业闻名，在19世纪初，海运业非常繁荣，后来以马奴赛特河为依托，发展成为一个小规模产业的中心。县志上只轻描淡写地提到了1846年的那场瘟疫和暴乱，似乎这是艾塞克斯县的家丑一样。

关于印斯茅斯的没落虽很少提及，但后期的档案很显然非常重要。内战后，印斯茅斯全都的工业生产就剩下马什加工厂了，除了传统的渔业以外，仅存的主要商业贸易就是金锭的运销。随着价格的跌落以及大型企业的竞争，渔业收入越来越差，不过，印斯茅斯港周围是从来不缺少鱼的。外国人很少在印斯茅斯定居，遮遮掩掩的证据表明，虽然有些波兰人和葡萄牙人想在这里定居，但都被印斯茅斯人用非常极端的方式给赶跑了。

最让人感兴趣的是售票员蜻蜓点水地提到的那些外国珠宝。很显然，在附近乡里的印象中最为深刻的是，历史档案曾提到过收藏在阿卡姆的米斯卡塔尼克大学[2]博物馆和纽伯里波特历史学会[3]陈列室里的几件展品。有关这些珠宝的零星描述既平淡又无奇，但却给我一种挥之不去的异样感觉。这些描述似乎充满了稀奇古怪而又撩人心扉的暗示，让我无法释怀。因此，尽管时间已晚，如果能安排开的话，我还是决心去看一看保存在当地的展品——据说是一件形状诡异的大型饰冠。

---

1 总部设在瑞士日内瓦，现已蓬勃发展于世界各地。基督教青年会既不是传教组织，也不是慈善机构，主要奉行基督“为世人服务”的精神和“促进大众德、智、体、群全面发展”的理念，根据社会人群（尤其是弱势群体）的需要，从事各种各样的社会服务工作，服务对象不分性别、年龄、国籍、种族和宗教信仰。一些青年会还开设价格低廉的旅店和宾馆。洛夫克拉夫特外出旅行时经常住在基督教青年会。

2 参阅《疯狂山脉》中的相关注释。

3 官方名称为老纽伯里历史学会，作者生活时期位于高街164号的佩廷格尔-富勒商行（现位于高街98号库欣商行）。

图书馆馆长给我开了一封介绍信，让我转呈学会会长，一个叫安娜·蒂尔顿的小姐。蒂尔顿小姐就住在附近，我简单地说明来意之后，因为当时时间还不算太晚，这位年逾古稀、文质彬彬的女士便好心地把我带到已经关门的展室。展室里的展品确实很多，但此时此景，我的眼睛只盯着角落橱柜里在灯光下熠熠生辉的那件奇珍异宝。

这件宝贝非常气派，充满了异国情调，摆在紫色天鹅绒垫上，透着一种超凡脱俗、与众不同的华美。看着它，无须太多的审美能力，我已经目瞪口呆了。时至今日，我仍然难以形容自己所看到的一切，不过，就像县志中描述的那样，这件宝贝很显然是一种饰冠。饰冠的前端很高，边缘非常大且很不规则，那样子就好像是专为一个呈椭圆形的脑袋设计的。材质看上去以黄金为主，但又发出一种淡淡的奇光异彩，这说明制作者用一种同样华美而又几乎不为人所知的金属把它锻造成某种与众不同的合金。饰冠的保存近乎完美，整个设计引人入胜，根本没有因循守旧——有的细节是简单的几何图形，有的细节表现的只是海洋——表面以高浮雕工艺雕镂或锻铸。整个工艺表现出不可思议的娴熟技巧和艺术品位，让你一连几小时都看不够。

这件饰冠让我越看越入迷，但同时，也有一种说不清道不明、既好奇又闹心的心情。最初，我以为让我心神不宁的是这件艺术品所表现出的那种异域风格。我以前见过的艺术品，要么属于某个已知的种族或民族，要么是现代派蓄意挑战一切公认风格而创作的作品。但这件饰冠却不同，它的创作技法显然属于早已成型而又无比成熟和完美的一类，可是又距我所见所闻的——东方的和西方的，古代的和现代的——任何技法相去甚远。这件艺术品就好像来自另一个星球。

可是，我很快发现，让我心神不宁的还有另一个或许同样有说服力的原因，那就是整个另类设计通过构图与数学元素让人产生的联想。整个图案告诉人们，在时空中存在遥远的神秘与难以想象的无底深渊，而浮雕所反映的单调海洋也近乎变得凶险起来。浮雕表现的是传说中许多形容怪异、凶神恶煞般的怪物——喻示某种半鱼半蛙的形象——会让人产生一种忐忑不安而又挥之不去的假记忆感，就好像是从我们肉体深处的细胞和组织中唤起了某种形象，而这些形象帮助我们记起那些非常原始、极近远古的东西。有时候，我以为这些亵渎神明的半鱼半蛙怪物的外形流露出那种鲜为人知、毫无人性、邪恶十足的本质。

据蒂尔顿小姐说，饰冠短暂而平淡的历史与它那奇异的造型形成了强烈的反差。1873 年，一个印斯茅斯醉汉以一个荒唐的价钱把它当给斯台特街上的一家店铺，可是没多久这个醉汉在一次打架中被人打死了。历史学会直接从当铺老板那里把饰冠弄到手，随后立即堂而皇之地把它展示出来。饰冠标注的出处可能是东印度或印度支那，不过说心里话，这种结论只是初步的。

至于饰冠究竟源于何处，又是如何来到新英格兰的，蒂尔顿小姐对所有假说进行了认真比较，最后倾向于认定，饰冠原本属于外国海盗藏匿的宝藏，后来让老船长奥贝德·马什发现了。在得知饰冠在历史学会展出之后，马什家族立刻坚持出高价把它买回去，这也为上述观点提供了铁证。时至今日，历史学会虽然坚决不卖，但马什家族仍一而再地要把它买回去。

就在女会长带我离开展室时，明确地告诉我说，这一带消息灵通的人士都认为，马什家的财富都来源于海盗的宝藏。而她对疑云笼罩的印斯茅斯——她从未去过——所持的态度与那些因一个地方的文明如此堕落而反感的人如出一辙。此外，她拍着胸脯对我说，关于恶魔崇拜的种种谣言，一部分是有真凭实据的，一个神秘的邪教已经在那里站稳了脚跟，而且吞并了所有正统的教会。

据她说，这个邪教叫“大衮密约教”。一个世纪前的一段时间里，印斯茅斯的渔业似乎在逐渐枯竭，这个邪教肯定是在那个时候从东方传过来的。后来，印斯茅斯突然间鱼又多了起来而且长盛不衰，所以普通老百姓笃信这个邪教也是很自然的事。没多久，这个邪教就发展成影响最大的教派，完全取代了共济会[1]，占领了新教堂山上的共济会堂总部。

对虔诚的蒂尔顿小姐来说，所有这一切足以构成她对这座荒凉而又破败的古镇惟恐避之不及的绝佳理由，但在我眼里，印斯茅斯恰恰给了

1 从中世纪行会演变来的一个组织。共济会并非像人们常说的那样是个秘密组织，也不是教会。共济会强调自己的成员必须是有神论者，而且信奉“四海之内皆兄弟”的理念。作者的外祖父惠普尔·范布伦·菲利普斯（1833—1904）是共济会成员，并于 1869 年在罗得岛州的福斯特开办了共济会旅店。

我一种前所未有的诱惑感。除了建筑与历史让我充满期待外，我还对人文方面的东西怀有强烈的兴趣。虽然夜已深，但我待在基督青年会的小房间里几乎无法入睡。

二

第二天早上十点不到，我便拎着一只小行李箱，来到了位于老市场广场的哈蒙德便利店门前，等开往印斯茅斯的巴士。就在巴士快要到的时候，我注意到大街上的行人要么是赶往其他地方去的，要么就是朝着广场对面的“理想午餐馆”走去。显然，售票员没有夸大当地人对印斯茅斯及其居民的厌恶情绪。不一会儿，一辆破烂不堪、污迹斑斑的灰色小巴士叮叮哐哐地沿着斯台特街开了过来。汽车掉了个头，在我身边的马路边停了下来。我马上意识到这就是我要等的车，而我的猜想很快就得到了证实，汽车前挡风玻璃上贴着字迹略显模糊的标识牌：“阿卡姆——印斯茅斯——纽伯里波特”。

车上只有三名乘客——皮肤黝黑、蓬头垢面、面色阴沉，不过看上去倒是挺年轻的——车停下来后，他们慢慢悠悠地下了车，一声不响、鬼鬼祟祟地沿着斯台特街走去。司机也下了车，我看着他走进便利店去买东西。我在想，这肯定就是售票员提到的那个乔·萨金特，但没等我仔细看，一股难以名状的厌恶感便油然而生。这时，我突然意识到，当地人应该是压根儿不想搭乘这个人开的车，或者尽可能躲开这个人和他的族群生活的地方。

等司机走出商店，我才开始仔细观察他，想找出给我留下不好印象的缘由。他身材瘦弱，有点驼背，身高差不多有 6 英尺，穿着一件破旧不堪的蓝色便服，戴着一顶破旧的高尔夫球帽，年纪在 35 岁上下。但如果不仔细看他那张无精打采、面无表情的脸，单看他脖子两边古怪而又深陷的皱折，你会觉得他的年纪远不止这么大。他的头很窄，鼻子扁平，额头和下巴向后收缩，一双肿胀而又水汪汪的蓝眼睛好像永远不会眨一眨，一双耳朵也好像发育不全似的。他的嘴唇又厚又长，脸上毛孔粗大，脸色灰暗，卷曲的黄胡须稀疏散乱地分布在脸上，脸上的皮肤也很怪，就好像因得了某种皮肤病，皮肤一块块剥落了一样。他的手很大，因青筋毕露而呈现出一种与众不同的青灰色。手指短得跟手掌根本不成比例，而且总是伸不开似的。他朝巴士走去时，我注意到，他走起路来总是摇摇晃晃，样子特别奇怪，而且脚也不是一般的大。我越是观察他的那双脚，我就越纳闷，他怎么才能买到合适的鞋子呢。

这个人身上散发出的某种油腻味更让我厌恶。很显然，他喜欢在渔船码头工作或溜达，所以身上才带有这种地方特有的强烈气味。至于他血液里流淌着什么样的外国血统，我根本猜不出。他异样的形容肯定不像亚洲人、波利尼西亚人、黎凡特人，或是黑人，不过，人们为什么会觉得他有外国血统，我倒是能看出端倪。我觉得，与其说他有外国血统，不如说更像生物学上所说的退化。

当我发现车上根本没有其他乘客时，心里一阵难过。不知怎么搞的，我不喜欢独自一个人乘他的车。但随着发车时间的临近，我还是克服了心里的不安，跟着司机上了车，递给他一美元的纸币，然后轻轻说了声“印斯茅斯”。他一言不发，好奇地看了看我，找给我四十美分。我在离他很远的地方找了个座位坐下来，不过，因为想看看沿途的海景，所以还是和他坐在汽车的同一侧。

最后，破烂不堪的汽车颤颤巍巍地发动了，在排气管喷出的一团蒸汽中叮叮哐框驶过了斯台特街两侧的旧砖房。我看着路边的行人，发现他们都把目光小心翼翼地避开这辆巴士，至少表面上是这样。接着，我们左转拐进了商业街，道路变得通畅起来。汽车驶过合众国早期富丽堂皇的古宅和殖民地时期更古老的农舍，经过格林南部低地与帕克河，最后开进一段开阔、漫长而又单调的海滨乡野。

当天阳光和煦，不过，随着汽车不断前行，沿途满目都是沙滩、莎草与低矮灌木，景色变得越来越荒凉。透过车窗，我看到蓝色的大海与普拉姆岛[1]的沙滩岸线。巴士驶离罗利到伊普斯维奇的大路，拐上了一条狭窄的小路，此时此刻，我们距离沙滩越来越近了。一路上看不到什么房子，沿途的车辆更是稀少。被风雨侵蚀的电线杆上只有两根电线。我们时不时穿越潮溪上的简易木桥，涨潮时海水会沿着潮溪倒灌到很远

1 马萨诸塞州纽伯里波特的一个狭长小岛。

的地方，更使这个地区显得与世隔绝。

偶尔会看到一些枯树桩和流沙上的断壁残垣，这让我想起了在印斯茅斯县志上看到的记载，想起了这里曾是一片肥沃且人口密集的乡野。县志上说，这种变化是1846年的那场瘟疫造成的，但普通老百姓却认为，这一切都是一股看不见的邪恶势力干的。说实话，这是人们对海边的树木肆意滥伐的结果，乱砍滥伐让土壤失去了最佳保护屏障，为风沙打开了方便之门。

最后，普拉姆岛在我们的视线中消失了，映入眼帘的是我们左手边浩瀚的大西洋。狭窄的道路开始陡峭地向上爬，看着前方落寞的波峰，看着留下道道车辙的道路与天空在波峰上交汇，我感到一种异样的不安，就好像汽车准备继续向上爬，完全抛弃神志健全的陆地，而与神秘天际和高空所组成的未知苍穹融为一体。大海飘来一股不祥的气息，沉默寡言的驾驶员那僵硬的背弓和狭窄的脑袋，也开始变得越来越可憎起来。我看了他一眼，发现他的后脑勺和他的面孔一样，几乎没有什么毛，只有几根黄毛稀稀落落地荡在凸凹不平的苍白皮肤上。

后来，我们到达了山顶，看到山后开阔的河谷。绵延的峭壁一直延伸到金士堡角，然后突然转向安角[1]，马努赛特河就是从峭壁的北边流入大海的。在远方朦胧的地平线上，我只能隐约分辨出金士堡角的轮廓，以及海角上那座承载着无数传说的奇异古屋，但此时此刻，我的注意力却被我身下不远处的景色给吸引住了。我意识到，自己已经来到了谣言满天飞的印斯茅斯了。

印斯茅斯是个方圆广阔、建筑稠密的小镇，却笼罩着一种死气沉沉的不祥气息。虽然烟囱林立，但只有几个飘出轻烟，三座油漆已经剥落的高塔黯然矗立在那里，与蔚蓝的海面形成明显的对照。其中一座高塔的尖顶已经崩塌，而这座高塔和另外一座高塔上，本应有的钟盘也不见了，只剩下黑乎乎的洞。大片稠密而又萧瑟的复折式屋顶与尖尖的山墙清晰地向世人传达出满目疮痍、破败不堪的感觉，让人很不舒服。此时此刻，汽车正在下坡，当我们距离印斯茅斯越来越近的时候，我清楚

1 大西洋上马萨诸塞州东北部的一个岩石角，位于波士顿东北部大约30英里处，是马萨诸塞湾的最北端。

地看到许多屋顶已经完全塌陷。镇上有几处乔治王时代[1]风格的四方大宅——四坡屋顶，圆形阁楼，还有带护栏的望夫台[2]。这些大宅大部分离海边都很远，其中的一两处看上去比较完好。我看到一条早已废弃、锈迹斑斑、杂草丛生的铁路穿过这些宅院朝内陆延伸出去，铁路两旁歪歪扭扭的电线杆上的电线已踪影全无，几条通向罗利与伊普斯维奇的旧马路也已模糊不清、难以辨认。

越是靠海边的房子，破败的程度就越严重。不过，我还是发现了其中一座保存相当完好的砖石结构建筑，以及屹立在建筑之上的白色钟楼。从表面上看去，这座建筑就像一座工厂。海港的外围是一段古旧的防波石堤，但港湾里早已淤满了泥沙。我注意到，防波堤上有几个小小的身影，原来是几个人正坐在那里钓鱼。堤岸的尽头看上去像是灯塔的基座，但灯塔早已不见了踪影。防波堤围起来的区域已经形成了沙岬，沙岬上可以看到几处破旧的小屋、停泊在沙滩上的小船，以及随意丢放的捕虾笼。唯一的深水区似乎是河流流经钟楼建筑，然后向南经过防波堤尽头流入大海的那块区域。

四处可见残存的码头遗迹，从滨岸一直向南延伸，到处都是不同程度的破损，越往南破损越严重。虽然时值高潮，但我还是看到在遥远的海面上有一条长长的黑线，略微高出海面，给人一种异样而又不祥的感觉。我知道，那就是魔鬼礁。我看着看着，内心强烈的排斥感似乎又平添了几分好奇的心动，不过，奇怪的是，我发现这种弦外之音要比最初对它的印象更令人不安。

我们一路上没有碰到什么人，不过，此时此刻，开始经过一片片遭到不同程度破坏的荒芜农场。接着，我注意到有几幢房子仍然有人住，破旧的窗户里塞满了破布，垃圾遍地的庭院里到处都是贝壳与死鱼。我偶尔看到人们无精打采地要么在不毛的园子里干活，要么在下面充满鱼腥味的滩涂上挖蛤蛎；看到一群群长得尖嘴猴腮、浑身脏兮兮的孩子聚在长满杂草的门阶玩耍。不知怎么搞的，这些人看上去比那些死气沉沉

---

1 参阅《克苏鲁的呼唤》中的相关注释。

2 19世纪初北美新英格兰地区滨海房顶上面向大海的屋顶阳台。据说，海员或渔夫的妻子站在这种阳台瞭望大海，盼望出海的丈夫平安归来。

的建筑更让人不安，几乎所有人的动作与面孔都古里古怪的，这种古怪我虽然说不上是什么，也搞不懂其中的含义，但打心眼儿里感到厌恶。我突然想起了，这种典型的体形暗合了我此前见过一幅特别恐怖和悲壮的画，没准儿是一本书中的插画，但这种貌似回忆的念头转眼间就消失了。

巴士行驶到较低的地势时，我开始听到不间断的瀑布声打破不寻常的死寂。东倒西歪、油漆剥落的房屋变得稠密起来，排列在道路两旁，显示出比我们身后的风景更有都市味的迹象。前方的景色压缩成了街景，在有些地方，我还能看出一些蛛丝马迹，说明这里过去是鹅卵石铺设的街面与砖块修砌的人行道。很显然，所有的房子都已经荒废了，有时候透过房屋间的空隙，还可以看到摇摇欲坠的烟囱和地窖的墙壁，表明这里过去曾是一栋建筑，只不过现在已经倒塌了。所到之处都弥漫着令人作呕的鱼腥味。

不一会儿，十字交叉的道路和岔路便映入眼帘，左边的路通往没有铺设砾石、破败而又肮脏的滨海地区，而右边的路依然能看出已逝的繁华。此前，我在镇上没看到什么人，此时才看到零零星星有人居住的迹象——时不时有些拉起窗帘的窗户，还有停靠在马路边的破烂汽车。铺设过的路面与人行道也变得越来越界限分明，虽然房子大部分都非常陈旧——19世纪初的砖木结构——但显然都维护得适合人居。作为业余古物研究者，置身于这片富丽而又一成不变的古迹之中，我差一点儿就丧失了嗅觉上的厌恶感，丧失了危险和排斥的感觉。

在我抵达目的地之前，这里无处不让我感到百般厌恶。一时间，巴士来到一个类似广场或向四周辐射的开阔地，街道两旁教堂耸立，广场中央是一个破败不堪的圆形绿地，在右手的一条岔路口上，我看到了一座雄伟的立柱会堂。这座建筑本来漆成白色，但现在已经蒙上了一层灰，而且油漆也已经剥落，三角墙上金黑色招牌也已经严重褪色，我只能吃力地辨认出“大衮密约教”字样。不用说，这就是现在已被邪教霸占的共济会堂了。就在我睁大眼睛去看“大衮密约教”几个字的时候，马路对面那口破钟发出了支离破碎的刺耳声，扰乱了我的注意力，我立马转向自己座位这一侧的车窗，向外望去。

钟声是从一座用石头建造的低矮教堂传来的，从外观上看，这座教堂建造的时间要明显晚于大多数房屋，风格属于那种笨拙的哥特式建筑[1]，教堂的地基层高得根本不成比例，窗户都装着百叶窗。虽然我看到的钟楼这一侧的指针已经没了，但嘶哑的钟声告诉我，现在已经是十一点了。紧接着，关于时间的所有念头被突如其来的景象冲得无影无踪了。那是一幅难以形容的景象，我还没来得及搞清楚究竟是什么，这种景象就已经牢牢地印在了我的脑海里。教堂地基层的门敞开着，门里面长方形的黑洞一览无余。就在我看过去的时候，有个东西正在穿过或者似乎正要穿过那个长方形的黑洞。时间虽然短暂，但这个东西却在我脑海里深深地留下梦魇般的印记。尽管理性地分析，这种东西没有什么可怕的地方，但那种印象却让人抓狂。

那是个活生生的生命——是我自从进入城区后，除了司机之外，看到的第一个活生生的东西——如果我当时稍微沉着一点，我根本不会发觉那东西有什么让人恐惧的地方。正如我稍后意识到的那样，这个活生生的东西显然是个牧师。他身穿奇特的教服，毫无疑问这是“大衮密约教”改变了当地教会的宗教仪式后发明的新教服。不过，首先吸引我潜意识眼球、让我感到异常恐惧的还是他头上戴着的高大饰冠，这顶饰冠简直就是头一天晚上蒂尔顿小姐给我看过的那顶饰冠的复制品。饰冠激发了我的想象力，给饰冠下方那张模糊的面孔和身着长袍缓缓而行的身影平添了一份难以名状的不祥预感。但我马上意识到，这并不是那一刹那可怕记忆让我不寒而栗的原因。因某种奇怪的原因，当地某个神秘教会把教民都熟悉的独特装束当成头饰——没准儿还当成宝贝，这不是很正常的事吗？

此时此刻，我看见人行道上开始零零星星出现了几个模样让人反感的年轻人——有的是独行客，有的是三三两两、默不作声的小群体。在那些摇摇欲坠的楼房最下面几层，偶尔会看到几家商店，上面的招牌也都已经破破烂烂、褪色泛黄。就在巴士颠簸前行的过程中，我还偶尔看到有卡车停在路边。瀑布声渐渐清晰起来，不一会儿，我便看见前面有道相当深的河谷，河谷上方是一座装有铁栏杆的公路桥，过了桥便是开

1　这里的哥特式建筑指的是19世纪中叶模仿中世纪哥特式建筑而建造的那种维多利亚式时代风格的哥特式建筑。

阔的广场。当汽车吱吱嘎嘎地开上桥面时，我向桥两边望去，发现在杂草丛生的悬崖边上和稍远的地方有些厂房。峡谷下方激流澎湃，在我右侧的上游，我看见两处奔腾的瀑布，在左侧的下游，至少还有一处瀑布。从桥上听去，瀑布声已经震耳欲聋了。接着，我们驶过河谷，来到巨大的半圆形广场，然后在广场右边一座圆顶大厦前停了下来，大厦上黄漆斑斑，一块已经抹掉半边的招牌上写着“吉尔曼旅馆”。

能从这辆破车上下来，我心里很高兴。我马上把自己的手提箱寄存到这家破破烂烂旅馆的大堂。大堂里只有一个人——一个上了年纪的男子，不过他并没有我之前所说的那种“印斯茅斯相貌”，所以我决定不向他询问困扰着我的任何问题，因为在这家旅馆曾经发生的怪事仍然记忆犹新。我信步走出旅店，来到广场上，发现汽车已经开走了，于是，我开始细致地欣赏起周边的景色来。

整个广场铺着砾石，一侧是笔直的河道，另一侧是18世纪末、19世纪初修建的半圆形斜顶砖石建筑，几条道路从这里向东南、南方与西南方向辐射出去。稀稀落落的路灯小得可怜——全都是低功率的白炽灯——让人倍感压抑。虽然我知道今夜会月光皎洁，但想到我打算天黑前就离开这里，心里还是很高兴。周围的建筑保护得还不错，其中有十来家店铺还在开门营业。有一家店铺是第一国民连锁的食杂店，其他的还有一家生意萧条的餐馆、一家药店、一家渔具批发店。另外，在广场最东端的河边上，还有一家，那是镇上唯一一家企业——马什冶炼厂。满大街也就能看到十个人，还有零零星星停靠在四周的四五辆汽车和卡车。不用说，这就是印斯茅斯镇的中心了。往东可以看到蓝色的港湾，在蓝色港湾的映衬下，三幢曾经风光迤逦的乔治王时代尖塔式建筑已经衰败不堪。在河对面，可以看见一座白色的钟楼，耸立在我认为是马什冶炼厂的建筑之上。

不知为什么，我决定先到食杂连锁店了解点儿情况，毕竟那里的员工不太会是印斯茅斯当地人。我发现这家店里冷冷清清，只有一个17岁上下的小伙子负责店面。看到他非常活泼开朗、和蔼友善，我心里非常高兴，心想他肯定能提供一些令人愉快的消息。他似乎很想找人聊天，从他的话中，我马上听出来，他不喜欢这个地方，不喜欢这里的鱼腥味，更不喜欢这里鬼鬼祟祟的居民。对他来说，跟任何外地人说说话，都是一种安慰。他是从阿卡姆来的，现在租住在从伊普斯维奇来的一家人家里，只要一有机会就回家去。他家里的人不愿意让他在印斯茅斯工作，但连锁店把他调到这里，再说，他也不想放弃这份工作。

他说，印斯茅斯没有商会和公共图书馆，不过，我可以在周围逛逛。我走过来的那条街叫费德勒尔街。西边是老住宅区还算不错的街道——百老街、华盛顿街、拉斐特街和亚当斯街——东边便是海边的贫民窟。如果沿着中心大街走过去，在这些贫民窟里，我就可以看到乔治王时代风格的老教堂，不过，这些教堂早就废弃了。在这样的街区还是不要太招摇为好，尤其是在河北岸，因为这里的人大多都对你不怀好意地板着脸。以前就曾有陌生人失踪过。

他付出了不小的代价才了解到，对外地人来说，这儿有些地方几乎是禁区。比如说，外人不能在马什冶炼厂周围长时间逗留，也不能在任何一座仍在使用的教堂周围，或新教会山的大衮教会堂周围徘徊。这些教会都与众不同——他们各自在其他地方的教派都坚决不予承认，因为这些教堂里所采用的仪式和教服显然是最古怪的。他们的教义既离经叛道又不可思议，其中启示信众可以通过某些神乎其神的转变，一定程度上获得在尘世中肉体的永生。小伙子自己所属教派的牧师——在阿卡姆的亚斯里美以美会[1]的华莱士博士——曾郑重其事地要求他不要皈依印斯茅斯的任何教会。

至于印斯茅斯人，小伙子真不知道该如何去理解他们。他们就像生活在洞穴里的动物，鬼鬼祟祟、偷偷摸摸，外人很少看见他们。他们偶尔出去打打鱼，除此以外，你根本不知道他们是怎么打发时间的。从他们消费的私酒数量上看，他们没准儿大白天就醉醺醺地躺着。他们好像是以某种社团与协议的方式沮丧地被撮合在一起似的。他们用鄙视的目光看待这个世界，就好像他们已经属于另外更高级的星球一样。毫无疑问，他们的模样——尤其是他们那瞪得圆圆的、时刻保持警惕的眼睛（从来没有人看到他们的眼睛闭上过）——让人震撼；说起话来，声音让人恶心。晚上听到他们在教堂里诵唱真是可怕，尤其是在他们的主要

1　由美国基督教卫理公会发展而来。19 世纪初，发展成为美国最大的新教教派，现在是第二大教派，仅次于南方浸礼会教派。

节日或复活节期间，这些节日每年有两次，分别是在4月30日与10月31日[1]。

当地人非常喜欢水，而且经常到河里和海港里去游泳。最常见的是朝着魔鬼礁方向的游泳比赛，在这里能看到的人都参与这种艰巨的运动。如果你细想一下会发现，这里抛头露面的都是些年纪轻的人，而这些人中年龄最长的人，模样长得一般也最猥琐。即便有例外，大部分也都是没有表现出异样的人，比如旅馆里的老服务员之类的。你也许会想，这里的老年人会是什么模样，"印斯茅斯相貌"是不是某种潜伏的怪病，而这种怪病随着年龄的增长会逐渐显现出来。

当然，只有遭受异常罕见的折磨才能让一个成年人的肌体发生如此巨大而彻底的结构性变化——这种变化甚至包括颅骨形状等基本骨骼的变化——但即便如此，也不如外观的整体病态特征更闻所未闻、更令人困惑不解。小伙子的言外之意是说，想要就"印斯茅斯相貌"得出实事求是的结论是非常困难的，因为外地人无论在印斯茅斯住多久，都不可能结识当地人。

年轻人还非常肯定地告诉我，有些地方还锁着许多比我们能看到的最丑陋的人还丑的人。有时候，人们会听到再奇怪不过的声音。据说，河北岸那些摇摇欲坠的棚屋都与隐秘的地下道相连，组成了一个名副其实的大杂院，里面全都是看不见的畸形怪胎。这些人如果有什么外国血统的话，那会是什么血统呢？没有人能讲清楚。有时候，政府官员和其他外地人来到镇上，会专门把一些特别让人反感的怪胎锁起来。

小伙子说，向当地人打听印斯茅斯什么事都是白费工夫。唯一愿意开口的是一个模样正常的老年人，他住在印斯茅斯镇最北边缘的救济院里，终日四处游荡，或者在消防站附近转悠。这个白发老人，名叫扎多克·艾伦，已经九十六高龄，是镇上有名的酒鬼，还有点疯疯癫癫。他是个行动诡异、鬼鬼祟祟的家伙，走路时总是东张西望，那样子好像在害怕什么。他神志清醒的时候，陌生人根本别想跟他聊天。可是，只要你送给他一瓶他最喜欢的毒药，他就禁不住诱惑了。一旦喝得醉醺醺的，他便会对你交头接耳，有一搭没一搭地讲起他记忆中那些最惊心动

1　此处指女巫狂欢的两个最重要节日：五朔节前夜和诸圣节前夜。

魄的故事。

不过，你从他那里得不到什么有用的信息，因为他说的都是些疯话，往往支离破碎地暗示着根本不可能发生的什么奇迹与恐怖事件，而这种事情，除了在他那混乱无序的想象中，根本就无凭无据。从来没有人相信他的话，但当地人不喜欢他喝醉后跟陌生人讲话，要是让人看到向他打听什么事情，那可就危险了。有些最妖言惑众的说法八成就是从他那里打听来的。

有几个住在印斯茅斯的外地人说，他们时不时看到一些非常诡异的事情，但对照老扎多克的话和那些长得歪瓜裂枣的当地居民就不难看出，大家产生这种看法也就见怪不怪了。外地人晚上是不会在外面待到很晚的，因为大家都知道，这样做是很不明智的。再说，所到之处，街道都阴森得吓人。

说到生意，印斯茅斯的鱼类资源丰富到近乎不可思议的程度，但当地人却越来越不愿意好好利用这种资源。此外，海产品价格不断跌落，所以竞争也日趋激烈。当然，在印斯茅斯，真正称得上企业的还是冶炼厂，他们的商务处就在广场附近，在我们的东面，只隔着几个大门。没有人见过老马什，但他有时会坐汽车去工厂，而车也是车窗紧闭、遮挡上窗帘的。

至于马什现在是什么样子，人们说法不一。大家都说，他以前是出了名的花花公子，仍然穿着爱德华时代[1]的奢华礼服，不过为了掩饰身体缺陷而对礼服进行了修改。早先，他的儿子已经接管了位于广场附近的商务处，但近来，他们也逐渐淡出了人们的视线，将大部分事务交给了更年轻的一代。他的儿女们看起来也越来越奇怪，尤其是那些年长的。据说他们的健康状况也是每况愈下。

马什有一个女儿，长得跟爬虫似的，一看就让人生厌，可是身上总

---

1 此处指爱德华七世（Edward VII，1841—1910），英国维多利亚女王之长子，1901 年至 1910 年在位。1859 年入牛津大学，后转至剑桥大学的圣三一学院，但都无法毕业。爱德华生活不拘礼节，有时失于检点，对赛马、游艇比赛尤其感兴趣。在外人眼里，爱德华完全是一个懒散厌学、骄奢淫逸的纨绔子弟。1861 年，其父阿尔伯特亲王为了关心他的学业，去剑桥看他，回来两星期后便染上伤寒去世。因此，中年丧偶的维多利亚女王把丈夫的死归咎于爱德华的荒唐，从此一直不准他过问政治或宗室事务，直到他逾 50 岁时，始准他知道内阁运作的程序。女王驾崩后，爱德华继位，在位期间大力恢复因女王长期孀居而显得黯淡的英国君主制度之荣光，是一位受人爱戴的君主。

戴着一大堆奇怪的珠宝首饰。很显然，这些珠宝与那顶奇怪饰冠都属于同一种异域风格。小伙子说，他曾多次见过那些首饰，也听人说过，那些首饰来源于海盗或魔族的某个秘密宝藏。神职人员——牧师，管它叫什么呢——也把这种东西当头饰戴，只不过，人们平时很少留意罢了。虽然人们都说印斯茅斯镇上有很多种珠宝，但小伙子没见过其他类型的首饰。

马什家，与镇上另外三家绅士名门——韦特家、吉尔曼家以及埃利奥特家——全都深居简出。他们都住在华盛顿街的深宅大院里。有几家以接济亲朋好友著称，但这些亲属的个人情况是绝对禁止外人知道的，只不过等这些亲属死后登记备案而已。

小伙子提醒我说，许多街道的指示牌都掉了，所以他给我画了一张草图，比较详细地标注了印斯茅斯的几个重要地点。我仔细看了一会儿，发现这张图对我会很有用，便千恩万谢地把草图揣进口袋。路上我只看到一家餐馆，因为我不喜欢餐馆又脏又暗，于是便在食杂店买了许多芝士饼干与生姜片，当作接下来的午餐。我决定，沿着主要的街道走一走，与可能遇到的生活在这里的外地人聊一聊，然后赶八点的长途巴士前往阿卡姆。我发现，印斯茅斯可谓是社会全面衰退的典型而又夸张的案例，但我不是研究社会学的，所以便把注意力放在观察建筑物上。

就这样，我沿着印斯茅斯狭窄而又阴暗的街道，开始了全面而又略带有困惑的探索之旅。我过了桥，拐了个弯，朝着下游咆哮的瀑布方向走去，紧贴着马什冶炼厂走了过去。很奇怪，里面没有任何机器的轰鸣声。冶炼厂建在河崖上，附近有座桥，还有几条街道之间比较开阔的交汇处，我觉得这里可能就是镇上最早的中心，独立战争后才被现在的镇广场所取代。

我从中心大街桥上再一次穿过河谷，来到一片完全废弃的区域。不知怎么搞的，这地方让我不寒而栗。一堆堆塌陷的复斜屋顶勾勒出一道参差不齐、奇形怪状的天际线，在天际线上方耸立着一座老教堂的尖塔，塔顶已经被斩首，样子让人心惊胆战。中心大街上有些房子还有人租住，但大多数房子的门窗早已用木板死死地封上了。沿着没有铺设砾石的小巷，我看见许多已被废弃的陋屋，窗户洞开，黑咕隆咚的，许多屋子由于地基下沉而倾斜到了岌岌可危乃至不可思议的程度。这些窗像幽灵一样瞪着黑乎乎的眼睛看着你，以至于要想拐个弯朝东边的滨水区去都需要很大的勇气。毋庸置疑，当越来越多的房屋共同组成一个彻头彻尾的废墟城市时，一座废弃房屋所带来的恐惧程度会呈几何式而非算术式的放大。一看到由空无一人的房屋和死寂组成的条条街道，一想到一大片一大片黑咕隆咚、死气沉沉的房屋已经让位给了蜘蛛网、蠕虫和各种各样的记忆，便会勾起你业已消失的恐惧与厌恶，就算最理性的人也无法把这种恐惧和厌恶赶走。

费西街与中心大街一样阒无人迹，但不同的是，这里有许多外观上保护完好的砖石仓库。沃特街也差不多一样，不过这里有许多面向大海的巨大缺口，这些缺口就是过去码头的位置。除了防波堤上寥寥几个垂钓者，我根本看不到任何活着的东西；除了海港里潮水的拍岸声与马努赛特河上瀑布的咆哮声，我听不到任何动静。印斯茅斯让我越来越感到不安，就连我从沃特街摇摇晃晃的桥上拾路返回时，我还在偷偷地向后张望。按照小伙子给我画的草图，费西街上的桥已经变成废墟了。

河北面还有惨淡度日的影子——沃特街上有几家渔业加工作坊还在营业，冒烟的烟囱与打了补丁的屋顶四处可见，偶尔还会听到不知哪儿传来的声音，在凄凉的街道与没有铺设砾石的巷子里偶尔还会看到步履蹒跚的行人——但在我看来，这幅画面要比河南面的荒废更让人压抑。首先，这个区域的人要比镇中心的居民更丑陋、更反常，让我有好几次都恶心地联想到某种荒诞不经的东西，而我的这种想法从何而来，就不得而知了。毫无疑问，这一区域印斯茅斯人的外国血统要比镇子再里面的更加明显——除非“印斯茅斯相貌”是一种疾病而非血统造成的。果如此，这一区域印斯茅斯人的病情没准儿更加严重。

困扰我的一个细节是，我隐约听到的那些为数不多的声音的分布很有规律。这些声音本该是从明显有人居住的房子传来的，但实际上，那些正面被木板封死的房子里传出来的声音常常是最大的。既有木板的嘎吱作响声，也有急匆匆的走路声和令人生疑的嘶哑说话声，这让我不安地想起了食杂店小伙子提到过的隐蔽地道。突然，我感到很好奇，这些居民说起话来究竟是什么样子呢？迄今为止，在这个区域，我还没有听到什么人讲过话，而且莫名其妙地希望最好不要听到什么人讲话。

我稍作停留，盯着中心大街和教堂街上两座精美而又破败的老教堂看了一会儿，便匆匆离开了这个滨水贫民窟。本来我的下个目标是新教会山，可是，不知为何，我不想再经过那座教堂——就是我曾经在地基层里看到过头戴奇怪饰冠、形容诡异的修士或牧师的那个。再说，食杂店的小伙子也曾对我说过，那座教堂，还有大衮教会堂，都是陌生人不该去的地方。

于是，我继续向北沿着中心大街朝马丁街方向走，然后再拐弯朝镇里走，从新教会山北边安全地穿过费德勒尔街，走进镇北边布罗德街、华盛顿街、拉菲逸街和亚当斯街附近风光不再的显贵社区。虽然这些壮丽而古老的大道看起来已经满目疮痍、邋遢不整，但那种榆树遮荫的华贵气派仍没有完全散去。一座座府邸吸引着我的目光，这些府邸大多数都已破败不堪，在荒废的宅院里用栅木板围得严严实实，但每条街上都有那么一两家还有人住的迹象。华盛顿街上有一排大约四五座房子修缮得仍然很好，草地和花园也得到细心的料理。我觉得，其中最豪华的那栋——宽阔的阶梯状花坛一直向后延伸到拉菲逸街——就是饱受折磨的冶炼厂老板老马什的家。

在所有这些街道上，根本看不到活着的生命，我真纳闷，印斯茅斯是不是连猫和狗都没有。第二个让我感到困惑不解的问题是，许多宅院的三楼和阁楼上的窗户都严严实实地拉上了百叶窗，就连那些保存最完好的府邸也不例外。在这座充满异域风味和死亡的寂静城市里，偷偷摸摸、神神秘秘似乎已是司空见惯的事，可我始终无法摆脱那种被人监视的感觉。我总是觉得，所到之处总有一双双狡黠而又圆瞪的眼睛隐藏在四周盯着我。

从我左边的钟楼里传来三声噼噼啦啦的钟声，我不由得打了个寒颤，对于那座传来钟声的低矮教堂，我仍然记忆犹新。此时此刻，我沿华盛顿街朝河的方向走着，展现在眼前的是一片新天地，这里是以前的工商业区。我看到前面有一座工厂的废墟，还看到了更多被废弃的厂房，还有老火车站的遗迹，以及在我右边峡谷上的铁路廊桥。

横在我面前的这座摇摇欲坠的桥上虽然竖着一个警告牌，但我仍然冒险跨过了桥，来到有人迹的南岸。鬼鬼祟祟、蹒跚而行的生灵们神秘兮兮地盯着我，同时，那些比较正常的面孔也冷漠而又好奇地看着我。印斯茅斯很快变得让人无法忍受了，于是，我拐到佩恩街，朝广场走去，希望能在那趟可恶的巴士发车之前，随便找个什么车，把我带到阿卡姆去。

就在这个时候，我看到了左手边摇摇欲坠的消防站，注意到一个穿着破衣烂衫、脸颊通红、胡须浓密、目光炯炯有神的老人正坐在消防站前的长凳上，与两个蓬头垢面、模样还算正常的消防员在说话。当然，这八成就是那个疯疯癫癫、嗜酒如命的耄耋老人扎多克·艾伦了，他讲述的印斯茅斯及其种种疑云的故事既骇人听闻，又难以置信。

三

肯定是哪个捣蛋鬼在故意跟我作对，或者是某种力量从黑暗的隐蔽处跑出来故意作弄我，使我改变了原来的计划。我早就打定主意，只去观察建筑物，所以，当时我正急匆匆地朝广场方向走，为的是赶紧找辆车离开这个充满死亡和没落的烂地方。可是，一看到老扎多克·艾伦，我脑海里闪过一个念头，我迟疑不决地放慢了脚步。

我以前一直以为，这个老人只会胡乱讲些疯狂而又难以置信的传奇故事。食杂店伙计曾经告诫过我，要是当地人看到我与老人说话就危险了。但是，一想到这个老人曾见证过印斯茅斯的没落，同时能够唤起对早年印斯茅斯商船云集、百业兴旺的记忆，我无论如何都抵挡不住这种诱惑。毕竟，那些最诡异、最疯狂的传说往往只不过是从史实中提炼出的象征和寓言罢了，更何况，老扎多克在过去九十年里肯定亲眼目睹了印斯茅斯发生的一切。于是，我突然心血来潮，好奇心战胜了理智与谨慎，凭着自己年轻气盛，我斗胆以为，借助点威士忌，自己没准儿能从老人杂乱无章、添油加醋的倾诉中，提炼出真实的历史事实来。

我心里很清楚，此时此地我不可能走过去跟他搭讪，因为那些消防员肯定会看到，而且还会阻止我们说话。这时，我突然想起来，我应该先准备点私酒，食杂店伙计曾告诉过我，有个地方很容易买到私酒。接下来，我会故意装出一副漫不经心的样子，在消防站周围转悠，等着老扎多克跟往常一样闲逛时和他碰上一面。小伙子说过，老人特别好动，很少会在消防站附近坐上一两个小时。

我在埃利奥特街离广场不远的一家不起眼的杂货店轻而易举地搞到一瓶一夸脱[1]的威士忌，但价格却不菲。招呼我的是一个浑身脏兮兮的伙计，他身上有那么一点儿眼睛圆瞪的"印斯茅斯相貌"，不过待人接物倒是很有礼貌。对卡车司机和黄金买家之流偶尔跑到印斯茅斯来纵酒偷欢的陌生人，他大概已经司空见惯了。

再一次走进广场，我发现自己时来运转了，因为我一眼就瞅见了老扎多克·艾伦那高大、瘦弱、衣衫褴褛的身影，绕过吉尔曼旅店的拐角，拖着沉重的步伐走出佩恩街。我按照原来的计划，挥舞着刚买来的酒，来吸引他的注意力。我很快发现，当我拐进韦特街，朝着我能想到的最荒无人烟的地方走去时，他已经开始拖着脚步，望眼欲穿地尾随着我了。

我按照食杂店伙计给我画的地图继续往前走，朝着镇南面我刚才去过、已经完全废弃了的滨海地带走去。那儿唯一能看到的人就是远处防波堤上的垂钓者。再往南走几个码头，我就可以完全摆脱他们的视线了。这样，我就可以在某个废弃的码头上找个地方坐下来，神不知鬼不觉地随便问他问题，而且可以想问多久就问多久。我还没走到中心大街，便听见身后一个微弱的声音气喘吁吁地叫道："嗨，先生！"我放慢脚步，以便让老人赶上来，同时继续发挥那一夸脱酒的吸引力。

就在我们一同走在满目疮痍、横七竖八的废墟中时，我开始小心翼翼地试探他，结果发现老人的嘴巴并没有我想象的那么容易撬开。最后，我在断壁残垣间发现了一处面向大海、杂草丛生的开阔地，这里有一段长满杂草的土石结构的码头，向大海延伸出去。靠近水边有许多长满青苔的石堆，给我们提供了可以坐的地方，北面有一座已经废弃的仓库，正好挡住各个方向的视线。这儿正是长时间密谈的理想场所，于是，我领着老人沿着小路走，在长满苔藓的石堆里找个地方坐了下来。死寂与荒凉的气氛令人毛骨悚然，到处弥漫的鱼腥味简直让人无法忍受，但我还是强忍着不去分神。

如果我要赶八点钟的车去阿卡姆，那我们还可以聊四个多小时，因此，我开始不慌不忙地给老酒鬼倒酒喝，同时我自己也吃起可怜巴巴的

1　容量单位，主要用于美国、英国、爱尔兰。美制一夸脱等于 0.946 升；英制一夸脱等于 1.1365 升。

午餐来。给他倒酒喝的时候，我非常小心，免得把事情给搞砸了，我可不希望原本喝点酒就云山雾罩、喋喋不休的扎多克变成昏昏欲睡的醉鬼。一小时后，他那神秘兮兮的沉默出现了松动的迹象，但让我大失所望的是，每当我问及印斯茅斯和它被疑云笼罩的历史时，他总是岔开话题。他嘟嘟囔囔地尽聊些当下的事，讲的都是些报纸上大家都知道的事情，然后再用精辟的乡下语言卖弄一番大道理。

两个小时快要过去了，我开始担心自己那一瓶威士忌可能达不到预期的效果。我在想，我是不是该撇下老扎多克，再去买些酒来。可就在这时，运气来了，本来靠百般提问都无法撬开的嘴现在开口了。老人漫无边际的闲扯突然风向大转，我赶紧倾身向前，竖起耳朵仔细聆听起来。由于我是背对着充满鱼腥味的大海，而他是面向着大海，所以不知是什么东西让他那游离的目光时不时总去盯着远处的魔鬼礁，而此时魔鬼礁飘浮在海面上，那么平静，那么醉人。但此时此景似乎让他很不快，因为他开始没完没了地低声诅咒，诅咒到头来演变成秘而不宣的私语和心照不宣的藐视。他朝我弯过身，抓住我大衣的翻领，唏嘘着说话，而这些话我是绝对不会听错的。

“所有的一切都是从那儿来的——那个该死的地方，所有的罪恶都是从那个深水的地方开始的。地狱的大门——一直通到底，探深线都够不到。都是老船长奥贝德干的——他在南洋的小岛上寻找对他有好处的东西时干的。

“过去，大家伙儿日子过得都很差。生意不好，作坊里都没事儿做——就连新盖的作坊也这样——我们这儿的许多好爷们儿在 1812 年战争时被一艘私掠船给杀了，或是跟‘伊丽莎’号双桅船和‘游侠’号帆船一块消失了——两艘船都是吉尔曼公司的。奥贝德·马什有三艘船——‘克拉姆贝’号、‘埃夫迪’号和‘苏玛翠女王’号。他是东印度太平洋商行的唯一一个船长，埃斯德拉斯·马丁的‘马来新娘’号冒险出海是后来 1828 年的事儿了。

“从来没有人像奥贝德船长那样——撒旦的狗奴才！啧！啧！他的事儿说都说不完，他把逆来顺受去基督教堂和忍辱负重的人都说成是笨蛋。说他们应该像西印度人一样搞些更好的神来供一供，还说那样的神会给他们带来大鱼群，来回报他们的供奉，而且真的会有求必应。

“他的第一个合伙人马特·埃利奥特也说过很多，只不过他反对大家伙儿干异教徒干的事儿。他说过奥塔希提[1]东面的一个岛，岛上有很多石头的遗址，这些遗址老得没有人知道有多老，有点儿像波纳佩岛和加罗林群岛[2]上的那些玩意儿，只不过雕刻上了面孔，有点像复活节岛[3]上的大石雕。附近还有一个小小的火山岛，岛上也有一些遗址，上面的雕刻完全不同。遗址都已经剥蚀了，就好像放在深海里泡过一样，遗址上到处都是画，画的都是可怕的鬼怪。

“对了，先生。马特说，住在遗址附近的当地人有抓不完的鱼，还有许多亮晶晶的手镯、臂环和头饰，都是用一种奇怪的金子打成的，上面的图案全是些妖魔鬼怪，就像那个小岛遗址上的雕刻一样，青蛙长得跟鱼似的，鱼长得跟青蛙似的，画成各式各样的姿势，像人一样。谁也不知道他们从哪里弄来的这些玩意儿，当地人都纳闷，离他们最近的其他岛上压根儿没有鱼，他们哪来的那么多鱼。马特觉得很纳闷，奥贝德船长也很纳闷儿。另外，奥贝德还注意到，许多漂亮的小伙子年复一年地永远没了踪影，搞得那地方全剩下老人了。还有，他觉得，就算用卡纳卡人[4]的标准去量，有些人长得也是奇了怪了。

“最后，奥贝德搞清楚了他们这些异教徒。我不知道他是怎么办到的，不过刚开始的时候，他是拿这些人身上穿戴的黄金首饰做生意。问他们这些东西是哪儿来的，怎么才能多弄点儿，最后从他们的老首领那里慢慢套出了事情的来龙去脉——他们管他叫瓦拉克亚。只有奥贝德相信那个黄皮肤老鬼的话，但他能像看书一样看懂这帮人。呵！呵！现在我再把这些东西告诉别人，根本没有人相信，小伙子，我也不指望你相信。不过，瞧瞧你，你就跟奥贝德一样，有一双敏锐、能读懂人心理的眼睛。”

老人的私语声变得更加微弱了。虽然我明明知道他的话只不过是醉酒后的幻想，但他语调中所透出的那种可怕而又真实的凶险还是让我不

---

1 塔希提岛的旧称，位于南太平洋，1767 年被英国航海家塞缪尔·沃利斯发现。

2 波纳佩岛位于太平洋上北纬 6° 60″，东经 158° 10″；加罗林群岛包括新几内亚北部西太平洋上分散广阔的一系列岛屿。

3 位于东南太平洋的南纬 27° 和西经 109° 附近，面积约 117 平方公里，现属智利共和国，距智利大陆约 3000 公里，是东南太平洋上一个孤零零的小岛。

4 参阅《克苏鲁的呼唤》中的相关注释。

寒而栗。

“对了，先生。奥贝德还知道一些事儿，世上的多数人从没听说过的，就是听说过也不会相信。这些卡纳卡人好像把一堆堆的年轻男女献祭给了生活在海底的一种神灵，从而得到神灵的保佑。他们在那个有奇怪遗址的小岛上与神灵见面，那些半蛙半鱼怪物的画像大概就是这些神灵的。没准儿真有这样的生灵，所以后来才有了美人鱼的故事。在海底，他们有好多城市，那个小岛就是从海里拉出来的。小岛突然浮上水面时，他们没准儿还生活在那些石头建筑里呢。卡纳卡人就是这么知道他们生活在海底的。他们克服重重困难，用手比画着跟这些生灵交流，没多久就做成了交易。

“这些生灵喜欢拿活人献祭。很久很久以前它们就是这么干的，不过，后来和上界断了线。我不敢说这些生灵拿活人祭品干了些什么，奥贝德八成也没什么兴趣问这种事儿。不过，在异教徒看来，这根本不成什么问题，因为他们日子很难过，对什么东西都急不可耐。他们一年两次向海里的生灵送一定数量的年轻人——五朔节前夕夜和万圣节——尽可能定期送。也送些他们雕刻的小饰品。送东西过去得到的回报就是捕不完的鱼——这些生灵把海里的鱼都赶到这儿来——时不时也会换些黄金饰品之类的东西。

“对了！我说过，当地人会跑到那个小火山岛上与生灵见面——带着祭品之类东西，划着独木舟上岛，回来时带着黄金珠宝。起初，那些生灵从不到大陆上来，但过后没多久，他们想去哪儿就去哪儿了。他们好像很喜欢和人混在一起，一到重大节日——五朔节前夜和万圣节——就来参加各种各样的仪式。你看看，他们能在水下活动，也能在陆上活动——人们八成管这叫两栖动物。卡纳卡人告诉生灵，要是其他岛上的人听见它们的风声，没准儿会把它们给除掉。不过，这些生灵说它们不在乎，要不是怕麻烦，它们可以把人类全除掉——也就是说，甭管是谁，只要画不出失落的‘旧日支配者’用过的符号，统统给除掉。不过，它们不愿意惹麻烦，所以只要有人上岛，它们就会藏起来。

“刚开始，卡纳卡人对跟那些半鱼半蛙的生灵交配也有些反感，不过最后他们学会了换一种眼光看这个问题。人类好像跟水里的这种动物有某种关系似的——所有活的动物过去都是从水里来的，只要变化一点点还能再回去。这些生灵告诉卡纳卡人，如果他们跟自己混血，生出来的孩子刚开始看起来像人，再往后就越长越像生灵，到最后这些混血的孩子会回到水里，加入海底生灵的大军。年轻人，这一点非常重要——他们会变成像鱼一样的动物，进到水里，永远都不会淹死。这些生灵除非被杀，不然是不会死的。

“噢，先生，奥贝德后来好像知道了那些岛民都有海底生灵的鱼类血统。等他们长大以后，这种血统就能看得出来，所以他们才会躲起来，一直等到觉得自己可以下水为止。有的会比其他人更疯疯癫癫，有的永远不能变化得能入水。不过，大多数都能完全按照生灵的话发生变化。有的生下来更像生灵，所以他们会变化得比较早。有的生下来和人差不多，所以有时候会在岛上一直待到 70 岁，不过他们时不时会在这之前就试着下水。那些已经下水的人还经常回来看看，所以一个人往往可以跟自己一两百年前就离开陆地的五世祖说说话。

“所有人都没有死的概念，除非在与其他岛上的人进行的独木舟大战中死亡，或是被当成祭品贡献给海底的神灵，或是在入水之前就被蛇咬死，或是染上瘟疫或得了什么急病死去。不过，单单只看这种变化，就够唬你一阵子的了。他们认为自己得到的和自己放弃的一样好——奥贝德在好好想过了瓦拉克亚的话以后，八成也是这么认为的。不过，瓦拉克亚是没有鱼类血统的少数几个人中的一个，他生在贵族家庭，要跟其他岛上的贵族联姻才行。

“瓦拉克亚给奥贝德讲了海底生灵的很多仪式和咒语，还让他看了村子里已经变得没有人样的人。可是，不知道怎么回事儿，他没有让奥贝德看到经常从水里出来的生灵。最后，他给了奥贝德一个好像是用铅做成的奇怪东西，还说，在鱼生灵巢居水域的任何地方，这东西都能把生灵召唤上来。方法是，拿它来祈祷之后，把它扔进水里就可以了。瓦拉克亚认为，这些生灵分散居住在世界的各个角落，所以，任何人，只要想找，都能找到它们的巢穴，必要时，把它们召唤上来。

“马特压根儿就不喜欢这种事儿，他想让奥贝德离那个岛远点儿。可是，船长一心想发财，还觉得自己这么容易就搞到金子，没准儿哪一天能给他带来意外的财路。就这样过了好几年，奥贝德搞到了很多金子一样的东西，这让他在韦特街用那家废弃的老磨坊开上了冶炼厂。他不敢把这些东西原封不动地拿来卖，因为人们总是这样那样地问个没完。不过，他的船员偶尔可能会弄一两件拿来转手倒卖，但他曾经让他们发誓，绝对闭嘴不谈来历。对那些更像人穿戴的物件儿，他也会让自己家的女人拿来穿戴。

“对了。到了1838年——那年我才7岁[1]——奥贝德发现，趁他出海的工夫，岛上的人全给消灭了。其他岛上的人好像听到了什么风声，便开始自己下手准备。他们八成知道，海底生灵所说的古老魔法符号是他们唯一害怕的东西。不用说，一个小岛如果有比大洪水还要古老的遗迹，当海底把这样的小岛掀出海面时，卡纳卡人肯定会趁机去看一眼的。都是些一根筋的家伙，可是遗迹大得根本无法拆除，除此以外，无论是在大陆上，还是在小火山岛上，他们根本没有留下什么东西。在有些地方，还散落着一些小石头——就像护身符——上面有像现在称为卐字[2]一样的东西。这些很可能就是‘旧日支配者’留下的标记。岛上的人都给消灭了，没有留下什么痕迹，没有留下什么金子，周围的卡纳卡人从此对这件事也闭口不谈。甚至都不愿意承认那岛上曾有人住过。

“当然，眼看着自己做得好好的生意要黄了，这对奥贝德的打击忒大了。这件事儿对整个印斯茅斯都是个打击，因为在靠航海过日子的年代，船老大赚得多，船员自然也赚得多。镇子周边的人大多数日子都过得紧巴巴的，但只能像羔羊一样听天由命。更糟糕的是，鱼的产量越来越少，作坊也没有事儿做。

“这时，奥贝德开始骂人们甘做愚蠢的羔羊，只知道向基督教的上帝祷告，而上帝压根儿就没啥用。他告诉大家，他认识一些人，他们祈祷的神灵会给他们想要的东西，还说，如果有一大帮人支持他，他没准儿可以获得某种力量，给他们带来许多鱼和金子。当然，那些在‘苏玛翠女王’号上干过、见过那个岛的人都懂得他这话的意思，可谁也不想靠近他们只听说过的那些海底生灵。但大家谁也搞不懂奥贝德所说的东西对他们究竟有多大的影响，所以他们开始问他，他怎么才能让大家相

1 此处可能意指扎多克生于1831年，即与作者的忘年交诗人乔纳森·E.霍格（1831—1927）同岁。由于扎多克在与小说中的叙述者说话不久之后就很可能被杀了，所以他的死也与霍格去世的时间巧合。

2 卐字一般认为代表“太阳之火”，原本为波利尼西亚和北美印第安人文化中的符号，北欧神话也有这个符号。希特勒认为卐字起源于雅利安文化，所以把它用作纳粹党的党徽。

信他能给大家带来好处。”

老人支支吾吾、嘟嘟囔囔地说着，紧张地向后看了一眼，又回头向远方的魔鬼礁方向凝望，陷入郁郁寡欢、大惊失色的沉默之中。我跟他说话，他也没有反应，所以我心里清楚，必须让他喝完这瓶酒才行。我正在听的这段奇谈怪论让我兴趣倍增，因为我知道，这种奇谈蕴含着一种粗浅的寓意，而这个寓意是建立在印斯茅斯的诡异之上，再经过想象力的加工，进而变得既富有创造性，又充满了异域传奇的色彩。我始终认为，这个故事根本没有什么真实性，但他的描述仍然透出一种切切实实的恐怖，只不过是因为故事中提到的那些奇珍异宝很显然与我在纽伯里波特看到的那顶饰冠非常相似。也许，这些奇珍异宝是从某个不为人所知的岛上弄来的，这些奇谈怪论很可能是已经死去的奥贝德瞎编的，而不是这个老酒鬼自己的奇思异想。

我把酒瓶递给扎多克，他直接一滴不剩地灌了下去。真奇怪，他怎么能喝得了这么多威士忌，他那有些气喘的高嗓门居然连一点儿含混都没有。他舔了添瓶嘴，把酒瓶装进口袋，接着又一边点着头，一边自说自话起来。我向前倾了倾身，尽量不漏掉他说的任何字句。当时我觉得，我仿佛看到他那脏兮兮的浓密胡子后面露出了一丝冷笑。没错——他是说了一些话，可我能捕捉到的只有一部分。

“可怜的马特——马特他一直反对——想笼络大家跟他一帮，多次做牧师的工作——没有用——他们把公理会的人赶走了，卫理公会的人也走了——再也没见过浸信会的牧师，犟驴巴布科克——耶和华的忿怒——我那时是初生牛犊，但我该听的听了，该看的看了——大衮和阿什脱雷思[1]——彼列和比尔泽布[2]——金牛[3]和迦南人与腓力斯人崇拜的偶像——巴比伦可恶的东西——弥尼，弥尼，提客勒，乌法珥新[4]——”

他又停了下来，从他那双浸满泪水的蓝眼睛上可以看出，他差不多

1 古代腓尼基和叙利亚司掌爱情和生殖的女神。

2 《圣经》中的两个恶魔。《旧约》中多次提到，彼列是混乱、疾病和死亡的象征；《新约》中提到彼列与撒旦同义。在《新约》（马太福音 12：24—27）中，比尔泽布经常与撒旦混用。

3 据《旧约》记载，金牛是犹太人诸多仪式上使用的一种镀金的小公牛，后来被当成崇拜的偶像。

4 即所谓的“写在墙上的文字”。据传，巴比伦最后一任国王伯沙撒在举行盛宴的过程中，一面墙上神奇地出现了一些文字。先知但以理给伯沙撒解读道：“‘弥尼’，就是上帝已经算过你王国的余日，要你的王国就此完结。‘提客勒’，就是把你放在天平上称过，显出你执政的能力太欠缺。‘乌法珥新’，就是你的王国将被瓜分，赐给米底亚人和波斯人。”（但以理书 5：26—28）

醉了。我轻轻地晃了晃他的肩膀，他异常机警地朝我转过来，又厉声说出更加含混不清的话。

“不相信我？呵，呵，呵——那你告诉我，年轻人，奥贝德船长和二十来岁的年轻人为什么总是深更半夜划船去魔鬼礁，还大声咏唱，顺风的时候，声音大得整个镇子都能听到？说啊，为什么？告诉我，奥贝德为什么总是把一些重物从恶魔礁后面直插海底的礁石陡峭的地方扔下去？告诉我，他拿瓦拉卡亚给他的那个铅做的东西去干嘛？小伙子，说啊？一到五朔节前夜和万圣节，他们干嘛狂呼乱叫？为什么新教会的牧师——那些家伙过去都是水手——身穿奇怪的长袍，头戴奥贝德带回来的金灿灿的玩意儿？说啊？”

这时，那双泪眼差不多变得凶残而又狂躁起来，就连那肮兮兮的白胡子也像过了电一样竖了起来。老扎多克八成是看到我吓得直往后退缩，他开始咯咯笑了起来，笑得直瘆人。

“呵，呵，呵，呵！明白了，嗯？那时候，晚上我在自家阁楼上往外看，看到过海上的东西，没准儿你也会想变成那时候的我吧。噢，我告诉你，小孩子的耳朵灵，关于奥贝德船长和那些去魔鬼礁的年轻人的闲话，我可没少听说。呵，呵，呵！有一天晚上，我拿着我老爸的望远镜，爬上阁楼，看到魔鬼礁上密密麻麻地挤满了什么东西，月亮一升起来，那些东西就赶紧跳进水里了。看到这一幕，你知道是什么感觉吗？奥贝德和那些人坐在一艘小船上，但那些东西从魔鬼礁后面跳到海里就再没有出来……让你去做那个小孩子，独自在阁楼上偷看那些没有人形的东西，怎么样？……呵？……呵，呵，呵……”

老人变得歇斯底里起来，我也莫名其妙地吓得直发抖。他把一只粗糙的爪子放在我肩膀上，但在我看来，那只手的颤抖压根儿就不是因为高兴才这样的。

“假如有天晚上，你看到奥贝德的小船载着重物划到了魔鬼礁后面，然后把它扔进海里，第二天有人告诉你，一个年轻人从家里消失了，你会怎么想？啊？谁见过海勒姆·吉尔曼的踪影？有谁见过？还有尼克·皮尔斯，还有路利·韦特，还有阿多奈拉姆·索斯威克，还有亨利·加里森？啊？呵，呵，呵，呵……那些东西都是比画着讲手语的……真的有手……

“对了，先生，就是在那个时候，奥贝德又东山再起了。大家伙儿都看到他的三个女儿穿戴着金子一样的东西，这些东西以前谁也没见过，冶炼厂的烟囱又开始冒烟了。其他人也发达起来了——鱼群开始涌进港口，天知道我们需要多大的货船才能把海产品运到纽伯里波特、阿卡姆和波士顿。就是在那个时候，奥贝德把铁路支线通到这里的。金士堡的渔民听说这里有鱼可捕，也驾着小船来了，可是全都有来无回。再没人见过他们。就在那个时候，我们这儿的人成立了大衮密约教，还买下了共济会堂作为集会的地方……呵，呵，呵！马特·埃利奥特是共济会的，所以反对卖会堂，不过，那时候他已经退出大家伙儿的视线了。

“别忘了，我可没说奥贝德铁了心要像卡纳卡人一样占有财富。我觉得，刚开始他并没有打算和那些生灵混血，也没有打算把年轻人带到水里，让他们永远变成鱼。他只是想要金子，所以甘愿付出昂贵的代价，其他人暂时也得到了满足……

“到了1846年，镇上的人开始有看法了。失踪的人太多了——星期天集会上的布道太疯狂了——关于魔鬼礁的闲话太多了。我大概也做了点儿事，我把自己在阁楼里看到的情景告诉了市政委员[1]莫里。一天晚上，有一帮人跟随奥贝德的人出海，来到魔鬼礁，后来我听见船与船之间传出了枪声。第二天，奥贝德和另外三十二个人被关进局子，大家都纳闷究竟发生了什么事，政府究竟指控他们犯了什么罪，把他们抓去坐牢。天哪！假如当时有人有眼光……一两个星期后，在很长时间里，再没有人往海里扔东西了……”

扎多克露出惊恐和疲惫的神情，我一边焦急地看了看表，一边让他沉默片刻。此时此刻，海水已经开始上涨，海浪声似乎唤醒了他的记忆。看到涨潮，我很高兴，因为涨潮的时候鱼腥味可能没有那么难闻。接着，我又一次绷紧神经听他自言自语起来。

“那个可怕的夜里……我看见了它们。我爬上阁楼……它们一帮帮……一群群……整个魔鬼礁上都是，然后沿着港口游进马奴赛特河……天哪！那天晚上印斯茅斯大街小巷里到底发生了什么……它们拼

1 美国新英格兰地区镇一级的行政官员，通过市镇选民大会的形式实施管理。

命敲打我们家的门，不过，我老爸没有开……后来，他拿着毛瑟枪从厨房的窗户爬出去，去找市政委员莫里，看看他能怎么办……死了的人和快死的人，一堆一堆的……枪声和尖叫声……老广场、镇广场和新教会山上喊声一片——监狱的门被撞开了……公告……叛逆……大家伙儿后来发现一半人失踪了，都说这是一场灾祸……大家要么加入奥贝德与那些生灵的团伙，要么闭嘴，除此之外，没人能剩下……我再也没听到我老爸的消息……”

此时此刻，老人已经气喘吁吁、大汗淋漓。他紧紧捏住我肩膀的手也越来越紧了。

“第二天早晨，所有的东西都打扫干净了——但还是留下一些痕迹……奥贝德一伙控制了大局，说情况会有些变化……集会的时候，其他人要跟我们一起做礼拜，有些房子要招待客人……这些生灵要杂交，就和跟卡纳卡人杂交一样，因为他觉得不应该阻止它们杂交。奥贝德早就没影了……就像个疯子一样。他说，它们给我们带来了鱼与财富，所以它们也必须得到它们想要的东西……

“在外人眼里，什么都没变。如果我们知道怎样做对我们有好处，就应该离陌生人远点儿。大家都必须向大衮发誓，再后来，有的人还要发第二道和第三道誓。那些愿意提供特别帮助的，还能得到特别的赏赐——金子之类的东西——要想作梗是没有用的，因为海底下有几百万个生灵。这些生灵并不愿意上岸来消灭人类，但如果因有人要出卖它们而不得不做，它们什么事都能干得出来。我们不可能像南洋人一样用古老的魔咒把它们干掉。再说，卡纳卡人也不愿意泄露自己的秘密。

“如果它们需要，就必须给它们足够的祭品，还有稀奇古怪的小玩意，镇上还要给它们留住的地方，这样，它们就会老老实实地待着。不能去招惹陌生人，免得把这里的事儿给捅出去——就是，别让外地人来乱打听。所有人都要加入教会——大衮教——儿童永远不会死，但要回到母神海德拉与父神大衮那里去，因为我们都是从那里来的……咿呀！咿呀！克苏鲁—富坦！非恩路易—米戈瓦纳夫—克苏鲁—拉莱耶—瓦纳戈尔—富坦。”

老扎多克很快陷入了一种胡言乱语的状态，而我只能屏住呼吸，认真倾听。可怜的老人——那瓶酒精，再加上他对身边衰败、外来血统和疾病的根，给他这颗肥沃而又富有想象力的脑袋带来多么可悲的幻觉啊？ 此时此刻，他开始呜呜咽咽起来，眼泪流过布满皱纹的脸，流进浓密的胡须里。

“天哪！ 15 岁以后，我看到的太多了——弥尼，弥尼，提客勒，乌法珥新！——人们接二连三地失踪，人们接二连三地自杀——如果在阿卡姆、伊普斯威奇讲起这种事，人们会说印斯茅斯人是疯子，就像你现在说我是疯子一样——可是，天哪！我看到的太多了——他们要是知道我知道这么多，早把我给弄死了。但因为奥贝德曾让我对大衮发过第一、第二道誓，所以我受到保护，除非他们的陪审团能证明我故意把知道的事儿说出去……但我不会发第三道誓——就是死，我也不干——

“内战前后，情况越来越糟——1846 年以后出生的孩子开始长大了——就是说，有些孩子。我很害怕——从那个可怕的夜晚以后，就再没有打探过，也没再见过——那些——一辈子跟我住在一起的孩子。就是说，纯血统的一个也没有。我去参军打仗，但凡有一点勇气和脑子，就跑到别的地方，不会再回来了。但大家伙儿写信告诉我，情况没有那么糟。那八成是因为 1863 年的时候政府管征兵的住在镇上。战争以后，情况又和以前一样糟了。镇上的人又开始消失——商店和作坊都关了——海运停了，港口淤塞了——铁路废弃了——但它们……它们还是一直从该死的魔鬼礁游过来，在河里进进出出——越来越多的阁楼窗户钉上了木板，本来不该有人住的房子里，越来越经常听到各种各样的声音……

“说到我们，外边的人有各种各样的说法——从你刚才提的问题看，你大概已经听了很多——有的讲他们经常看到生灵，有的讲奇珍异宝从什么地方运过来，还没来得及完全熔炼掉——但这些都不完全对。没有人会相信。他们说那些金子是海盗掠夺来的，还说印斯茅斯人有外国血统，说我们精神错乱什么的。还有，印斯茅斯人会把外地人都毙掉，这样才不会让其他人对印斯茅斯感兴趣，尤其是夜晚的时候。看见这些生灵，牲口都躲着走——马比骡子还糟——可是它们一旦上了汽车，就没事儿了。

“1846 年，奥贝德船长娶了第二个老婆，但镇上的人从来没见过——有的说他不想娶，是它们把他叫去，强迫他娶的——和她生了三个小孩——两个在很小的时候就不见了，但有一个女儿，她长得跟别人没什么两样，所以后来被送到欧洲去读书。奥贝德最后通过耍手段，把她嫁给了一个被蒙在鼓里的阿卡姆人。不过，外面的人现在都不愿意跟印斯茅斯人有什么瓜葛。现在管冶炼厂的巴纳巴斯·马什是奥贝德的孙子，是奥贝德跟第一个老婆生的长子奥尼西弗洛斯的儿子，但巴纳巴斯的母亲也是一个生灵，从来没见她出过门儿。

“巴纳巴斯马上就要变形了。眼睛已经合不上，也没了人样儿。大家都说他还穿衣服，但很快就要下水了。没准儿他已经试过——他们一般是在永远下水前，先短期下水试一试。已经有十来年没公开露面。不知道他可怜的老婆会怎么想——她是伊普斯维奇人。五十多年前他向她求婚的时候，那些人私下里差点把巴纳巴斯给弄死。奥贝德 1878 年就死了，他的儿女们现在都不见了踪影——他第一个老婆生的孩子都死了，至于其他的……天晓得……”

涨潮声现在已非常明显了，这种声音似乎一点一点地改变着老人的情绪，从酒后伤感的泣诉逐渐演变成充满警觉的恐惧。他时不时会停下来，紧张地回头张望，然后再朝魔鬼礁方向看去。尽管他的故事荒诞不经，但他的焦虑还是不知不觉地传给了我。此时此刻，扎多克的嗓门越来越尖厉了，那样子就好像嗓门高了就能鼓足勇气。

“嗨，你干嘛不说话？这里的一切都在腐烂、死亡，被木板封起来的房子里到处都是妖怪，不管你到哪儿，黑咕隆咚的地窖里和阁楼上，妖怪到处乱爬、乱叫、乱窜，住在这样的镇上，你会有什么感觉？嗯？夜复一夜听到大衮教会堂传来鬼哭狼嚎的声音，而且也知道那样的嚎叫是在干什么，你会有什么感觉？每到五朔节前夜和万圣节，魔鬼礁那边都会传来可怕的声音，你会有什么感觉？嗯？觉得我这个老头子疯了，是不是？得了，先生，告诉你这还不是最糟糕的！”

此时此刻，扎多克差不多是在扯着嗓门喊了。他声音中的那份狂怒，与其说是我想看到的，不如说让我心绪不宁。

“该死，别用那种眼神盯着我——我说奥贝德·马什下了地狱，他必须待在那里！哈，哈……他在地狱，我说！抓不到我的——我啥也没做，也啥都没对啥人说——

“噢，你，小伙子？就算我没告诉过什么人，我现在打算说了！坐好了，听我说，小伙子——我还没对别人说过……我说过，那天晚上以后，我就再没有乱打听过——可我还是发现了整件事儿的来龙去脉！

“你想知道真正恐怖的是什么，对不对？哎呀！就是这——不是鱼魔干了什么，而是它们打算干什么！它们把东西从它们来的地方带到镇上——多年一直这么干，后来慢慢懈怠了。河北边沃特街和中央大街之间的房子里全是——魔鬼和它们带上来的东西——等它们准备好了……我说，等它们准备好了……听说过‘修格斯’[1]吗？……

“嘿，你在听我说吗？我告诉你，我知道那是些什么东西——我见过，有一天晚上我……哦，哎呀！哎呀呀……”

老人突如其来尖叫声让我差一点儿昏了过去，因为尖叫中透出一种人类所没有的惊恐。他那双眼睛就好像要从头上窜出来一样，越过我朝充满恶臭的大海望去。他的脸蒙上了一层只有古希腊悲剧才能营造出来的恐惧。他骨瘦如柴的爪子疯狂地掐进我肩膀上的肉里，就在我回头张望他在看什么时，他居然一动也没动。

我什么也没看见。只看到涌上岸边的潮汐，近看是一道道的涟漪，远看是长长的碎浪。但，此时此刻，扎多克开始摇晃我，我赶紧转过头，看到他那张吓得已经僵硬的脸渐渐扭曲，眼睑抽搐，牙床打颤，嘴里不知道嘟囔着什么。不一会儿，他的声音又恢复了正常——虽然那声音还是瑟瑟发抖的自言自语。

“赶快走！赶快走！它们看到我们了——快逃命！一刻别等——现在它们知道了——快跑——快——离开镇子——”

又一个大浪重重地打在昔日码头上已经散了架的砖石墩上，一下子让疯老头的自言自语顿时变成了令人毛骨悚然、撕心裂肺的尖叫。

“哎呀呀！……哎呀呀！……”

我还没回过神来，他就已经松开了掐着我肩膀的手，疯狂地向大街方向奔去，沿着已经废弃的仓库围墙，朝北踉踉跄跄地逃去。

我往后瞅了一眼，可海上什么也没有。当我来到沃特街，顺着街向北看去时，扎多克·艾伦早已不见了踪影。

1　参阅《疯狂山脉》中的相关注释。

四

我很难描述这段痛心的插曲——一段疯狂而又可悲、怪诞而又恐怖的插曲——过后自己的心情是怎样的。食杂店的小伙子虽然让我有所心理准备，可现实的情况仍然让我纠结和困惑。虽然这个故事很幼稚，但老扎多克那股疯疯癫癫的真诚和恐惧传给了我，让我越来越心神不宁。这种心情与我早先对印斯茅斯的厌恶感和难以捉摸的重重疑云搅在一起，让我更加心神不宁。

过后，我没准儿会对这个故事进行筛选，提炼出核心的历史价值。不过，此时此刻，我根本不想去想它。太危险了，现在时间已经很晚，我的手表已经显示七点十五，而去阿卡姆的巴士八点钟就要离开镇广场。所以，我想方设法尽可能让自己的思绪避免极端、切合实际一点儿，与此同时，我匆匆走过一条条到处都是张开血盆大口的屋顶与东倒西歪的房屋的废弃街道朝旅馆走去，好去取回寄存在那里的行李，搭乘巴士。

尽管晚霞给古老的屋顶与破旧的烟囱蒙上了一层祥和而又富有魅力的神秘色彩，但我还时不时情不自禁地回头张望。说心里话，我巴不得离开臭气熏天、充满恐怖的印斯茅斯，不过我真想乘别的车，而不是那个相貌凶恶的萨金特开的车。但我并没有急匆匆赶路，因为每一个寂静的角落里都有值得认真观赏的建筑细节，再说，我已经估算过，这点路程有半小时肯定能到。

我认真研究了食杂店伙计给我画的地图之后，发现了一条此前没有走过的路，于是，我决定不走斯台特街，而是经过马什街走到镇广场。快步走到法勒街拐角的时候，我看到零零星星地有几伙人在窃窃私语。当我最后到达广场时，我看到，吉尔曼旅馆的门口聚集了几乎所有的流浪汉。就在我从旅馆大堂取回行李的过程中，一双双鼓鼓囊囊、泪眼汪汪、一眨不眨的眼睛似乎都在诡异地盯着我看。我可不希望这些让人不爽的家伙跟我一同乘巴士。

还不到八点钟，巴士便早早地载着三名乘客哐啷哐啷地开进了广场。人行道上一个相貌凶恶的家伙不知道对司机嘀咕了些什么。萨金特从车上扔下一只邮袋与一卷报纸，走进了旅馆。几名乘客——还是我早上从纽伯里波特来时看到的那几个——摇摇晃晃地走到人行道边，跟一个流浪汉叽里咕噜地小声说了些什么，我敢发誓，他们说的肯定不是英语。我上了空荡荡的汽车，在来时坐过的座位上坐了下来，可没等我坐好，萨金特就走回来，操着令人厌恶的公哑嗓对我嘟哝些什么。

看样子，我真是倒霉透了。汽车发动机出了故障，虽然从纽伯里波特出发时还好好的，但现在已经没办法开到阿卡姆。汽车当天晚上根本不可能修好，也没有离开印斯茅斯到阿卡姆或其他地方的其他交通工具。萨金特对此深表遗憾，而我也只好在吉尔曼旅馆过夜。没准儿旅店服务员会为我打个折，但现在已别无选择。我被这突如其来的状况一下子搞蒙了，夜晚即将来临，而这个满目疮痍的小镇有一半根本看不到灯光，这让我产生了强烈的恐惧感。但别无选择，我只好下车，再一次走进旅馆的大堂。前台那位怪模怪样的值夜服务员拉着脸告诉我，我可以住顶楼的 428 房间——房间很大，但没有自来水——房费是 1 美元。[1]

尽管我在纽伯里波特就听人说过这家旅馆的种种谣传，但我还是办了入住手续，交了房费，让服务员拿着我的手提箱，跟着酸味十足、行为孤僻的服务生登上三层吱嘎作响的楼梯，走过几段积满灰尘、死气沉沉的走廊。我的房间在旅馆里面最阴暗的地方，房间有两扇窗户，还有一些光秃秃的廉价家具，下面是一个脏兮兮的庭院，四周是没有人居住的低矮砖石建筑。从这儿看去，延绵向西，破旧的屋顶尽收眼底，再远处是乡野湿地。走廊的尽头是厕所——真可谓是令人沮丧的老古董，里面有老掉牙的大理石洗手盆、锡浴缸、无精打采的电灯，还有安装在管道周围已经发了霉的嵌木板。

看到天还没黑，我想找个地方吃晚饭，便下楼朝广场走去。这时，我注意到，那些面容憔悴的流浪汉都在用异样的目光看着我。食杂店已经打烊，我只好走进此前曾刻意避开的那家餐馆。餐馆里只有两个服务员：一个驼背、扁头的男人，眼睛睁得大大的，一眨不眨；一个双手又

1 在当时，对廉价旅馆来说，这样的房费是很正常的。1931 年夏天，作者去佛罗里达时，就曾住在圣奥古斯丁的丽景轩旅店，房费是每周四美元。

厚又笨的塌鼻子乡下女子。这里所有的服务项目统统在柜台进行，看到这里有这么多罐装和包装食品，我松了一口气。对我来说，一碗蔬菜汤加饼干就够了。[1]不一会儿，我便返回吉尔曼旅馆那间单调乏味的房间，经过那个满脸凶相的服务员时，我从他桌边那张快散了架的书报架上取了一份晚报和一本沾满了苍蝇屎的杂志。

随着天色越来越暗，我打开廉价铁架床上方微弱的电灯，尽量集中精力去阅读。我觉得最好还是去想些有益的事情，因为只要我还待在这个荒凉的古镇里，绞尽脑汁地去想它的种种诡异也没有什么好处。我从老酒鬼那里听到的那些奇谈怪论肯定不会让我做什么美梦，所以我觉得自己不应该总去想他那双癫狂而又泪汪汪的眼睛，应该尽可能把这些东西从我脑海里赶出去。

而且，我也不能总去想那个工厂检查员对纽伯里波特售票员说过的关于吉尔曼旅馆的种种诡异，以及住店客人夜里弄出的种种动静——不能去想这些，也不能去想漆黑的教堂门道里出现的那个头戴三重冕的面孔。对我来说，那张面孔所带来的恐惧简直难以名状。如果我住的房间里不这么阴森霉臭，也许我更容易摆脱这种令人不安的问题。但实际情况是，要命的霉臭味与镇上到处弥漫的鱼腥味完全融为一体，总让人联想到死亡与破败。

让我不安的第二件事是，我房间的大门上居然没有插销。门上的痕迹清楚地表明，房门过去装有插销，也看得出，插销是最近才被人弄走的。毫无疑问，在这座破楼里，很多东西都已经杂乱无章、破烂不堪了。我紧张不安地四处寻找，结果在衣柜上找到一个看起来尺寸相同的插销，从标记上看，这个插销以前就是房间大门上的。为了从这种无所不在的不安中寻找一点儿安慰，我钥匙环上有个三合一的便携工具，其中有把螺丝刀，我便用它把衣柜上的插销取下来装到门上。插销正合适。意识到自己可以闩紧插销睡觉，我稍微松了口气。此时此刻，我并不是真觉得这个插销有多么重要，而是在这种环境中，任何象征安全的东西都是受欢迎的。连接隔壁两个房间的侧门也有插销，我也给闩上了。

1 作者外出旅行经常是吃得这么简单，其原因主要还是经济方面的。

我没有脱衣服，而是决定看报纸和杂志，直到眼睁不开为止，然后脱掉大衣、衣领与鞋子躺下。我从手提箱里拿出一个小手电筒，放进裤袋里，这样，一旦深更半夜醒来，可以看看几点了。可是，我一点儿睡意也没有。就在我静下心来要理清头绪的当儿，我不安地发现，自己其实是在下意识地聆听什么东西——聆听一种我惧怕而又难以名状的东西。那个检查员说过的话对我想象力的影响远远超出了我的预料。我又集中精力去阅读，却发现根本没有效果。

不一会儿，我好像听到楼梯和走廊上时不时传来咯吱咯吱的声音，仿佛是脚步声，所以我在想其他房间是不是也有客人陆续入住了。可是，我没有听到人的说话声。这时，我突然意识到，咯吱声八成有鬼。这可不是我喜欢的，我心里直嘀咕，我是不是干脆蒙头大睡。有些印斯茅斯人行为古怪，而且发生过好几次失踪事件了，这一点毫无疑问。旅客时常被谋财害命，难道是在这家旅馆吗？我肯定不像个有钱的主儿。对那些好奇的访客，镇上的人真的恨得咬牙切齿？我大摇大摆地旅行观光，还有时不时查阅地图的举动，难道引起了对我不利的注意？我突然意识到，自己八成是太紧张了，搞得随便发出的那么一丁点儿咯吱声也让我疑心重重——但不管怎么说，我还是后悔没有随身携带防身武器。

最后，虽然毫无困意，但我实在疲惫不堪，于是，我闩好刚刚装上插销的房门，关掉灯，外套、衣领和鞋子都没有脱，就一下子倒在坚硬而又高低不平的床上。黑暗之中，夜里任何一丁点儿的声响似乎都被放大，一股加倍厌恶的思绪涌上我的心头。我很后悔关灯，可身体又非常疲倦，不想爬起来去开灯。接着，过了一段沉闷而又漫长的时间，先是楼梯上和走廊里传来一阵咯吱声，随后便是轻柔而又异常清晰的声音，这种声音似乎在告诉我，我所有的担心都变成了可怕的现实。毫无疑问，肯定有人在小心谨慎、鬼鬼祟祟地试探着用钥匙开我的房门。

因为我已经朦胧预感到了恐惧，所以在发现这种实实在在的危险信号之后，我不但没有慌乱，反而更加镇定了。虽然说不上什么理由，但我一直本能地保持警惕，这样可以让我在面对现实中突如其来的危险时不至于被动，不管这种危险最后的结局怎样。但是，这种危险从模糊的征兆一下子变成眼前的现实，还是着实把我吓了一跳，让我仿佛真的感到遭受了沉重的打击。我从来没有想过，有人摸我房门的锁只不过一时搞错了。我敢断定，来者肯定不怀好意，于是，我保持绝对安静，等待闯入者的下一个举动。

不一会儿，小心翼翼开锁声停止了，我听到有人用万能钥匙进入我北边的房间。接着，有人轻轻开了开连接我房间的那扇门。当然，门是闩着的，我听到闯入者离开房间时地板发出的咯吱声。过了片刻，又传来轻轻的开锁声，我知道我南边的房间有人进来了。又有人偷偷摸摸地开了开连接我房间的门，然后又是渐行渐远的咯吱声。这一次，咯吱声沿着走廊下了楼梯，我很清楚，闯入者已经发觉我房间的门都上了闩，所以在更长或更短的时间内不会再尝试了，这一点事后得到了证明。

于是，我从容地开始筹划下一步的行动。这就是说，我当时潜意识里肯定一直在担心某种威胁，而且一直在考虑备选的几小时逃跑路线。首先，我觉得试图开门的人是一个巨大危险，这种危险并不是我需要面对和应付的，而是必须尽可能摆脱的。我要做的一件事就是，尽快从这家旅馆活着逃出去，而且不能从前面的楼梯与大堂逃，必须另想办法。

我轻轻地爬起来，打开手电筒，试着打开床上方的灯，收拾一些随身物品，准备情急之下丢下手提箱，迅速开溜。但是，灯根本没有反应。这时，我才明白，电源已经被人切断了。很显然，某个秘密而又不怀好意的阴谋正气势汹汹地冲我扑来——但究竟是什么，我自己也说不上来。我站在那里，一边摸着此时已失去作用的开关，一边冥思苦想。就在这时，我听到地板下面传来一阵闷声闷气的咯吱声，而且隐隐约约听到了人交谈的声音。不一会儿，我又拿不准更厚重的声音是不是人的说话声了，因为那种明显嘶哑的吠叫声与音节松散的蛙鸣声与人类的语言似乎没有什么相似之处。接着，我想起工厂检查员半夜在这幢破烂不堪、危机四伏的旅店里听到过的，顿时认识到问题的严重性。

我借着手电光，把口袋都塞满，戴上帽子，蹑手蹑脚地走到窗边，看看能不能从窗口爬下去。虽然州政府对安全设施有明文规定，但旅馆的这一侧没有安装太平梯。我发现，从我房间的窗台到铺设着砾石的天井只有三层楼的落差。但在左右两侧，有些古旧的砖砌商务楼与旅馆紧挨着，这些房子的斜顶与我住的四楼之间落差并不大，完全可以跳下去。但是，要想跳到这些房顶上去，我首先得进入与我住的房间隔两个门的另一个房间——要么是北边的那个，要么是南边的那个——我立马发动思维机器，开始算计我有多大的把握能转移过去。

主意已定，我不能冒险到走廊上去，因为那样的话，肯定有人听到我的脚步声，再说，从走廊进入我要去的房间就难上加难了。如果真要这么做，我最好还是通过连接我房间的那两道门过去，因为那两道门没有那么坚固。因为房屋及其固定设施本来就已经脆弱不堪，所以我觉得，关键时刻，我可以用肩膀撞开门锁和插销，但不能发出一丁点儿动静。在敌人用万能钥匙打开我房门的那一瞬间，要想逃脱，只能靠速度。我把办公桌推过去——一点一点地推，尽可能不发出声响——顶住房间的大门。

我知道自己机会非常渺茫，所以也为应付任何灾难做好了充分的准备。即使我能够逃到其他房顶上，也无法解决问题，因为我还要面临如何下到地面、逃出小镇的问题。不过，毗邻的房屋都已经严重破损，没有人住了，但每排房顶上都有天窗，有的敞开着，黑咕隆咚的，这对我来说是好事。

食杂店伙计画的地图告诉我，逃出印斯茅斯的最佳路线是向南。我先瞅了一眼南面连接我房间的门。这道门是朝我这边开的，但我发现——拉开插销，却发现还有一道锁——这道门不适合强行突破。我只好放弃这条线路，我小心翼翼地把床移过来顶住这扇门，万一后来有人从隔壁闯进来，这样也好有个阻挡。北面的那道门是朝另一边开的，但我知道——我试了试，发现另一边也上了锁或闩了插销——这才是我逃跑的路线。如果我能跳到佩恩街的屋顶上，毫发无损地下到地面，我或许能飞快穿过天井和相邻或对面的建筑，逃到华盛顿街或贝茨街——或者干脆沿着佩恩街向南，悄悄溜到华盛顿街。不管是哪种方式，我最后都会朝着华盛顿街跑，尽快离开中心广场地区。但我还是首选避开佩恩街，因为佩恩街上的消防站有可能通宵开着。

我一边想，一边往外张望下面那片乱七八糟的破败屋顶组成的海洋，此时此刻，几近满月的月光将那片海洋照得通亮。在我的右手边，幽深的河谷把整个区域划开了一道漆黑的裂缝，废弃的工厂与火车站如同藤壶一样攀附在裂缝两边。再往远处，已经生了锈的铁路与通往罗利的路穿过一片平坦的湿地，向远方延伸出去。湿地上零零散散地有一些小岛，岛上比较干燥，长满了灌木。在我的左手边，溪水潺潺的乡野看上去离我要近得多，通向伊普斯维奇的小路在月光下微微泛着白。从我在旅馆所处的那一面看不到向南通往阿卡姆的路，而这正是我准备要走的一条路。

我正在思前想后，我该什么时间撞开北边的门，怎么才能做到悄无声息。就在这时，我注意到，楼梯上再度传来的沉重吱嘎声已经取代了楼下微弱的声音。一道摇摆不定的灯光透过气窗照射进来，走廊地板也因负重而吱嘎作响。随即传来阵阵闷声闷气、像是说话的声音，最后门外传来了一阵重重的敲门声。

有那么一会儿，我只是屏息以待。无始无终的时间在流逝，四周令人作呕的鱼腥味骤然加剧。又是一阵敲门声——敲个不停，越敲越起劲儿。我知道该采取行动了，我立即拉开北面侧门的插销，鼓起勇气准备把门撞开。敲门声越来越大，我希望敲门声能淹没我弄出的动静。最后，我一次又一次地拼命用我的左肩去撞击薄薄的门板，此时已经根本顾上疼痛和惊恐了。这道门要比我想象的结实得多，但我并没有放弃。门外的喧闹声越来越大。

侧门终于给撞开了，但我知道，这么大的动静，外面的人肯定能听到。顷刻间，外面的叩门声演变成剧烈的砸门声。不幸的是，走廊上我两边的房门也响起了钥匙声。我迅速冲过刚刚撞开的侧门，就在门锁打开之前闩上了北面房间的大门。但就在这时，我听到有人在用万能钥匙试着去开北面第三个房间的门——就是我希望从窗户跳到下面房顶的那个房间。

顷刻间，我彻底绝望了，因为此时我被困在一个房间里，而这儿似乎根本没有通往外面的窗户。一股异乎寻常的恐惧感顿时传遍了我的全身，可就在这个可怕的时刻，我居然专门瞅了一眼前不久闯入者从这个房间试图打开通往我房间的那个侧门时在灰尘上留下的脚印。紧接着，虽然不抱什么希望，但恍惚的机械反应并没有停止，我冲向下一道侧门，盲目地去推，试图冲破这道屏障——想当然地以为这个房间的门锁凑巧与刚才那扇门一样没人做过手脚——抢在外面的人打开房间大门前把门闩上。

纯粹靠运气，我才得到暂时的喘息——我眼前的这道侧门不但没有锁，而且还半掩着。我立刻穿过这道门，用右膝盖与肩膀顶住房间的大门，因为这时房门明显已经在往里开了。我的举动显然让开门的人毫无防备，因为我用力一推，门便关上了，所以，我得以像前面一样闩上了门，还好，那支插销没有坏。就在我得到短暂喘息的当儿，我听到另外两道门后的捶打声渐弱下来，紧接着，此前我用床顶住的那道侧门传来一阵唏哩哗啦的声音。很显然，袭击者已经从南面攻进了房间，开始从侧翼向我发动了进攻。但就在这时，北面的隔壁房间也传来了万能钥匙的声音，我意识到，危险已经近在咫尺了。

房间北面的侧门大开着，但现在已经来不及考虑如何阻止房间大门已经在转动的门锁了。我现在能做的，只有把敞开的侧门以及对面的侧门关好闩牢——把床推过去挡住一扇，再把写字台推过去挡住另一扇，把脸盆架挪过去顶住正门。我心里很清楚，我必须依靠这些权宜的屏障来保护自己，保证我从窗户跳出去，跳到佩恩街的房顶上去。但即便在这样的紧急关头，让我惊恐万分的并不是我的防线会不堪一击。我之所以惊恐万分，是因为追捕我的，除了不时发出令人毛骨悚然的喘息声、咕噜声、低沉的吠叫声，还发出一种清晰可辨的说话声。

就在我推开家具朝窗户冲过去的当儿，我听到走廊上传来一阵令人胆战的疾跑声，奔向我北面的房间。紧接着，我感到南面房间的击打声已经停止了。很显然，我的大部分对手正朝着那扇不堪一击的侧门聚集过来，因为他们很清楚，通过那道门他们可以直接抓到我。窗外，月亮静静地照在下面建筑的脊梁上，我心里很清楚，跳下去是非常危险的，因为我的落点是一个陡峭的坡面。

我俯视了一番之后，选择了两扇窗户中南面的那一扇作为逃生的通道，准备落在屋顶的内坡面上，朝最近的天窗跑。一旦进入破烂不堪的砖体建筑，我就不得不面对追捕。不过，我还是希望能爬到地面，借着庭院的阴影，穿过那些敞开的大门，躲开追捕，最后逃到华盛顿街，向南逃离印斯茅斯。

此时此刻，北边侧门的撞击声异常猛烈了，我看到脆弱的门板已经开裂。很显然，围攻者找来什么重物，把它当作破城锤来撞门。但顶住门的床还能扛得住，所以，我至少还有一点点机会，从容地逃出去。就在我推开窗户的当儿，我发现，窗户两侧挂着厚厚的天鹅绒窗帘，用铜环挂在一根杆子上，我还发现，窗外有一个用来安装百叶窗的大支架。看到可以有办法避免往下跳的危险，我使劲儿拉扯窗帘，连同窗帘杆一同扯下，接着，飞快地将两个铜环挂在百叶窗支架上，然后把窗帘扔了出去。厚厚的窗帘完全能够到毗连的屋顶，我又看了看，铜环与支架是不是能承受得住我的重量。就这样，我爬出窗户，顺着这道简易绳梯爬了下去，把令人毛骨悚然的吉尔曼旅馆永远抛在身后。

我安全跳到陡屋顶松动的石板瓦上，顺利爬到黑咕隆咚的天窗，居然没有滑一脚。我抬头看了一眼刚刚离开的窗户，发现窗户仍然漆黑，但透过北面远处许多残缺不全的烟囱，我发现大衮教会堂、浸礼会教堂以及一想起来就让人不寒而栗的公理会教堂里都灯火通明，充满了不祥的气息。下面院子里似乎没有人，所以我希望在大部分人没有被惊动之前能有机会逃出去。我打开手电筒，从天窗往下照了照，发现下面根本没有楼梯。不过，天窗距离地面并不算高，于是，我抓住窗缘跳了下去，落在一块积满灰尘、散乱堆放旧箱子与木桶的地板上。

这地方一看就让人不寒而栗，但此时此刻，我根本顾不上这种感受了，我立刻借着手电光奔向楼梯——匆匆瞅了一眼手表，时间已是凌晨两点。楼梯咯吱作响，不过楼梯发出的动静似乎还能忍受，我飞快地穿过像谷仓一样的二楼，冲到一楼。这里连个人影都没有，只听到我的脚步声发出的回声。最后，我来到楼下的客厅，在客厅的尽头，我看到一个微微泛着夜光的长方形，这就是通往佩恩街破烂不堪的大门。我掉头向相反方向跑去，发现后门也开着，于是，我冲了出去，跑下五级石阶，来到杂草丛生、铺设着砾石的庭院里。

月光虽然照不到下面的院子里，但我即使不用手电也能看清路。此时此刻，吉尔曼旅馆那边的有些窗户发出微弱的灯光，我还听见了旅馆里传出的嘈杂声。我悄悄走到院子靠近华盛顿街的那一侧，发现有几扇大门是敞开的，我选择了离我最近的那扇门作为逃生路线。门里的过道很黑，我走到过道尽头才发现，通向街道的大门被封死了，根本无法移动。我下定决心试一试另一幢建筑，于是摸索着返回院子，可是就在快要接近门道时，突然停了下来。

就在这个时候，吉尔曼旅馆的一扇门开了，从里面涌出一大帮形迹可疑的身影——提灯在黑暗中上下跳动，嘶哑的声音在低声交谈。低语声讲的肯定不是英语。一帮人开始漫无目的地乱窜，我突然意识到，他们并不知道我藏身何处，这让我松了口气。但话虽这么说，他们还是把我吓得浑身直打哆嗦。他们的嘴脸虽然模糊不清，但看到他们那种蜷缩着身子蹒跚而行的样子，你就会感到恶心。最糟糕的是，我看到一个人，身裹奇怪的长袍，头上赫然戴着一顶样式很眼熟的高大冠饰。就在这些人在院子里分散开的时候，我心里越来越感到恐惧。万一在这栋楼里也找不到出口，那该怎么办？鱼腥味真可恶，我不知道自己能不能忍得住，别被熏倒。我又一次沿过道往街道方向摸索，在摸索的过程中，无意中打开了过道上的一扇门，突然发现这里有一个空房间，房间的窗户没有窗框，但挂着密封的百叶窗。我借着手电光发现，我可以打开百叶窗。转瞬间，我从窗口爬到外面，然后再照原样把百叶窗封了起来。

此时，我已逃到华盛顿街上。街上根本看不到人，除了月光之外，也看不到其他亮光。可就在这时，我听到从几个方向的远处传来嘶哑的说话声、脚步声，还有一种听起来不太像脚步声的“啪嗒”声。很显然，我一刻都不能耽搁。罗盘上的指针我看得一清二楚，所以看到路灯都关掉了，心里很高兴——在一些富足的农村地区，在月光皎洁的晚上，路灯一般都会关掉。虽然南面也传来声音，但我仍然按照既定方案往南逃。我知道，万一碰上像是在追我的什么人，也有很多废弃的门廊供我藏身。

我紧贴着废弃的房子，放轻脚步，飞快地往前走。虽然几经艰难的攀爬，我搞得蓬头垢面，帽子也给弄丢了，但我的样子不会太惹人注意，即便偶然碰上什么路人，也完全可以人不知鬼不觉地溜过去。在贝茨街，看到两个蹒跚而行的身影在我面前相向而过，我便躲进一个洞开的门厅，不过，我很快又回到街上，向南朝着埃利奥特街和华盛顿街斜交叉而成的开阔地走去。虽然我此前没见过这片开阔地，但从食杂店小伙子画的地图上看，我一直觉得这个地方很危险，因为皎洁的月光会把这地方照得通亮。但要绕开它也没什么意义，因为其他任何路线也都需要绕道，而这既有可能被人发现，还可能耽搁时间，那样的话就大难临头了。唯一的办法就是壮着胆子，堂而皇之地穿过去。我尽可能学着印斯茅斯人蹒跚走路的样子，心里巴望着一路上不要见到什么人——起码别碰到追我的人。

对我的追捕组织得究竟多么严密——目的究竟是什么——我根本想不出个所以然来。镇上好像出了什么了不起的大事一样，不过，我断定，我从吉尔曼旅馆逃跑的消息还没有传开。当然，我得马上从华盛顿街拐到其他某个向南的街上去，因为从旅馆里出来的那帮人肯定会在我后面穷追不舍。我肯定在最后那栋满是尘土的旧房子里留下了脚印，这等于告诉他们我是如何逃到街上去的。

如我所料，小广场上月光通明，我甚至能看到那块围着铁栅栏、像花园一样的中央绿地。所幸周围没有人，不过，从镇广场方向传来稀奇古怪的嗡嗡声和吼叫声，而且声音似乎越来越大。南街是一条坡度很小的宽街，向下一直延伸到海边，从这里可以将大海一览无余。我希望我在皎洁的月光下穿过小广场时，不会有人抬头往这边看。

我穿过小广场，一路畅通无阻，再也没有听到什么声音。这在提醒我，我还没有被发现。我四下里扫了一眼，不知不觉地稍微放慢了脚步，看了看大海。从街道的这头望去，大海在皎洁月光的照耀下是那么波光粼粼、蔚为壮观。防波堤外很远的地方就是朦胧而又昏暗的魔鬼礁。我瞅了一眼魔鬼礁，不由自主地想起了过去 34 个小时里听到的种种骇人传说——传说里把这块参差不齐的礁石描述成一扇名副其实的大门——通往深不可测的恐怖之地和匪夷所思的诡异国度的大门。

紧接着，在毫无征兆的情况下，我发现远处的魔鬼礁上时断时续地发出几道亮光。毫无疑问，肯定是亮光，我心里顿时泛起了一股几近失去理智的莫大恐惧。我紧绷肌肉，准备落荒而逃，但潜意识的谨慎与近乎催眠的痴迷让我待在原地一动没动。更糟糕的是，此时此刻，在我身后的东北方，隐隐约约的吉尔曼旅馆阁楼上也发出几道亮光，一连串相似但时间间隔不同的亮光只能有一种解释，那就是：应答信号。

我控制住绷紧的肌肉，同时又意识到自己此时的样子再普通不过了，于是，我放松步伐，又重新模仿起印斯茅斯人走路的样子来，但眼睛却一直没有离开那块可怕而又险恶的魔鬼礁，因为南街的视野很宽，可以看到海面上的情况。相互交换信号究竟意味着什么，我不得而知。没准儿是与魔鬼礁联系的某种另类方式，没准儿有一帮人驾船登上了那块可恶的礁石。此时此刻，我绕过已经废弃的绿地向左转，但眼睛始终盯着犹如诡异的夏日月光下波光粼粼的海面，盯着信号灯发出的莫名其妙而又令人费解的神秘亮光。

就在这时，最让我惊恐万分的一幕迎面而来——这一幕摧毁了我仅存的一点儿自控力，让我经过静寂街道上一个个洞开的漆黑门道、一口口鱼眼圆瞪的窗户，撒腿向南逃去。因为我定睛一看，发现魔鬼礁和海岸之间撒满月光的水域远非空无一物。海面上出现了一大批身影，正朝着小镇方向游来。虽然相距遥远，而且只看了一眼，但我敢断定，那些上下浮动的脑袋和胡乱挥动的手臂跟外星人无异，形状诡异的程度几乎超乎想象，根本无法用语言描述。

我疯狂地跑了不到一个路口，便停下脚步，因为我听到左边有什么动静，像是有组织的追捕者发出的嘈杂声。既有脚步声，也有喉咙里发出的声音，还有一辆吱嘎作响的汽车沿着费德勒尔街向南开来发出的"呼哧"声。一时间，我所有的计划全给打乱了——因为，很显然，如果向南逃的路被封，那我只好另寻逃离印斯茅斯的路线了。我停了片刻，躲进一处洞开的门道里，心想，赶在追捕者沿着平行的街道赶来之前，离开了月光通明的小广场，实在是太幸运了。

不过，再一想可就没那么舒服了。因为追捕者是沿着另一条街追过来的，这说明这伙人并没有径直跟在我身后。他们没有看到我，只不过是在遵从一个总体的布置：切断我的退路。这就意味着，离开印斯茅斯的所有道路都已经有人把守了，因为这伙人不可能知道我走哪条路。如果是这样，我只能避开所有的道路，穿越田野逃离印斯茅斯。但是，周围到处都是溪水纵横的湿地，我怎样才能逃得出去？一时间，我心里纠结起来——一方面是因为彻底的绝望，另一方面是因为无处不在的鱼腥味突然间越来越浓了。

这时，我突然想起了通往罗利的那条已经废弃的铁路。铺设着道砟、杂草丛生的路基仍然很结实，从河谷边那座摇摇欲坠的车站一直往西北方向延伸。镇上的人很可能想不到这条路，因为那里荆棘遍地、荒无人烟，几乎无法通行，逃亡者根本不可能选择这条路。我从旅馆窗户曾清楚地看到过这条路，所以知道它的方位。但令人不安的是，铁路刚开始从车站延伸出去的这一段，从通往罗利的路上和镇子的高处都能看到；不过，我也许可以神不知鬼不觉地从灌木丛里爬过去。无论如何，这是我脱身的唯一机会，只能试一试了。

我退回到藏身的门道里，借着手电光又看了一遍食杂店伙计给我画的地图。当务之急是如何走到那条废旧铁路去。就在这个时候，我发现，最安全的路线是先走到巴布森街，然后往西走到拉菲逸街——在那边可以沿着建筑物的墙边走，而不需要像我刚才那样横穿开阔的小广场——然后再沿着一个“之”字形路线穿过拉菲逸街、贝茨街、亚当斯街与沿河街往北、往西拐，走到我从窗户里看到的那座废弃车站。之所以朝巴布森街走，是因为我既不想再冒险穿过刚才经过的那个小广场，也不想顺着南街这样宽阔的交叉路段向西走。

我再一次出发，横穿街道来到右边，准备神不知鬼不觉地绕到巴布森街。费德勒尔街上嘈杂声仍旧不断传来，我向后瞅了一眼，发现就在我刚刚逃离的那座建筑边上有一丝光亮。我急于要离开华盛顿街，于是开始悄无声息地小跑起来，心里巴望着千万不要被人发现。快要到巴布森街角的时候，我惊讶地发现，一幢房子里居然还有人住（这从窗户上挂着的窗帘就能看出来），但里面没有灯光，所以，我有惊无险地走了过去。

由于巴布森街与费德勒尔街呈十字交叉，我的行踪有可能会暴露给追捕者，所以我尽可能地紧贴着萎靡不振、参差不齐的建筑物往前走，期间有两次因为身后的嘈杂声骤然俱增而在路边的门道里暂避。月光下，前面的路口显得既宽敞又凄凉，但我并不是非得穿过这个路口。在第二次暂避的时候，我开始重新辨别隐约嘈杂声的动向。我小心翼翼地从藏身处向外张望，突然发现一辆汽车从那个十字路口飞驰而过，沿着埃利奥特街向镇外开去，埃利奥特街与巴布森街和拉菲逸街都有交叉。

我四下观察——本已暂时缓解的鱼腥味又骤然浓烈起来，差点把我噎死——看见一群动作迟缓、形容蜷伏的身影正大摇大摆地朝同一个方向走去，心想那帮家伙肯定是负责把守通往伊普斯维奇的道路的，因为从埃利奥特街延伸出去就是通往伊普斯威奇的公路。我看到，有两个身穿长袍，有一个还戴着尖尖的冠冕，在月光的映衬下，冠冕泛着白光。这家伙步履诡异，我不禁打了个寒战——因为，在我看来，这家伙差不多是在跳着往前走。

这帮家伙走出我的视线之后，我又继续往前走。我飞快地拐进拉菲逸街，匆匆穿过埃利奥特街，免得这帮家伙中有掉队的还在沿着大路赶过来。我听到远处有哇哇乱叫声和嘈杂的脚步声朝着镇广场方向走去，但我还是顺顺利利地走完了拉菲逸街。我最担心的是，宽阔的南街被月光照得通亮，我怎么才能第二次穿过去——南街的一边面向大海——但我不得不鼓起勇气去面对严峻的考验。没准儿有人正以逸待劳地监视着这条路，再说，埃利奥特街上那些掉队的从街的两头也可能看到我。最后时刻，我决定还是放慢脚步，跟以前一样模仿印斯茅斯人的那种蹒跚步态，穿过南街。

当海面再一次进入我的视线时——这次是在我的右手边——我不知道该不该看一眼，可是，我抵挡不住诱惑。我一边小心翼翼地模仿着蹒跚步态朝前面能够提供掩护的阴影走去，一边从眼角瞅了一眼。我本以为海上可能会有船，可是根本没有。不过，首先引起我注意的是，一叶扁舟载着用油布盖着的什么鼓鼓囊囊的东西，正朝着废弃的码头划来。虽然距离很远，看不清楚，但桨手的样子还是让人心生厌恶。此外，海面上还有几个人在游动；在远处的黑色礁石上，隐隐约约可以看到一束不变的亮光，这束亮光虽然与我之前看到的信号光不同，但却呈现出我一时无法准确分辨的诡异色彩。前面和右手边的那些斜房顶上，吉尔曼旅馆高高的圆顶阁楼若隐若现，但此刻阁楼已经是一片漆黑。刺鼻的鱼腥味一度被仁慈的微风驱散了，但此刻又卷土重来，而且味道重得简直让人发疯。

还没等我过完街，我就听到一帮人呜呜呀呀地从北面沿着华盛顿街走过来。当这帮人走到开阔的十字路口（就是我第一次神情慌张地瞅了一眼被月光照得通亮的海面的地方）时，我离他们只有一个路口的距离，可以清楚地看到他们的样子。这时，我着实被他们那种凶残而又畸形的面孔以及非人非狗的蜷伏步态吓了一跳。有一个人走起路就跟猴子一样，长长的手臂时不时触到地面，还有一个——穿着长袍，头戴冠冕——走起路来基本上是一跳一跳的。我琢磨着，这帮家伙就是之前我在吉尔曼旅馆院子里看到的那一帮——所以也是追得我最紧的一帮。这时，有几个人转头朝我这边看了过来，我顿时吓傻了，不过，我还是尽量装出那种漫不经心的蹒跚步态。直到今天，我仍然不知道他们是不是真的看见了我。果真看到我，那肯定是我的计谋骗过了他们，因为他们没有改变自己行进的路线，而是从月光通亮的十字路口大摇大摆地走了过去，一边走嘴里一边不停地呜呜呀呀地说些我根本听不懂的话。

等我再一次走进月影之后，我又像先前那样弓着腰一路小跑，冲过了东倒西歪、破破烂烂、茫然凝视着黑夜的房子。我穿过街道，来到街道西侧的人行道上，从最近的街角拐进贝茨街，紧贴着街南面的建筑跑。我经过了两处似乎有人住的房子，其中一户的楼上房间发出微弱的灯光，幸好我没有碰到什么麻烦。拐进亚当斯街之后，我觉得安全多了。就在这时，从我正前方一个漆黑门道里跌跌撞撞地跑出来一个人，着实把我吓了一跳。但我很快发现，原来是个酒鬼，已经醉得不省人事，对我根本构不成威胁，所以，我赶紧躲进了沿河街上已被废弃的货栈里。

河谷边的这条街道上死气沉沉，瀑布的咆哮声完全淹没了我的脚步声。我需要弓着腰小跑很长一段路，才能跑到废弃的车站，但不知为何，四周货栈高高的砖墙似乎比那些私宅临街的墙壁更加恐怖。最后，我终于看到了古老的拱廊车站——或者说是车站的废墟——径直朝着从车站尽头延伸出去的铁轨走去。

铁路虽然已经锈迹斑斑，接近半数的枕木也已经朽烂，但总体上还算完好。在这样的路面上行走和奔跑是非常困难的，但我还是竭尽全力，总的来说，走得还比较快。铁路是沿河谷边延伸出去的，我沿着铁路走了一段距离之后，最后来到一座长长的廊桥前。这座在深谷之上的廊桥，高得让人感到目眩。我下一步的计划取决于这座桥的状况。如果可以走人，我便会从桥上走过去，否则，我只能冒险在镇子里的街道上绕道，找最近的公路桥通过河谷。

月光下，像火车库一样的巨大桥身泛着阴森森的冷光，我看见，至少几英尺以内的枕木还是安全的。于是，我走上了桥，打开手电，这时，一群蝙蝠拍打着翅膀，从我身边飞了过去，差点把我撞到。快要到桥中央的时候，我发现枕木间有一个大缺口，一时间我真担心自己过不去了，但最后，我拼命一跃，还算幸运地跳了过去。

我穿过了阴森可怖的廊桥，又一次看到月光，打心眼儿里高兴。旧铁轨在同一水平面线上穿过了沿河街，然后突然转向，朝着一个越来越像是乡村的地区延伸出去，而印斯茅斯镇上令人作呕的鱼腥味也越来越淡了。这里，杂草丛生，荆棘遍地，杂草和荆棘无情地撕扯着我的衣服，每前进一步都非常困难，但一想到万一有什么危险，杂草和荆棘倒是很好的藏身之处，我多少感到了一丝欣慰。我知道，我逃亡的路线多半在通往罗利的路上能看到。

走着走着，我眼前突然出现了一片湿地，在一段杂草丛生的低矮路基上只剩下单根铁轨，不过，这儿的杂草比刚才要稀疏一些。接着便是一个像小岛一样的高地，高地上有一条铁路穿行而过的人工行道，里面长满杂草和荆棘。看到行道能够为我提供掩护，我心里很高兴，因为根据我从旅馆窗户看到的情景，行道这儿距离通往罗利的路很近，这又让我心里多少有些不安。在行道的尽头，铁路穿过通往罗利的大路之后转了个弯，再往后的一段路就相对安全了，但其间，我必须加倍小心才行。不过，到目前为止，还没有人巡查铁路，实属万幸。

就在进入行道之前，我向后瞅了一眼，没发现有人追过来。月亮泛着富有魔力的黄光，在月光下，业已没落的印斯茅斯镇上那些古老的尖塔与屋顶泛着秀美而又飘渺的光芒，这不禁让我想起了，在阴云笼罩印斯茅斯之前，这些尖塔和屋顶应该是一幅怎样的景象。紧接着，我的视线离开印斯茅斯，环视内陆。这时，某种不太宁静的东西引起了我的注意，我顿时惊呆了。

我看到的是——或者说，我以为自己看到的是——南面很远的地方大有波涛汹涌的迹象。这种迹象让我断定，一大群人正涌出镇子，沿着通往伊普斯威奇的道路赶过来。虽然距离很远，我看不清细节，但这么多人涌出镇子，可不是我想看到的。这群人像波涛一样呈排山倒海之势，在业已西下的月光照耀下熠熠发光，格外耀眼。此外，虽然这些人是迎着风向来的，但我还是隐约听到了声音——野蛮的脚步声和咆哮声，比我刚才偷听到追捕者所发出的咕哝声要可怕得多。

我脑海里顿时闪过各种令人不快的念头。我想起了据说藏在海边、历史悠久、摇摇欲坠的大杂院里那些长相极端的印斯茅斯人，想起了我见过的那些难以名状的游泳者。算上我看到过的那几帮人，再加上可能挤满其他道路的人，追捕我的人数之多，对业已人烟稀少的印斯茅斯来说，肯定是太反常了。

但此时此刻，我看到的这么密密麻麻的队伍究竟是从什么地方冒出来的？难道那些深不可测的旧杂院里挤满了人，而这些人既没有登记备案，又无人知晓，过着被扭曲的生活？真的有一艘看不见的船把一大群无人知晓的天外来客放在了该死的魔鬼礁上？他们是谁？为什么来这儿？如果这么多人巡查通往伊普斯维奇的道路，那么在其他道路上巡逻的人数是否也会增加呢？

我钻进灌木丛生的行道，缓慢地挣扎着前行，此刻，空气中再一次弥漫起该死的鱼腥味。难道风向突然发生了变化，从东面海上飘过来，穿过整个镇子，吹到这里？我断定，肯定没错，因为那个方向刚才还相对安静，但现在我开始听见从喉咙里发出的呜咴声从那边传过来。此外，还有其他的声音——一种规模很大的“扑通”声和“啪嗒”声。不知为何，这种声音会让你联想到最嫌恶的东西，让我莫名地想起了在远处通往伊普斯维奇的道路上那支不断涌动、令人讨厌的队伍。

紧跟着，鱼腥味越来越重，声响也越来越大，以至于我都不发抖了。我心想，谢天谢地，幸亏有这段行道作掩护。我突然想起，这里就是通往罗利的道路和铁路交叉后向西渐行渐远之前距离铁路最近的地方。很显然，有什么东西正沿着通往罗利的道路朝这个方向走过来，我必须潜伏下来，等它们从旁边走过，消失在远方才行。谢天谢地，这些家伙没有带猎犬追我，不过，整个区域到处弥漫着鱼腥味，没准儿就连猎犬也闻不到我的气味。尽管我心里很清楚，追捕者就要在我前面不到一百码的地方经过铁路道口，但蹲在沙质行道的灌木丛中，我还是觉得安全多了。我可以看见它们，但它们看不到我，除非邪了门。

突然，我开始感到害怕，害怕看着他们从眼皮底下走过。他们肯定会从附近那个被月光照得通亮的路口蜂拥而过，我一边看着那个路口，一边产生了稀奇古怪的想法，心想那个路口肯定会被弄得一塌糊涂。他们没准儿是印斯茅斯的所有物种中最糟糕的——一个人巴不得赶紧忘掉的东西。

鱼腥味越来越让人无法忍受了，嘈杂声也骤然变成了凶残的咿呀乱叫声，听起来像狗叫声，没有一丝人说话的味道。这真的是追捕者发出的声音吗？他们真的没带狗？到目前为止，我在印斯茅斯还没见过任何低级动物呢。那种“扑通”“啪嗒”的脚步声太可怕了，我觉得退化的生物是发不出那种脚步声的。在那种声音渐渐西行远去之前，我会一直闭着眼睛，不敢去看。此时此刻，那群动物离我已经很近了——空气中弥漫着嘶哑的咆哮声，外星人特有的脚步声，几乎使整个大地都在颤抖。我差不多是屏住了呼吸，竭尽全力地紧闭双眼。

我甚至不愿意说，接下来发生的事情究竟是可怕的现实，还是梦魇般的幻觉。经过我强烈呼吁，政府后来采取了行动，行动似乎证明了这是一个可怕的现实，但这座阴云笼罩、鬼魅出没的古镇有一种近乎催眠的魅力，这种魅力难道就不能一而再，再而三地催生幻觉吗？这种地方都有非同寻常的魅力，如果你置身于一条条充满鱼腥味的死寂街道，置身于一片片行将崩塌的屋顶和摇摇欲坠的尖塔之中，疯狂的传说很可能会影响不止一个人的想象力。在笼罩印斯茅斯的阴云背后，有没有可能潜伏着一种能滋生疯狂的细菌呢？听了老扎多克·艾伦讲的故事之后，谁还能相信这一切都是现实呢？政府官员再没有找到可怜的扎多克，至于他的下落，也没给出任何说法。疯狂止于何处，现实又始于何处？就连我最近一次的恐怖经历有没有可能只是幻觉？

但我必须把我以为自己在那轮挂满讥笑的黄色月光下所看到的都说出来——蜷伏在废弃铁路行道中的荆棘丛中，我清晰地看到那群家伙在我眼皮底下沿着通往罗利的道路蹦蹦跳跳地蜂拥而过。当然，我原本决心紧闭双眼，但还是没能做到。这种决心注定是要失败的——因为如果一大群来路不明、蛙鸣吠叫的家伙浑身散发着恶臭从身边蜂拥而过，而且只距你不到一百码，你还能蜷伏那里紧闭双眼吗？

我以为自己已经做好了最坏的打算，鉴于此前看到的，我也本该如此。追捕者全都长得奇形怪状——所以，难道我不该准备去面对奇形怪状所带来的震撼，去面对一点都没有正常成分的形体吗？直到嘶哑的喧闹从我正前方大声传来的时候，我才睁开眼睛。我知道，在行道两头地势趋于平坦的地方，在道路和铁轨交叉的地方，我肯定能清楚地看到长长的队伍——无论讥笑的黄色月光向我展示什么样的恐惧，我都无法克制自己不去看一眼。

我在这颗星球上生活的下半辈子中，精神上的每一份宁静，以及我本以为大自然和人类心智是一个整体的那种想法，到此全部终结了。我本来能够想象得到的东西——哪怕是我从字面意义上相信了老扎多克的疯狂故事后所能臆测出来的东西——根本不能与我看到的——或者我以为我看到的——亵渎神灵的残酷现实相提并论。我一直想搞明白，究竟是什么让我一拖再拖地把它写下来。这个星球真的能够孕育出这样的东西吗？迄今为止人类只有借助疯狂的幻想和脆弱的传说才能悟到的东西，人的肉眼，作为客观存在的血肉之躯，真能看到吗？

然而，我看到它们连绵不断——扑通着、跳跃着、蛙鸣着、咩咩叫着——犹如在荒诞噩梦中跳着诡异而又忤逆的萨拉班德舞[1]，在幽明的月光下蜂拥而过。有的头戴着难以名状的高大白金冠饰……有的身穿异样的长袍……而领头的则穿着像食尸鬼一样背后隆起的黑色上衣和带条纹的裤子，在那个不成形的、暂且称之为头的物件戴着一顶男式毡帽……

我觉得，这些生物通身呈灰绿色，只不过肚皮是白的。身上大部分都亮晶晶、滑溜溜，脊背上长着鳞片。它们的外形隐约带有类人猿的特征，但头却是鱼头，而且凸起的大眼睛一眨不眨。脖子两侧长着鳃，不停地扇动着，长长的爪子上长着蹼。它们跳跃起来毫无规律，有时用两腿跳跃，有时四肢着地。不过，看到这些生物只有四条腿，我还真有些高兴。它们那似蛙鸣又似犬吠的声音显然是在发声，但这种声音传递的却是呆滞面孔无法表达的阴森恐怖。

可是，就这些生物的怪异程度而言，我对它们一点儿都不陌生。我心里很清楚它们是什么生物——我在纽伯里波特看到的那顶饰冠不是仍历历在目吗？它们就是不知道叫什么名字的岩画上所描绘的那种亵渎神灵的鱼蛙——既活灵活现又骇人听闻——看到这些生物，我突然明白了，在教堂昏暗地基层里出现的那个头戴饰冠、弯腰驼背的牧师为什么让我胆战心惊了。它们数量之多，根本无从计算。不过，在我看来，一群群的队伍似乎根本没有尽头，当然，我只不过偷偷瞄了一眼，所以看到的也只是极少的一小部分而已。突然间，我感到头脑一昏，眼前顿时一片漆黑，这是我头一次昏死过去。

五

当我从昏迷中醒来时，已经是大白天，天上下起了蒙蒙细雨，我发现自己还趴在灌木丛生的铁路行道里。我摇摇晃晃地走到前面的路口一

1　一种三拍的舞蹈，发端于中南美洲的西班牙殖民地，流行于16—17世纪。

看，在新鲜的泥地上根本没有留下什么脚印。鱼腥味也已散去。在东南方，印斯茅斯破败屋顶与摇摇欲坠尖塔的灰影若隐若现，四周荒凉的盐沼里看不见活着的东西。我的手表还走着，显示的时间是已过中午。

之前经历过的事，我脑子里全都记不清了，但我总觉得背后隐藏着什么可怕的东西。我必须逃离罪恶笼罩的印斯茅斯——因此，我开始试着活动麻木而又疲惫的身体。尽管我体力不支，饥饿难耐，诚惶诚恐，困惑迷茫，但不一会儿，我突然发现自己能走动了，于是，我开始沿着泥泞的道路慢慢朝罗利方向走去。傍晚时分，我来到一个村子，吃了一顿饭，想办法给自己弄了一身像样的衣服，搭乘夜班火车去了阿卡姆。第二天，我费尽口舌，与当地政府官员进行了长谈。回到波士顿后，又跟地方官员重复了一遍。关于这两次谈话的主要结果，公众现在已经很熟悉了，从正常人的角度来说，我真的希望没有什么可说的了。此时此刻，或许是疯狂一直压得我透不过气来——或许是更强烈的恐惧感——或许是更大的惊异——正在向外发泄出来。

可以想象，我放弃了后半截的大部分旅行计划——包括游历我特别看重的美景、建筑和名胜古迹。我也再不敢去找据说保存在米斯卡塔尼克大学博物馆里的那件奇珍异宝。然而，在阿卡姆逗留期间，我对自己的计划进行了优化，收集了一些我长期以来一直希望获得的族谱材料。说实话，虽然这些材料都非常粗糙，收集时也比较匆忙，但过后如果有时间能对其进行梳理，肯定能派上大用场。当地历史学会的会长——E. 拉帕姆・皮博迪先生[1]——帮了我不少忙，当我告诉他我的外婆是阿卡姆的伊丽莎・奥恩，1867 年生于阿卡姆，17 岁嫁给俄亥俄州的詹姆斯・威廉森时，他表现出异乎寻常的兴趣。

多年前，我的一个舅舅似乎也跟我现在一样到过这里，来寻找族谱，再说，当地人似乎一直对我外婆家的事很感兴趣。皮博迪先生说，内战后不久，我外婆的父亲本杰明・奥恩便结了婚，但人们对桩婚事一直颇有微词，因为新娘的出身让人困惑不解。据说，新娘是新罕布什尔州马什家的遗孤——与埃塞克斯县的马什家是堂兄妹关系——不过，因

1　美国新英格兰地区家喻户晓的名字。《疯狂山脉》中的人物弗兰克・H. 帕博迪，就是作者根据皮博迪仿造的。动画电影《天才眼镜狗》中的狗博士就叫皮博迪。

为她一直在法国念书，所以对自己的家族知之甚少。一个监护人在波士顿的一家银行曾存过一笔钱，供养她和她在法国的家庭教师，不过，阿卡姆从来没有人知道这个监护人叫什么。后来，不知为什么，监护人不见了，经过法庭裁决，家庭教师便做了她的监护人。这个法国女人——现在早已过世——一直守口如瓶，不过也有人说，她本来是可以多透露点内情的。

但最让人不解的是，这个年轻女子的双亲——伊诺克与莉迪娅·（梅泽夫）·马什——是谁，在新罕布什尔州有名有姓的家族中，根本找不到任何记录。许多人都认为，她可能是马什家族某个显赫人物的私生女——毫无疑问，她有一双只有马什家族才有的眼睛。大多数谜团都集中在她早逝之后，我外婆——她的独生女——一出生，她就去世了。由于马什这个名字已经给我留下了不好的印象，所以，当我得知自己的族谱上有马什家族的血统后，我真的没法接受。而当我听到皮博迪先生说我也有一双马什家族才有的眼睛时，我一点儿也不喜欢。但是，能收集到这些资料，我仍然很高兴，我知道这些资料将来会很有价值，因此，我做了大量的笔记，还列出了详细记载奥恩家族的一系列书目。

我从波士顿径直回到在托莱多的家中，之后又在莫米[1]休养了一个月。9 月，我回到奥伯林[2]去完成自己最后一年的学业，从那时直到第二年 6 月，一直忙于学业和其他有益的活动——只有当调查局探员临时造访，问及我递交申请和证据后展开的清剿行动时，我才会想起那段恐怖的往事。大约在 7 月中旬——我在印斯茅斯的那段经历过去刚好一年——我去了一趟克利夫兰[3]，跟先母的家人住了一个星期，对照各种各样的笔记、传说以及现有的祖传遗物，把我收集族谱材料重新看了一遍，看看能不能勾勒出一张相互关联的家谱。

这种活儿我真的不愿意干，因为威廉森家族的气氛一直压得我透不过气来。这个家族有一种病态的血统，小时候，母亲从不鼓励我去看望

---

1 美国俄亥俄州卢卡斯县的一个小城，是托莱多一个郊区，东南毗邻莫米河。

2 奥伯林学院简称，一译为“欧柏林”，是一所私立的文理学院，位于俄亥俄州的奥伯林，其音乐学院是全美最古老的音乐学院。

3 1922 年 8 月，作者曾到俄亥俄州克利夫兰拜访过艾尔弗雷德·加尔平和塞缪尔·洛夫曼，这也是他唯一一次去中西部去。

她父母，不过，要是外公到托莱多来看我们，她还是欢迎的。外婆出生在阿卡姆，但在我眼里，她似乎有点儿怪，我有点怕她。所以，她走失以后，我一点儿也不觉得难过。当时，我 8 岁。据说，外婆的长子道格拉斯自杀后，她因为悲伤过度而离家出走了。我舅舅道格拉斯去了一趟新英格兰之后开枪自杀了，毫无疑问，正是因为这趟旅行，他的名字载入了阿卡姆历史协会的档案。

我的这位舅舅长得像外婆，所以我一直也不喜欢他。他们那种目不转睛、一眨不眨的眼神，总是让我隐隐约约、莫名其妙地感到局促。我母亲与沃尔特舅舅长得并不这样。他们长得像我外公，但沃尔特的儿子——我那可怜的表弟劳伦斯——长得简直跟我外婆一模一样。后来，因为精神状况不好，不得不送到坎顿的一家疗养院长期隔离起来[1]。我已经有四年没见过他了，但有一次，我舅舅暗示说，我表弟的身体状况和心理状况都非常糟。或许主要是因为这个烦恼，他母亲两年前去世了。

我外公现在跟他鳏居的儿子沃尔特在克利夫兰共同生活，但这个家始终没能摆脱过去的记忆。我至今不喜欢这个家，所以努力尽快了结这项任务。我外公给我提供了威廉森家族的大量史料，但奥恩家族的史料，我必须依靠沃尔特舅舅，他把手里所有的笔记、书信、剪报、祖传遗物、照片和袖珍画等文件全都交给了我。

在翻阅奥恩家族的书信与照片过程中，我自己的血统让我开始渐渐产生了恐惧。我曾经说过，外婆和道格拉斯舅舅让我心里一直不爽。而现在，在他们过世多年以后，我盯着照片上他们的面容，一种反感和疏远感变得越来越强烈。最初我无法理解这种情绪的变化，但渐渐地，我的潜意识里进行起某种可怕的比较来，要知道我的潜意识里可是一直拒绝承认哪怕是一丝怀疑的。很显然，此时此刻，他们特有的面部神情在向我传递以前不曾传递过的某种东西——某种如果大胆去想只会带来恐惧的东西。

但当舅舅把藏在市中心保险库里那些属于外婆奥恩的珠宝首饰拿给我看的时候，最震惊的一幕还是来临了。有些首饰制作精巧，令人浮想。但有一个盒子，舅舅虽然不太情愿，可最后还是拿给我看了。盒子

1　1899 年，在美国俄亥俄州坎顿以西大约 5 英里的马西隆开了一家马西隆州立精神病院。

里装着一些稀奇古怪的古董，这些古董是神秘的曾外婆传给外婆的。舅舅说，这些珠宝首饰的图案都非常怪诞，简直让人反感。据他所知，这些首饰从来没有人在公开场合下戴过，不过，我外婆过去倒是很喜欢拿出来观赏。围绕着这些珠宝首饰，有许多预示霉运而又似是而非的传说，我曾外婆的法国家庭教师说过，这些珠宝首饰在欧洲戴是非常安全的，但在新英格兰绝对不行。

就在我舅舅很不情愿地缓慢打开东西时，他一再叮嘱我不要被图案的诡异和恐怖吓倒。艺术家与考古学家见过这些珠宝首饰之后，都称赞这些首饰工艺无与伦比，精湛之处透着异域风格，但好像谁也说不出这些首饰是用什么材料做的，谁也说不出这些首饰属于哪一种艺术传统。盒子里有两枚臂环、一顶饰冠，还有一枚胸针；胸针上是极度夸张的高浮雕图案。

在舅舅讲述的过程中，我一直严格控制住自己的情绪，但我心里的恐惧感越来越强，脸上的表情肯定让我露了馅。舅舅关切地看着我，停下手中的活儿，仔细看着我的表情。我示意他继续，这让他再一次面露难色。第一件首饰——那只饰冠——打开后，他似乎在等着看我有什么反应，但我不知道他是否料想到最后会发生什么事。我没有什么好等的，因为我认为，盒子的东西究竟是什么，我预先已经得到了充分的暗示。所以，我当时的举动就是悄无声息地昏了过去，就像一年前在野草丛生的铁路行道里一样。

从那天开始，我的生活就演变成一场阴云密布、担惊受怕的噩梦，我也不知道其中有多少是可怕的现实，又有多少是癫狂的幻想。在马什家族中，我曾外婆的渊源无从得知，但她嫁给了阿卡姆人——老扎多克不是说过，奥贝德·马什通过耍手段把他那位怪异妻子生的女儿嫁给一个阿卡姆人吗？老酒鬼不是嘟囔着说，我眼睛的轮廓长得很像奥贝德船长吗？在阿卡姆，历史协会的会长也曾说，我长了一双只有马什家族才有的眼睛。难道奥贝德·马什就是我曾外婆的父亲？那么，我曾外婆的母亲又是什么人，或者什么动物呢？不过，这也许都是癫狂的幻想。我曾外婆的父亲——不管他是什么人——本来可以从某个印斯茅斯水手手里轻易买到这些白金饰物。而我外婆与我那自杀的舅舅那种目不转睛的表情也许纯粹是我的幻想而已——纯粹是幻想，正是笼罩在印斯茅斯上空的重重疑云严重影响了我的想象力，进而催生了这样的幻想。可我舅舅到新英格兰寻根问祖后，为什么会自杀呢？

两年多来，我一直努力抹掉这些记忆，虽取得了一些成效，但尚未完全成功。父亲在一家保险公司帮我找了份工作，我尽可能埋头于日常工作。但在1930年至1931年间的那个冬天，噩梦又开始了。起先，噩梦只是偶尔出现，暗中作乱，但随着时间的推移，做梦的次数越来越频繁，梦境也越来越清晰。浩瀚的海洋世界展现在我眼前，我似乎在各种奇形怪状的鱼类的陪伴下，在沉没的高大柱廊和水草丛生的巨石墙形成的迷宫中荡漾。紧接着，其他形体开始现身，让我一醒来就感到莫名其妙的恐惧。但在梦境中，我一点儿也不害怕这些形体——我就是它们中的一员，身穿有别于人类的服饰，踏着水道，在邪恶的海底神殿中荒唐地进行祈祷。

梦境中的很多东西，我已经记不清了，但，即便是我每天早晨还能记住的东西，如果我斗胆写下来的话，也足以让别人给我冠以疯子或天才的美名。我觉得，某种可怕的影响力正企图一步步把我从健康而又理智的世界拖进难以形容的黑暗和异样深渊，而这一过程对我的影响是巨大的。我的健康和外貌逐渐变得越来越糟，到头来我不得不放弃自己的职位，像病人一样过起了静养和隐居的生活。某些古怪的神经疾病折磨得我死去活来，我有时发现自己几乎无法合上眼睛。

就是在这个时候，我开始越来越惊慌地照镜子。疾病的缓慢蹂躏惨不忍睹，不过，对我来说，后面还隐藏着更微妙、更费解的东西。我父亲好像也注意到了这种变化，因为他开始用异样的、甚至是惊恐的目光看着我。我身上到底发生了什么？难道我长得越来越像外婆与道格拉斯舅舅？

一天晚上，我做了个噩梦，梦见我在海底见到了外婆。她住在一座有许多露台的宫殿里，宫殿发着熠熠磷光，有许多用异样的鳞状珊瑚和诡异的臂状盐霜建成的花园，她非常热情地招待了我，而这种热情多少还带有嘲讽的味道。她已经变了——就像那些一入水就发生变化的人一样。她告诉我，她从来没有死，而是去了一个她那死去的儿子曾经了解过的地方，进入了一个神奇的国度——这本应是他命中注定的归宿——可他却用一把冒烟的手枪拒绝了这个神奇的国度。这也是我将来的归宿——我没办法摆脱。我会永生不死，跟那里的伙伴生活在一起，那些伙伴早在人类在地球上行走之前就已经生活在那里了。

我还见到了外婆的外婆。八万年来，皮特亚利[1]一直住在海底城市恩斯雷，奥贝德·马什死后，她又回到了这里。生活在地球表面的人类向海洋发射死亡[2]时，恩斯雷没有被摧毁。恩斯雷受到了损害，但没有被摧毁。即使被遗忘的“旧日支配者”有时候施展近古纪魔法去遏制它们，“深潜者”也不会被摧毁。眼下，“深潜者”会偃旗息鼓，稍作休整，但有朝一日，如果它们没有忘记的话，就会响应伟大克苏鲁的呼唤，再一次站出来。下一次，目标将会是比印斯茅斯更大的城市。它们已经准备向外扩张，已经培育了愿意帮助它们的生灵，但此时此刻，它们还必须再一次等待时机。为了给生活在地球表面上的人带来死亡，我必须苦修，但苦修的任务不会太重。在这个梦中，我第一次见到了“修格斯”。一见到“修格斯”，我便在疯狂的尖叫中惊醒了。当天早晨，镜子明白无误地告诉我，我已经具备了印斯茅斯相貌。

迄今为止，我还没有像道格拉斯舅舅那样饮弹成仁。我买了一把自动手枪，差一点儿就走到那一步，但有些梦境让我打消了这样的念头。极端的恐惧感正在渐渐消退，奇怪的是，我居然开始喜欢上了大海的无底深渊，而不是惧怕它。睡觉时，我会听到奇怪的声音，做出奇怪的举动。醒来时，不是感到恐惧而是感到一种莫名其妙的兴奋。我相信，我不需要像大部分人那样等着完全变形。果如此，我父亲没准儿会像舅舅对待可怜的表弟那样，把我关进疗养院。举世而又空前的溢彩流光正在海底等待着我，我不久就会去找它们。咿呀-拉莱耶！克苏鲁-富坦！咿呀！咿呀！不，我不能饮弹自尽——我可不是命中注定要杀身成仁的！

我准备帮我表弟逃出坎顿疯人院，然后一起去奇迹笼罩的印斯茅斯。我们准备游到海上那块阴森森的礁石，然后潜水，穿过黑暗深渊，游到圆柱林立、巨石遍地的恩斯雷，在“深潜者”的安乐窝里，永远生活在神奇与壮美的光环之中。

---

1 作者杜撰的“深潜者”，在《大衮》中已有所暗示。“深潜者”是生活在海洋中的智能生物族群，形体像人，但外表又像鱼和青蛙，经常与沿海的人类交配，繁衍出杂交群。许多神话元素都与“深潜者”有关，包括传奇小镇印斯茅斯、海底城市恩斯雷、大衮密约教、大衮神父和神母九头蛇等生灵。

2 指前文提到的潜艇向海里发射鱼雷。

黑暗狂魔[1]

（谨献给罗伯特·布洛克[2]）

我曾目睹宇宙张开漆黑大口，
黑暗的星辰漫无目的地游走，
游走在被忽视的恐怖之中，
无知、无彩，亦无名。

——《复仇女神》[3]

罗伯特·布莱克死了，死因是被闪电击中，或是放电造成的神经重创。对这个公认的结论，谨慎的调查人员是不会轻易去提出质疑的。他面对的那扇窗户没有任何破损，这是事实，但大自然中稀奇古怪的事不是很多吗？他死后的面部表情，很显然是由于某种说不清道不明的肌肉扭曲造成的，与他看到的东西没有什么关系。他在日记中记录的内容无非是他耽于幻想的结果，而这种幻想又是当地的迷信和他发掘的旧闻引发的。至于联邦山[4]上已废弃教堂[5]里发生的种种怪事，明眼人马上就会有意无意地把这些怪事归因于某种江湖骗术，而布莱克至少私下里与这

1 《黑暗狂魔》写于 1935 年 11 月 5 日—9 日，1936 年 12 月首次发表在《诡丽幻谭》上，是作者创作的最后一篇小说。

2 美国小说家，一生写过几百个短篇小说和三十多部长篇小说，创作题材主要为犯罪、惊悚和科幻。他是洛夫克拉夫特圈子中最年轻的作家，作为良师益友，洛夫克拉夫特曾指导他进行文学创作。

3 此篇头诗源于作者自己创作的诗歌《复仇女神》，该诗写于“（1917 年）万圣节后黑暗而又凶险的凌晨”（《书信选集》第一卷，第 51 页），首次发表于 1918 年 6 月的《流浪者》上。

4 位于普罗维登斯中心城区的一个社区，在普罗维登斯历史上具有举足轻重的地位，也是意大利裔美国人聚居区。

5 此处指普罗维登斯阿尔维尔大街上的圣约翰天主教教堂，建于 1871 年，毁于 1992 年。

种江湖骗术脱不了干系。

罗伯特是个作家，同时还是个画家，一直痴迷于神话、梦幻、惊悚和迷信，并且满腔热情地去描摹诡异而又离奇的故事。他早先曾在这个城市待过——拜访过和他一样痴迷于玄学和禁断传说的怪老头——没想到却中途夭亡，把他从家乡密尔沃基吸引回来的八成是某种病态的本能。尽管他在日记中一再声称自己不了解那些古老的传说，但他很可能是非常了解的，某个惊天骗局本可以随着他的死而销声匿迹，但这个骗局注定要在文学史上抹下重重的一笔，让人去回味、去思考。

然而，尽管人们对所有证据进行了综合分析，但仍有少数人死抱着缺乏理性而又陈腐的观点不放。他们只对布莱克的日记做表面文章，对日记中记录的一些内容断章取义，什么老教堂的档案无疑是真的啦，什么人人反感的异端"星际智慧教派"1877年前就已经存在啦，什么1893年一个爱管闲事的记者埃德温·M.李利布里吉失踪啦，如此这般。当然，最重要的一点是年轻作家布莱克死时的面部表情，那是一副只有受到巨大的惊吓才会扭曲的表情。有一个异端分子干脆走了极端，他把那块形状诡异的石头，连同盛这块石头用的、装饰奇特的铁盒子一起，扔进了海湾。这东西是在老教堂的尖塔——没有窗户的阴暗尖塔——中找到的，并非像布莱克在日记中记录的那样是在塔楼里找到的。此举尽管受到官方和民间的广泛谴责，但此君——一个酷爱奇异民俗的著名内科医生——辩称，这个东西放在我们地球上太危险了，而他的所作所为已经让地球摆脱了这种危险。

面对这两派观点，读者应该自己做出判断。报纸上连篇累牍的报道虽然从怀疑的角度讲述了触手可及的诸多细节，但罗伯特·布莱克究竟看到了什么，或者以为自己看到了什么，假装自己看到了什么，却要留给读者自己去梳理。那么，现在只要心平气和、不慌不忙地认真研究布莱克的日记，我们就能从事件主角的角度梳理出一连串隐晦的事件。

1934年至1935年间的冬天，布莱克回到普罗维登斯，在学院街一个绿草成荫的庭院中找了个老宅的顶楼住了下来。老宅建在坐西朝东的一个山顶上，离布朗大学不远，就在大理石建造的约翰·海图书馆[1]后面。这是一个既舒适又醉人的地方，坐落在一个像村舍一样小巧而又典雅的花园绿地之中，在一处花园小屋上，经常会看到一些体形庞大但态度友善的猫在晒太阳。这座乔治王时代风格的建筑屋顶上有天窗，古典的门廊上有扇形的雕刻，玻璃窗小巧玲珑，同时还囊括了19世纪早期建筑工艺的所有其他特征。室内是六格板门，宽敞的楼板，旋转式楼梯，还有亚当时代风格的白色壁炉。此外，房子里面的几个房间要比整个楼面地板低3个台阶。

布莱克的书房很大，位于房子西南角，其中一面可以看到前花园，房间的西面有几扇窗——书桌就摆在其中一扇窗前——从这里看，视野可以越过山坡，饱览山下小镇上一片片屋顶和落日的余晖。再远处，大概有2英里的地方，是联邦山诡秘的驼峰，还有密密麻麻簇拥在一起的房顶和尖塔。远远望去，房顶和尖塔似乎在神神秘秘地摇曳着，每当镇上冉冉升起的炊烟缭绕在其间时，这些房顶和尖塔更是呈现出奇异的形态。每次看到这一场面，布莱克都有一种奇妙的感觉：他所看到的是一个未知而又缥缈的世界，如果他不努力去探索，不亲自走进这个世界，它也许会像梦幻一样从眼前消失。

布莱克先是派人回家去取他的书，然后购置了一些跟他的住所格调相匹配的老式家具，开始静下心来写作和绘画——独自一个人生活，而且是一个人亲自料理简单的家务。他的画室在朝北的阁楼上，屋顶上的玻璃窗让画室采光充足。在整个冬天，他创作了他最著名的5个短篇——《深幽掘魔》《地穴谜阶》《夏盖》《纳斯谷游记》和《星外食魔》[2]——和7幅油画，还仔细研究了各种不知叫什么名字的非人类怪物，以及异域的非陆地景观。

---

1 位于学院街和展望街，建于1910年，以约翰·海（1838—1905）的名字命名。约翰·海是布朗大学1858年级的毕业生，美国内战期间曾做过林肯的私人秘书，后做过麦金利总统和西奥多·罗斯福总统的国务卿。在当时，约翰·海图书馆是布朗大学的主图书馆，现馆藏着各种善本和手稿，其中也包括与洛夫克拉夫特有关的许多文献。

2 这里提到的作品既是作者自己的作品，也是布洛克在作者的指导下创作的作品。《深幽掘魔》可能喻指布洛克早期创作的短篇《深幽亵渎》（现已遗失），洛夫克拉夫特1933年6月曾经读过该短篇的手稿。《纳斯谷游记》喻指洛夫克拉夫特的几个短篇：纳斯最初在《降临在萨尔纳斯的灾殃》出现过，纳斯谷在《秘境卡达斯梦寻记》出现多次。《星外食魔》则喻指布洛克创作的《外星怪物》，正是该短篇激发了洛夫克拉夫特创作《黑暗狂魔》的灵感。

日落时分，他经常会坐在书桌前，如梦似幻地望着一望无际的西方——不远处纪念堂[1]的黑色塔楼、乔治王时代风格的法院大楼钟楼、市中心高耸的尖塔，还有远处山丘上影影绰绰的尖塔，不知道名字的街道和像迷宫一样的山墙，无不强烈地刺激着他的想象力。他在这里认识的人不多，从他们那里他了解到，远处的山坡是一个很大的意大利人居住区，但大部分房屋还是以前扬基佬和爱尔兰人留下的。他时不时会拿出望远镜，遥望炊烟背后光怪陆离而又遥不可及的地方，一边仔细观察屋顶、烟囱和尖塔，一边揣测这些建筑背后稀奇古怪的秘密。即便用望远镜去看，联邦山仍然显得有点儿格格不入、荒诞不经，如同布莱克笔下的小说和绘画一般虚无缥缈、难以捉摸。直到夜幕降临，华灯初上，山丘的颜色才渐渐变成紫罗兰色，法院的泛光灯和产业托拉斯[2]红色塔灯点燃后，更给夜空增添了一层神秘色彩，这种感觉仍挥之不去。

联邦山远处的建筑中，最让布莱克着迷的是一座黑暗的大教堂。在白天，教堂威严耸立，显得与众不同，落日时分，雄伟的塔楼和锥形的尖塔在火红天空的映衬下若隐若现。教堂坐落的地势貌似很高，正面看上去教堂污迹斑斑，斜望教堂的北面，纷乱的栋梁和烟囱管帽之上是高耸的坡顶和巨大的尖窗。这座冷峻而又古朴的教堂似乎是石造的，经过一个多世纪的雨打烟熏，外表污迹斑斑。透过望远镜望去，这座教堂的建筑风格是哥特复兴早期的试验品，时间上要早于厄普约翰[3]时期的建筑，不过还保留了乔治王时代的一些建筑特征。由此推断，这座教堂应该是在 1810 年至 1815 年间建造的。

几个月过去，布莱克看着远处这座令人望而生畏的建筑，兴趣越来越异常浓厚起来。由于巨大的窗户里从来没有灯光，他断定教堂现在肯定是空的。看的时间越长，布莱克的想象力就越丰富多彩，到最后，干脆想象起稀奇古怪的东西来。他认为，这地方笼罩着一种朦胧而又诡异的凄凉气息，就连鸽子和燕子都不愿意在教堂熏黑的屋檐上做窝。透过望远镜望去，其他塔楼和钟楼周围总能看到成群结队的鸟，但这座教堂

---

1 纪念堂位于贝内菲特街，是罗德岛设计学院的标志性建筑之一。“乔治王时代风格的法院大楼钟楼”位于中心大街 30 号，建于 1927 年至 1933 年，是新乔治王时代风格的普罗维登斯地方法院大楼。

2 产业托拉斯大厦建于 1926 年至 1928 年，是当时最高的大楼。

3 美国著名建筑师，美国建筑师学会创始人兼第一任会长，以其设计的哥特复兴式教堂而闻名于世。

却鸟迹绝无。至少在日记中他是这样想的，也是这么写的。布莱克曾指给几个朋友看，不过，他们要么压根儿没去过联邦山，要么对教堂的过去和现在都一问三不知。

到了春天，一种难以遏制的躁动开始啃噬布莱克的心。他开始创作一部酝酿已久的长篇小说——是根据想象中缅因州巫术崇拜的现状写的——但奇怪的是，他无论如何也写不下去。他越来越频繁地坐在书房朝西的窗前，凝望远方的山丘，还有鸟雀都避之不及、黑暗而又压抑的尖塔。在花园里的树枝发出嫩芽的时节，这个世界到处充满了崭新的美，但布莱克的躁动却有增无减。正是在这个时候，布莱克第一次萌生了一个想法：穿过整个城镇，亲自爬上那个富有传奇色彩的山坡，走进那迷雾缭绕的梦幻世界。

四月底，临近万古传承的圣沃尔珀哥之夜[1]，布莱克第一次对那片未知的地区开始了探索之旅。他徒步走过中心城区漫无尽头的街道，穿过荒凉而又破败的广场，最后来到那条已历经百年沧桑、台阶铺设的坡道，道路两旁随处可见萎靡不振的多利安柱式[2]门廊，以及装着毛玻璃的穹顶建筑。他认为这条坡道肯定能通向迷雾背后那熟悉而又遥不可及的梦幻异界。布莱克无暇顾及道路两旁污迹斑斑的蓝白路牌，此时此刻，他关注的是，周围的行人脸上那种诡异而又阴郁的表情，历经沧桑的棕色大楼，以及稀奇古怪的路边商铺上方悬挂着的外文招牌。奇怪的是，所到之处他根本找不到从远处看到的东西，所以，他再一次设想，他所遥望的联邦山只不过是活人无法涉足的梦幻世界。

他时不时会看到破损教堂的前脸和摇摇欲坠的尖塔，但怎么也看不到他要找的黑乎乎的建筑群。他向一个店老板打听那座石造教堂，老板虽然英语讲得很流利，但只是微笑着摇摇头，一言不发。随着布莱克沿着坡道爬得越来越高，整个地区看上去也越来越诡异，一条条似乎永远通向南方的小巷纷乱交织，形成一个个迷宫，让人眼花缭乱。他穿过两三条宽阔的街道之后，以为自己曾看过一眼似曾相识的塔楼。于是，他

---

1 德国及中欧国家的节日，在英语国家为“五月朔节前夜”，时间均为 4 月 30 日。

2 多利安柱式是一种最基本、最古老的柱式建筑，由多利安人创造于公元前 7 世纪初叶，主要流行于希腊、意大利南部和西西里岛。多利安柱式不讲究装饰，给人以朴实，庄严之感。建于公元前 7 世纪的赫拉神庙和建于公元前 6 世纪的阿波罗神庙都是多利安柱式建筑的典型代表。

又向一个店老板打听教堂的事，不过，这一次，他敢发誓，所谓的“不知道”只不过是骗人的借口而已。店老板阴郁的脸上出现了一种极力掩饰的恐惧表情，布莱克还看到店老板用右手打了一个奇怪的手势。[1]

突然，在他的左手边，沿着纷乱的南北向小巷两旁重重排列的棕色房顶之上，一座黑色尖塔直冲云霄。布莱克立马知道这个建筑是什么了，于是，便从大街拐进一道道又脏又乱、没有铺设石板的小巷，一路向上攀爬，直奔尖塔。有两次，他甚至迷了路，但不知怎么搞的，他不敢向坐在门阶上的老人和妇人们问路，也不敢向在巷子里的泥地上玩耍的孩子们问路。

最后，他终于看到了西南方清晰可见的塔楼，以及巷子尽头拔地而起的一座阴森可怖的巨大建筑。此时此刻，他站在一个饱经沧桑的露天广场上，广场地面上铺着古朴典雅的鹅卵石，远处一侧是高高的岸墙。岸墙之上是一个杂草丛生的宽大平台——这个平台高出周围的街道足足有 6 英尺，形成一个独立的小天地——四周装有铁栏杆，平台之上矗立着阴森森的高大建筑，这幢建筑的气派是不容置疑的，布莱克顿时感到耳目一新。这就是布莱克要苦苦探索的地方。

空荡荡的教堂已年久失修。高大的拱壁，有的地方已经坍塌，几个精致的尖塔饰物也掉落在荒草地上。被煤烟熏黑的哥特式窗户虽然比较完整，但许多石窗棂已经不知去向。布莱克很纳闷，用全世界小男孩的眼光去看，教堂上绘有晦涩内容的彩窗玻璃为什么保存得如此完好。厚重的大门虽然完好无损，但都紧闭着。岸墙之上，锈迹斑斑的铁栅栏将平台完全围了起来，栅栏门设在一段通向广场的台阶之上，很显然，用一把挂锁锁上了。栅栏门通往教堂的小路上杂草丛生，荒凉和没落犹如柩衣一样笼罩着整个地方，在群鸟不栖的屋檐上，在藤蔓不生的墙壁上，布莱克隐隐约约感到一丝不祥，而这种不祥究竟是什么根本不是他能想象到的。

广场上没有什么人，不过布莱克看到北边有个警察，便迎过去向他打听教堂的情况。警察是个人高马大的爱尔兰人，不过，好像很奇

1　此处可能指作者在《秘境卡达斯梦寻记》中杜撰的“上古手语”，是现实世界和梦幻世界的居民都使用的、旨在保护自己不受超自然力伤害的一种神秘手语。

怪，他一边用手比画着十字，一边咕哝着说什么“人们从来不谈论这栋建筑”之类的话。布莱克一再追问，警察才急火火地说，意大利牧师警告大家不要谈论这座教堂，还煞有其事地说，这座教堂曾经有过一个巨魔，而且还留下了痕迹。他父亲就曾经跟他悄悄讲过教堂的事，说他小时候就曾经听到过教堂的各种传言。

从前，教堂里聚集着一帮邪教徒——都是些亡命之徒，能从一个不知名的黑夜港湾召唤可怕的东西。不过，多亏了一个好牧师，才把那些已经被召唤来的东西全都驱赶走，不过也有牧师说，只要有光，就能赶走那些妖魔鬼怪。如果奥马利神父还活着的话，他会告诉你很多东西。但现在，还是不要去管它了吧。它现在不会伤害谁，再说，以前这儿的主人不是死了就是跑了。1877 年，这周围动不动就有人失踪，所以人们开始风言风语地说些威胁性的话，之后，这帮人就作鸟兽散啦。早晚有一天，市政府会因教堂财产无人继承为由去接管这个地方，不过，去碰它对谁都没好处。所以，还是别去管它，让它自生自灭吧，免得把里面本该在黑暗深渊里永远休息的东西再给搅醒了。

警察走了之后，布莱克站在那儿，凝望这座死气沉沉的尖塔式建筑。让他兴奋的是，其他人和他一样，都把它看成险恶之地，但他很想知道，警察的话究竟有多少是真的。这些故事也许只是传说，原因仅仅是这座教堂的外表太可憎。但即便是这样，这些故事就像他自己写的小说一样被一而再再而三离奇地赋予了生命力。

午后，云层渐渐散去，太阳露出了笑脸，但似乎仍无法照亮矗立在高高平台之上、污迹斑斑的教堂墙壁。很奇怪，尽管春意盎然，但绿色并没有触及到这个平地高企、被铁栅栏围着的院子里萎靡不振的植被。等回过神来以后，布莱克发现自己已经来到高企的平台附近，仔细观察岸墙和锈迹斑斑的栅栏，寻找入口。这座黑乎乎的教堂有一种可怕的诱惑。台阶附近没有开口，不过，北面的栅栏倒是少了几根。他可以爬上台阶，再攀着栅栏外面狭窄的墙帽走到缺口那儿。如果人们真的这么害怕这个地方，他这么做，也不会有人妨碍他的。

布莱克已经登上岸墙，准备乘人不备溜进栅栏。就在这时，他往下一看，发现广场边上稀稀落落的几个人正不慌不忙地一边走一边跟路边店老板一样用右手比画着。几扇窗户猛然关上，一个胖女人一个箭步冲出街道，把几个小孩一把拉进一间摇摇欲坠、未刷油漆的房子里。布莱克轻而易举地穿过了栅栏缺口，不一会儿便来到废弃的庭院里奄奄一息的杂草之中。院子里横七竖八地躺着一些断裂的墓碑，布莱克由此判断，这里曾是一片墓园，不过，他看到，这八成是很久以前的事了。越是走近教堂，布莱克觉得这座庞大建筑的压抑感就越强，但他还是克制着自己的情绪，走过去试着推了推教堂正面的三扇大门。三扇大门全都锁得严严实实的，所以他只好绕着巨大的建筑查看，试图寻找其他小一点儿但容易通过的入口。即便是这时，布莱克仍拿不定主意，他是否真的想进入这么一个荒凉而又阴森的地方，但教堂诡异的吸引力还是拽着他不知不觉地往前走。

最后，他把教堂后面一个毫无遮掩张着大嘴的地窖透气窗充当了入口。布莱克从透气窗向里望去，只见一缕西斜的阳光有气无力地照射进去，形成了充满蜘蛛网和灰尘的一道长长的光柱走廊。映入眼帘的是瓦砾、破桶、破箱子，还有形形色色的家具，不过，所有的东西上都覆盖了一层厚厚的灰尘，使得原来的棱角柔和了许多。丢弃的热空气炉已经锈迹斑斑，由此判断，这座建筑至少在维多利亚中期[1]还保存完好，而且还有人居住。

布莱克几乎连想都没想就爬进了透气窗，下到灰尘遍地、垃圾遍地的水泥地板上。这是一间宽敞的一体式拱顶地窖。虽然地窖里光线很暗，但他还是能看到，在地窖右手边远处的一个角落里，有一道黑咕隆咚的拱廊，这道拱廊显然是通往楼上的。真正设身处地来到这座阴森森的建筑里，布莱克还是倍感压抑。他一边努力克制住自己的不安，一边小心翼翼地仔细观察，结果在遍地的灰尘中找到了一只完好无损的大木桶，于是，他把木桶滚到敞开的窗户边，以备出去的时候用。随后，他鼓起勇气，穿越挂满蜘蛛网的地窖，朝拱廊走去。虽然被满屋子的灰尘呛了个半死，身上还粘满了蜘蛛网，但最后总算走到拱廊跟前，开始沿着老掉牙的石阶朝黑暗的拱廊里爬去。因为没带手电，布莱克只能小心翼翼地摸索着前行。转过一个拐角之后，他摸到前面有一道紧闭的门，

---

1 维多利亚时代被认为是英国工业革命和大英帝国的峰端，其时限常被定义为 1837 年至 1901 年，即维多利亚女王的统治时期。

摸索了半天才找到上面的老式门闩。他推开门，发现门后是一条微暗的走廊，走廊两边的镶木板已经被虫蛀了。

上到一楼之后，布莱克便迫不及待地开始了自己的探索之旅。里面所有的门都没有上锁，所以他可以自由地穿梭于一个又一个的房间。教堂的中殿很大，灰尘堆积如山。厢座上，圣坛上，沙漏式布道坛上，还有回音板上，无处不铺满了厚厚的灰尘，游廊的尖拱和哥特式圆柱上连绵不绝地挂满了蜘蛛网，让这个地方简直变成了鬼屋。午后的斜阳透过诡异而又昏暗的玻璃窗照射进来，使这一切荒凉之上又蒙上了一层可怕而又毫无生机的光芒。

烟熏和浮尘已经使彩窗上的绘画模糊不清，布莱克几乎辨认不出绘画的内容，但仅从现在能看清的内容，布莱克就看出这些绘画并不是他喜欢的那种。绘画的风格基本上跟别处没有什么不同，但根据他对隐晦象征主义的了解，这些绘画和某些古老的设计风格有很大关系。绘画中寥寥几个圣徒的表情很明显也惹人非议，其中有一扇窗表现的似乎只是一个黑暗的太空，太空中星星点点，形成一个个诡异的星系漩涡。看过彩窗上的绘画之后，布莱克注意到，祭坛上方挂满蜘蛛网的十字架，样子虽然很普通，但却很像古埃及的T形十字架[1]。

在半圆形后殿旁边的一个法衣室内，布莱克发现了一张朽坏的书桌，几个直达天花板的书架，上面的书已经发了霉，也都支离破碎、破烂不堪了。至此，他才第一次真正感到一阵恐惧，因为单就这些书的书名就把他吓了一跳。这些都是肮脏污秽的禁书，或者是承载着人类有史以来乃至混沌初开时世间所禁止的种种悬疑和远古仪式的宝藏，这些东西精神正常的人甚至连听都没有听说过，即便听说过，那也只是在偷偷摸摸、胆怯心虚地说悄悄话的时候听说的。布莱克自己就读过许多这样的东西——人们深恶痛绝的拉丁版《死灵之书》、邪恶至极的《伊万尼斯典籍》；德厄雷伯爵臭名昭著的《尸食教典仪》；冯·琼兹的《无名祭祀书》；老路德维希·普林令人毛骨悚然的《蠕虫的秘密》。[2]不过，

1 古埃及人用来表达神圣生命和秘密智慧的十字架，外形像希腊第19个字母 τ（象征“生命”），上方加一个圆圈（象征“永恒”）。

2 参阅《时光魅影》中的相关注释。

至于其他书籍，他要么只闻其名，要么压根儿就不知道了——《纳克特抄本》[1]、《多基安之书》[2]，还有一卷已经支离破碎、文字也已模糊不清、无法辨认的书，但书里面的一些符号和图表却让他这个研究神秘学的看后不禁胆战心惊。很显然，那些挥之不去的坊间传言并没有消失殆尽。这地方曾经是某个邪魔的老巢，而究其历史，要比人类历史还要久，体积比已知的天地还要大。

朽坏的书桌里放着一本皮质精装的记事本，里面的内容全是用一种奇怪的密码记的，既有现代天文学使用的符号，也有古代炼金术、占星术和其他玄学使用的符号——表示日月星辰、黄道十二宫之类的符号。从这些符号的分类和分段可以看出，每一个符号都对应着某个顺序的字母。布莱克把记事本装进上衣口袋，希望以后能有机会破译。书架上的许多卷册也深深吸引着他，他真想过后把这些书拿走。他很纳闷，这些书为什么这么长时间没人动过。60 年来，因为巨大的恐惧传得沸沸扬扬，访客对这座废弃的教堂都是避而远之，难道他是战胜这种恐惧的第一人？

布莱克查看了整个一楼之后，穿过布满灰尘的幽暗中殿来到前厅。前厅里有一扇门和一段楼梯，楼梯可能是通向黑乎乎尖塔和塔楼的——他从远处早就看惯了的东西。因为遍地都是厚厚的灰尘，再加上在这个狭小空间里，蜘蛛网铺天盖地，所以，爬楼梯的时候，他大气都不敢喘。楼梯是螺旋式的，木质台阶又高又窄。布莱克每上几蹬，就会经过一扇模糊不堪的窗户，透过窗户，他时不时心不在焉地向外俯视下面的城镇。布莱克本来想找他透过望远镜在钟塔狭窄尖窗里看到过的大钟或排钟，可是连根钟绳都没看到。他注定是要失望的，因为他爬上楼梯后发现，钟楼里根本没有钟的影子，而且这里显然早就派上其他用场了。

钟楼的面积大约有 15 平方英尺，四扇尖顶窗透着幽暗的光线，在已经朽烂的百叶窗板遮挡下显得无精打采。不仅如此，每扇窗户上还挂着不透光的幕布，不过幕布现在已经烂得差不多了。在布满灰尘的地板中央矗立着一根造型奇特的石柱，石柱大约有 4 英尺高，直径有 2 英

1 参阅《疯狂山脉》中的相关注释。
2 据说是讲述藏族起源的古代善本。

尺，石柱的每一面都刻着令人匪夷所思、工艺粗糙而又难以辨认的象形文字。石柱上方放着一个金属盒子，盒子的形状也根本不对称，盒子上用合页固定的盖子大开着，里面装着一个像鸡蛋一样直径大约 4 英寸的不规则球体，上面蒙上了厚厚的一层尘土。七把相对完好的哥特式高背椅子，围着石柱排成一个圈。椅子的后面，沿着四周黑乎乎的墙壁，摆着七个巨大的偶像，偶像已然风化，都被涂得漆黑，看上去很像神秘的复活节岛上那些神秘的巨型石雕。房间里挂满了蜘蛛网，在其中一个角落的墙上有一个梯子，梯子上面是一道活板门，直通没有窗户的尖塔。

布莱克慢慢适应了室内的微弱光线之后，注意到有一只敞开着的淡黄色盒子，盒子上是一些诡异的浅浮雕。他走上前去，用手和手帕轻轻掸去上面的浮尘，发现浮雕的造型都是些千奇百怪的外星人，刻画的东西尽管看上去像是活的，但又不像地球上进化之后的任何生命形态。直径大约 4 英寸的那个球体原来是一个近乎黑色但又带有红色条纹的多面体，上面有许多不规则的平面，而这些平面要么是色彩鲜艳的水晶材料，要么是经过雕刻和高度抛光的人造矿物质材料。这个球形多面体并没有触到盒子底部，而是球的中间由一个金属箍捆住，用一个七条腿的支架挂在半空中，奇形怪状的支架与水平方向呈一定角度向外延伸，一直延伸到匣壁的顶端。布莱克把这块石头擦干净以后，立刻被它迷住了。他目不转睛地看着，就在他仔细观察球体晶莹透彻的表面时，他近乎觉得，这个东西是个透明体，里面是奇妙的混沌世界。这时，他大脑里浮现出一副副天外星球的画面，有的星球上是巨大的石塔，有的星球上是没有生命迹象的巍峨群山；此外，他仿佛还看到了更遥远的太空，其中只有混沌宇宙中的一丝搅动说明那里存在着意识和意志。

最后，他把视线移开，发现在远处角落里通往尖塔的梯子附近有一个尘土堆成的异样土堆。他说不清一个土堆怎么会引起他的注意，不过土堆的形状在向他的潜意识传达某种信息。他一边拨开纵横交错的蜘蛛网，一边朝土堆走去，想看看土堆里究竟埋藏着什么秘密。布莱克用手和手帕慢慢拨开土堆，顿时一种惊骇而又复杂的心情涌上心头。下面原来是一具人的骷髅，躺在这里肯定有很长时间了。骷髅身上的衣服已经风化成碎片，但从衣扣和衣服碎片可以看出，这是一套男士灰色西装。此外，地上还散落着其他东西：一双鞋子、几枚金属卡扣和巨大的袖扣、一支过时的领带夹、一枚烫有《普罗维登斯电讯报》[1]的记者徽章和一个破烂不堪、皮质封面的笔记本。布莱克小心翼翼地去翻看笔记本，发现里面有几张旧版钞票，一张1893年的电影广告日历，几张印着“埃德温·M.李利布里吉”的名片，还有一张纸，是用铅笔记录的备忘录。

布莱克借着西面窗户投来的微光，仔细去看其中的内容，结果发现，备忘录支离破碎、杂乱无章，让人百思不得其解。其中内容如下：

“1844年5月，伊诺克·鲍恩教授自埃及回乡——7月，买下自由意志浸礼派的老教堂——他在神秘学方面的研究和成果是众所周知的。”

“1844年12月29日，第四任浸信派主教德朗博士在训诫中提醒教友要警惕星际智慧教派。”

“1845年末，97人聚会。”

“1846年——3人失踪——首次提及‘金光闪闪的斜方三八面体’。”

“1848年，7人失踪——人们开始谣传有人搞血祭。”

“1853年，调查一无所获——人们谣传听到各种异样的声音。”

“据奥马利神父说，有人用在埃及遗迹中找到的盒子搞魔鬼崇拜——说这东西能召来在光明中不可能生存的东西。稍微有点光就逃，一遇强光，就逃得无影无踪了。之后，还得重新召唤。这话可能是弗朗西斯·X.菲尼[2]临终前忏悔时说的，弗朗西斯是1849年加入星际智慧教派的。他们说‘金光闪闪的斜方三八面体’向他们展示了天堂和另外的世界，还说，‘黑暗狂魔’通过某种方式把秘密告诉他们。”

“1857年，奥林·B.埃迪[3]讲，他们是通过紧紧盯住水晶球来

1 准确地说是创刊于1880年的《电讯晚报》，1906年更名为《论坛晚报》和《电讯报》，1906年至1908年间，每月都刊登洛夫克拉夫特的天文学栏目。

2 作者写这篇小说时，圣约翰天主教堂的神父名叫弗朗西斯·J.菲尼。

3 此处的奥林·B.埃迪暗指作者的老同事克利福德·M.埃迪（1896—1971），在1923年至1924年间，作者曾为他代笔在《诡丽幻谭》上发表过几个短篇小说。

召唤它的，而且有自己的一套密语。”

“1863 年，二百多人聚会，不包括前面的人。”

“1869 年，帕特里克·里甘失踪后，爱尔兰年轻人围攻教堂。”

“1872 年 3 月 14 日，《日报》[1] 上刊登了一篇内容含蓄的文章，但没有引起人们的议论。”

“1876 年，6 人失踪——秘密委员会拜访多伊尔市长。”[2]

“1877 年 2 月，如期采取行动——教堂于四月遭封。”

“5 月，一群痞子——联邦山那帮小子——威胁某某博士和教区委员。”

“1877 年末，181 人离开城镇——没提名字。”

“大约 1880 年，开始有人传鬼故事——想法查证关于 1877 年后再无人进入教堂的传言。”

“找拉尼根要 1851 年拍的那地方的照片。”……

布莱克看完之后，先把纸张放回笔记本，再把笔记本装进自己的口袋，然后转过身来去看那具躺在灰尘中的枯骸。笔记本上记录的内容所传达的信息再明显不过，毫无疑问，这个人 42 年前也到这个无人敢问津的废弃之地来过，为当时报纸上轰动一时的悬案寻求答案。也许没有人知道他想干什么——谁知道呢？但他怎么会死在这里？难道是因为他经受了某种突如其来的巨大恐惧，导致突然间心力衰竭？布莱克借着微光，弯腰去看眼前的骨骸，发现骨骸的形态非常特别。有的骨头散乱不堪，很奇怪，有几根骨头的末端似乎已经分解。其余的骨头则呈现诡异的黄色，残留着烧焦的痕迹。衣服碎片上也有烧焦的痕迹。颅骨的形态也很特别——黄色的斑点，天灵盖有一个烧焦的洞，就好像是被某种强酸腐蚀过一样。布莱克简直不敢想象，究竟发生了什么让这具尸骸在这里默默无闻地一躺就是 40 年呢？

他百思不得其解，于是，将目光再一次投向那块石头，甚至让石头

1 指下文中提到的《普罗维登斯日报》。

2 托马斯·A. 多伊尔分别于 1864 年至 1869 年、1870 年至 1881 年、1884 年至 1886 年间任普罗维登斯的市长。

奇异的影响力在自己心目中勾勒出一个朦胧的幻象。他仿佛看到了一队队身着长袍、戴着头帽、外形根本不像人的身影；仿佛看到了在无尽的沙漠之中矗立着无数经过雕刻的石碑；仿佛看到了在漆黑的海底有许多高塔和围墙；仿佛看到了一个个太空漩涡，在这些漩涡中，一团团黑雾飘浮在冰冷的紫色阴霾发出的淡淡微光之前。而在所有这一切的背后，他仿佛看到了一个黑暗的无底深渊，在深渊之中，固体和半固体的形态只有在像风一样旋转时才能看得出来，而像云一样的翻搅力似乎给原有的秩序增添了混沌元素，进而提供了能够解决我们已知世界里一切奥秘和矛盾的钥匙。

突然，一阵噬心的恐惧袭来，打破了眼前的一切幻象。意识到一种无形的外星存在就在眼前，而且在全神贯注地盯着他，布莱克不由得倒吸了一口冷气，于是，他赶紧把目光从那块石头移开。他感觉有种东西在缠着他——不是石头里的东西，而是透过石头看着他的东西——某种用认知紧追他不放的东西，而这种认知根本不是人类肉体视觉所具备的那种。很显然，这地方越来越让他不安了——鉴于他的发现这么令人毛骨悚然，他觉得不安也是再自然不过的事。光线越来越暗，他身上又没有带照明工具，他很清楚，得赶紧离开了。

就在这时，借着越来越暗的暮色，布莱克发现那块造型奇特的石头在微微发光。他曾经刻意不去看那块石头，但一种无名的冲动又把他的视线拉了回去。这是石头的放射活性在发出微弱磷光吗？死者在笔记上记录的“金光闪闪的斜方三八面体”究竟是什么东西？总之，这个充满了超级邪恶的废弃巢穴里究竟藏着什么样的秘密？这里发生了什么事？在那连鸟都避之不及的阴影里还潜伏着什么东西？这时候，附近什么地方似乎飘来一股挥之不去的恶臭，但究竟从哪里飘来的却搞不清楚。布莱克一把抓住一直敞开的盒盖，“啪”的一声把它盖上。盒子的诡异铰链非常灵活，很轻松地把那个肯定在发光的石头完全盖上了。

在关闭盒盖发出清脆声响的一瞬间，从头顶上尖塔的活板门后面永不见光的角落里，轻轻传来一阵骚动的声音。毫无疑问，是老鼠——这是布莱克踏进这座该死的建筑之后见过的唯一生物。可是，骚动声还是把他吓坏了，于是，他近乎疯狂地跑下旋转楼梯，穿过令人毛骨悚然的中殿，冲进穹顶地窖，来到积满灰尘的废弃广场，穿越联邦山上杂乱无章、阴霾笼罩的大街小巷，朝着学院区中心街道和像住家一样铺着砖块的人行道走去。

此后，布莱克没有把自己的行踪告诉任何人。相反，他仔细查阅了一些书籍，跑到市区去翻阅了多年前的旧报纸，痴狂地破译他从挂满蜘蛛网的法衣室里拿来的那个小皮本里的密码。但他很快发现，要破解这些密码并不是一件容易的事，几经周折，终于弄懂了密码语言既不是英语，也不是拉丁语、希腊语、法语、西班牙语、意大利语和德语。很显然，他不得不充分发挥自己怪才才行。

每到晚上，过去那种向西眺望的冲动都会再度萌生，促使他去遥望远处那富有传奇色彩的世界，遥望矗立在连绵房顶之上的黑色塔尖。但在布莱克眼里，此时此刻的尖塔却蒙上了一层前所未有的恐怖色彩。他知道尖塔掩盖下的那些邪恶传说，知道他的想象力会以某种崭新的方式像脱缰野马一样狂奔。春天的候鸟已经回来了，但就在黄昏时分布莱克看着群鸟飞翔时，却发现飞鸟都避开那座孤零零的荒凉尖塔，这种情况从未有过。在他看来，群鸟每次飞临尖塔，都会惊慌失措地改变方向，四处飞散——八成是他离得太远，听不到群鸟惊慌地哀鸣吧。

布莱克在 6 月的日记中写道，他已经成功破译了笔记本的密码。他发现笔记本里所用的文字是古代某些邪教使用的邪灵语[1]，这种语言也是布莱克在以前的研究中偶然发现的。奇怪的是，日记里并没有记录布莱克破译的内容，很显然，他破译的东西让他惊恐不安。日记中提到，只要盯着“金光闪闪的斜方三八面体”，就能唤醒“黑暗狂魔”。日记中还提到，从黑暗的混沌深渊中呼唤“黑暗狂魔”的种种疯狂猜想。据说，“黑暗狂魔”无所不知，还荒谬地要求人们对它献祭。在日记里，布莱克还担心，这东西以前只是有呼唤才回应，可现在已经在到处走动，不过，他也补充说，路灯是“黑暗狂魔”无法穿越的一道屏障。

在日记中，布莱克经常提到“金光闪闪的斜方三八面体”，并称之为面向一切时间与空间的窗口，而且还对它追根溯源，说它是在黑暗的冥王星上创造出来，由“旧日支配者”带到地球上，再由生活在南极大陆的海百合纲动物珍藏，把它放在这个异样盒子里。后来，伐鲁希亚的

1 亚瑟·梅琴在 1904 年发表的《白人》中杜撰的一种语言，作者在《敦威治恐怖事件》第一次借用了该术语。

蛇人[1]从废墟中把它抢救出来，经过了万古之后，生活在利莫里亚[2]的第一批人类才看到它。从此后，这个“金光闪闪的斜方三八面体”不断漂洋过海，辗转几个大陆，和亚特兰蒂斯大陆一起沉入海底。最后，一个米诺安渔夫把它打捞上来，卖给了黑肤色的黑穆[3]商人。法老内弗仞卡专门为它修建了一座神殿，还专门在神殿下面挖了个没有窗户的地窖供奉它，而这也正是人们后来从一切古迹上和档案中把他的名字抹掉的原因。后来，祭司和新法老拆毁了这座邪恶的神殿，这个“金光闪闪的斜方三八面体”从此便长眠在废墟中，直到发掘者再度把它带到阳间，开始祸害人类。

很奇怪，7月上旬的报纸报道的内容对布莱克日记正好是个补充，但这些报道要么太简洁，要么太随意，只有结合布莱克的日记内容，才能引起一般人的注意。报道说，自从一个陌生人去过那座闹鬼的教堂之后，联邦山一带便出现了一种从未有过的恐怖。意大利人都在交头接耳，从无窗的黑暗尖塔里不断传出从未有过的搅动声、撞击声和刮擦声，所以大家纷纷去找牧师驱除他们经常梦见的东西。他们说，有个东西总是待在一个门口，看看外面是不是天色黑到可以出门的程度。新闻报道中也曾提到当地由来已久的迷信，但并没有详细说明早先引起人们恐惧的原因。很显然，现在的年轻记者都对古文物一窍不通。布莱克在日记中提到这方面的内容时，也表达了某种程度的自责，谈到了他有义务把“金光闪闪的斜方三八面体”埋藏起来，把因他把日光引入那座黑暗尖塔而唤醒的东西消灭掉。但与此同时，他承认自己对尖塔的痴迷也已经到了非常危险的地步，也承认他渴望再次回到那座该死的尖塔，再次窥视那块闪光石里的宇宙奥秘，而这种渴望简直到了病态的程度——就连做梦都在想。

后来，7月17日早上，《日报》[4]上的一则消息让布莱克陷入了真正的恐慌。其实，这则消息只不过是略带幽默的报道，内容是联邦山最近

---

1 参阅《疯狂山脉》中的相关注释。

2 传说中印度洋上“失踪的”大陆。据博学家恩斯特·黑克尔推测，生活在南部非洲和马来半岛的狐猴和其他动植物也佐证了该大陆的“失踪”。

3 对埃及的旧时叫法，语言上对应的是希伯来语中的“哈姆”。在《圣经·诗篇》(78:51)中，“哈姆”喻指埃及。

4 创刊于1829年的《普罗维登斯日报》无论过去还是现在都是普罗维登斯的大报。

的不安宁，但在布莱克眼里，这则消息着实可怕。夜里，一场雷暴雨让整个城市的照明系统瘫痪了整整一个小时，这段漆黑的空当把意大利人吓得差不多快疯了。住在教堂附近的人都煞有其事地说，那个藏身于尖塔里的东西利用路灯熄灭的空当进入了教堂主体，浑身黏糊糊的，“噗通”、“噗通”地到处乱撞，吓得人们魂飞魄散。到最后，那东西跌跌撞撞地上了塔楼，从塔楼里传来玻璃打碎的声音。只要是黑暗的地方，那东西都可以去，但一见到光就溜了。

恢复通电一刹那，塔楼里传出一阵可怕的骚动，因为对那东西来说，哪怕是从盖满尘土、拉上百叶窗的窗户透过来的一点点光也是无法忍受的。就在灯光亮起的一刹那，那东西跌跌撞撞、连滚带爬地躲回黑暗的尖塔里——因为，一旦长时间被光照到，它就会被赶回疯狂陌生人召唤它出来的那个深渊。在停电的那一个小时里，祈祷的人群冒着大雨聚集在教堂周围，手里拿着用折纸板或雨伞遮雨的蜡烛或油灯——正是这道亮光拯救了这座城市，使其免遭正借着暗夜大踏步朝他们袭来的噩梦。那些距离教堂最近的人都说，这期间教堂的大门曾被拼命地摇晃过。

但这还不是最糟糕的。当天晚上，布莱克在《公报》[1]上看到了记者的所见所闻。原来，两名记者认为恐慌会带来很大的新闻价值，在这种心理的驱动下，他们无视心浮气躁的意大利人劝阻，在尝试打开教堂大门无果之后，便从地窖的窗户爬进了教堂。他们发现，在前殿和光线阴暗的中殿，地上的灰尘已经被搅得乱七八糟，地上到处都是散乱的靠垫和缎子内衬碎片。四周弥漫着一股臭味，时不时还能看到黄斑和似乎被烧焦的斑块。他们打开连接塔楼的那道门之后，因担心头顶上传来的一阵刮擦声，于是便满心狐疑地停下脚步，结果发现，那道狭窄旋梯上的灰尘差不多都被擦干净了。

塔楼地板上也有灰尘被擦过的痕迹。报道中，两名记者还提到了七边形石柱、倒翻在地的哥特式座椅，以及诡异的石膏像。可是，说来奇怪，报道对金属盒和那具已经残缺不全的骷髅只字未提。最让布莱克感

1 准确地说是《晚间公报》，创刊于1863年。1976年，与《日报》合并，组成《普罗维登斯日报公报》。作者一生大部分时间都订阅这份报纸。

到不安的是——除了斑痕、烧焦和臭味之外——报道最后详细描述了窗玻璃被打碎的种种细节。塔楼上所有尖窗的玻璃都破了，其中两扇因在倾斜的外挂式百叶窗片之间匆匆忙忙塞满了缎面内衬和填充靠垫的马鬃而一片漆黑，一丝光也不透。在刚被擦过的地板上，到处散落着缎面碎片和一撮撮马鬃，就好像什么人在企图完全遮挡塔楼窗户的过程中被中途打断了一样。

在通往无窗尖塔的梯子上，记者看到了一些黄色的斑迹和烧焦的痕迹。一个记者爬上梯子，推开水平活板门，用微弱的手电光照了照这个漆黑而又奇臭的空间，但只看到了一片黑暗和各种散落在活板门附近、不成形状的垃圾。他们最后的结论自然是，这无非是一场骗局而已。有人跟住在山上的迷信居民开了个玩笑。要么就是某些狂热信徒为了自己所谓的“善举”而别有用心地制造了一场恐惧，要么就是某些年轻人或者鬼点子更多的当地居民给外界导演了一出精心策划的恶作剧。为了证实报道的真实性，警局准备派一个警员去现场取证，但结果却让人笑掉大牙。3位警员都以各种理由推诿回避，第4位虽然很不情愿地去了，但很快就回来了。结果，除了记者报道的内容，警察根本没有拿出新的说法。

从这一刻起，布莱克的日记越来越充满了恐惧和不安色彩。他指责自己无所作为，而且疯狂地臆测，如果再发生停电事故，后果会怎样。曾经有三次——在雷暴雨期间——他急火火地给电力公司打电话，再三请求千万别停电。在日记中，他时不时提到，两个记者在探寻阴暗塔楼时，都没有发现金属盒和那块石头，还有那具遍体鳞伤的尸骸。所以，他觉得这些东西已经被转移了——至于转移到哪里去了，是谁或什么东西转移走的，他只能主观臆测。但布莱克最担心的还是他自己，他觉得在自己的心里和远处尖塔里潜伏的恐怖——因为鲁莽，他从终极黑暗空间呼唤出来的那个“黑暗狂魔”——之间有一种不干不净的关系。他似乎感觉到有一股力量在不断牵制他的意志力。那段时间里拜访过他的人都还记得，他总是心不在焉地坐在书桌前，从窗口往西眺望远处烟雾缭绕的城市外那座尖塔林立的山丘。他的日记千篇一律记述的是一些可怕的梦境，以及梦境中那种愈发强烈的不干不净的关系。他日记中提到，有一天晚上，他突然惊醒，发现自己穿得整整齐齐地出了门，不知不觉地沿着学院山往西走。在日记中，他反复强调的一个事实是，藏匿在尖塔里的东西知道在哪里能找到他。

据说，7月30日之后的一周里，布莱克的精神从某种程度上说已经崩溃了。他终日赤身裸体，一日三餐全靠打电话叫外卖。来拜访他的人发现，他的床边总是放着一根绳子，他对来人解释说，为了防止梦游，他每天晚上都用绳子把自己的脚捆上，而且打上好几个结，因为这样做要么阻止自己解开，要么在解开的时候会醒来。

在日记里，布莱克记录了导致自己精神崩溃的可怕经历。30日晚上，他上床后，突然发现自己正在一个伸手不见五指的空间里到处摸索。他能看到的是一束束呈水平照射、短暂而又微弱的淡蓝色光，但能闻到一股强烈的恶臭，听到头顶上什么东西鬼鬼祟祟地蠢动发出的轻微嘈杂声。每当他在摸索过程中碰到什么东西，发出声响，头顶都会传来一种回应声——模模糊糊的骚动声，还有木头在木头上轻轻滑动发出的声响。

有一次，布莱克摸到了一根顶部光秃秃的石柱，后来又突然抓到了一节节砌在墙上的梯子，摸索着向上朝着臭味更浓的地方爬，这时，他感觉一股强烈的热气扑面而来。顿时间，种种幻影犹如万花筒一般呈现在他的眼前，这些幻影时不时悉数溶进一个深不可测的茫茫黑暗深渊，而无数太阳和更黑暗的世界在这个深渊中像旋涡一样旋转。他想起了古老传说中的"终极混沌"，在混沌中心悠闲躺着的是盲目愚昧之神"万物之主"阿扎托斯[1]，环绕其周围的是一大群没心没肺、无形无态的舞者，只有这些舞者用难以名状的爪子拿着魔笛，吹出单调而又微弱的音色，才能让阿扎托斯昏昏欲睡。

就在这时，从外面传来的巨大爆裂声让他从恍惚中清醒过来，使他意识到自己身处于一个无法用语言表达的恐怖境地。他不知道爆裂声是什么——没准儿是迟来的鞭炮声，因为整个夏天都能听到联邦山上的居民在放鞭炮，向他们的守护神或他们意大利老家供奉的圣徒致敬。但不管是什么，还是把布莱克吓得尖叫起来，他赶紧滑下梯子，黑暗中在这个充满障碍物的房间里跌跌撞撞地到处乱闯。

1 作者杜撰的隐形神魔，是外太空上帝们的统治者。

他马上意识到了自己的处境，于是，不顾一切地冲下狭窄的旋转楼梯，结果每到楼梯转弯处都会碰得自己青一块紫一块。逃跑的过程简直像一场噩梦，他穿过挂满蜘蛛网的中殿，中殿阴森可怖的拱顶似乎在随时朝着虎视眈眈的阴影张着嘴，一个看不见的影子似乎在挪过垃圾遍地的地下室，爬到微风徐徐、灯火通明的外部世界。他疯狂地从诡异山丘往下跑，途经参差不齐的山墙，穿过高塔林立、安静而又冷漠的城市，爬上东边陡峭的悬崖，朝着自己的住处跑去。

早晨，神智恢复正常以后，布莱克发现自己穿得整整齐齐地躺在书房的地板上，浑身都是灰尘和蜘蛛网，全身酸痛青肿。他照了照镜子，发现自己的头发已严重烧焦，外套上似乎还有一股异样的臭味。就在这时，他彻底崩溃了。自那以后，他换上睡衣，疲惫地躺在床上，终日盯着西面的窗户，一听到打雷就吓得直哆嗦，同时疯狂地记日记。

8 月 8 日午夜即将来临之际，一场大暴雨突然而至。城市里到处都电闪雷鸣，甚至有人说，城里还燃起了两个大火球。大雨倾盆如注，接连不断的雷鸣声让成千上万的市民难以入睡。布莱克对供电设施的担心到了诚惶诚恐的程度，凌晨一点左右，他曾设法给电力公司打电话，不过，为安全起见，供电公司当时已经停电了。他在日记中做了详细的记录——在黑暗中紧张不安的状态下草草写下的几乎难以识别的那些象形文字告诉人们他越来越迷乱和绝望。

为了看见窗外的景象，布莱克不得不让屋里保持阴暗。他大部分时间似乎都坐在书桌前，不安地透过雨雾看着市区亮晶晶屋顶之外远处联邦山上发出的点点灯光。他时不时摸索着在日记本上写上一些话。“不能没有光”、“它知道我在哪儿”、“我必须把它消灭掉”、“它在呼唤我，但没准儿这次它不会伤害我”等毫无关联的话，稀稀落落地写了两页。

但最后，整个城镇里的灯还是熄灭了。从电力公司的记录上看出，停电是凌晨 2 点 12 分的事，但布莱克的日记里没有记录时间。整条日记只有一句话：“灯灭了——上帝救救我吧”。联邦山上也有一群人跟布莱克一样，在心急如焚地守候着。一群人浑身都被雨水湿透了，他们三三两两地手拿用雨伞遮挡的蜡烛、手电筒、油灯、十字架，还有意大利南部常见的各种护身符，在教堂周围的广场上和大街小巷里列队行进。每当有闪电闪过，他们就祈求神灵保佑，每当暴风雨中闪电渐弱直至最后消失时，他们便用右手比画着一种神秘的手势。一阵风吹灭了大多数蜡烛，周围顿时异常恐怖地暗了下来。有人叫醒了圣灵教堂[1]的梅卢佐神父，他匆匆忙忙赶到情绪低落的广场，尽其所能念叨了一番。毋庸置疑，从黑暗尖塔里很可能传出了某种怪异而又不安的声音。

关于凌晨2点35分发生的事情，我们有年轻、睿智且受过良好教育的神父作证，还有警局的一位巡警威廉·J. 莫纳汉作证。莫纳汉警官为人绝对可靠，当时他正巡逻到教堂附近，恰好监视着聚集的人群。此外，我们还有聚集在教堂高墙周围的78个人作证，尤其是那些站在广场上、能看见教堂东侧的人。当然，这些证言中都没有超越自然法则的东西。造成此类事件的原因可能有很多。谁也不敢打包票说，在一座古老、通风不良、长期废弃而塞满杂乱东西的巨大建筑里会发生什么不可思议的化学反应。有毒气体——自燃——长期腐烂产生的气体压力——数不胜数的任何现象都有可能导致这种事情的发生。当然，也不能排除蓄意制造骗局的可能性。其实，这件事本身再简单不过了，整个过程只持续了不到3分钟。做事一向严谨的梅卢佐神父曾多次看过自己的手表。

开始时，从黑暗塔楼上传来一阵沉闷的摸索声。不一会儿，从教堂里又传来一阵隐隐约约的喘息声，其中夹杂着奇怪的恶臭味，随后喘息声越来越强，越来越令人不安。最后是木头断裂的声音和一块巨大而沉重的物体掉落到教堂东侧的院子里发出的声音。虽然蜡烛熄灭后，塔楼看不见了，但就在掉落的物体快接近地面的那一刻，人们还是看清了，那东西原来是塔楼东侧业已被煤烟熏黑的百叶窗。

紧接着，一股让人无法忍受的恶臭从看不见的高处涌来，守候在教堂周围的人本来就吓得瑟瑟发抖，这时更是感到窒息、恶心，而在广场上的人简直快要熏倒了。与此同时，人们感到有什么东西在拍打翅膀，使空气都为之震动。突然，一股异常猛烈的狂风向东袭来，吹掉了人们的帽子，也吹歪了人们手里湿漉漉的雨伞。在没有烛光的黑夜中，什么东西都看不真切，但抬头仰望的几个人却以为，他们一瞬间似乎看见了一个比漆黑的夜空还要黑的一大团黑乎乎的东西——有点像无形的烟

1 作者杜撰的教堂。

雾——在逐渐向外扩散，随后便像流星一样向东窜了出去。

事情的经过就是这样。守候者们因惊慌、惧怕和不安，一时间不知道该怎么做，也不知道是不是该做点什么。因为不知道发生了什么事，所以他们并没有放松守望。不一会儿，一道迟来的剧烈闪电急速闪过，紧跟着是震耳欲聋的“噼啦”声，滂沱大雨顷刻间倾盆而下，在场的人开始祈祷起来。半小时后，雨停了，又过了 15 分钟，路灯也重新亮了，疲惫不堪、浑身湿透的守候者们心里的石头也终于落地，便纷纷各自回家了。

第二天早晨的报纸普遍对夜里的这场暴雨进行了报道，但对夜里发生的事却鲜有提及。紧随着联邦山事件而来的剧烈闪电和震耳欲聋的爆炸声在远离教堂东边更远的地方产生的效应似乎更加明显，突如其来的恶臭味也同样更引起了人们的注意。这种现象在学院山上空表现得尤为明显，窗户坠落到地面发出的巨大声响惊醒了所有沉睡的居民，以至于一时间人们纷纷猜测响声是从哪里传来的。在那些已经醒来的居民中，只有一小部分人看到了山顶附近的剧烈闪电，看到了那阵莫名其妙、直冲云霄的狂风，狂风几乎剥光了树叶，将花草从花园里连根拔起。大家都认为，这道绝无仅有、突如其来的闪电肯定是击中了附近什么地方，但过后根本找不到闪电击中的痕迹。当时正在塔乌·欧米伽联谊会堂的一个学生认为，在闪电爆闪的一刹那，他看到空中出现了一团诡异而又可怕的烟雾，不过没有人证实他的这种说法。但是，少数几个看到的人都说，那阵狂风是从西面刮来的，紧随电击之后的便是那股令人难以忍受的恶臭，不过人们大体上都认为，雷击过后的瞬间有一股烧焦的味道。

因为这些观点很可能与罗伯特·布莱克的死有关，所以大家众说纷纭。从普西·德尔塔宿舍楼上后面的窗户可以看到布莱克的书房。9 日早晨，住在宿舍楼上的学生们隐隐约约看到朝西面的窗户里有一张苍白的面孔，当时还纳闷，这张脸的表情有点儿不对劲儿。当天晚上，发现那张脸还在窗户那里一动不动，学生们开始担心起来，于是，大家都坐等他屋里的灯亮起来。后来，学生们按响了那间黑暗公寓的门铃，最后叫来警察，破门而入。

布莱克的身体已经僵硬，但仍端坐在窗户旁边的书桌前。人们破门而入后，展现在眼前的是一双像玻璃球一样呆滞而又凸出的眼睛，脸上挂着一副因惊恐而扭曲变形的表情。看到这一幕，在场的人按捺不住恶心，匆忙转过身去。没多久，法医进行了验尸，得出的结论是：虽然窗上的玻璃毫发无损，但布莱克死于电击，或者放电造成精神重创。但法医完全忽视了布莱克脸上那种可怕的表情，想当然地以为布莱克的死说不定是深度休克造成的，而这种深度休克对像布莱克这种思维反常、情绪不稳的人来说是常有的事。法医是根据他在布莱克公寓里看到的书籍、绘画和手稿，以及书桌上摸索着记的日记，推断出死者思维反常、情绪不稳的。布莱克直到生命的最后一刻都在疯狂地记日记，他的右手虽然因痉挛而收缩，但仍握着已经断了尖的铅笔。

停电后的记录杂乱无章，只能看懂一部分。但调查人员从中还是得出了与官方实利主义观点截然不同的种种结论，但他们的推测很难说服那些保守派。迷信的德克斯特医生的所作所为也没有支撑这些想象力丰富的理论家的立场，德克斯特医生把那个怪异的盒子连同怪石——那块石头在黑暗尖塔中找到的时候显然能发出微弱的光——一起扔进了纳拉甘西特湾的海底。对于布莱克最后疯狂时刻记的日记，大多数人的解释是，他发现了那个古代邪教留下的惊人痕迹，正因为这样，他的想象力才越来越过火，神经错乱才愈演愈烈。以下就是他的记录——或者说是能够辨认出的记录：

“灯还是不亮——肯定有 5 分钟了。只能靠闪电了。亚狄斯星[1]保佑！闪电千万别停！……有些影响是借助闪电来施加的……大雨、雷鸣和狂风，震耳欲聋……那东西抓住了我的心灵……”

“记忆出了问题。我能看到以前从来不知道的东西。另外的世界，另外的星系……黑暗……闪电看起来就像黑暗，黑暗看起来就像光明……”

“我在漆黑中看到的东西不可能是真正的山丘和教堂。肯定是闪电留下的视觉印象。上天保佑！如果闪电停了，就让那些意大利人都拿着蜡烛到外面来吧！”

“我究竟害怕什么呢？难道不是在远古和混沌的黑穆时代就已经演

1　作者杜撰的行星。

化成人形的奈亚拉托提普[1]的化身吗？我记得冥王星，还记得更加遥远的夏盖星[2]，更记得位于终极真空中的那些黯黑行星……”

“它能长时间振翅飞越太空……却不能穿越光的宇宙……只有在‘金光闪闪的斜方三八面体’中获得的思维可以改造它……帮助它穿越辐射光构成的可怕深渊……”

“我叫布莱克——罗伯特·哈里森·布莱克，家住威斯康星州密尔沃基市东克纳普街620号……在这颗行星上，我……”

“阿扎托斯大发慈悲吧！闪电不再闪了——可怕——我现在能用怪异的感觉看到所有看不到的东西——光就是暗、暗就是光……山丘上的人们……守卫……蜡烛和护身符……他们的牧师……”

“距离感消失了——远就是近、近就是远——没有玻璃——看到了那座尖塔——那座塔楼——窗户——能听到——罗德里克·厄舍[3]——我已经疯了，或者就要疯了——那东西在塔楼里躁动不安、横冲直撞——”

“我就是它，它就是我——我想出去——必须出去，并将各种力量合而为一——它知道我在哪里……”

“我叫罗伯特·布莱克，但我看到了黑暗中的塔楼。有股怪味……各种感觉都已变形……塔楼窗户的百叶板碎了，掉了……咿呀……恩盖伊……伊格……”

“我看见它了——朝这边来了——地狱之风——浩瀚的晴空——黑色的翅膀——犹格-索托斯，救救我吧——那裂成三瓣的火红眼睛……”

1 参考《墙中之鼠》中的相关注释。

2 位于仙女座星系，是双子绿色恒星的一个行星。

3 爱伦·坡的名作《厄舍府的倒塌》中的角色，作者曾在《文学中的超自然恐怖》中指出，罗德里克·厄舍、他的双胞胎妹妹和古老的厄舍府本身的灵魂是融为一体的，这里暗示此时此刻布莱克和“黑暗狂魔”的精神已融为一体了。